NORDIC
CRIME
FICTION

知更鳥的賭注

尤·奈斯博
林立仁 譯

Rødstrupe

Jo Nesbø

《知更鳥的賭注》好評

優雅而錯綜複雜的犯罪驚險小說……奈斯博精心打造曲折龐雜的情節，只為了支持複雜的構思和迫切的思緒……其筆觸極富表現力，運用多重恐怖提出他的論點：壓抑歷史等於敞開大門邀請歷史再度重演。——《紐約時報》書評

閱讀《知更鳥的賭注》就如同看一齣熱門電影。作者尤．奈斯博建構的場景栩栩如生，彷彿能在眼前看見故事情節在大螢幕上播放。節奏明快，故事嚴謹而複雜，人物立體，小說本身結合了兩大最佳電影題材：戰爭史蹟和犯罪驚悚……奈斯博毫不費力地引領讀者走過暴力、浪漫和哀愁的篇章……。透過這個故事，奈斯博對挪威社會仍需接受自己在二次大戰扮演的角色，做了一番深刻洞察。——《今日美國報》

從二次世界大戰到一九九九年末再跨越到新世紀，《知更鳥的賭注》揭露出一個複雜的陰謀，也揭開歷史的傷口，傷口滲出的鮮血持續蔓延到今日……奈斯博將書中人物刻劃得絲絲入扣，主角哈利．霍勒更和無數現代警察同樣具有一種憂鬱特質（包括曼凱爾筆下的韋蘭德），將自己和芸芸眾生之間用一條線分隔開來。——《書訊》推薦書評

一本傑出的小說，構思懷抱大志，寫作技巧純熟，對人事物流露出成熟的洞察力。……《知更鳥的賭注》確實足以和現今美國一流犯罪小說並駕齊驅……奈斯博的敘事方式單刀直入，但仍隨處可見美妙筆觸……小說最後……令人聯想到電影《豺狼末日》（*The Day of the Jackal*）的懸疑結局。《知更鳥的賭注》帶來珍貴反思，為何經過一個世代又一個世代，醜陋的人性總可以藉由所謂政治來彰顯其罪惡的本

質。——《華盛頓郵報》書世界

奈斯博在二次大戰末期的東部戰線和今日挪威奧斯陸之間從容轉換，編織出一則關於謀殺、復仇和背叛的複雜故事……節奏掌握得完美無比，故事懸疑得令人飽受煎熬，這本犯罪小說不僅揭露傳聞中挪威和納粹黨之間的關聯，也描繪出現今挪威的光頭次文化。讀者將驚奇地發現哈利·霍勒這位行事簡練的男主角，和知名推理犯罪小說家康納利筆下的哈瑞·鮑許同樣頑強固執，不過卻多了敏感易怒的個人特質。——《出版人週刊》（推薦書評）

一本極為大膽、極富野心的犯罪驚悚小說……非常值得一讀；不僅男主角和反派主角引人注目，書中對挪威人為了在戰爭中求生存而不擇手段，最後卻得付出代價的描述也令人感嘆。奈斯博可望讓挪威成為瑞典的強勁對手，爭奪北歐犯罪小說中心的地位。——《科克斯書評》

奈斯博對節奏的掌握精細準確，以平行蒙太奇的手法建構懸疑劇情，讓人做出不斷翻頁的反射動作。最後的情節發生得飛快，讓你幾乎沒有時間去意識到窮凶極惡之人竟已從密不透風的羅網中逃脫。——《紐約生活誌》

想像美國推理大師麥可·康納利和蘇格蘭國民作家伊恩·藍欽的合體；奈斯博就是有那麼讚……動作場面如重型卡車般不斷壓頂而來。奈斯博以歷史和父親的戰爭回憶作為焦黑背景，啟動一起又一起政治事件，猶如今日的新聞頭條。——《麥迪森郡先鋒報》

主角哈利·霍勒是個遊走法律邊緣的酗酒警探……賀寧·曼凱爾和卡琳·佛森的書迷要把《知更鳥的賭注》放下，將會是個艱鉅的挑戰。——《書頁》雜誌

有著精采情節的驚悚故事，劇情出人意料，主人翁極富魅力。——義大利《24小時太陽報》

一位暢銷作者聰明的犯罪故事。哈利·霍勒是位特別的警探，他個性裡的脆弱和潛藏的黑暗，使他顯得

真實、具有人性。——義大利《日報》

太棒了。《知更鳥的賭注》充滿刺激、驚奇，關鍵詞是罪惡感、復仇、權力、愛情。奈斯博完成了一部令人讚嘆的作品。——挪威《晚郵報》

這本小說強而有力，探究信仰和合作的複雜面向，在各類題材中獨樹一格。——《西雅圖郵訊報》

情節的推展緊抓你的注意且操縱你的感知，一部上乘的驚悚作品。——英國《週日體育報》

刺激、聰明、帶著憂鬱和令人深省之作。——英國《每日電訊報》

從午后陽光到午夜燭燈，整個週末我都在和這本精彩小說糾纏。貪婪執拗的想知道，這位情感脆弱卻辦案機敏的警探，面對因人類的無知偏執與仇恨而一再複製變形重現的納粹歷史幽靈，他，付出了多少賭注？知更鳥，終究度過寒冬了沒？——蘭萱（中廣流行網「蘭萱時間」主持人）

能讓我「讀完一本小說就愛上」的作家並不多，尤．奈斯博是最新的一位。深深臣服於奈斯博以游刃有餘的筆力來處理如此龐雜的故事：跨越六十年時空、細膩呈現挪威歷史黑暗不堪的過去，以及滿溢權力、罪惡與愛情的復仇犯罪。特別喜愛奈斯博在人物心理變化上的書寫，時而簡潔直接，時而迂迴隱晦，鬆緊之間確實掌握住小說節奏，並牢牢勾住讀者的注意不放，這才是閱讀推理小說的至高享受啊！——冬陽（推理評論人）

從現在、過去、現在的插敘，作者鋪下的伏筆龐大而精細，讀著讀著就會深陷其中，意圖去追求故事中所埋下的真相。……主角哈利．霍勒有著獨特的魅力，加上他並不是個毫無缺點的角色，更凸顯了強烈的性格與追求正義的執著，偶爾來點小失誤，更會讓人感受到這個角色的真實。——栞（推理愛好者）

一名搖滾樂手的文學賭注：淺談尤・奈斯博

譚光磊（本書中文版權代理人）

去年四月，由於冰島火山爆發，嚴重影響了歐陸的空中交通，各國出版人都無法飛抵倫敦參加書展。今年總算天公作美，不僅沒有天災搗亂，倫敦還連續幾天豔陽高照，讓來自全球各地的出版人心情大好。

會場的熱門話題除了電子書，還有傑佛瑞・迪佛執筆的新〇〇七小說、安東尼・赫洛維茲續寫的全新「福爾摩斯」小說，也有在美國紅到不行的反烏托邦青少年文學現象。但不時出現在談話中的，還是已故瑞典作家史迪格・拉森，以及他那紅遍全球的「千禧年」三部曲。

自拉森走紅以來，北歐各國的出版社享受了前所未有的好時光。犯罪小說原本就是當地的閱讀大宗，如今更成為炙手可熱的外銷商品。北歐作家紛紛被冠上「下一個史迪格・拉森」的名號，成為國際書市新寵。然而大家也很清楚，這種旋風式的成功難以複製，後續作品的效應只會遞減。

那麼，誰才是拉森之後真正的北歐犯罪小說天王？

倫敦書展結束後，我到市中心的蘇活區和客戶開會，順便逛了皮卡迪利大街上的Waterstone's書店。不出所料，拉森的三部曲擺得滿坑滿谷，但更令我驚訝的是，每一本《龍紋身的女孩》旁邊，都有挪威作家尤・奈斯博的作品，不論是一樓大廳最醒目的暢銷推薦區、二樓文學區入口的北歐犯罪推薦專櫃，還是推理犯罪區的陳列平台。

尤・奈斯博究竟是何許人也？他其實根本不需要「下一個拉森」的稱號，因為早在「千禧年」走紅之前，他便是挪威史上最暢銷的作家，拿過所有北歐的犯罪小說大獎，獲英國的國際匕首獎和美國的愛倫坡獎提名，作品被翻譯成四十多種語言，全球賣座八百五十萬冊。

奈斯博出生於一個愛讀書的家庭，從小就愛講鬼故事，常把朋友嚇得半死。高中時他迷上足球，為了加入國家足球聯盟不惜蹺課逃學，可是卻因膝蓋受傷而無法圓夢。重返校園的奈斯博成績太差，根本申請不到大學。走投無路之下，他毅然選擇從軍，在挪威高冷的北邊軍營裡夜夜苦讀，終於以高分考進挪威著名的卑爾根大學（Bergen），主攻經濟學。

畢業後，奈斯博來到挪威的首府奧斯陸。白天他在金融界工作，晚上則填詞作曲玩音樂，還與人合組樂團。一年後，這個叫做「那裡的誰」（Di derre/Them There）的團開始巡迴演出。兩年後，他們簽下第一紙唱片合約，專輯連續熱賣好幾年，演唱會門票全數賣光，突然間，他成了全國知名的搖滾巨星。

然而工作壓力和樂團生涯越來越難以兼顧，奈斯博決定休個長假。正好有出版社提議他寫一本關於樂團巡迴演出的書，這個案子沒成，反倒觸發了他寫小說的念頭。於是他帶著筆電，跳上飛機，前往地球最遙遠的彼端：澳洲。他在飛機上擬好大綱，動筆寫下一個叫哈利的挪威警察，和奈斯博一樣在雪梨機場降落，住進同一家飯店，同樣飽受時差之苦……。這就是日後讓奈斯博聲名大噪的「哈利．霍勒探案」系列第一集《蝙蝠人》（*The Bat Man*）。

六個月後，奈斯博銷假歸國，寫完小說，發覺這是自己一生中最快樂的時光：單純創作，不管自己飢腸轆轆、也不在乎筋疲力竭。他擁有一間公寓、一份薪水高得不像話的工作，還有一個很棒的樂團，幾乎別無所求，唯一缺的就是「時間」。他想起兩年前過世的父親，退休那年打算寫書，記下他在二次大戰期間的故事，然而時間不等人。奈斯博誓言不要重蹈覆轍，當下便起身走進老闆辦公室，表示「我沒時間替你工作」，然後辭職。

《蝙蝠人》在一九九七年的秋季問世。奈斯博創造的反英雄警察哈利．霍勒形象鮮明地躍然紙上：這位金髮漢子身高一米九、熱愛老搖滾樂，開一部破爛的福特雅士，有著嚴重的酗酒問題。他是個無可救藥的工作狂，愛講冷笑話，對所有的威權體制不屑一顧。此書描寫醉酒肇事的哈利奉命前往澳洲擔任一起命案的特派觀察員。想也知道，哈利怎麼可能乖乖聽話？他與當地的原住民警探成了哥兒們，開始調查小咖影星的命案，穿越雪梨亮麗的觀光勝地表象，走進一個賣淫和毒品交易猖獗的黑暗之城，一場場有如馬戲團怪胎秀的扭曲性愛戲碼不斷上演，而他們要找的凶手就藏身燈紅酒綠之中。

《蝙蝠人》一推出就轟動挪威書市，登上排行榜冠軍，狂賣十萬冊，更勇奪象徵北歐犯罪文壇最高榮譽的「玻璃鑰匙獎」，奈斯博頓時成為和彼德．霍格、賀寧．曼凱爾和安諾德．英卓達尚同級的作家，而史迪格．拉森要到八年之後才會以《龍紋身的女孩》拿下此獎。

哈利探案的第二集《蟑螂》（*Cockroaches*）場景轉移到曼谷，這個濕熱、嘈雜的亞洲城市也是奈斯博每年冬季的度假之地。這回哈利也是肩負著「警方大使」的角色，前往曼谷協助辦案，但是死者不是無名妓女，而是新任的挪威駐泰國大使。本書和《蝙蝠人》同樣具有國際驚悚小說的特質，但哈利絕非詹姆士．龐德或傑森．包恩之流，而是黑色電影裡的落魄警探。奈斯博結合異國情調和快節奏的動作場面，還有高度的道德使命感。《蟑螂》大力批判已開發國家對第三世界國家的雙重剝削（性和經濟），也細寫哈利複雜而幽微的內心風景。

如果奈斯博繼續照著《蝙蝠人》和《蟑螂》的路線寫下去，每集派哈利去不同國家辦案，那他肯定能夠延續商業上的成功，但文學成就未必能更上層樓。正是奈斯博不安於現狀、勇於突破的精神，促使他寫下《知更鳥的賭注》，也讓他登上前所未有的顛峰。

《知更鳥的賭注》是一個規模宏大、野心勃勃的故事，具有強烈的主流文學和歷史小說特質，只是包覆著犯罪小說的外衣。故事的場景從現代奧斯陸到二戰時期的維也納和列寧格勒，時間則橫跨半個世紀。奈斯博用古今交錯的敘事手法，探討「背叛」的主題，述說了一則攸關挪威國族認同的大故事，一個令人心碎的愛情悲劇，以及一齣天衣無縫的犯罪戲碼。

二次大戰爆發後，挪威被德國佔領。在幾乎沒有抵抗的情況下，國王哈康七世流亡英國，親德的吉斯林

（Vidkun Quisling）成為傀儡政權領袖。戰爭期間，許多挪威人認同納粹思想，或者排拒蘇聯的布爾什維克政權，甚至主動投效納粹黨衛軍，參與對俄國的東線戰事。到了大戰末期，德軍節節敗退，挪威國內的反抗行動越演越烈，許多先前沒有表態的人這才「選邊站」。

戰爭結束後，原本為德軍效力的人都被視為戰犯，或被處死、或遭監禁，而反納粹的人，無論是始終如一或者直到大戰末期才揭竿起義，都成了政治正確的勝利者。挪威在二次大戰中所扮演的角色，竟被勝利者塑造成「自始至終積極反抗納粹德國」。親德戰犯不僅家破人亡，出獄後更幾乎找不到工作，成為被社會主流排擠的對象，不論當初他們究竟是認同法西斯主義，還是憂心蘇聯的共產勢力崛起，危害到北歐國家，所以選擇為家園而戰。

奈斯博的父親生前一直想著書探討此事，只可惜來不及提筆便撒手人寰。因此《知更鳥的賭注》不僅是奈斯博本人的力求突破，也是他對父親的致敬和追念，更是他對國家和歷史的深沉省思。

《知更鳥的賭注》故事一開始，哈利就倒了大霉。適逢美國總統出訪挪威，軍警雙方嚴陣以待，哈利和搭檔愛倫奉命參與維安工作，負責監視總統車隊會經過的一段公路。眼看車隊即將開到，本該完全淨空的公路邊竟出現一名可疑男子，哈利吩咐愛倫火速向總部確認對方身分，自己同時拔槍衝下車。千鈞一髮之際他開槍擊倒對方，然後才聽到愛倫狂按喇叭，表示那是美國派來的幹員。

在挪威外交部次長和警察總長等高層密會之下，決定將這起誤擊事件包裝成挪威警方盡忠職守的公關範本，打錯人的哈利（而且他最近一期的射擊測驗成績不及格，根本沒資格配槍、遑論射擊）於是成了英雄，莫名其妙被拔擢為警監，派往密勤局坐辦公桌，結果陰錯陽差注意到一則可疑情報：一把馬克林步槍（Märklin rifle）已經被走私運進挪威。

軍火走私是家常便飯，這把槍為何引來哈利關切？原來馬克林步槍係一種一九七〇年問世的德國製半自動獵槍，專門用來獵捕野牛或大象等大型動物，使用的子彈口徑極大，改造後再加上狙擊鏡，就是終極的殺人利器。正因如此，馬克林步槍問世後三年便被政府下令停產，但據信已有一百多支流入職業殺手和恐怖份子手中，黑市的交易價格超過一百萬美金。

同時，小說的另一條主線將時間拉回二次大戰的東部戰線，一位加入納粹黨衛軍的挪威軍人，在負傷後被送往維也納的戰地醫院，愛上美麗的護士赫蓮娜。赫蓮娜原本出身世家，可是父親因為和猶太人做生意鋃鐺入獄，她和母親相依為命、處境艱困，從小戀慕她的醫生克里斯多夫眼看她和挪威大兵漸生愛苗，便以卑劣的手段從中作梗，一段美好姻緣終究以悲劇收場。

二戰時的挪威軍人，究竟與現代的狙擊事件有何關連？當哈利逐步揭開真相，六十年前的背叛與仇恨也浮出水面……

除了錯綜複雜的故事主線，奈斯博亦細心刻畫了哈利與同僚的關係：他默契十足的搭檔愛倫、始終和他不對盤的菁英同事湯姆·瓦勒，還有對他又愛又恨的長官畢悠納·莫勒。小說最後，雖然「知更鳥」的身分水落石出，但本書中某件命案的真相仍困擾著哈利，而他與日後的情人蘿凱的戀曲才要開始，此外與瓦勒之間亦敵亦友的關係，更要一直延續到《復仇女神的懲罰》，才終於在《魔鬼的法則》寫下句點。

《知更鳥的賭注》在挪威狂賣十五萬冊，連續五十二週蟬聯排行榜，獲頒挪威年度書店業者大獎（Bokhandlerprisen），更在二〇〇四年由挪威廣播公司和讀書俱樂部聯合舉辦的調查中，被讀者評選為挪威「史上最佳犯罪小說」。二〇〇七年，《知更鳥》的英譯本入圍英國犯罪作家協會的鄧肯·羅利國際匕首獎，讓奈斯博在英語書市站穩腳步。

去年五月，就在《直搗蜂窩的女孩》上市後一個星期，美國 Knopf 出版社的總編輯兼發行人索尼·梅塔（Sonny Mehta）從 Harper Collins 集團手上橫刀奪愛，搶下哈利探案最新作品版權，並在今年五月推出第七集《雪人》（*The Snowman*）。梅塔不僅是美國文壇最重量級的編輯、藍燈書屋集團最有權勢的男人，更是拉森「千禧年」成功登陸美國的幕後推手。

英國《泰晤士報》書評家寫道：「如今賀寧·曼凱爾已寫下韋蘭德探長系列完結篇，史迪格·拉森也離我們而去，我勢必要決定誰才是當今北歐犯罪小說的第一好手。讀完尤·奈斯博的《雪人》之後，我再無疑問。這個挪威佬贏了。……本書實乃犯罪書寫的極致成就，人物與故事同樣傑出，邪惡的氛圍揮之不去，緊張的氣氛更是從第一章就牢牢抓住讀者。」

誰是當今叱吒風雲的北歐犯罪小說巨星？當然是尤・奈斯博。

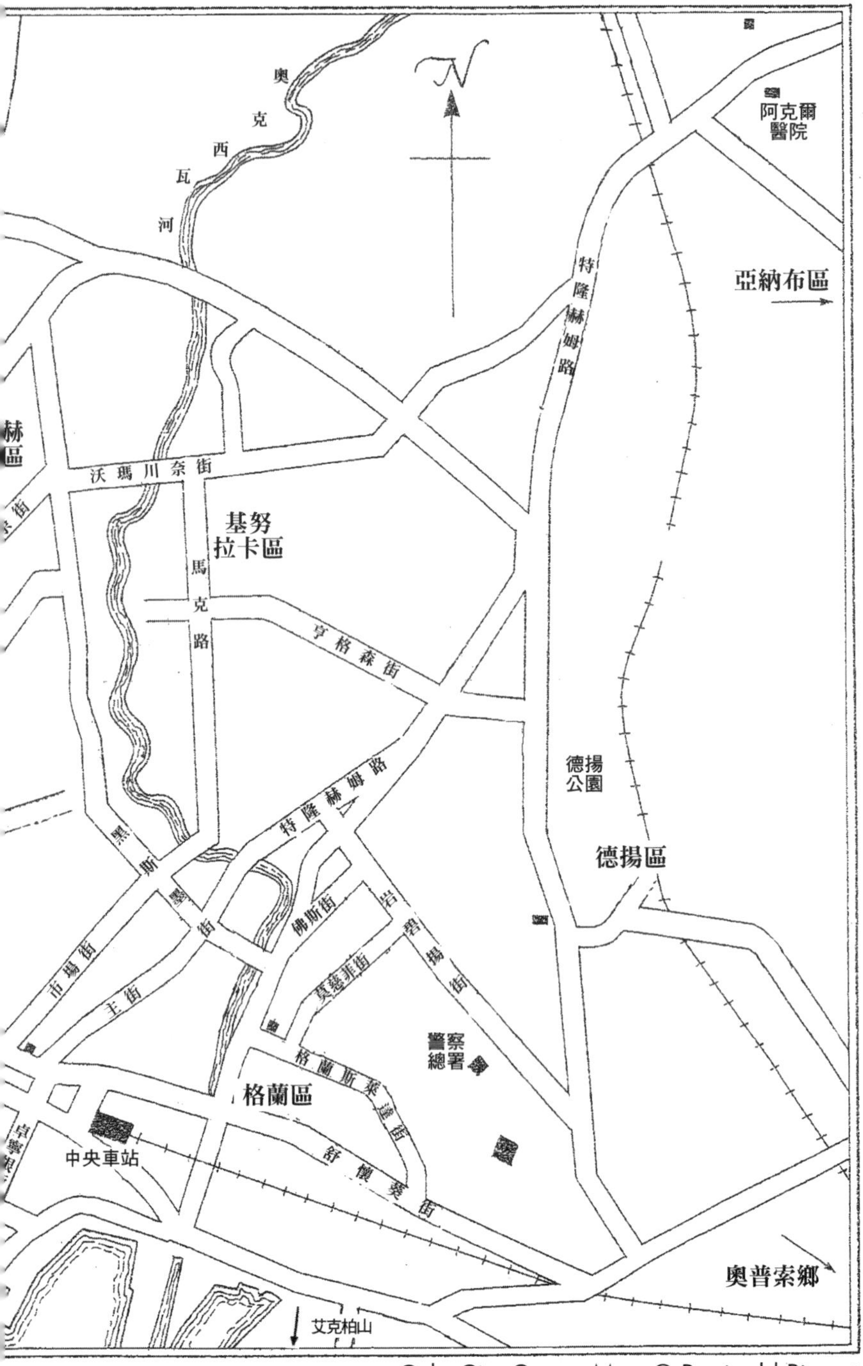

Oslo City Center Map © Reginald Piggott

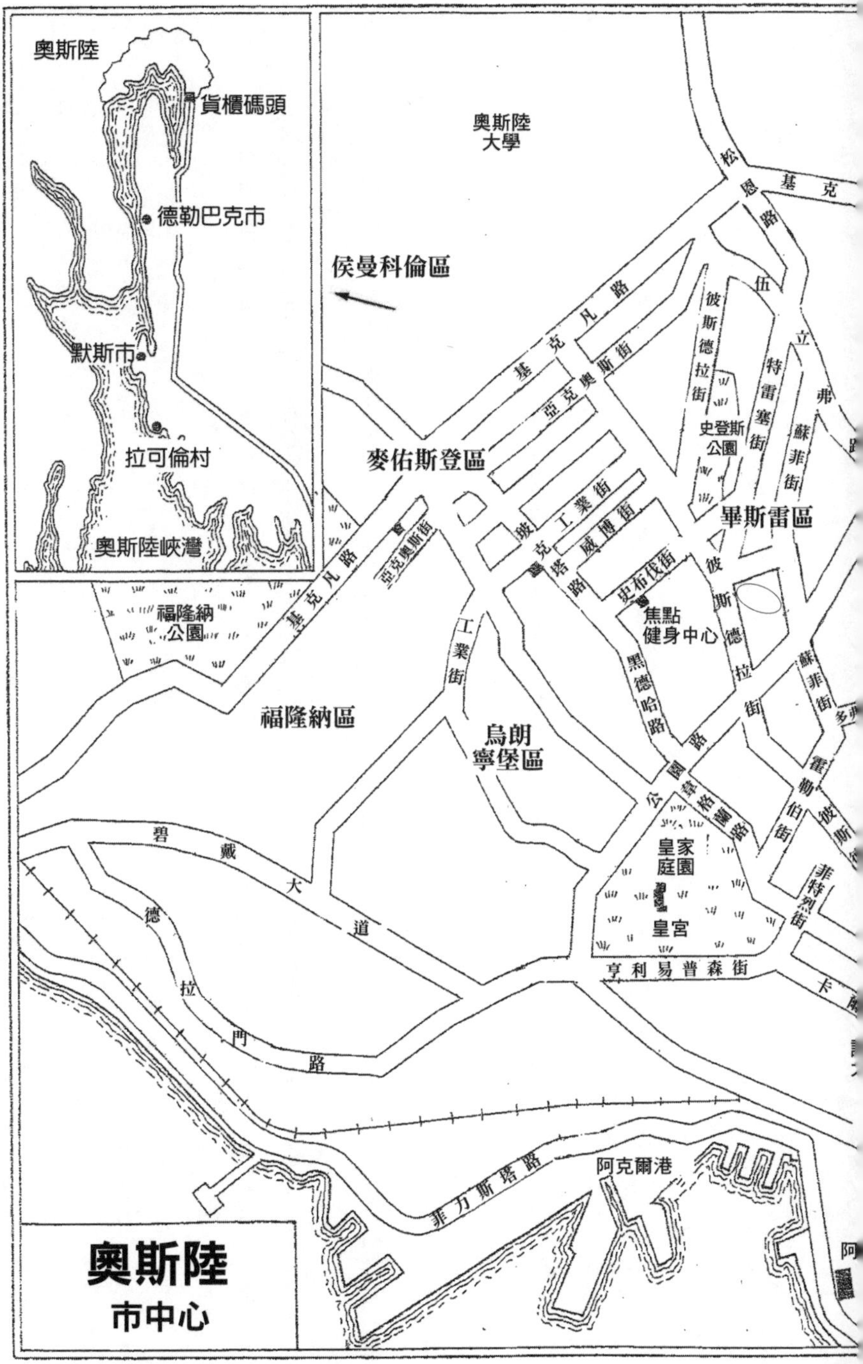
奧斯陸
貨櫃碼頭
德勒巴克市
默斯市
拉可倫村
奧斯陸峽灣
奧斯陸大學
侯曼科倫區
松恩路
基克凡路
亞克奧斯街
麥佑斯登區
彼斯德拉街
特雷塞街
蘇菲街
史登斯公園
畢斯雷區
工業街
彼克塔路
威博街
史布伐街
焦點健身中心
福隆納公園
福隆納區
烏朗寧堡區
黑德哈路
公園路
韋格蘭路
霍勒伯街
菲特烈街
皇家庭園
皇宮
亨利易普森街
碧戴大道
德拉門路
菲力斯塔路
阿克爾港
奧斯陸
市中心

但牠一點一滴恢復勇氣，飛到那被釘上十字架之人的身旁，用牠的小嘴喙在那人額頭上拔去一根嵌入肌膚的尖刺。就在此時，那被釘十字架之人的臉上滑落一滴血，滴在牠的胸口。那滴血迅速蔓延開來，將牠胸前的細小羽毛染成紅色。

那被釘十字架之人張開嘴唇，對鳥兒輕聲說：「由於你的慈悲之心，你贏得了你的種族自創世紀以來所奮力爭取的。」

塞爾瑪．拉格洛芙（Selma Lagerlöf），〈紅襟知更鳥〉（*Robin Redbreast*），
《基督傳》（*Christ Legends*）

第一部　土歸土

1

一九九九年十一月一日。亞納布區收費站路障。

一隻灰鳥悄然飛入哈利的視線內，又悄然飛出。哈利的手指在方向盤上輪敲著。昨天電視上有人談論「度日如年」，現在才叫作度日如年。猶如在聖誕夜等待聖誕老人降臨、在電椅上等待通電行刑。

他的手指敲得更用力了。

他們的車子停在收費站，就停在收費亭後方的開闊區域。愛倫把收音機頻道往上調一格，播報員的話聲流洩而出，語氣嚴肅莊重。

「班機在十五分鐘前降落。清晨六點三十八分，總統先生踏上挪威國土。歐倫薩科市市長親自到場迎接。今天奧斯陸風和日麗，這片美好的挪威秋日景致正好作為高峰會談的絕佳背景。讓我們再聽一次半小時前總統先生在記者會上發表的談話。」

電台已經播出三次總統的談話了。哈利眼前再度浮現大批新聞記者擠在路障前大聲叫嚷的景象。路障另一側是許多身穿灰色西裝的男子，他們身上的穿著只是虛應故事，勉強讓自己看起來不像特勤人員。他們弓起肩膀，又放鬆下來，掃視人群，第十二次檢查耳機位置是否正確，再度掃視人群，目光在一名攝影師手中那稍微過長的望遠鏡頭上多停留幾秒，繼續掃視，第十三次檢查耳機位置是否正確。有人用英文歡迎總統先生，一切安靜下來，接著麥克風發出一聲尖鳴。

「首先，我很高興來到這裡……」總統先生第四次用他那嘶啞濃重的美語口音說道。

「我讀過一篇文章，美國一位知名的心理學家認為這位總統患有ＭＰＤ。」愛倫說。

「ＭＰＤ？」

「多重人格分裂症。就好像《化身博士》裡的傑克醫生和海德先生。那個心理學家認為這位總統的正常人格並不知道另一個人格的存在，而他的另一個『性野獸』人格到處和女人發生關係。這就是為什麼最高彈劾法院不能指控他在法庭上做虛偽陳述。」

「天啊！」哈利說，抬頭看了看在他們上空盤旋的直昇機。

廣播中傳出一人口操挪威腔英語問說：「總統先生，這是您在美國總統任內第四次訪問挪威，請問您有什麼感覺？」

一陣靜默。

「很高興再次來到挪威。我認為更重要的是以色列和巴勒斯坦領袖能夠在這裡會面，關鍵在於……」

「總統先生，您記得上次造訪挪威的事嗎？」

「當然記得。我希望今天的對談讓我們能夠……」

「總統先生，奧斯陸和挪威對世界和平有何重要意義？」

「挪威扮演了非常重要的角色。」

一個不帶挪威腔的聲音問說：「您認為什麼樣的具體結果，才算得上是實際可行的？」

錄音播送到此就被切斷，由播報員的聲音接手。

「我們聽見美國總統表示挪威在……呃，中東和平進程上扮演重要角色。現在總統先生正前往……」哈利呻吟一聲，關上收音機。「愛倫，我們這個國家是怎麼了？」

愛倫聳聳肩。

「經過二十七號檢查站。」儀表板上的對講機發出細碎的劈啪聲。

哈利望向愛倫。

「每個人都在崗位上準備就緒了嗎？」哈利問道。愛倫點了點頭。

「要上場了。」哈利說。愛倫翻了個白眼。自從車隊從加德莫恩機場出發後，這已經是哈利第五次說這句話了。他們坐在車裡，可以清楚看見空曠的高速公路從收費處路障往特蘭斯德區和弗陸薩區的方向延伸而去。車頂的藍色警示燈慢吞吞地轉動著。哈利搖下車窗，把手伸出窗外，拿開一片卡在雨刷下的黃色樹葉。

「那是一隻知更鳥。」愛倫伸手一指：「晚秋很少看得到知更鳥。」

「在哪裡？」

「那裡，就在收費亭的屋頂上。」

哈利低下頭，透過擋風玻璃向外看去。

「我看見了，那是知更鳥？」

「對。不過我想你應該分不出知更鳥和紅翼鶇鳥的差別吧？」

「對。」哈利以手遮眉。難道他近視了？

「知更鳥現在不常見。」愛倫說，旋上保溫瓶的蓋子。

「真的嗎？」哈利問道。

「百分之九十的知更鳥已經移棲到南方去了，只有少數可以說是冒著風險留下來。」

「**可以說是？**」

對講機又發出劈啪聲：「六十二號檢查站呼叫總部。通往勒恩斯庫市的岔道前方兩百公尺處，有一輛沒有標記的車停在路邊。」

總部那頭一個帶有卑爾根腔的低沉聲音回答說：「六十二號請稍等，我們正在清查。」

一陣靜默。

「廁所檢查過了沒？」哈利問，下巴對埃索加油站比了比。

「檢查過了，加油站已經淨空，顧客和員工全都離開了，只剩下加油站老闆，我們把他鎖在他辦公室裡。」

「收費亭也是嗎？」

「對。哈利，放輕鬆，檢查工作都做好了。的確，那些選擇留下來的知更鳥希望今年會是暖冬，這沒什麼不對，只是如果牠們錯了，就得賠上性命。你可能會納悶，牠們為什麼不乾脆飛到南方，以防萬一？這些留下來的知更鳥會不會只是懶惰而已？」

哈利看了照後鏡一眼，只見鐵路橋兩側站著衛兵，身穿黑衣，頭戴鋼盔，脖子上掛著MP5機關槍。即使是在車上，哈利都可以看見衛兵的肢體語言透露著緊繃。

「重點在於如果今年冬天很溫和，牠們就可以在其他同類回來之前，先選好理想的築巢地點。」愛倫說，試著把保溫瓶擠進已塞滿的置物箱。「這個風險成敗參半，你不是春風得意，就是悽慘無比，就看你願不願意賭一把。如果你賭了，有可能某天晚上你會在樹枝上被凍成冰棒，掉下樹來，一直等到春天才融解。如果你不賭，有可能回來找不到地方築巢。這可以說是永遠的兩難困境。」

「妳有穿防彈衣吧？」

哈利扭了扭脖子。「妳到底有穿還是沒穿？」

愛倫用指關節輕輕敲了敲胸部，作為回答。

「輕型的？」

她點點頭。

「媽的，愛倫！我下令要穿防彈背心，不是穿那種米老鼠背心。」

「你知道密勤局穿的是什麼嗎？」

「我猜猜看，輕型背心？」

「沒錯。」

「妳知道我從來不鳥誰嗎？」

「我猜猜看，密勤局？」

「沒錯。」

愛倫大笑。哈利勉強擠出笑容。對講機傳出劈啪聲。

「總部呼叫六十二號檢查站，密勤局說勒恩斯庫市岔道前方停著的是他們的車。」

「六十二號檢查站，訊息收到。」

「妳看，」哈利說，惱怒地打了一下方向盤。「缺乏溝通。密勤局只管做他們自己的事，為什麼他們把車停在那裡我們卻不知道？」

「可能他們在查看我們有沒有盡忠職守吧。」愛倫說。

「那是根據**他們**給我們的指示。」

「別再抱怨了，你還是有機會**做一些**決策的。」愛倫說：「還有，不要再敲方向盤了。」

哈利的雙手乖乖聽話，跳到大腿上。愛倫微微一笑。哈利呼出一口長氣：「好，好，好。」

哈利的手指觸碰到他的配槍底端。他的槍是史密斯威森點三八左輪手槍，可容納六發子彈，腰帶上還掛著兩個備用彈匣，裡頭都有六發子彈。他輕輕拍打那把左輪手槍，心下明白，自己嚴格說起來並未獲得授權配槍。

也許他真的近視了；去年冬天，上過四小時課程之後，他沒通過射擊測驗。雖然這種事並不少見，卻是第一次發生在哈利身上，而他一點也不喜歡自己碰上這種事。他必須再去接受一次測驗——許多人得考個四五次；但基於某個原因，他一直拖延沒去重新接受測驗。

更多劈啪聲傳來：「經過二十八號檢查站。」

「再過一站就進入魯默里克區，」哈利說：「然後是卡利哈根區，再來就輪到我們了。」

「他們為什麼不按照以前的做法，只要說車隊行進到哪裡就好，卻要用這些白癡號碼？」愛倫問道，語氣頗為不滿。

「妳猜。」

兩人同時答說：「密勤局！」然後大笑不已。

「經過二十九號檢查站。」

哈利看了看錶。

「好，再過三分鐘他們就會到達這裡。我會把對講機的頻率調到奧斯陸區。請妳執行最後一次檢查。」

愛倫閉上雙眼，集中注意力，在腦海中逐項核對檢查，然後把麥克風放回原位。「一切都各就各位。」

「謝了。戴上妳的鋼盔。」

「什麼？不會吧，哈利。」

「妳聽見我說的話了。」

「那你自己也戴上鋼盔啊！」

「我的太小了。」

一個新的聲音傳來。「經過一號檢查站。」

「可惡，有時候你真的是……很不專業。」愛倫把鋼盔戴上，扣上下巴固定帶，對後視鏡做個鬼臉。

「我也愛妳喔。」哈利說，透過望遠鏡仔細查看前方道路。「我看見他們了。」

只見通往卡利哈根區的斜坡最高處，浮現了反射著陽光、閃閃發光的金屬。這時哈利只能看見車隊第一輛車，但他知道車行順序：六台挪威警方護衛部門的機車，兩輛挪威警方的護衛警車，一輛密勤局勤務車，然後是兩輛一模一樣的凱迪拉克「弗利伍」元首專用車（由密勤局從美國空運來挪威），其中一輛由美國總統搭乘。美國總統搭乘哪一輛車是機密。或許兩輛車各載了一位美國總統，哈利心想。一輛載的是傑克醫生，一輛載的是海德先生。接著體型較大的車輛出現在望遠鏡中：救護車、通訊車和好幾輛密勤局勤務車。

「看起來風平浪靜。」哈利說。他手中的望遠鏡由右而左緩緩移動。這是個涼爽的十一月早晨，但柏油路面上方的空氣仍然顫抖著。

愛倫看見了第一輛車。再過三十秒，車隊就會通過收費站，屆時他們的任務就算完成一半。再過兩天，相同車隊從反方向通過收費站之後，愛倫和哈利就可以回復正常工作。她比較喜歡在犯罪特警隊跟死人打交道，凌晨三點從床上爬起來，跟暴躁易怒的哈利一起坐在冰冷的富豪（Volvo）警車裡。顯然哈利被賦予的責任十分重大，令他負擔沉重。

車內除了哈利的規律呼吸聲，聽不見一絲聲響。愛倫查看無線電裝置上的指示燈，兩個燈都亮著綠燈。車隊即將行駛到斜坡底端。她決定待會任務結束後，就去塔斯德酒館喝個爛醉。她在塔斯德酒館曾和一個男子眉來眼去；那男子一頭黑色捲髮，褐色眼眸，眼神稍微有點危險，身材精瘦，看起來有些放蕩不羈，是個知識份子。也許……

「搞什麼……」

哈利抓起麥克風。「左邊第三個收費亭有人。誰能確認那個人的身分？」

無線對講機的回答是靜默的劈啪聲。愛倫的視線迅速掃過一個又一個收費亭。在那裡！她在收費亭的褐色玻璃窗內看見一名男子的背影，距離他們只有四十到五十公尺遠。光線從後方射入收費亭，將男子的身影照得十分清楚，連男子肩膀上方突出的一小段槍管和瞄準器也清楚可見。

「是武器！」愛倫大喊，「他拿著一把機關槍。」

「幹！」哈利踹開車門，抓住門框，身形一晃便來到車外。愛倫的眼睛緊緊盯著車隊。車隊距離收費亭不到數百公尺。哈利把頭探入車內。

「他不是我們的人，但有可能是密勤局的人。」他說：「呼叫總部。」手中已握住那把左輪手槍。

「哈利……」

「快點！如果總部說那是密勤局的人，妳就用力按喇叭。」

哈利拔腿朝收費亭奔去。男子的背影看起來身穿西裝。哈利從槍管的形式推測男子拿的是一把烏茲衝鋒槍。清冽的早晨空氣刺痛他的肺。

「警察！」哈利用挪威文大喊，又用英文喊了一次。

沒有反應。收費亭的厚重玻璃窗是專門訂製的，用來隔絕外面的嘈雜車聲。男子轉頭望向車隊，哈利看見男子臉上戴著一副深色雷朋太陽眼鏡。那是密勤局幹員，不然就是有人偽裝成密勤局幹員。

車隊距離二十公尺。

如果男子不是密勤局幹員，怎麼可能進得了上鎖的收費亭？可惡！哈利耳中已聽見機車隊的聲音。他已經來不及衝進收費亭了。

他扳開保險栓，瞄準男子，心中祈禱喇叭聲快點響起，好在封鎖的高速公路上粉碎這詭異早晨的寂靜。他向來不願意接近這種地方。哈利收到的指示很明確，但他無法抵擋洶湧的思潮：**輕型背心。溝通不良。媽的，這不是你的錯。他有沒有家人？**

車隊從收費亭後方筆直駛來，快速接近。再過幾秒，那兩輛凱迪拉克元首車就會通過收費亭。哈利的眼角注意到有物體移動，一隻小鳥從屋頂上振翅飛起。

冒險，還是不要冒險……這是永遠的兩難。

他想起輕型背心是低胸的，便將左輪手槍往下移動一吋。機車隊的怒吼聲震耳欲聾。

2

一九九九年十月五日。奧斯陸。

「這是個大背叛。」光頭男子說，低頭看著稿紙。他的頭頂、眉間、肌肉糾結的前臂、甚至是抓著講台的兩隻大手，上面的毛髮全都剃得乾乾淨淨，非常整潔。男子傾身在麥克風前。

「自一九四五年起，國家社會主義的敵人就是地主；他們發展出民主與經濟原則，加以實行，結果導致世界上永無寧日。即使是在歐洲這裡，我們也遭遇過戰爭和集體屠殺。第三次世界大戰爆發後，數百萬人將活活餓死，歐洲會受到大批外來移民的威脅，移民會帶來混亂、貧困和生存競爭。」

男子頓了頓，凝望四周。屋裡瀰漫一種堅硬如石的靜默；觀眾席上只有一人，坐在男子身後的長椅上，猶豫地拍了拍手。男子繼續往下說，展開重砲轟擊，麥克風下方的紅色指示燈不祥地亮起，顯示錄音訊號不良。

「我們已經非常習慣富裕的生活，以致於我們忘了自己處於這樣的環境中，但是當動亂發生，我們能仰賴的其實只有自己和周圍的社區。只要發生一場戰爭、一場經濟或生態災難，那個將我們迅速變成被動社會附庸的法規網絡會突然消失。上一次大背叛發生在一九四〇年四月九日，當時我們所謂的國家領導人為了保住自己的小命，從敵人陣前逃跑，還帶走了國家儲備黃金，好讓他在倫敦享受奢華的生活。如今敵人再度出現，而那些理應替我們保護權益的人又再次令我們失望。他們讓敵人在我們之間建立清真寺，讓敵人劫掠我們的同胞，讓我們的女人懷有敵人的混血種。我們身為挪威人，必須捍衛自己的種族，消滅那些令我們失望的人。」

他翻到下一頁，但講台前方傳來咳嗽聲，讓他停下手邊動作，抬頭前望。

「謝謝你，我想我們聽到這裡就夠了，」法官說，視線透過眼鏡射出。「檢方律師還有問題要問被告嗎？」

陽光射入奧斯陸刑事法院第十七號法庭，在光頭男子周圍創造出一圈夢幻似的光暈。光頭男子身穿白色襯衫，打一條細長領帶，可能是聽從辯護律師小約翰．柯榮的建議才做這身打扮。柯榮靠在椅背上，中指和食指間夾著一支鉛筆，輕輕彈著。現下這個情況，有許多地方讓柯榮不甚喜歡。他不喜歡檢察官的問題所引導的方向。他不喜歡他的當事人史費勒．歐森公開宣讀自己的綱領，而且史費勒竟然認為捲起袖子向法官和陪審團展示他手上的刺青是恰當的。史費勒的雙肘刺有蜘蛛網，左前臂刺有一排納粹黨徽，右前臂刺有一串古挪威標誌和「瓦爾基莉」[1]這個字，用的是哥德式字體，這是一個新納粹黨的名稱。

這整個過程中有某個東西令柯榮難受不已，他卻說不出那是什麼。

檢察官是個矮小男子，名叫赫曼．葛洛斯。葛洛斯用小指推開麥克風，只見他小指戴著一枚戒指，戒指上刻著律師工會的徽章。

「庭上，我再問幾個問題就結束了。」葛洛斯的聲音溫和謙遜。麥克風下方亮的是綠色指示燈。

「所以說，一月三號九點鐘，你走進卓寧根街的丹尼斯漢堡店，意圖相當明確，是要執行捍衛種族的任務，就像你剛剛說的？」

柯榮透過麥克風發聲。

「我的當事人已經回答過他和越南裔店主發生口角。」紅燈亮起。「他受到挑釁。」柯榮說：「絕對沒有理由指出這是預謀。」

葛洛斯閉上雙眼。

「如果你的辯護律師說得沒錯的話，歐森先生，那麼當時你手裡拿著一根球棒也只是純屬巧合囉？」

「那是為了自衛。」柯榮插口說，情急之下還揮舞雙臂。「庭上，我的當事人已經回答過這些問題

1 Valkyrie，北歐神話中奧丁神的侍女之一，被派赴戰場選擇有資格進入英靈殿（valhalla）的陣亡者。

了。」

法官俯視被告律師，用手摩擦下巴。大家都知道小約翰．柯榮是個辯護高手——約翰．柯榮本人更是箇中翹楚——這也許是為什麼法官最後帶著些微惱怒，同意說：「我同意被告律師的說法。除非檢方律師有什麼新重點要補充，否則我建議我們繼續好嗎？」

葛洛斯張開眼睛，使得虹膜上下兩端出現兩道細長眼白。他垂下頭，將一份報紙舉到空中，動作頗有疲態。「這是一月二十五號的《每日新聞報》，第八頁有一則訪問是被告的意識形態同伴……」

「抗議……」柯榮說。

葛洛斯嘆了口氣。「我改變說法，受訪者是一個表達種族主義看法的男人。」

法官點了點頭，同時瞪了柯榮一眼，以示警告。葛洛斯繼續往下說。

「這位受訪者對丹尼斯漢堡店攻擊事件發表意見，他說我們需要更多像史費勒．歐森這樣的種族主義者，才能重新奪回挪威的控制權。在訪問中，『種族主義者』這個名詞是尊稱。請問被告是否認為自己是『種族主義者』？」

「是的，我是種族主義者。」柯榮還來不及提出異議，史費勒便已答說：「我就是這樣使用這個名詞的。」

「請問你是怎麼使用這個名詞的呢？」葛洛斯微笑問道。

柯榮在桌子底下緊握雙拳，抬頭望向法官席和主審法官兩旁的兩名陪審法官。這三個人將主宰他的當事人往後數年的命運，以及他自己往後數個月在鐸德夏勒酒吧的地位。另有兩位一般公民，他們代表人民，代表一般人所認為的正義。大家習慣稱呼他們為「非職業法官」（Lay Judges），但也許他們已察覺到這個稱呼過於近似「玩樂法官」（Play Judges）。法官右邊的陪審法官是個年輕男子，身穿廉價實用的西裝，幾乎不敢抬起雙眼。法官左側的陪審法官是個略微豐腴的年輕女子，似乎正假裝自己跟得上審判進度，同時卻伸長下巴，好讓她剛開始成形的雙下巴不會被映照在地板上。這些都是一般的挪威人。他們對史費勒．

歐森這種人有什麼了解？他們又想知道些什麼？

八名證人親眼目睹史費勒走進那家漢堡店，手臂下方夾著一支球棒，和老闆何岱互相咒罵了幾聲，然後史費勒舉起球棒便往何岱的頭部敲了下去。何岱現年四十歲，越南裔人士，一九七八年和其他越南難民乘船來到挪威。史費勒揮擊球棒的力道猛烈，致使何岱日後再也無法行走。史費勒再次開口說話時，柯榮已經在心裡盤算好，要用什麼說法向高等法院提出上訴。

「**種族——主義**，」史費勒在他的稿紙中找到定義，唸道：「是一種對抗遺傳疾病、墮落和毀滅的永恆努力，也是一種創造更健康的社會和更優質生活的夢想和渴望。種族混雜是一種雙向的種族滅絕。在一個計畫建立基因庫來保存小甲蟲的世界中，人們通常會接受人類種族的混雜足以摧毀自己這種經過千萬年演化的生物。令人尊敬的《美國心理學家期刊》在一九七二年曾刊登一篇文章，五十位美國和歐洲科學家提出警告，抑制遺傳理論的爭議會帶來危險。」

史費勒頓了頓，朝十七號法庭怒目掃視一周，抬起右手食指。他的頭轉向檢察官，柯榮可以看見他後腦杓和脖子之間刮得乾乾淨淨的一圈脂肪上，刺著蒼白的「勝利萬歲」[2]——一個無聲的尖叫和怪誕的圖樣，正好和法庭上的冷酷詞句形成強烈對比。隨後的靜默中，柯榮聽見走廊傳來嘈雜聲。午餐時間到了，十八號法庭已休庭。時間一秒一秒流逝。柯榮想起他讀過關於希特勒的描述：希特勒在大型集會上為了讓演說得到效果，常會停頓長達三分鐘。史費勒繼續往下說，同時以食指有韻律地敲擊，像是要把字字句句都敲進聽眾的腦子裡。

「你們若是想假裝這裡並沒有發生種族鬥爭，那你們不是瞎了，就是叛國賊。」

他拿起玻璃杯喝了口水，那杯水是庭警放在他面前供他解渴用的。

檢察官插口說：「而在這場種族鬥爭中，只有你和你的支持者有權利發動攻擊是嗎？今天你有許多支持

2 Sieg Heil，常用於納粹黨大會的口號，尤其是在希特勒發表演說後使用，口號通常會重複三次。

者來到了現場。」

旁聽席上的光頭族發出噓聲。

「我們不是發動攻擊，我們是採取自衛。」史費勒說：「這是每個種族的權利和義務。」

長椅上傳來一聲吼叫聲，史費勒聽在耳裡，微微一笑：「事實上，即使是其他種族也存在著具有種族意識的國家社會主義。」

旁聽席傳來笑聲和稀疏掌聲。法官要求肅靜，然後望向檢察官，面露詢問之色。

「我沒問題了。」葛洛斯說。

「辯方律師還要提問嗎？」

柯榮搖搖頭。

「那我就傳喚檢方第一位證人。」

檢察官對庭警點了點頭，庭警打開法庭後方的一扇門。門外傳來椅子刮擦地板的聲音，門打開來，一名高大男子緩步走進門來。柯榮看見男子身穿一件尺寸稍小的西裝外套，黑色牛仔褲，腳上穿一雙大尺寸的馬丁大夫短筒靴。男子頭髮極短，近乎光頭，體格精實健壯，看起來大約三十出頭。然而他雙眼布滿血絲，眼睛底下掛著一對眼袋，膚色蒼白，擴張的微血管散布在臉上，形成一小塊一小塊的泛紅，讓他有如已邁入五十。

「哈利．霍勒警官？」男子坐上證人席後，法官問道。

「是的。」

「我看見你並未提供住家地址，是不是？」

「那是個人資料。」哈利用大拇指往肩膀旁邊比了比。「這些人闖入過我家。」

更多噓聲傳來。

「你宣讀過誓詞了嗎，霍勒警官？也就是說，你宣誓了嗎？」

「是的。」

柯榮的頭搖晃不已，有如某些汽車駕駛人喜歡在置物台上擺放的搖頭狗娃娃。他急急忙忙翻尋文件。

「你在犯罪特警隊是負責調查命案的對不對？」葛洛斯問：「為什麼你被分派來辦這件案子？」

「因為我們對這件案子有了錯誤評估。」

「喔？」

「我們沒想到何岱會活下來。如果你的腦袋被打到開花，裡面的東西跑到外面，通常是不會活下來的。」

柯榮看見兩位陪審法官的臉不由自主抽搐了一下，但這時已無關緊要了。他已經在文件上找到他們的名字，上面寫著：錯誤。

3

一九九九年十月五日。卡爾約翰街。

老哥，你快要死了。

老人步下階梯離開，強烈的秋日陽光照得他雙眼難以睜開，他停下腳步，耳畔仍縈繞著這句話。他的瞳孔慢慢收縮，手緊緊握住欄杆，緩緩深呼吸。他聆聽各種吵雜聲，有汽車聲、電車聲、通知行人可以過馬路的嗶嗶聲；還有說話聲，興奮、開心的話語聲在腳步聲的伴隨下顯得急促。還有音樂。他是否聽過這麼多的音樂？但這些都無法掩蓋這句話的聲音：**老哥，你快要死了**。

他在布維醫生診療室外的階梯上駐足過多少次？每年兩次，前後四十年，算起來一共八十次。八十個平凡日子，就和今天沒有兩樣，但他從未像今天一樣注意到街上是那麼充滿朝氣、那麼歡快、那麼貪求生命的活力。現在是十月，感覺起來卻像是五月的那一天。那一天，和平降臨。他是不是過於誇張了？他聽得見自己的聲音，看得見陽光照出自己的側影，看得見他的臉部輪廓在白灼的光暈中淡去。

老哥，你快要死了。

純白染上色彩，形成卡爾約翰街。老人來到階梯底端，停下腳步，先看看右方，再看看左方，彷彿難以決定要走哪個方向，而後陷入沉思。他抖了一下，像是有人叫醒了他，然後朝皇宮的方向走去。他的腳步有些遲疑，目光下垂，枯瘦的身體佝僂著，身上穿著一件稍微過大的羊毛外套。

「癌細胞擴散了。」布維醫生說。

「這樣啊。」老人答道，望著布維醫生，心中納悶，不知道醫生在醫學院是不是都學到了在談論嚴重問題時要摘下眼鏡，或只是近視的醫生為了避免和病患目光相對才會摘下眼鏡。康亞德．布維醫生的髮際線越來越高，變得有點像他父親。布維醫生眼睛下方的眼袋也散發著不安的氛圍，近似他父親。

「簡單說就是這樣？」老人問這句話的聲音，這五十多年來連他自己都沒聽過。那聲音空洞、嘶啞、發自咽喉，聲帶由於畏懼死亡而顫抖。

「對，事實上還有個問題……」

「拜託你，醫生，我有過面對死亡的經驗。」老人提高音量，選擇能夠迫使聲音保持穩定的字句，他希望布維醫生聽見他穩定的說話聲。他希望自己能聽見自己穩定的說話聲。

布維醫生的目光掠過桌面，越過磨損的拼花地板，射向污穢的窗玻璃之外，並躲在窗外許久，才回來正視老人的雙眼。布維醫生的雙手找到一塊布，不停地重複擦拭他的眼鏡。

「我知道你是怎麼……」

「醫生，你什麼都不知道。」老人聽見自己發出短促乾枯的笑聲。「布維醫生，你別生氣，不過我可以向你保證一件事：你一無所知。」

他注意到布維醫生相當不安，同時聽見房間遠處水龍頭的水滴落到水槽裡的聲音。那是一種新的聲音。驀然之間，他似乎不可思議地擁有二十歲年輕人的聽覺。

布維醫生戴上眼鏡，拿起一張紙，彷彿他要說的話寫在上面，清了清喉嚨說：「老哥，你快要死了。」

老人覺得還是別用那麼親近的口吻比較好。

老人在一群人旁邊停下腳步，耳中聽見漫不經心的吉他撥奏聲，有人唱著一首歌，那首歌對其他人來說一定很懷舊，在他聽來卻不然。他聽過這首歌，那可能已經是四分之一個世紀前的事了，但對他而言卻像是昨天。當時的一切就跟現在一樣——時間越是往前推移，就顯得越靠近也越清晰。他可以記起他多年來不曾想過的事。現在他只要閉上雙眼，就能看見先前他在自己的戰時日記上讀到的事件投射在視網膜上。

「你至少還有一年的時間。」

一個春天和一個夏天。他看得見斯塔德公園的落葉樹上每一片枯黃的葉子，彷彿他戴上一副度數更高的新眼鏡。那些樹木自一九四五年以來就站立在那裡，或者真是如此嗎？那一天，那些樹木不是很清楚，沒有一樣東西清楚。微笑的臉，憤怒的臉，他幾乎難以聽見的喊叫聲，車門被甩上而他眼中似乎噙著淚水，因為當他回想人們在人行道上奔跑時手中揮舞的國旗，國旗是紅色且模糊的。人們高喊：**王儲回來了！**

老人走上山坡，來到皇宮前。許多人聚集在此觀賞衛兵換班。口令的回聲、步槍槍托和鞋跟的擊打聲，撞上淡黃色磚面形成反射。他聽見攝影機在運轉和幾句德語。一對年輕的日本情侶以手臂摟著彼此，高興地站著欣賞衛兵演出。他閉上眼睛，想捕捉軍服和擦槍油的氣味。當然那是不可能的；這裡沒有一樣東西聞起來像他參與過的戰爭。

他張開眼睛。他們知道些什麼？這些身穿黑衣的青年士兵只是君主政體的遊行人偶，表演著象徵性的儀式。他們過於天真，無法了解那些動作的意義，又過於年輕，難以有什麼感覺。他再度想起那一天，想起那些身穿軍服的挪威青年，或稱「瑞典士兵」，他們都這麼稱呼自己。在他眼中，他們都是玩具錫兵；他們不知道如何穿著軍服，更別說是如何對待戰俘。他們既害怕，又粗暴；嘴裡叼著菸，軍帽戴得歪歪斜斜，十分依賴他們新拿到手的武器，試圖用槍托擊打戰俘背部以克服自己的恐懼。

「納粹豬。」他們邊打戰俘，口中邊罵，替他們犯下的罪取得立即的寬恕。

他吸了一口氣，品嚐溫暖的秋日，但這時劇痛來襲。老人搖搖晃晃後退幾步。他肺部積水。十二個月或許更短的期間內，發炎和化膿會產生液體，累積在他的肺部。聽說這是最糟的情況。

老哥，你快要死了。

然後是咳嗽。他咳得那麼劇烈，以致於站在他身旁的人，都不由自主地避開。

4

一九九九年十月五日。維多利亞樓，外交部。

外交次長伯恩特．布蘭豪格大步走過走廊。三十秒前，他離開辦公室；再過四十五秒，他將進入會議室。他在西裝外套內伸展肩膀，感覺外套似乎快容不下自己，感覺到背部肌肉在西裝質料下的緊繃。那叫**背闊肌**——背部上方的肌肉。他現年六十，看起來不超過五十，但他並未忙著維持容貌。布蘭豪格清楚知道自己的外貌是吸引人的，他只需要做一些自己喜愛的重量訓練，冬天在日光浴室裡做幾回日光浴，定期在越來越茂密的眉毛中拔去白毛。

「嗨，莉莎！」經過影印機時他喊道。外交部的年輕女實習生跳了起來，只來得及露出虛弱的微笑，而布蘭豪格已消失在下一個轉角。莉莎是個剛出道的律師，也是布蘭豪格大學時期友人的女兒。她三星期前才開始上班。打從上班那天開始，她就發現外交次長——這棟樓房裡位階最高的公務員——認識她。他能不能擁有她呢？也許吧，但也並非絕對必要。

還沒開門，他就聽見嘁嘁喳喳的說話聲。他看了看錶。七十五秒。然後走進門，將房內快速掃視一遍，確定受到召集的官員全數到齊。

「你就是畢悠納．莫勒吧？」他高聲說，臉上露出大大的微笑，越過桌面，向坐在警察總長安．史戴森旁邊的高瘦男子伸出了手。

「你就是ＰＡＳ對不對？聽說你參加侯曼科倫區接力賽是負責跑上下坡路段。」

這是布蘭豪格愛玩的小把戲，故意對初次見面者隨口透露一些對方履歷上不會註明的小事，好讓對方產生不安全感。使用ＰＡＳ這個縮寫名稱尤其令他開心。ＰＡＳ是機關內部對「Politiavdelingssjef」也就是「犯罪特警隊隊長」的縮寫。布蘭豪格坐了下來，向老朋友庫特．梅里克眨了眨眼，同時細看坐在桌前的其他人。梅里克是「Politiets overvåkningstjeneste」首長，亦即「密勤局」局長。「Politiets overvåkningstjeneste」簡稱ＰＯＴ。

目前為止，沒有人知道誰應該主持這場會議，因為參加者的位階都一樣高，至少理論上一樣高。參加者來自首相辦公室、奧斯陸警區、挪威密勤局、犯罪特警隊和布蘭豪格所屬的外交部。這場會議是首相辦公室召開的，但毫無疑問，安代表的奧斯陸警區和梅里克代表的ＰＯＴ密勤局都希望掌握作業責任，儘管程序上極不可能。首相辦公室的副國務卿臉上則寫著他幻想自己主導一切。

布蘭豪格閉上雙眼聆聽。

寒喧問候的對話停止了，嘁嘁喳喳的談話聲逐漸消退，桌子的一根桌腳發出刮擦聲。還不到時候。他聽見紙張的窸窣聲，原子筆的按壓聲。這些部門首長參加重要會議時，個個都會攜帶個人筆記本，以免稍後大家開始把發生的事怪罪到別人頭上。有人咳嗽，但咳嗽聲來自房間另一端，除此之外，那咳嗽聲聽起來不像是說話前發出的咳嗽。尖銳的吸氣聲。有人說了什麼。

「我們開始吧。」布蘭豪格說，張開雙眼。

眾人轉頭望向他。每次都如出一轍。副國務卿嘴唇半開；安露出嘲諷的微笑，表示她很進入狀況。而其他人只是面無表情看著他，毫無跡象顯示他們知道戰役已經結束。

「歡迎各位參加第一次協調會議。我們的任務是要確保世界上最重要的四個人物進出挪威，多多少少毫髮無傷。」

桌上傳來禮貌的輕笑聲。

「十一月一日星期一，我們將迎接ＰＬＯ（巴勒斯坦解放組織）領袖亞西爾·阿拉法特、以色列總理埃胡德·巴拉克、俄國總理佛拉迪米爾·普亭，最後還有一位同等重要的人物，他就像是蛋糕上的櫻桃：就在二十七天後的清晨六點十五分，美國空軍一號將載著美國總統降落在奧斯陸加德莫恩機場。」

布蘭豪格的視線在一張張臉上移動，一直掃視到桌尾，停留在新人莫勒的臉上。

「前提是那天不起霧。」他說，贏得了滿桌笑聲。他看見莫勒暫時忘卻緊張，和其他人同聲大笑。布蘭豪格回以微笑，露出強健的牙齒。他上次去給牙醫做過美容之後，牙齒比以前更加亮白。

「目前我們手上沒有確切人數，還不知道有多少人會來。」布蘭豪格說：「美國總統訪問澳洲時帶了兩千名隨行人員，訪問哥本哈根時帶了一千七百人。」

桌上傳出喃喃低語。

「但根據我的經驗，推估七百人可能比較實際。」

布蘭豪格對他的「推估」懷有沉著的自信，而這個「推估」也很快就會被證實是正確的，只因他在一小時前收到一份傳真，上頭明列美方來訪人數將為七百一十二人。

「在座有些人可能會納悶，美國總統來參加為期兩天的高峰會為什麼要帶這麼多人馬。答案很簡單，這是傳統的權力修辭。七百人，如果我推測得沒錯，這正好是德皇腓特烈三世在一四六八年進入羅馬所帶的人數，當時他想對教宗展現他是世界上最有影響力的人。」

桌上傳來更多笑聲。布蘭豪格對安眨了眨眼。這參考資料是他從《晚郵報》上看來的。他合起雙掌。

「用不著我來告訴你們，準備時間有多短，這表示我們每天十點都必須在這個房間裡開協調會議。在這四個人脫離我們的責任範圍前，你們全都得放下一切，包括假日不能上酒吧，不能休假也不能請病假。在我們繼續討論之前，誰有問題想提出來？」

「呃，我們認為……」副國務卿開口說道。

「也不准心情低落。」布蘭豪格插口說。莫勒忍不住爆出大笑。

「呃，我們……」副國務卿再次開口。

「輪到你了，梅里克。」布蘭豪格點名。

「什麼？」

密勤局局長梅里克抬起他光亮的腦袋，望著布蘭豪格。

「你不是要公布ＰＯT的威脅評估報告？」布蘭豪格說。

「喔，那個啊，」梅里克說：「我們帶了影本來。」

梅里克來自特浪索市，說話腔調混雜特浪索方言和標準挪威語。他向坐在身旁的女子點了點頭。布蘭豪格的目光在那女子身上逗留。好吧，她沒化妝，一頭短髮，還別著一枚不體面的髮夾，身上穿的是藍色羊毛套裝，乏善可陳到了極點。儘管她讓自己看起來素淨得過份，就像那些害怕自己不被認真對待的職業婦女一樣，但布蘭豪格仍喜歡看她。她的褐色眼眸十分溫柔，顴骨甚高，讓她的容貌散發貴族氣息，幾乎不像是挪威人。布蘭豪格見過這個女子，只不過她剪了新髮型。她叫什麼名字來著？好像是出自《聖經》，是不是蘿凱？也許她最近剛離婚，所以才剪了個新髮型。她傾身靠在她和梅里克之間的公事包前，布蘭豪格的視線自動搜尋她短衫上的領口，但釦子扣得很高，沒讓他看見任何他感興趣的部位。她是不是育有進入學齡期的小孩？她會不會反對白天到市中心旅館開房間？她會不會對權力感到興奮？

布蘭豪格說：「跟我們簡短報告就好了，梅里克。」

「好。」

「我想先說一件事……」副國務卿說。

「我們先讓梅里克說完好嗎？然後你想說多少都行，畢約。」

這是布蘭豪格第一次叫副國務卿的名字。

「ＰＯT認為受到攻擊的風險是存在的，也有遭受損傷的威脅。」梅里克說。

布蘭豪格微微一笑。他從眼角餘光看見警察總長安同樣露出微笑。安是個聰明女子，擁有法學學位和毫無瑕疵的行政紀錄。也許哪天晚上他應該邀請安偕同夫婿到他家裡享用鱒魚晚餐。布蘭豪格和妻子住在諾堡區綠樹帶的一棟寬敞木屋裡，每到冬天，只要穿上滑雪板，踏出車庫，直接就可以滑雪。布蘭豪格愛極了那棟木屋，他的妻子卻覺得那棟木屋顏色太黑。她說那些深色木頭讓她感到害怕，她也不喜歡四周全都被森林包圍。是的，應該邀請他們夫婦來共進晚餐。實心木材，加上他親手捕捉的新鮮鱒魚，這兩樣東西是他想發出的正確信號。

「請容我提醒各位，歷史上曾有四位美國總統死於暗殺。一八六五年的林肯總統、一八八一年的加菲爾德總統、一九六三年的甘迺迪總統、還有……」

梅里克望向那顴骨高聳的女子，女子的嘴唇無聲唸出第四位美國總統的名字。

「喔，對，還有麥金利總統，在……」

「一九〇一年。」布蘭豪格說，露出溫暖的微笑，同時瞥了手錶一眼。

「沒錯。但多年來，試圖刺殺美國總統未果的事件層出不窮。像是杜魯門、福特、雷根在位時都曾經成為重大攻擊的目標。」

布蘭豪格清了清喉嚨：「你忘了現任美國總統幾年前曾遭到槍擊，或至少是他的房子被槍擊。」

「沒錯。但我們不考慮這類事件，因為太多了。我懷疑過去二十年來，有哪個美國總統在任內被暗殺的次數少於十次，而且這些暗殺行動都被破獲，暗殺者也都遭到逮捕。但是媒體卻一無所知。」

「為什麼？」

犯罪特警隊隊長莫勒才想到這個問題就問出口來，和其他人一樣訝異聽見自己的聲音。他發現眾人轉過頭來，便吞了口唾沫，想把視線牢牢鎖在梅里克身上，卻不自禁地朝布蘭豪格的方向望去。外交次長布蘭豪格眨了眨眼，以示鼓勵。

「呃，大家應該知道，暗殺未遂最好不要公開。」梅里克說，摘下眼鏡。那副眼鏡看起來是那種一接觸陽光，鏡片就會自動變暗的眼鏡，是德國老牌男星霍斯特・塔帕特（Horst Tappert）扮演神探戴瑞克時戴的變色眼鏡，德國郵購目錄上的人氣商品。

「暗殺意圖已被證明和自殺一樣具有傳染性。此外，我們的執勤員警也不希望作業曝光。」

「在監視方面呢？我們有什麼計劃？」副國務卿問說。

高顴骨女子遞給梅里克一張紙，梅里克戴上眼鏡閱讀。

「這個星期四美國特勤局會調派八個人過來。我們會開始清查飯店和路線，調查所有可能接觸美國總統的人員，並且訓練挪威警察展開部署。我們還必須請求魯默里克區、亞斯克市、貝蘭姆市提供警力支援。」

「這些警力要用來做什麼？」布蘭豪格問道。

「主要是執行監視勤務，部署在美國大使館、隨行人員下榻旅館、停車場……」

「簡而言之，美國總統不在的地方。」

「POT和美國特勤局會負責這個部分。」

「梅里克，我以為你不喜歡執行監視任務？」布蘭豪格說，做個假笑。

這喚起梅里克的回憶，使他做個鬼臉。一九九八年在奧斯陸採礦大會上，POT密勤局根據自己做的威脅評估，拒絕提供監視勤務。他們判定奧斯陸採礦大會只有「中度到低度風險」。大會第二天，挪威移民局表示POT密勤局清查過的一名挪威籍司機其實是波士尼亞裔穆斯林，而這名司機負責載送克羅埃西亞代表。這項消息引起大會關注。這名司機在一九七〇年代來到挪威，成為挪威公民已有多年。但在一九九三年，他的父母和四個家庭成員在波士尼亞及赫塞哥維納的摩斯塔市遭到克羅埃西亞人屠殺。警方搜索他的住處，發現兩枚土製手榴彈和一封自殺遺書。當然了，媒體不曾得知此事，但事件的影響擴及政府層級，梅里克的官位眼看不保，直到布蘭豪格的介入。最後負責安全過濾的警監引咎辭職，整起事件才告平息。布蘭豪格記不得那個警監的名字了，但那次事件之後，他和梅里克的工作關係十分良好。

「畢約！」布蘭豪格拍掌大喊：「現在我們都很想聽聽你想告訴我們什麼，快說吧！」

布蘭豪格掃視全場，目光快速掠過梅里克的助理，但不致於快到沒注意到她在看他。也就是說，她往他的方向看來，但眼神毫無表情，一片空洞。他暗想是否該回看她一眼，看看當她發現他在注意她，會露出什麼表情。但他打消了這個念頭。她叫什麼名字來著？是不是蘿凱？

5

一九九九年十月五日。皇家庭園。

「你死了嗎？」

老人張開眼睛，看見身旁浮現一人的頭部輪廓。那人的臉龐融合成一團白光。那是她嗎？她要來接我了嗎？

「你死了嗎？」那光亮的聲音又問了一次。

他沒回答，因為他不知道自己的眼睛是否張開，或者自己只是在做夢。又或者，就如同那聲音問的，他也許已經死了。

「你叫什麼名字？」

那人移動頭部，老人看見樹梢和藍天。他做了一場夢。夢裡有詩。**德國轟炸機大軍壓境**。這是努達爾·格里格[3]的詩句。國王避逃英國。他的瞳孔開始適應光線，他記起自己坐在皇家庭園的草地上休息。他一定是睡著了。一個小男孩在他身旁蹲下，黑色流蘇般的頭髮下是一對褐色眼眸，這對眼眸正望著他。

「我叫阿里。」小男孩說。

這小男孩是巴基斯坦人？他生著一個奇怪的朝天鼻。

「阿里是神的意思。」小男孩說：「你的名字是什麼意思呢？」

「我叫丹尼爾，」老人微笑說：「這個名字出自《聖經》，意思是『神是我的審判者』。」

3 Nordahl Grieg，1902-1943，挪威詩人、編劇和記者。二次大戰時反對德國納粹佔領挪威，一九四〇年搭船逃到英國，同一條船上還有挪威王室成員。

小男孩望著他。

「所以說，你是丹尼爾？」

「對。」老人說。

小男孩目不轉睛看著老人，老人給看得有點困窘。也許小男孩以為他是遊民，裹著所有衣服躺在地上，把羊毛外套當作地毯睡在溫熱的太陽底下。

「你媽媽呢？」老人問，避開小男孩的好奇目光。

「在那裡。」小男孩轉過頭去，伸手一指。

只見不遠處有兩個深色皮膚的健朗女子坐在草地上，四個孩童在她們周圍笑鬧嬉戲。

「那我就是你的審判者囉。」小男孩說。

「什麼？」

「阿里是神，不是嗎？神是丹尼爾的審判者。我叫阿里，你叫……」

老人伸手去擰阿里的鼻子，阿里開心地發出尖叫。老人看見那兩名女子轉過頭來；其中一名女子站了起來，老人鬆開手。

「阿里，你媽媽。」老人說，轉頭望向那個朝這裡走來的女子。

「媽咪！」小男孩叫道：「妳看，我是這個人的審判者。」

那女子用烏都語對小男孩喊了幾句話。老人面帶微笑，但那女子避開老人的視線，目光緊鎖在兒子身上。小男孩終於乖乖聽話，朝母親走去。他們轉頭望向這邊時，女子的視線只是掃過老人，彷彿老人並不存在。老人想對那女子解釋說他不是遊民，他曾經參與塑造這個社會。為此他曾投注大量精力，貢獻他的所有，直到再沒有什麼可以付出，除了讓步、放手、放棄。但他無法放手，他累了，只想回家好好休息，理出頭緒。該是時候讓某些人付出代價了。

他離去時，並未聽見那小男孩在他身後喊叫。

6

一九九九年十月九日。格蘭區，警察總署。

愛倫．蓋登抬頭望向衝進門來的男子。

「哈利，早安。」

「幹！」

哈利一腳踹向他桌旁的垃圾筒，垃圾筒撞上愛倫椅子旁的牆壁，滾倒在鋪了油地氈的地板上，裡頭的垃圾散落一地：包括丟棄的報告（艾克柏區命案）；一包二十支裝的空菸盒（駱駝牌，貼有免稅貼紙）；綠色「早安」牌優格罐；一張撕過的電影票（《賭城風情畫》）；一張用過的游泳池優待票；一本音樂雜誌（《MOJO》，第六十九期，一九九九年二月，封面是皇后合唱團）；一瓶可樂（塑膠瓶裝，半公升）；一張黃色便利貼，上頭寫了一組電話號碼，他想打這個電話有好一陣子了。

愛倫的視線離開電腦，細看散落地上的垃圾。

「哈利，你把《MOJO》雜誌丟掉？」愛倫問說。

「幹！」哈利又罵了一聲，奮力脫下他那件稍緊的西裝外套，揮手一擲。西裝外套飛越他和愛倫共用的二十平方公尺辦公室，擊中衣架，滑落地面。

「怎麼了？」愛倫問，伸手扶住晃動的衣架，以免衣架倒落。

「我在我的信架裡發現這個。」

哈利揮舞手中一份文件。

「看起來像是法院判決書。」

「沒錯。」

「丹尼斯漢堡店那件案子？」
「對。」
「然後呢？」
「他們重判史費勒．歐森三年半。」
「天啊，那你應該高興得不得了才對。」
「我是高興了大概一分鐘，然後我看到這個。」
哈利舉起一張傳真。
「怎麼樣？」
「柯榮今天早上收到判決書之後做出了回應，他傳給我們一份傳真，警告說他要主張程序錯誤。」
愛倫做個鬼臉，彷彿嘴裡吃到難吃的東西。
「嗯。」
「他要推翻整個判決。媽的妳一定不會相信，那個狡猾的柯榮抓住宣誓這個把柄，將了我們一軍。」哈利站在窗前說：「陪審法官只要在他們第一次執行職務前說一次誓言就可以了，但一定要在案件開始審理前在法院宣誓。柯榮發現其中一個陪審法官是新來的，而且她沒在法院宣誓。」
「那叫做宣讀誓詞。」
「對。結果根據判刑證明書，主審法官是在他的辦公室替那個陪審法官進行宣讀誓詞，就在這件案子開庭之前。主審法官把這件事歸咎於時間緊迫和規定太新。」
哈利把傳真捏成一團，擲了出去，紙團畫出一個大弧線，掉落在愛倫的廢紙簍前，只差半公尺。
「最後的結果呢？」愛倫問，把紙團踢到哈利那半邊的辦公室。
「判決會被視為無效，史費勒至少十八個月就能獲釋，除非本案再審。根據經驗法則，判決將會輕很多，這是因為等待時間對被告造成了壓力……諸如此類的鬼話。史費勒已經被拘留八個月，媽的很可能他已經被釋放了。」

哈利並不是在對愛倫說話；愛倫對這件案子知之甚詳。他是對著自己在窗戶中的影像說話，把話盡可能說清楚。他的雙手交叉在汗濕的頭頂，原本的五分頭金髮最近才剛剪短，根根直立如刺。他之所以把頭頂的頭髮也剪短的原因很簡單：上星期他又被認了出來。一個頭戴黑色羊毛帽、腳穿耐吉球鞋、褲子又大又垮而褲襠幾乎懸在膝蓋之間的年輕男子，走到哈利面前，年輕男子的同伴在他身後不斷竊笑。年輕男子問哈利說他是不是「澳洲那個像布魯斯．威利的傢伙」。那已經是三年前的事了，三年！當時哈利的臉部照片被登上各大報紙頭版，另外他還上了電視節目，談論他在雪梨射殺的連續殺人犯，讓自己出糗。事後哈利立刻剃光頭髮。愛倫則是建議他把鬍子刮掉。

「最惡劣的是，那個混蛋柯榮在判決出爐前一定就已經準備好上訴書了。他大可以提出來的，讓那個陪審法官在法庭上宣讀誓詞，可是他只是坐在那裡，搓著雙手等待。」

愛倫聳聳肩。

「這種事就是會發生。被告律師幹得漂亮。總有些東西會在法律聖壇上被犧牲。哈利，你振作一點。」

愛倫的語氣夾雜了諷刺和理性的事實陳述。

哈利把額頭抵在冰涼的玻璃窗上。今天又是一個意料之外的溫暖十月天。他不禁納悶，怎麼愛倫這個有一張白皙如洋娃娃的甜美臉蛋、有個櫻桃小嘴、眼睛渾圓像彈珠的清新年輕女警，竟然築起了這麼堅固的盔甲。愛倫來自中產階級家庭，根據她自己所說，她是個被慣壞了的獨生女，曾經就讀瑞士的寄宿女校。天知道？也許那**的確**是個十分嚴酷的生長環境。

哈利仰頭呼出一口氣，解開一顆襯衫鈕子。

「再說啊，再說啊。」愛倫輕聲說，雙手拍掌表示鼓勵。

「在新納粹圈裡，大家都叫他蝙蝠俠。」

「原來如此，揮舞**球棒**（Baseball bat）的蝙蝠俠（Batman）。」

「蝙蝠俠不是指史費勒那個新納粹份子，而是指那個律師柯榮。」

「了解。很有趣。這表示他長得帥、富有、瘋狂、有六塊腹肌和一輛很酷的車子囉？」

哈利大笑。「愛倫，妳應該自己開個電視節目才對。那是因為蝙蝠俠總是贏家。再說，他結婚了。」

「扣分的只有這一項嗎？」

「除了這一項……還有他每次都把我們當猴子耍。」哈利說，替自己倒了一杯愛倫的自製咖啡。兩年前他們搬進這間辦公室時，愛倫把她的咖啡也一起帶來。如今哈利的味蕾已無法忍受一般的咖啡。

「他會當上高等法院法官？」愛倫問。

「而且不到四十歲。」

「超過四十歲，跟你賭一千克朗。」

「賭了。」

兩人大笑，舉起紙杯乾杯。

「那本《MOJO》雜誌可以給我嗎？」她問道。

「裡面有佛萊迪．摩克瑞[4]的十大最糟摺頁照。露胸、兩手叉腰、齙牙突出。簡直糟透了。給妳。」

「我喜歡佛萊迪．摩克瑞，真的。」

「我沒說我不喜歡他。」

哈利在椅子上坐下，靠上椅背，陷入思潮之中。那張已有破洞的藍色辦公椅，高度一直都維持在最低的一格。哈利坐下時，辦公椅發出尖鳴，以示抗議。哈利從面前的電話上撕起一張黃色便利貼，上面有愛倫的字跡。

「這是什麼？」

4 Freddie Mercury，1946-1991，皇后合唱團的主唱。

「你應該識字吧？莫勒找你。」

哈利快步走過走廊，想像當他的頂頭上司莫勒如果聽見史費勒再次逃過法律制裁，肯定會噘起嘴唇，雙眉深鎖。

影印機旁一個粉紅色臉頰的年輕女子看見哈利經過，立刻抬起雙眼，露出微笑。哈利並未回以微笑。那年輕女子也許是個女職員，她的香水味又香又濃，令哈利覺得不甚愉快。他看了看錶上的秒針。

所以說現在香水開始可以惹惱他了。他是怎麼了？愛倫說他缺乏天然浮力，或不管那叫什麼名稱，大多數人都可以藉著它再度浮到水面。哈利從曼谷回來之後，經歷很長一段時間的低潮期，讓他考慮再也不要回到水面了。他覺得每一件事物都冰冷黑暗，他的每一種感官似乎都有點遲鈍，彷彿他深深地沉浸在水中。那是多麼安靜美好。人們跟他說話時，話語就像是口中吐出的泡泡，快速向水面浮去。這就是溺水的感覺吧，他心想，並且等待著。但什麼事也沒發生。只有空虛。不過那沒關係。他熬了過來。

幸虧有愛倫。

哈利回來後的前幾個星期，每當他必須放棄工作並且回家，愛倫都會伸出援手。她會確定哈利不會上酒館；當他上班遲到時，她會命令他呼氣檢查，之後再視情況宣布他是否適合值勤。她曾多次叫哈利回家，但從不聲張。這個過程需要花費時間，而哈利也沒別的事好做。當她確認哈利連續保持五天清醒狀態的第一個星期五，滿意地點了點頭。

最後哈利直接了當問愛倫，為什麼警校出身而且擁有法律學位、前途一片光明的她，要自願扛下這個重擔？難道她不知道這對她的事業沒有任何好處嗎？她是不是難以結交正常、成功的朋友？

愛倫望著哈利，一臉嚴肅，回答說她之所以這麼做只是為了想吸收他的經驗，而他是犯罪特警隊最優秀的警探。這當然是一派胡言，但她畢竟費了唇舌，讓他聽起來依然受用。再說，愛倫是個充滿幹勁和雄心的警探，很難不被她感染。最後六個月，哈利甚至開始有不錯的表現，有些表現甚至稱得上是出色，史費勒的案子就是一例。

哈利來到莫勒的辦公室門前，從一位便服警官身邊經過，對他點了點頭，那警官裝做沒看見。

如果他是瑞士電視真人實境秀「魯賓遜探險記」的參賽者，哈利心想，不出一天他們就會發現他運氣壞到家，叫他回家吃自己。叫他回家吃自己？天哪，他腦子裡思考用的語句已經被三號電視台那些爛節目給同化了。每天晚上在電視前待五小時就是會產生這種副作用。他是故意把自己鎖在蘇菲街自家的電視機前，這樣他才不會坐在施羅德酒館裡。

他在名牌下方敲了兩聲，名牌上寫著：「畢悠納．莫勒，PAS」。

「請進！」

哈利看了看錶。七十五秒。

7

一九九九年十月九日。莫勒的辦公室。

犯罪特警隊隊長畢悠納．莫勒可說是躺在椅子上，而非坐在椅子上，他的一雙長腿從桌腳之間伸了出來，雙手交疊腦後——早期人種研究員會將他的頭部視為「長頭顱」的美麗樣本，他的耳朵和肩膀之間夾著電話。莫勒的髮型近乎平頭，哈利最近才拿凱文．科斯納在電影《終極保鑣》中的髮型來跟他相比。莫勒沒看過《終極保鑣》。他有十五年沒踏進電影院了，因為命運賦予他超強的責任感，卻給他太少的時間，他的兩個小孩和妻子直到最近也才只是多了解他一點點而已。

「那就這麼辦。」莫勒說，掛上電話，越過辦公桌看著著哈利。辦公桌上有大量公文、幾個滿溢的菸灰缸、幾個紙杯。桌上型電腦上擺著一張照片，裡頭是兩個身穿北美印地安服裝的男孩，這張照片似乎是混亂中唯一合乎邏輯的中心。

「哈利，你來啦。」

「我來了，長官。」

「我去外交部開過會，討論十一月在奧斯陸舉行的高峰會。美國總統要來……呃，你應該看過報紙了吧。要喝咖啡嗎，哈利？」

莫勒站了起來，跨出幾個大步，來到檔案櫃前。檔案櫃上方高高堆著一疊文件，勉強維持平衡，另有一台咖啡機發出噗噗聲，流出黏稠液體。

「長官，謝謝，可是我……」

太遲了，哈利接過熱氣蒸騰的紙杯。

「我特別期待密勤局的來訪，我確定在我們了解彼此之後，可以發展出友好的關係。」

莫勒從未學會如何諷刺，這是他的個人特質中哈利欣賞的其中一個。

莫勒縮起膝蓋，頂住桌底。哈利靠上椅背，從褲子口袋拿出一包皺巴巴的駱駝牌香菸，揚起雙眉，做出詢問的表情。莫勒立刻會意，把一個滿溢的菸灰缸推到哈利面前。

「我負責往返加德莫恩機場的道路安全和美國總統的安全，另外還有巴拉克……」

「巴拉克？」

「埃胡德．巴拉克。以色列總理。」

「天啊，是不是又要簽個美好的奧斯陸協議[5]了？」

莫勒無精打采地凝視一絲絲藍色煙霧飄上天花板。

「別跟我說你還沒聽說這件事，哈利，不然我會更擔心你。上星期所有報紙的頭版都在報導這件事。」

哈利聳聳肩。

「送報童很不可靠，害我的常識出現嚴重的斷層，替我的社交生活帶來巨大的負面影響。」哈利又謹慎地啜飲一口咖啡，但還是選擇放棄，把咖啡推開。「我的愛情生活也深受影響。」

「真的？」莫勒望著哈利的表情，顯示他不知道自己對兩人接下來的談話是該興味盎然還是該擔心。

「當然囉，一個三十五歲左右的男人對『魯賓遜探險記』參加者的生活如數家珍，卻說不出任何一個國家元首或以色列總統的名字，誰會覺得這樣一個男人性感呢？」

「是以色列總理。」

「就是這樣，現在你應該明白我的意思了吧。」

5 Oslo Accords，指一九九三年八月，以色列總理拉賓、外交部長佩雷，與巴勒斯坦解放組織領袖阿拉法特祕密訪問挪威後，達成的和平協議。隔年三人同時獲得諾貝爾和平獎，但在獲獎的翌年，拉賓即遭以色列激進份子刺殺身亡，巴勒斯坦激進組織也開始對以色列發動自殺炸彈攻擊，於是奧斯陸協議遭到無限期擱置。

莫勒想笑，但硬生生止住。他有愛笑的傾向，這是他性格上的弱點。他頭髮甚短，一對招風大耳從頭顱兩側伸出，有如一隻彩色蝴蝶的雙翅。儘管哈利給莫勒添的麻煩多過於幫助，但莫勒身為新升任的PAS，已學到要成為一個職涯規劃完整的公務員，第一條誡律就是必須相挺你的同袍。莫勒清清喉嚨，他已決定要把他擔憂的事問出口，這會有些難堪，因此他先皺起眉頭，向哈利表示他的擔憂純屬公事，無關私人情誼。

「哈利，我聽說你還是會待在施羅德酒館裡。」

「已經少很多了，長官。電視比較精彩。」

「但你還是會坐在施羅德酒館裡喝酒？」

「他們不喜歡客人站著喝。」

「少跟我來這套。你又喝酒了？」

「我只喝到低消。」

「低消是多少？」

「如果我喝得再少，他們就會把我攆出門了。」

這次莫勒忍俊不禁，笑了出來。「我需要三個連絡官來維護道路安全。」莫勒說：「每個連絡官會被分派到十個人員，這十個人員來自阿克什胡斯郡的數個警區，再加上幾個警校畢業生。我想找湯姆・沃勒……」

湯姆是個有種族歧視的渾球，也是即將正式公布的警監人選。哈利聽過湯姆的無數專業表現，知道高層明白如果湯姆升任為警監，社會大眾會對警方產生什麼偏見。除了一點：湯姆一點也不笨，十分遺憾。湯姆擔任警探所立下的功績相當輝煌，連哈利也不得不勉強承認湯姆值得擁有這勢在必行的晉升。

「還有韋伯……」

「那個成天繃著臉的老鬼？」

「……還有你，哈利。」

「你再說一遍？」

「你聽見了。」

哈利做個鬼臉。

「你有任何異議嗎？」莫勒問說。

「當然有。」

「為什麼？這是很光榮的任務，哈利，可以讓你感到驕傲。」

「是嗎？」哈利粗暴地將香菸按熄在菸灰缸裡。「還是說這是復健的下一個階段？」

「你這話是什麼意思？」莫勒臉上浮現受傷的神情。

「我知道在曼谷任務之後，你為了讓我歸隊，曾經無視別人的良心建議，還跟許多人爭吵過，這我永遠感激在心。可是要我去當**連絡官**？這算什麼？聽起來像是你想向那些持懷疑態度的人證明你是對的，他們是錯的。那個霍勒警探正在康復，他可以承擔責任，諸如此類的。」

「那又怎樣？」莫勒再次把雙手交疊在他的狹長頭顱後方。

「那又怎樣？」哈利模倣莫勒的語調。「你在背後就是這樣盤算的嗎？我是不是又成為一個小卒子了？」

莫勒發出一聲絕望的嘆息。

「我們每個人都是小卒子，哈利。每件事背後總是有個隱藏的動機。這件事又不比其他事來得糟。好好表現，這樣對你我都好，難道這件事真有那麼難嗎？」

哈利吸了口氣，想說些什麼，卻停了下來，然後又想再度開口，最後終於放棄原本想說的話，從菸盒裡取出一根菸。

「我只是覺得我他媽的好像是別人下注的賽馬，而且我厭惡背負責任。」

哈利的嘴唇隨意地叼著菸，並未將菸點燃。

他欠莫勒這個人情，但如果他搞砸了該怎麼辦？莫勒有沒有想過這點？要他當**連絡官**？他已經戒酒好一段時間了，但他仍然必須小心，必須步步為營，對每一天都謹慎看待。該死！這不是他當警探的其中一個原因嗎？為了避免有人在他下面，同時讓他上面的人越少越好？哈利的牙齒咬緊香菸濾嘴。

他們聽見咖啡販賣機旁的走道傳來說話聲，聲音聽起來像是湯姆。然後又聽見轟然笑聲，也許是那個女職員發出來的。哈利的鼻腔裡仍殘留著她的香水味。

「幹。」哈利說。**幹**。他咒罵這個字，香菸在他嘴唇上跳動。

哈利陷入短暫沉思時，莫勒閉上了眼睛，現在莫勒雙眼半睜說：「這表示你答應了？」

哈利站起身來，不發一語，轉身出門。

8

一九九九年十一月一日。亞納布區收費站路障。

那隻灰鳥再次悄然飛入哈利的視線，又再悄然飛出。他扣在史密斯威森點三八左輪手槍扳機上的手指又扣得更緊了些，同時他盯著準星，以準星瞄準玻璃窗內那個不動的背影。昨天電視上有人談論「度日如年」。

喇叭，愛倫，按下那該死的喇叭。那人一定是密勤局探員。

度日如年，猶如在聖誕夜等待聖誕老人降臨。

第一輛車經過收費亭，那隻知更鳥依然是他視線外圍的一個黑點。坐在電椅上等待通電行刑……

哈利扣下扳機。一次，兩次，三次。

然後時間如爆發似的加速行進。褐色玻璃窗突然轉白，在柏油路面上噴灑碎片。他看見一隻手臂消失在收費亭玻璃窗的輪廓下，就在昂貴的美國輪胎發出輕響之前——然後消失。

他緊盯著收費亭。好幾片枯葉被車隊經過的氣流捲起，在空中旋轉飄浮，然後落在布滿塵埃的灰色草地邊緣。他緊盯著收費亭。寂靜再度湧來，在這短暫片刻，他腦中想到的只是他站在平凡無奇的挪威收費亭前，這是個平凡無奇的挪威秋日，背景是平凡無奇的埃索加油站。連空氣聞起來都像是平凡無奇的早晨冰涼空氣：有腐葉和汽車廢氣的味道。突然間他想到：也許這一切根本不曾真正發生過。

他依然緊盯著收費亭，後方的富豪警車傳來喇叭聲，彷彿無情的悲嘆，將這天一分為二。

第二部　創世紀

9

一九四二年。

火焰燃亮灰色夜空，彷彿骯髒的遮頂帆布，覆蓋在單調荒蕪的土地上。這片光禿土地將他們包圍。也許紅軍發動攻擊了，也許只是欺敵戰術；除非戰役結束，否則很難明瞭真正局勢。蓋布蘭躺在戰壕邊，雙腿縮在身體下方，雙手握槍，聆聽遠處空洞的隆隆聲響，望著火球從空中向下飛竄。他知道自己不應該望著火球，這樣會導致夜盲，使他看不見蘇聯狙擊兵從無人地帶的積雪中蠕動而出。反正他也看不見狙擊兵，他一個狙擊兵也沒看見過，只是聽從命令開槍射擊而已。就像他現在正在做的。

「他在那裡。」

這句話是丹尼爾．蓋德松說的，他是小隊裡唯一的城市青年。其他弟兄的家鄉名稱，最後一個字多半是以「谷」字收尾。有些谷很廣大，有些谷很深、很荒涼、很黑暗，蓋布蘭的家鄉就是一例。但丹尼爾的家鄉並非如此。丹尼爾外表乾淨，額頭很高，藍色眼眸閃爍光芒，微笑燦爛，活像是從募兵廣告上剪下來的模特兒。丹尼爾是從某個有地平線的地方來的。

「兩點鐘方向，矮樹叢的左方。」丹尼爾說。

矮樹叢？這片土地有如彈坑，哪來的矮樹叢？有的，的確有矮樹叢，因為其他弟兄正在射擊。劈啪聲、砰砰聲、颼颼聲，不絕於耳。每一輪擊發的五枚子彈呈拋物線射出，猶如螢火蟲，畫出一條條彈道線，也劃破黑暗。但這條彈道線會像是突然疲乏似的，速度驟降，沉入某處。無論如何，它看起來就是這樣。蓋布蘭認為速度這麼慢的子彈根本殺不死什麼人。

「要給他跑了！」一個充滿憤恨的聲音吼道。那是辛德．樊科。他的臉幾乎和迷彩服融為一體，臉上那對瞳距稍小的小眼睛凝視著黑夜。辛德來自古布蘭斯達地區的偏遠高山農村，也許位於某個狹窄飛地，是個陽光永遠照射不到的地方，因為他很蒼白。蓋布蘭不知道辛德為何自願來東部戰線，但他聽說辛德的父母和兩個兄弟都加入了法西斯國家集會黨[6]，他們外出時會在手臂上戴上臂章，並回報他們懷疑是游擊隊員的村民同胞。丹尼爾說，總有一天，告密者和那些利用戰爭來滿足私慾的人，都會嚐到鞭笞的滋味。

「他跑不掉的。」丹尼爾低聲說，下巴抵在步槍上。「該死的布爾什維克[7]份子一個也跑不掉。」

「他知道我們看見他了。」辛德說：「他會爬進那邊的窪地裡。」

「他不會的。」丹尼爾說，舉槍瞄準射擊。

蓋布蘭凝望著灰白色的黑夜。雪是白色的，迷彩軍服是白色的，彈火是白色的。夜空再度被燃亮。各種各樣的影子掠過雪地表面。蓋布蘭再次凝望。水平線那端冒出黃紅相間的閃光，跟著是幾聲遙遠的隆隆聲。這一切就像是在電影院裡看電影那樣，很不真實，只不過氣溫是零下三十度，而且沒有人可以助你一臂之力。也許這一次紅軍真的發動攻擊了？

「丹尼爾，你動作太慢了。他跑掉了。」辛德朝雪地吐了口唾沫。

「沒有，他還沒跑掉。」丹尼爾說，話聲更輕了些，跟著舉槍瞄準射擊，再射擊。他的嘴巴似乎不再冒出霜煙。

便在此時，一聲尖銳刺耳的警告哨聲傳來，蓋布蘭撲向鋪滿冰雪的戰壕底端，雙手抱頭。大地搖撼。一塊塊的褐色凍土如雨點般灑落，一塊凍土擊中蓋布蘭的頭盔，他看著凍土從面前滑落。等到確定空中再無凍土落下，他把頭盔推回原位。四周安靜下來，白紗般的雪分子黏附在他臉上。人家都說，你不會聽見擊中你的砲彈碎片的聲音。但蓋布蘭見過太多呼嘯而過的砲彈碎片，知道傳言並非屬實。壕溝裡燃起了火；

6 Nasjonal Samling，挪威的法西斯政黨，一九三三年成立，一九四五年解散。由挪威前國防部長吉斯林（Quisling）和一群支持者所成立。

7 Bolshevik，俄語意為「多數派」，是俄國社會民主工黨中的一個派別，領袖為列寧。一九一七年，布爾什維克派藉由十月革命以暴力奪取俄國政權，最後成為蘇聯共產黨。

隨著火光逐漸減弱，他看見其他人朝他這裡爬行過來，也看見他們的白色臉龐和影子，他們緊貼著戰壕側緣，頭壓得低低的。但是丹尼爾在哪裡？丹尼爾！

「丹尼爾！」

「你說什麼？」

「逮到他了。」丹尼爾說，依然躺在戰壕邊。蓋布蘭不敢相信他耳中聽見的。

丹尼爾滑入戰壕，甩去冰雪和泥土，臉上掛著大大的笑容。「在我們的監視之下，今天晚上沒有一個紅軍混蛋開得了槍。我們替托馬報仇了。」他把鞋跟掘入戰壕邊緣，好讓自己不會從冰面下滑。

「他死了嗎？」這話是辛德說的。「媽的你沒射中他，丹尼爾。我看見那個紅軍士兵躲進窪地裡。」

「沒錯。」丹尼爾說：「可是再過兩個小時就天亮了，他知道他得在天亮前出來。」

「對啊，他出來得有點太早了。」蓋布蘭聰明地補充道：「他是從窪地的另一邊跑出來的，對不對，丹尼爾？」

「不管是不是太早，」丹尼爾微笑說：「他都逃不出我的手掌心。」

辛德嘖了一聲：「你還是別吹牛了吧，丹尼爾。」

丹尼爾聳了聳肩，查看彈膛，扳起扳機。然後他轉過身，把槍揹在肩上，將一腳的戰鬥靴踢入戰壕結凍的那一邊，把自己盪了上去。

「蓋布蘭，把你的鏟子給我。」

丹尼爾接過鏟子，站直身子。他身穿白色冬季軍服，黑色夜空和火光襯出他的身形輪廓，火光有如光暈般遍布在他頭部周圍。

他看起來像天使，蓋布蘭心想。

「幹！老兄，你在幹嘛？」喊這句話的是小組長艾德伐．莫斯肯，這個來自繆南的冷靜士兵很少像組裡的丹尼爾、辛德和蓋布蘭那樣高聲說話。新來的菜鳥如果犯錯，通常會受到大聲斥罵，那些大聲斥罵不知救了多少人性命。這時艾德伐用他那睜得老大的眼睛望著丹尼爾，他那隻眼睛從不合上，即使睡覺也不會合上。蓋布蘭親眼見過。

「丹尼爾，趴下找掩護。」小組長艾德伐說。

但丹尼爾只是微笑，接著他就不見了；只剩下他嘴中冒出的霜煙在他們上方飄浮了短短幾秒鐘。水平線後方的火光沉落，四周又陷入一片漆黑。

「丹尼爾！」艾德伐大喊，手腳並用爬出戰壕。「幹你媽的！」

「你看得見他嗎？」蓋布蘭問。

「他不見了。」

「那個瘋子要鏟子幹嘛？」辛德問，看著蓋布蘭。

「不知道，」蓋布蘭說：「會不會是要移動尖刺鐵絲網？」

「他要移動尖刺鐵絲網幹嘛？」

「不知道。」蓋布蘭不喜歡辛德那雙粗野的眼睛。辛德的眼睛令蓋布蘭想起曾在他們隊上的另一個鄉下青年。那鄉下青年最後發了瘋，一天晚上，他在執勤前在鞋子裡撒尿，結果他的腳趾全得截肢。但他現在已回到挪威老家，也許他畢竟沒發瘋。無論如何，那鄉下青年也有一雙粗野的眼睛。

「也許他去無人地帶散步了。」蓋布蘭說。

「我知道鐵絲網的另一邊是什麼，只是不知道他去那裡幹什麼。」

「說不定砲彈碎片打中了他的頭，」侯格林．戴拉說：「說不定他頭殼燒壞了。」侯格林是小隊裡最年輕的士兵，年僅十八。沒有人真正知道侯格林來從軍的原因。為了冒險吧，蓋布蘭心想。侯格林堅持表示自己欽佩希特勒，但他對政治一無所知。丹尼爾認為侯格林是搞大了某個女孩的肚子，所以才避走他鄉。

「如果那個紅軍狙擊手還活著，丹尼爾走不到五十公尺就會被射殺。」艾德伐說。

「丹尼爾逮到他了。」蓋布蘭輕聲說。

「如果是這樣，其他的紅軍會射殺丹尼爾。」艾德伐說，把手探入迷彩夾克，從胸部口袋抽出一根細細的香菸。「今天晚上外面爬滿了紅軍。」

艾德伐曲起手掌，將火柴包覆在手掌內，用力劃過粗製火柴盒，接著再劃一次，硫磺引燃。艾德伐點燃香菸，吸了一口，便把菸傳下去，不發一語。每位弟兄都緩緩吸一口菸，再把菸傳給旁邊的人。沒有人說話，每個人似乎都沉浸在自己的思緒中。但蓋布蘭知道，他們都和他一樣，正在用耳朵聆聽。

十分鐘過去了，沒聽見一絲聲響。

「他們說飛機要轟炸拉多加湖。」侯格林說。

他們都曾聽說蘇聯人越過冰封湖面，從列寧格勒撤離的傳言。但更糟的是，湖面結冰意味著楚可夫將軍可以將補給品送進遭到圍困的城鎮。

「他們在那裡應該已經餓得倒在街上了吧。」侯格林說，話中指的是東方的蘇聯人。

但自從蓋布蘭被派遣來此之後，這話他不知道聽過多少遍了，他來到這裡已將近一年，而現在只要你稍微把頭探出戰壕，那些紅軍仍會朝你開槍。去年冬天，有些紅軍士兵受夠了，決定換邊站，逃來這邊，求取一點食物和溫暖，於是高舉雙手，往戰壕走來。但現在紅軍逃兵鮮少得見，眼窩深陷的蓋布蘭上星期才看見紅軍逃兵以不可置信的眼神看著他們，原來挪威士兵也和他們一樣面黃肌瘦。

「二十分鐘了。他還沒回來。」辛德說：「他中槍了，葛屁了。」

「閉嘴！」蓋布蘭朝辛德踏出一步，辛德立刻站起來。雖然辛德比蓋布蘭高出一顆頭，但辛德顯然沒有幹架的心情。也許他想起數個月前被蓋布蘭幹掉的那個紅軍士兵。誰想得到親切溫柔的蓋布蘭竟有如此殘暴的一面？那蘇聯兵從兩個監聽哨之間摸進他們的戰壕，幹掉了附近兩個碉堡裡所有睡覺的士兵，其中一個碉堡裡都是荷蘭兵，另一個都是澳洲兵。最後那紅軍士兵潛入他們的碉堡。救了他們的是蝨子。

他們身上到處是蝨子，尤其是溫暖之處，例如手臂下方、腰帶下方、胯間和腳踝。那晚蓋布蘭躺得離門口最近，而且難以入睡，因為他兩條腿都有所謂的蝨瘡，也就是大小如小硬幣的開放傷口，傷口邊緣由於蝨子嚙食而增生變厚。蓋布蘭拿出刺刀，想把蝨子刮掉卻不成功，這時那紅軍士兵站在門口，取下他的步槍。蓋布蘭只看見那紅軍士兵的側影，但一看見他舉起的槍枝輪廓是莫辛納甘步槍，立刻就知道那是敵人。蓋布蘭只憑一把不甚鋒利的刺刀，就老練地割斷了那紅軍士兵的脖子，以致於事後那人被抬出去丟在雪地時，身上的血已經流乾。

「弟兄們，冷靜下來。」艾德伐說，把蓋布蘭拉到一旁。「你得去睡一下，蓋布蘭，你一小時前就下勤務了。」

「我要出去找他。」蓋布蘭說。

「你不要去。」艾德伐說。

「我要去，我……」

「這是命令！」艾德伐搖動蓋布蘭的肩膀。蓋布蘭想掙脫，但小組長艾德伐將他抓得死緊。

蓋布蘭的聲音越拔越尖，因為急切而顫抖，「說不定他受傷了！說不定他被尖刺鐵絲網卡住了！」

艾德伐拍拍他的肩膀。「天就快亮了，」他說：「到時候我們就知道他怎麼了。」

蓋布蘭瞥了一眼其他弟兄，只見他們正靜靜地看著這一幕。然後他們開始跺腳，對彼此竊竊私語。蓋布蘭看見艾德伐走到侯格林身旁，在侯格林耳邊低聲說了幾句話。侯格林聽了，立刻怒目瞪視蓋布蘭。蓋布蘭知道這代表什麼意思。這代表艾德伐命令侯格林看好他。不久之前，有人散播謠言說他和丹尼爾不僅止於好朋友的關係，所以不能信任他們。艾德伐曾直接了當詢問他們是否計畫一起叛逃，他們當然予以否認。如今艾德伐可能認為丹尼爾利用這個機會逃軍了，而蓋布蘭可能計畫去「尋找」同袍，好跟丹尼爾一起投奔到敵軍陣營。這讓蓋布蘭啞然失笑。的確，紅軍擴音器常以德文討好的在貧瘠的戰場上播送說他們會以食物、溫暖和女人來迎接義士來歸。做做這種夢是很不錯，可是真的要**相信**又是一回事。

「要不要來打個賭，看他會不會回來？」那是辛德的聲音。「三份軍糧，賭不賭？」

蓋布蘭放下雙臂，貼在身側，感覺得到迷彩軍服底下的刺刀就掛在腰帶上。

「Nicht schießen, bitte!（**請不要開槍！**）」

蓋布蘭轉過身，赫然看見在他正上方，浮現一張戴著紅軍軍帽的紅潤臉龐，在戰壕邊微笑地向下望著他。那男子從戰壕邊溜了下來，在冰面上施展屈膝旋轉落地法，無聲無息地著地。

「丹尼爾！」蓋布蘭叫道。

「噹噹噹噹！」丹尼爾唱道，舉起紅軍軍帽致意。「Dobry vyecher.（**晚安。**）」

弟兄們個個呆立原地，注視著丹尼爾。

「嘿，艾德伐，」丹尼爾叫道：「你跟我們的德軍朋友最好把東西看緊一點。紅軍和監聽哨之間距離只有五十公尺。」

艾德伐和其他弟兄同樣目瞪口呆。

「丹尼爾，你把那個紅軍士兵埋葬了嗎？」蓋布蘭的臉龐因為興奮而發亮。

「埋葬他？」丹尼爾說：「我甚至還唸了主禱文，唱了首歌給他聽。你是重聽還是耳朵有問題？我相信對面的紅軍全都聽見了。」

丹尼爾跳上戰壕邊，坐了下來，高舉雙臂，開始用溫暖低沉的嗓音唱道：「上主是我們的堅固堡壘……」

弟兄們齊聲歡呼，蓋布蘭笑得激動，眼中泛著淚光。

「丹尼爾，你這個魔鬼！」侯格林喊道。

「不要叫我丹尼爾……叫我……」丹尼爾取下紅軍軍帽，查看帽緣襯裡上的名字。「烏利亞。他的字寫得真漂亮，不過再怎麼樣都還是個布爾什維克份子。」

丹尼爾從戰壕邊一躍而下，環視周圍。「希望沒有人反對一個平凡的猶太名字。」

一陣完全的靜默，接著是哄堂大笑，弟兄們紛紛上前拍打丹尼爾的背。

10

一九四二年十二月三十一日。列寧格勒。

上機槍哨是件苦寒的差事。蓋布蘭把他所有的衣服都穿在身上，但牙齒依然打顫，手指腳趾全都失去知覺。最糟的是雙腿。他在腳上又綁了些布條，但沒什麼用處。

他凝視著黑夜。這天晚上他們沒聽見俄佬有什麼動靜。也許他們都去慶祝除夕了。也許他們都去飽餐一頓，吃的是燉羊肉，或羊肋排。蓋布蘭自然知道蘇聯人已經沒有肉可以吃，但他就是無法不去想食物。至於他們自己，吃的不外乎是平常吃的扁豆湯和麵包。麵包上有一層綠色光澤，但他們早就習以為常。如果麵包發霉得太厲害以致於碎裂，他們就把麵包放進湯裡一起煮。

「至少聖誕夜我們有香腸可以吃。」蓋布蘭說。

「噓。」丹尼爾說。

「丹尼爾，今天晚上什麼人也沒有，他們都坐下來大吃鹿肉，塗上濃濃的淺褐色野味醬汁，搭配越橘和杏仁馬鈴薯。」

「不要又開始談論食物了。安靜下來，看看有沒有發現什麼。」

「我什麼都看不到，丹尼爾，什麼都沒有。」

兩人窩在一起，把頭壓低。丹尼爾戴著紅軍軍帽，鑲有武裝黨衛隊ＳＳ[8]徽章的鋼盔放在身旁。蓋布蘭知道丹尼爾為什麼不戴鋼盔。這種鋼盔的形狀會使得冰雪掃過邊緣時，在鋼盔內造成一種持續的、折磨神

8 Waffen-SS，納粹德國黨衛隊領導的一支準軍事化部隊，由黨衛隊特別機動部隊（SS-Verfügungtruppe）發展而來，是二戰初期裝備最先進的德軍部隊。

經的尖嘯聲，如果你上監聽哨，這種聲音會讓你有得受。

「你的眼睛怎麼了？」丹尼爾問。

「沒什麼，我只是夜視力很差。」

「就這樣？」

「而且我還有一點色盲。」

「有**一點**色盲？」

「我分不出紅色和綠色，它們看起來都一樣。比如說，每次我們週日要吃帶骨肉塊，就會去森林裡採小紅莓，我老是看不到小紅莓……」

「我說過不要再提食物了。」

兩人陷入沉默。遠處傳來機槍的噠噠聲。溫度計顯示零下二十五度。去年冬天，連續幾個晚上都是零下四十五度。蓋布蘭安慰自己說蝨子在這麼寒冷的天氣較不活躍。他要等到下哨，鑽進鋪位的羊毛毯裡頭，才會開始覺得癢。但蝨子比他還耐寒。有次他做了個實驗：他把背心留在冰寒的雪地裡三天，等他把背心拿回碉堡，背心跟一片冰塊沒有兩樣。他把背心拿到火爐前解凍，便看見無數小點回復生命力，四處爬行。他幾欲作嘔，直接把背心丟進火燄之中。

丹尼爾清了清喉嚨。

「你們週日是怎麼吃帶骨肉塊的？」

蓋布蘭二話不說，立刻回應。

「首先呢，爸爸會切開肉塊，態度莊嚴，像個神父，我們這些男孩都坐得端端正正，看爸爸切肉。然後媽媽會在每個盤子上放兩片肉，淋上肉汁，肉汁好濃，媽媽必須充分攪拌才不會沉澱，然後再加上一大把新鮮爽口的球芽甘藍。丹尼爾，你應該戴上鋼盔的，你那頂帽子被砲彈碎片打中怎麼辦？」

「那就想像我這頂帽子被砲彈碎片打中是什麼樣子吧。繼續說啊。」

蓋布蘭閉上雙眼，微笑從嘴邊漾開。

「甜點是燉煮梅乾或布朗尼，布朗尼在外頭很難吃到，是我媽從布魯克林區學來的傳統點心。」

丹尼爾朝雪地吐了口唾沫。根據規定，冬季的站哨時間是一小時，但辛德和侯格林都在發燒，臥病在床，艾德伐只好把站哨時間延長到兩小時，等待小隊恢復戰力。

丹尼爾伸出一隻手，搭在蓋布蘭的肩膀上。

「你想念她對不對？你想念你媽媽。」

蓋布蘭大笑，朝同一塊雪地吐了口唾沫，仰望夜空中凝凍的星星。雪地裡傳來窸窣聲，丹尼爾抬頭望去。

「狐狸。」他說。

簡直不可思議，這裡的每一平方公尺土地都被轟炸過，埋設的地雷比卡爾約翰街的鋪路圓石來得密集，竟然仍有野生動物出沒。雖然為數不多，但他們都親眼見過野兔和狐狸，還有奇特的臭鼬。而士兵們不管看到什麼野生動物都會射殺，只要可以加菜都好。但自從有一名德國士兵出去抓野兔而遭到槍擊，上級就認為紅軍故意在戰壕前釋放野兔，引誘弟兄跑進無人地帶，好像紅軍真的會自願放棄野兔似的！

蓋布蘭用手指觸摸疼痛的嘴唇，看了看錶。距離換哨還有一小時。他懷疑辛德故意把香菸插入直腸，好讓自己發燒；他像是會幹這種事的人。

「你們為什麼要從美國搬來挪威？」丹尼爾問。

「因為華爾街股災。我爸丟了造船廠的工作。」

「你看吧，」丹尼爾說：「都是資本主義搞的鬼。小老百姓只能苦幹實幹，有錢人卻不管是景氣繁榮或經濟崩盤都越來越肥。」

「呃，事情就是這樣。」

「目前為止是這樣，但是即將改觀。一旦我們贏了這場戰爭，希特勒會替人民帶來驚喜，你爸也不用再擔心失業。你應該加入國家集會黨的。」

「你真的相信這些嗎？」

「你不相信嗎？」

蓋布蘭不喜歡提出和丹尼爾相左的意見，因此聳了聳肩做為回應，但丹尼爾又問了一次。

「我當然相信，」蓋布蘭說：「但最重要的是我關心挪威，我不希望挪威有布爾什維克份子。如果他們來了，我們一定會回美國。」

「回到那個資本主義國家？」丹尼爾的聲音變得尖銳了些。「有錢人掌握的民主政治只能碰運氣，還會創造出腐敗的領導者，你寧願這樣？」

「我寧願這樣也不要共產主義。」

「民主政治是不管用的，蓋布蘭。你看看歐洲。英國和法國早在戰爭開打前就已經完蛋了，到處都可以看到失業和剝削。現在只有兩個人夠強壯，能阻止歐洲一路跌到混亂之中，那就是希特勒和史達林。我們只有這兩個選擇。不是姐妹國就是野蠻人。挪威幾乎沒人了解我們有多麼幸運，德國人先來了，而不是史達林的劊子手先來。」

蓋布蘭點了點頭。蓋布蘭之所以點頭並不只是因為丹尼爾說得頭頭是道，更因為丹尼爾說話的方式，他說得那麼確定。

突然之間，地獄湧現，他們眼前的天空變得燦白閃耀，大地搖動，褐色泥土和冰雪似乎射上了砲彈碎片墜落的天空，發出黃色閃光。

蓋布蘭已經雙手抱頭，撲倒在戰壕底部，但這幅景象來得快也去得快。他往上看，戰壕和機槍後方的丹尼爾發出狂笑。

「你在幹嘛？」蓋布蘭喊道：「快拉警報！把大家叫起來！」

但丹尼爾毫不在意。「親愛的老友，」他大聲笑道，眼裡閃著淚光。「新年快樂！」

丹尼爾指著手錶，蓋布蘭這才恍然大悟。原來丹尼爾一直在等待俄佬的新年禮炮，他把手伸進一堆白雪裡，那堆白雪是堆在崗哨前做為隱藏機槍之用的掩蔽物。

「白蘭地，」丹尼爾大喊，得意洋洋地將一個瓶子高舉空中，瓶子裡裝著如同鞋跟那般高的褐色液體。「這我存了三個多月。自己來吧。」

蓋布蘭爬著跪了起來，面帶微笑，望著丹尼爾。

「你先喝。」蓋布蘭高聲說。

「你確定？」

「當然確定，我的老朋友。這是你存下來的。可是不要全喝完了！」

丹尼爾拍打軟木塞側緣，把軟木塞拍了出來，舉起瓶子。

「敬列寧格勒。到了春天，我們會在冬宮彼此敬酒。」他高聲宣告，舉起那頂紅軍軍帽。「到了夏天，我們會回到家鄉，親愛的挪威同胞會為我們歡呼，叫我們英雄。」

他把瓶口對準嘴唇，仰頭痛飲。褐色酒液往瓶口汩汩流動，舞著動著。玻璃瓶身反映沉落的禮炮火光，閃閃發光。多年後，蓋布蘭仍會回想，紅軍狙擊兵看見的是不是瓶身的閃光？下一刻，蓋布蘭聽見尖銳爆裂聲，看見瓶子在丹尼爾手中炸開。玻璃和白蘭地四散飛濺，蓋布蘭閉上眼睛。他感覺得到臉上濕濕的；液體沿著面頰流下，他本能地伸出舌頭，接到了一兩滴。那液體嚐起來幾乎無味，只有酒精和某種液體的味道——某種又甜又有金屬味的液體。而且那液體嚐起來有點黏稠，也許是因為天冷的關係吧，蓋布蘭心想，然後他張開雙眼。他在戰壕裡沒看見丹尼爾。丹尼爾知道自己被發現後，一定是躲到機槍後面去了，蓋布蘭如此猜測，但他感覺到自己的心跳開始加速。

「丹尼爾？」

沒有回應。

「丹尼爾？」

蓋布蘭站起來，爬出戰壕。只見丹尼爾躺在地上，頭部下方是彈帶，臉上蓋著那頂紅軍軍帽。白蘭地和鮮血濺灑在白雪之上。蓋布蘭把軍帽拿了起來。只見丹尼爾睜大雙眼，望著星空，額頭中央有一個黑色大窟窿。蓋布蘭嘴裡仍嚐得到那甜甜的金屬味。他覺得反胃。

「丹尼爾。」

這句話從蓋布蘭的乾燥嘴唇發出，聲音細若蚊鳴。丹尼爾的神情看起來像是個想在雪地裡畫天使的小男孩，結果卻睡著了。蓋布蘭啜泣著，蹣跚地奔向警報器，拉動曲柄把手。火光在他們的藏身之處沉落，警報器的悲鳴聲響起，直上天堂。

「不應該是這樣的。」蓋布蘭只說得出這句話。

嗚嗚嗚嗚嗚——嗚嗚嗚嗚嗚……！

艾德伐和其他弟兄跑了出來，站在蓋布蘭身後。有人喊蓋布蘭的名字，但他沒聽見。他只是不停地轉動把手。最後艾德伐走過來，握住把手。蓋布蘭放開了手，沒有回頭；他只是站在原地，望著戰壕和天空，淚水在他臉頰上凝凍成冰。警報器的悲鳴聲逐漸退去。

「不應該是這樣的。」他低低的說。

11

一九四三年一月一日。列寧格勒。

他們抬走丹尼爾時，丹尼爾的鼻子下方、眼角和嘴唇已出現冰晶。通常他們會把屍體留在原處，等屍體僵硬，比較容易搬動，但丹尼爾擋住了機槍，因此兩名弟兄把丹尼爾拖到主戰壕旁的一條分支壕溝，放在兩箱準備用來燃燒的彈藥箱上。侯格林在丹尼爾頭上綁了麻布袋，好讓他們看不見那張帶著醜陋笑容的死亡面具。艾德伐通報了北區總隊的萬人塚單位，向他們說明丹尼爾的所在位置。北區總隊答應晚上會派兩名運屍兵過來。然後艾德伐命令辛德爬下病床，和蓋布蘭一起值完剩下的哨勤。蓋布蘭和辛德要做的第一件事是清洗機槍上噴濺的血跡。

「他們把科隆市炸成碎片了。」辛德說。

蓋布蘭和辛德並肩伏在戰壕邊，在那個他們曾眺望無人地帶的狹窄窪地裡。蓋布蘭不喜歡跟辛德靠得這麼近。

「史達林格勒市也快要被摧毀了。」

蓋布蘭感覺不到寒冷；彷彿他的頭和身體裡塞滿棉花，再沒什麼東西能打擾到他。他只感覺得到冰冷金屬刺骨地貼在他的肌膚上，以及他不聽使喚的麻木手指。他又試了一次。槍托和扳機裝置已躺在他身旁雪地的羊毛毯上，但最後一個部件很難拆除。他們曾在森漢姆行政區受訓，練習機槍的組合分解，即使蒙著眼睛也能進行。森漢姆位於德軍佔領的法國亞爾薩斯區，美麗溫暖，但是在森漢姆拆解機槍，畢竟和感覺不到手指動作時很不一樣。

「你聽說了嗎？」辛德說：「紅軍會將我們一軍，就像他們將了丹尼爾一軍。」

蓋布蘭記得有一次辛德說他老家位於托騰區郊外的農場，一位德國國防軍上尉聽了之後哈哈大笑。

「Toten. Wie im Totenreich?（**托騰。那是亡者的國度嗎？**）[9]」那上尉大笑。

螺絲從蓋布蘭的鉗夾間滑脫。

「幹！」蓋布蘭的聲音顫抖著。「血把零件都黏在一起了。」

他把擦槍油小管的頂端對準螺絲，然後擠壓。冰冷的天氣使黃色擦槍油變得濃稠遲緩；他知道油可以溶解血液。他耳朵發炎時，就使用過擦槍油。

辛德傾身擺動彈匣。

「老天爺。」他說，抬起雙眼，咧嘴而笑，露出齒縫間的褐色污漬。他沒刮鬍子的蒼白面孔距離蓋布蘭非常近，蓋布蘭聞得到他的口臭。他們來到這裡一陣子之後，都會產生這種口臭。辛德伸出一根手指。

「誰想得到丹尼爾的腦袋裡裝了這麼多東西？」

蓋布蘭別過頭去。

辛德細看自己的手指。「可惜他不太用腦，不然那天晚上他就不會從無人地帶回來。我聽說你們討論過要逃到對面去。這個嘛，你們兩個人真的是……好朋友，是不是？」

蓋布蘭並未立刻聽見辛德說的話；那些話語太遙遠了。片刻之後，話語的回聲傳到他那裡，他感覺身體裡湧出暖流。

「德國人絕對不會容許我們撤退的，」辛德說：「我們會死在這裡，每個人都會死在這裡。你們應該拔腿就跑的。布爾什維克派不會像希特勒那麼殘暴，尤其是對你和丹尼爾這樣的人。我是說，你們是這麼好的朋友。」

蓋布蘭並未回話。現在他的指尖感覺得到暖意了。

「侯格林和我今天晚上想跑到對面去，」辛德說：「以免太遲。」

9 托騰區（Toten）和德文「亡者國度」（Totenreich）音似。

辛德在雪地裡扭過身子，看著蓋布蘭。

「不要那麼吃驚，蓋布蘭。」辛德露出笑容。「不然你以為我們為什麼要報病號？」

蓋布蘭在戰鬥靴裡捲曲腳趾，他感覺得到腳趾了，他的腳趾感覺溫暖安好。不過另外還少了一種感覺。

「你要不要加入我們，蓋布蘭？」辛德問。

蝨子！他感覺到暖和，卻感覺不到蝨子。甚至連他鋼盔下的尖嘯聲都停止了。

「原來散播謠言的人是你。」蓋布蘭說。

「什麼謠言？」

「丹尼爾和我討論的是要去美國，不是投奔蘇聯。而且不是現在，是戰爭**結束以後**。」

辛德聳聳肩，又看了看錶，跪了起來。

「如果你敢投奔到對面，我會開槍。」蓋布蘭說。

「用什麼開槍？」辛德問，比了比毯子上的機槍零件。他們的步槍都放在碉堡裡，兩人都知道等蓋布蘭返回碉堡再出來，辛德早已跑遠。

「蓋布蘭，既然你願意的話，就留在這裡等死吧。替我祝福侯格林，還有叫他跟過來。」

蓋布蘭把手伸進軍服，拔出刺刀。月光照射在霧面精鋼刀身上。辛德搖搖頭。

「你和丹尼爾是夢想家。把刺刀收起來，跟我一起走。紅軍已經在拉多加湖對面取得新的糧食，有新鮮的肉可以吃喔。」

「我不是叛國賊。」蓋布蘭說。

辛德站了起來。

「如果你想用那把刺刀殺我，荷軍監聽站會聽見我們的聲音，拉響警報。動動你的腦筋，你想他們會認為要逃軍的人是誰？是你，還是我？你計畫要逃軍的謠言早就滿天飛，而我是個黨員。」

「辛德．樊科，坐下。」

辛德大笑。

「你下不了手的，蓋布蘭。我要走了。等我離開五十公尺，你再拉警報，這樣你就不會受到連累。」

兩人相互凝望。輕如羽毛的細小雪花開始在他們之間飄落。辛德微笑說：「有月光，又下雪，很奇特的景象對不對？」

12

一九四三年一月二日。列寧格勒。

四人這時所站立的戰壕位於他們的戰線北方兩公里處，戰壕來到這裡又折返，幾乎形成迴圈。上尉站在蓋布蘭面前，頻頻頓足。天空正在飄雪，上尉的帽子已鋪上一層薄薄細雪。艾德伐站在上尉身旁，用一隻圓睜的眼睛和一隻幾乎閉上的眼睛打量蓋布蘭。

「所以說，」上尉說：「Er ist hinüber zu den Russen geflohen? 他逃到紅軍那邊去了是不是？」

「Ja.（對。）」蓋布蘭說。

「Warum?（為什麼？）」

「Das weiß ich nicht.（我不知道。）」

上尉凝視遠方，吸吮自己的牙齒，頓了頓足。接著他向艾德伐點點頭，對他的小組長低低說了幾句話，小組長是陪同上尉前來的下士，然後他們舉手敬禮。兩人離去時踩得腳下白雪嘎扎作響。

「就這樣。」艾德伐說，依然望著蓋布蘭。

「是。」蓋布蘭說。

「稱不上是什麼調查。」

「對。」

「誰想得到會這樣？」那隻圓睜的眼珠毫無生氣地盯著蓋布蘭。

「這裡隨時都有弟兄叛逃，」蓋布蘭說：「他們也沒辦法調查所有的……」

「我是說，誰想得到叛逃的竟然會是辛德？誰想得到他會做出這種事？」

「對，可以這樣說。」蓋布蘭說。

「他竟然臨時起意，站起來就逃跑了。」

「對。」

「可惜那挺機槍不能用。」艾德伐的話聲既冰冷，又帶有諷刺的意味。

「對啊。」

「你也不能呼叫荷軍哨兵？」

「我叫了，可是已經太遲，天色很暗。」

「昨晚月光很亮吧。」

兩人正視彼此。

「你知道我是怎麼想的嗎？」艾德伐說。

「不知道。」

「不對，你知道。我從你的表情可以看得出來。蓋布蘭，為什麼？」

「我沒殺他。」蓋布蘭的目光緊緊鎖在艾德伐那隻獨眼之上。「我試著跟他講道理，可是他不聽，然後他就跑了。我還能怎麼辦？」

兩人呼吸凝重，都在風中弓著背。寒風撕碎他們口中呼出的水汽。

「我記得上次你臉上也有過這種表情，蓋布蘭，就是你在碉堡殺死紅軍士兵的那個晚上。」

蓋布蘭聳聳肩。艾德伐伸出一隻手搭在蓋布蘭的手臂上，他手上的無指手套覆蓋著冰。

「你聽好，辛德不是個好士兵，他也許連個好人都稱不上，可是我們得明辨是非，我們必須維持一定的標準和尊嚴，你明白嗎？」

「我可以走了嗎？」

艾德伐看著蓋布蘭。希特勒在各個戰線不再取得勝利的傳言，這時已開始對他們產生影響。然而挪威志願軍的數量仍節節攀升，丹尼爾和辛德已由兩個來自丁塞市的青年士兵取代。年輕的新面孔不斷冒出來。

有些面孔你會記得，有些面孔一等到他們陣亡你就忘了。丹尼爾是艾德伐會記得的面孔，他心裡清楚。他也知道，再過不久，辛德的面孔就會從自己的記憶中被消除、被抹去。小艾德伐再過幾天就滿兩歲了。他不願意再繼續往下想。

「好，你可以走了。」艾德伐說：「把頭壓低。」

「是，當然。」蓋布蘭說：「我一定會把頭壓低。」

「你記得丹尼爾說過的話嗎？」艾德伐問，嘴角泛起一抹微笑。「他說我們太常彎腰走路，等我們回到挪威，大家都要變成駝背了。」

遠處一挺機槍噠噠噠響了起來。

13

一九四三年一月三日。列寧格勒。

蓋布蘭從睡夢中驚醒。他眨了幾次眼睛，只見上方是一排排鋪架床板。空氣中有木材的酸味和泥土味。他有沒有發出尖叫？其他弟兄都堅稱他們已不會再被他的尖叫聲吵醒了。他躺在床上，感覺心跳慢慢冷靜下來。他抓了抓身體側邊——蝨子永遠不睡覺。

驚醒他的是同一個夢境。他仍然感覺得到爪子抓上他的胸膛，仍然看得見黑暗中的那對黃色眼眸，以及肉食野獸那口散發血液惡臭的森森白牙，口中還不斷流出唾液。他也聽見恐懼的喘息聲。那是他的喘息聲還是野獸的？夢境是這樣的：他同時睡著又醒著，卻無法動彈。野獸的爪子眼看就要抓上他的喉嚨，這時門邊一挺機槍發出噠噠聲，吵醒了他，他看見野獸被子彈打得從毛毯上飛了起來，撞上土壁，然後被子彈撕成碎片。四周安靜下來，地上是一團無可名狀的毛皮，躺在血泊之中。原來那是一隻臭鼬。門口的男子走出黑暗，踏入狹長的月光之中，月光是那麼窄，只能照亮男子的半邊臉龐。但那天晚上的夢境不太一樣。機槍槍口冒著煙，也理當冒著煙，男子一如往常微笑著，但他額頭上有一個黑色大窟窿。男子轉頭面對蓋布蘭，蓋布蘭透過男子頭顱上的窟窿可以看見月亮。

蓋布蘭感覺得到敞開的門口流入冰冷空氣，他轉過頭，動作隨即凝住。他看見門口有個黑影，幾乎擋住整個門口。他還在做夢嗎？那黑影大步走進門來，但光線太暗，蓋布蘭看不清楚那人是誰。

黑影突然止步。

「蓋布蘭，你醒來了嗎？」聲音清澈響亮。原來是艾德伐．莫斯肯。其他鋪位傳來不開心的咕噥聲。艾德伐直接走到蓋布蘭的鋪位前。

「你得起來。」艾德伐說。

蓋布蘭呻吟一聲。「你沒看清楚哨勤名單，我才剛下哨，輪到侯格林了……」

「他回來了。」

「什麼意思？」

「侯格林剛剛來叫醒我。丹尼爾回來了。」

「你在說什麼？」

黑暗之中，蓋布蘭只看見艾德伐呼出的白色氣息。接著蓋布蘭雙腿一盪，下了床鋪，從毯子底下拿出戰鬥靴。他睡覺習慣把戰鬥靴放在毯子底下，避免潮濕的鞋底結冰。他穿上外套，外套就蓋在薄薄的羊毛毯子上，然後跟隨艾德伐走出了門。星星在他們上方閃爍，東方的夜空越來越蒼白。他聽見某處傳來悽慘的嗚咽聲。除此之外，一切都怪異地寂靜。

「那是新來的荷蘭士兵。」艾德伐說：「他們昨天剛到，剛剛才從無人地帶回來，這是他們第一次去無人地帶。」

侯格林以奇怪的姿勢站在戰壕中央，頭歪向一邊，兩隻手臂遠離身體。他把圍巾圍在下巴上，面容憔悴，眼窩深陷，雙眼緊閉，活像是個乞丐。

「侯格林！」艾德伐發出尖銳的命令聲。侯格林醒了過來。

「帶路。」

侯格林前行領路。蓋布蘭感覺心臟越跳越快。冷空氣咬入他的雙頰；他尚未驅走從睡鋪中帶來的溫暖、朦朧的感覺。戰壕十分狹窄，三人必須排成一排才能通過，他感覺得到艾德伐的目光緊盯著他的背。

「這裡。」侯格林說，伸手一指。

風在鋼盔下緣吹出粗啞的呼嘯聲。只見彈藥箱上躺著一具屍體，四肢僵硬地朝兩側張開。飄進戰壕的雪花在屍體軍服上鋪上一層薄薄白雪，屍體頭部綁著麻布袋。

「媽的見鬼了。」侯格林說，搖了搖頭，以足頓地。

艾德伐不發一語。蓋布蘭知道艾德伐在等他開口。

「運屍兵怎麼還沒來收屍？」蓋布蘭終於開口問道。

「他們來**收過屍了**，」艾德伐說：「昨天下午來的。」

「那他們怎麼沒把他收回去？」蓋布蘭注意到艾德伐正在打量他。

「總參謀部那裡沒人知道有人下令要收他回去。」

「是誤會嗎？」蓋布蘭說。

「也許吧。」艾德伐從口袋裡抽出一根抽了一半的細菸，別過頭去避風，曲起手掌點著了菸，然後把菸傳給另外兩人吸上幾口。

「來收屍的運屍兵堅稱昨天已經把丹尼爾安置在北區總隊的萬人塚裡了。」

「如果是這樣，那他不是應該已經被埋葬了嗎？」

艾德伐搖搖頭。

「屍體要經過焚燒才能埋葬。他們只在白天焚燒屍體，不讓紅軍佔到火光的便宜。晚上他們會開挖新的萬人塚，而且沒人守衛。一定是有人從那裡把丹尼爾拖回來。」

「媽的見鬼了。」侯格林又說了一次，接過香菸，貪婪地吸上一口。

「所以說他們真的會焚燒屍體囉，」蓋布蘭說：「天氣這麼冷，為什麼還要燒？」

「這我知道，」侯格林說：「因為地面是冰凍的。春天氣溫上升，泥土會把屍體往上推。」他不情願地遞出香菸。「去年冬天我們把福普斯埋得很深，到了春天我們又撞見了他。呃，至少狐狸沒去動他。」

「問題是，」艾德伐說：「丹尼爾怎麼會跑來這裡？」

蓋布蘭聳聳肩。

「上一班哨是你站的，蓋布蘭。」艾德伐瞇起一眼，轉動那隻獨眼望著蓋布蘭。蓋布蘭緩緩吸了口菸。

侯格林咳嗽幾聲。

「這地方我巡過四次，」蓋布蘭說，遞出香菸。「都沒看見他在這裡。」

「你可以在值哨勤的時候溜去北區總隊，這裡的雪地上還留有雪橇的軌跡。」

「那也可能是運屍兵留下的。」蓋布蘭說。

「軌跡蓋過了先前的戰鬥靴足跡，而且你說你巡過這裡四次。」

「去死啦，艾德伐，我也看得見丹尼爾就在那裡！」蓋布蘭怒火爆發。「當然是有人把他放在那兒，用的說不定就是雪橇。但如果你有認真聽我說話，就會知道是有人在我最後一次巡查之後，才把丹尼爾放在那裡的。」

艾德伐並未答話；他反而臉露不悅之色，從侯格林噘起的嘴中抽出那根僅剩幾公分長的香菸，不以為然地看著菸紙上的濕痕。侯格林沉下臉，從舌頭上挑起幾根菸絲。

「我的老天，為什麼我要大費周章來幹這種事？」蓋布蘭問：「而且我怎麼可能從北區總隊把一具屍體拖來這裡，卻不被巡邏兵攔下來？」

「你可以走無人地帶。」

蓋布蘭不可置信地搖了搖頭。「你以為我瘋了嗎，艾德伐？我要丹尼爾的屍體幹嘛？」

艾德伐吸了最後兩口菸，把菸屁股丟在雪地上，用靴子踩熄。這是他的習慣，他也不知道自己為什麼要這樣做，他就是無法忍受菸屁股躺在地上冒煙。他扭轉鞋跟，地上的冰雪發出呻吟聲。

「不對，我不認為你把丹尼爾拖來這裡，」艾德伐說：「因為我不認為那是丹尼爾。」

侯格林和蓋布蘭往後縮了縮。

「那當然是丹尼爾。」蓋布蘭說。

「或者是體型相當的人。」艾德伐說：「制服上的單位佩章也一樣。」

「那個麻布袋……」

「所以說你看得出麻布袋的不同，對不對？」艾德伐揶揄道，但眼睛瞧的是蓋布蘭。

「那是丹尼爾，」蓋布蘭說，吞了口唾沫。「我認得那雙戰鬥靴。」

「這麼說你認為我們應該叫運屍兵來，替他再收屍一次囉？」艾德伐問說：「這樣就不用去仔細查看了。你就是算準了這點，對不對？」

「艾德伐，你去死啦！」

「我不確定這次是不是輪到我死，蓋布蘭。侯格林，去把麻布袋拿開。」

侯格林張口結舌，望著艾德伐和蓋布蘭，這兩人正怒視彼此，猶如兩頭暴怒的公牛。

「你聽見沒有？」艾德伐吼道：「去把麻布袋割開！」

「我不是很想……」

「這是命令，立刻執行！」

侯格林依然遲疑著。他的目光從艾德伐移到蓋布蘭，再移到彈藥箱上的僵硬屍體。然後他聳聳肩，解開夾克鈕扣，伸手到夾克裡頭。

「等一下！」艾德伐叫道：「你來跟蓋布蘭借刺刀。」

這下子侯格林真被搞得茫然失措，他疑惑地望向蓋布蘭，蓋布蘭搖搖頭。

「你這什麼意思？」艾德伐問，依舊和蓋布蘭面對面。「作戰命令要求我們必須隨身攜帶刺刀，可是你身上卻沒有刺刀？」

蓋布蘭並不答話。

「蓋布蘭，你這個終極刺刀殺戮機器不會把刺刀給搞丟了吧？」

蓋布蘭依然沉默。

「這樣的話，好吧，侯格林，你就用自己的刺刀。」

蓋布蘭心中湧起一股難以抑制的衝動，想把小組長艾德伐那隻圓睜的大眼給挖出來。艾德伐究竟是「小組長」還是「老鼠組長」[10]？他有著老鼠的眼睛和老鼠的腦袋。難道他什麼都不懂嗎？

兩人聽見身後傳來撕裂聲，那是刺刀割開麻布袋的聲音，然後是侯格林倒抽一口涼氣的聲音。兩人同時轉過身去。在黎明的紅光照耀下，只見一張慘白臉龐上掛著可佈的笑容，一雙眼睛瞪著他們，額頭上還有一個由黑色窟窿形成的第三隻眼。毫無疑問，那是丹尼爾。

10 Rottenführer（組長）與Rat-führer音似，Rat為老鼠之意。

14

一九九九年十一月四日。外交部。

布蘭豪格看了看錶，不禁蹙眉。八十二秒，比平常多了七秒。然後他大步走進會議室的門，對著轉頭望向他的四張面孔，用慣常的熱忱語氣高聲說「早安」，同時展露他那著名的亮白笑容。

密勤局局長梅里克和蘿凱坐在會議桌一側。蘿凱頭上別著不相襯的髮夾，身穿女強人式套裝，表情嚴肅。布蘭豪格突然想到，蘿凱身上的套裝對一個秘書而言似乎稍嫌昂貴。他依然認為他的直覺是對的，直覺告訴他，蘿凱是個離婚女子。但也許蘿凱其實婚姻幸福，又或者蘿凱有一對富有的父母？布蘭豪格曾表示這場會議必須完全保密，而他竟然會在這裡再度見到蘿凱，這表示蘿凱在ＰＯＴ的位階比他原本推測得高。他決定查出更多關於蘿凱的事。

安坐在會議桌另一側，旁邊坐著身形瘦高的犯罪特警隊隊長。這個隊長叫什麼名字來著？布蘭豪格先是花了不只八十秒才來到會議室，現在又記不起別人的姓名——他是不是老了？

他還不及細想，昨晚發生的事便湧入腦海。昨天他邀請外交部實習生莉莎共進他所謂小小的工作午餐，餐後他在洲際飯店請莉莎喝了杯酒。他在洲際飯店有個房間供他全年使用，房間費用由外交部支付，讓他進行比較隱密的會議。莉莎是個頗具野心的女子，邀請她並不困難，但場面最後卻搞得不大好看。不過就只有這麼一次而已，或許因為他多喝了幾杯，但肯定不是他年紀太老了。布蘭豪格把思緒掃到腦後，坐了下來。

「謝謝各位在這麼短的時間內前來參加這次的會議，」他開口說：「這次會議的機密程度當然不用我再次強調，但我在這裡還是要再提醒一次，因為在座各位並不是每個人都對我們目前要處理的事情具有豐富經驗。」

布蘭豪格的目光快速掃過眾人，惟獨略過蘿凱，明顯表示這段話是針對她而說。然後他望向安。

「對了，妳那個人怎麼樣了？」

警察總長安．史戴森一臉疑惑，望著布蘭豪格。

「我是說你手下那個警探？」布蘭豪格語帶猶豫：「他是不是叫哈利？」

安向莫勒點頭示意，莫勒連清兩次喉嚨才開口說話。

「以目前這種情況來說，他算很好了，當然免不了有點慌亂，可是……沒問題的。」莫勒聳聳肩，表示沒有太多可說。

布蘭豪格揚起他最近才剛拔過的眉毛。

「他還不致於慌亂到會把消息洩露出去吧？」

「呃，」莫勒說，看見警察總長安迅速轉過頭來，對他斜睨一眼。「我相信那是不致於的。他很清楚這次的事件有多敏感，當然他也發誓會對這件事保密。」

「出這次任務的其他警員也都一樣。」安迅速補充道。

「希望這一切都在掌控之中，」布蘭豪格說：「那麼我就向各位簡短報告最新發展。我剛和美國大使結束一段很長的談話，針對這次的不幸事件，我相信我們對最重要事項都達到了共識。」

布蘭豪格的目光從四人臉上逐一掃過，四人在高度期待的氛圍中凝望著他，等待他告訴他們些什麼。數秒前他感受到的沮喪這時似乎一掃而空。

「美國大使跟我說，你們手下那個人……」布蘭豪格朝莫勒和安望去。「在收費亭槍擊的美國特勤局探員已經脫離險境，目前狀況穩定。他的背椎受傷，有內出血現象，但防彈背心救了他一命。很抱歉我們先前無法查明這項消息，因為我們必須把有關這次事件的訊息交流量降到最低，希望大家可以了解，而且最重要的細節只會透露給少數相關人士知道。」

「他現在人在哪裡？」莫勒問道。

「莫勒隊長，嚴格說起來，你並不需要知道。」

布蘭豪格看著莫勒，只見莫勒臉上浮現一種奇怪表情。這個片刻，會議室內瀰漫一股沉重的靜默。每當有人必須被提醒在工作權限範圍內無須知道更多訊息，情況總會有些尷尬。布蘭豪格微微一笑，張開雙手，表示遺憾，彷彿是說：**我很明白你為什麼會這樣問，但事情就是這樣**。莫勒點了點頭，垂眼望著桌子。

「好吧，」布蘭豪格說：「我只能告訴你這麼多——手術結束後，他就被飛機送去德國的軍醫院了。」

「這樣啊，」莫勒搔搔頸背。「呃……」

布蘭豪格等待莫勒往下說。

「把這個消息告訴哈利，應該沒關係吧？我是說那個特勤局探員正在康復的消息。這樣對他來說會……呃……輕鬆一點。」

布蘭豪格看著莫勒，他有點難以明白犯罪特警隊的人腦子裡究竟在想些什麼。

「那倒可以。」

「您和大使先生達成了哪些共識？」問話的是蘿凱。

「這我等一下會說。」布蘭豪格柔聲道。這正是他接下來要說的重點，但他不喜歡被這樣打斷。「我想先稱讚莫勒和奧斯陸警方對現場的快速評估，如果報告無誤，那個受傷探員在短短十二分鐘內就受到專業的醫療照護。」

「是哈利和他的同僚愛倫・蓋登開車送那個探員到阿克爾醫院。」安說道。

「反應迅速，可圈可點。」布蘭豪格說：「美國大使對這點也讚譽有加。」

莫勒和警察總長安對望一眼。

「此外，大使先生和美國特勤局方面討論過，毫無疑問，美方會展開調查，這是當然的。」

「這是當然的。」梅里克附和說。

「我們也同意這次的錯誤必須歸咎於美方，那名探員不應該出現在收費亭裡。也就是說，美方可以派探員前往收費亭，但必須知會現場的挪威連絡官。此外，派守該地區的挪威警員應該——抱歉，是『可以』——通知連絡官，但他只是確認進入該地區的美方探員的身分。現行命令是特勤局探員可以進出所有保安區域，因此那名警員認為沒有必要通報。現在來回頭檢討，我們也許可以說當時他應該通報。」

布蘭豪格望向安，安並未表示反對。

「好消息是在這個節骨眼上，似乎一點風聲都沒有走漏。但我召開這次會議並不是為了討論我們在最好的情況下該怎麼做，那只不過是比什麼都不做來得稍微好一點而已。我個人認為我們根本就不必打這種如意算盤，如果我們以為這次的槍擊事件不會洩露出去，那就是太過天真了。」

布蘭豪格上下交疊雙掌，彷彿要將這幾句話歸結為適當的重點。

「除了ＰＯＴ密勤局、外交部和協調小組的二十多名人員知道內情之外，另外還有大約十五名警員目睹收費亭的槍擊經過。我並不想說這些人員的壞話。整體來說，我確信他們會依循慣例，遵守保密原則。然而他們只是平凡的警察人員，對於這類情況下必須遵守的保密程度並沒有任何經驗。況且國立醫院、航空公司、經營收費亭的費里內公司和廣場飯店的員工，多多少少都有可能對這起事件起疑。沒有人可以保證附近建築物內沒有人拿望遠鏡跟隨車隊。只要有相關人員透露一句話，那麼整件事就會……」布蘭豪格鼓脹雙頰，做出爆破的嘴形。

會議桌上一片寂靜，直到莫勒清了清喉嚨。

「這件事如果被揭發，為什麼……呃……會是危險的？」

布蘭豪格點點頭，表示這並不是他聽過最愚蠢的問題，卻立刻讓莫勒意識到這正是布蘭豪格聽過最愚蠢的問題。

「美國不只是挪威的盟邦而已。」布蘭豪格嘴角泛起一絲極其細微的微笑，說話語調像是在向一個外國人解說挪威有國王，首都是奧斯陸。

「挪威在一九二〇年是歐洲最貧窮的國家之一，如果沒有美國的援助，挪威現在可能依然是歐洲最貧窮的國家，別聽那些政客胡扯。移民、馬歇爾計劃[11]、貓王和石油開發金援案，讓挪威成為世界上可能是最親美的國家。我們在座每一個人都努力了很多年才爬到今天這個位子，如果給那些政客知道今天在座哪個人必須為美國總統的生命受到威脅而負責的話……」

布蘭豪格讓他尚未說完的話在空中迴盪，目光在桌上四人身上掃了一圈。

「幸運的是，」布蘭豪格說：「美方寧願承認他們的一個特勤局探員犯了錯，也不願意承認他們和最親近的盟友在最根本的層面合作不良。」

「這表示，」蘿凱說，眼光並未離開她眼前的便條紙簿。「……挪威這邊不需要有代罪羔羊。」然後抬起雙眼，直視布蘭豪格。「相反地，我們需要一個挪威英雄，是不是？」

布蘭豪格凝視蘿凱，目光中混雜了驚奇與好奇。他驚奇的是蘿凱竟然這麼快就知道他要說的是什麼，而他之所以好奇，是因為他覺得蘿凱絕對是個值得認識的女子。

「沒錯。當挪威警探開槍射擊美國特勤局探員的消息走漏那天，我們就必須用我們的觀點把事情交代清楚。」布蘭豪格說：「我們的說法必須是挪威這邊並未犯下任何錯誤，我們派守在現場的聯絡官完全根據命令行事，犯錯的完全是美國特勤局探員。這個說法我們跟美方都可以接受。挑戰則在於讓媒體相信，這就是為什麼……」

「……我們需要一個英雄。」警察總長安接口說。

「抱歉，」莫勒說：「這裡是不是只有我沒抓到重點？」他又補上幾聲乾笑，更顯尷尬。

「面對美國總統可能受到生命威脅的緊急狀況，這位挪威警探表現得沉著鎮定。」布蘭豪格說：「當時這位挪威警探不得不假設收費亭裡的人是暗殺者，而且上級曾替這種特定狀況做出明確指示。如果收費亭

11 Marshall Aid，二次大戰後美國對西歐各國進行的經援重建計劃，對歐洲國家的發展和世界政局產生深遠影響。

裡的人真的是暗殺者，他已經救了美國總統一命，雖然結果發現收費亭裡的人不是暗殺者，也不能改變這個事實。」

「沒錯，」安說：「在這種情況下，命令優先於個人判斷。」

梅里克未發一語，只點頭表示贊同。

「很好。」布蘭豪格說：「莫勒，你剛剛說的『重點』，就是說服媒體、我們的長官和本案每一個相關人員：我們的連絡官做出了最正確的動作，我們連一絲懷疑都沒有。『重點』就是我們必須表現得像是他所有的行為和意圖都英勇無比。」

布蘭豪格看得出莫勒十分驚愕。

「如果我們不獎勵這位警探，就等於是有點承認他開槍射擊美國特勤局探員的判斷是錯誤的，連帶的也就表示美國總統來訪時我們安排的維安事宜有疏漏。」

在座四人皆點頭表示同意。

「因此……」布蘭豪格說。他喜歡「因此」（Ergo）這個字，這個字穿有盔甲，幾乎所向無敵，因為它動用了邏輯的威勢。**因為這樣，所以如此**。

「因此，我們頒發獎章給他？」蘿凱又說。

布蘭豪格感覺到一陣惱怒的刺痛。蘿凱說「獎章」的語氣，彷彿是他們正在編寫一齣喜劇的腳本，劇中所有引人發笑的元素運都是發自熱情，也就是說，布蘭豪格的頒獎典禮壓根就是一齣滑稽鬧劇。

「不是，」布蘭豪格緩緩說道，語帶強調之意。「不是頒發獎章。獎章和榮譽沒有份量，也不具有我們想營造的可信度。」他靠上椅背，雙手交疊在腦後。「我們要讓這傢伙升官，把他擢升為警監。」

接踵而來的是長長的靜默。

「警監？」莫勒不可置信地看著布蘭豪格。「他開槍射擊特勤局探員還升他做警監？」

「聽起來可能有點可怕，不過你們可以好好想一想。」

「這……」莫勒眨了眨眼睛，似乎很多話就要衝口而出，但最後還是選擇閉嘴，保持緘默。

「他不必執行一般警監必須執行的任務。」布蘭豪格聽見警察總長安如此說道。安的話語有些猶疑，彷彿正拿一條棉線穿過針孔。

「關於這點我們也稍微想過，安。」布蘭豪格以溫柔的語氣強調安的名字，這是他第一次這麼叫她。安的一條眉毛微微抽動，除此之外，沒有任何跡象顯示她反對布蘭豪格直呼她的名字。布蘭豪格繼續說：「問題在於這個愛扣扳機的連絡官的所有同僚，會不會認為擢升他當警監的這個動作過於明顯，而開始覺得這個頭銜只是個裝飾品，這樣我們就做得不太成功。也就是說，最後我們會落得只是做白工。如果他們懷疑這是個掩飾的手段，謠言就會四起，大家就會覺得我們故意隱藏我們、你們和這個警探捅了個漏子。換句話說，我們必須給他一個職務，讓大家覺得合理，卻又無法仔細查看他到底在做些什麼。再說得白一點，我們擢升他，同時又把他調去執行一個只能讓外人霧裡看花的任務。」

「一個霧裡看花的任務。一個閒缺。」蘿凱諷刺地微微一笑。「聽起來你是想把他送來我們這裡。」

「梅里克，你說呢？」布蘭豪格問。

梅里克搔搔耳背，輕輕地笑了幾聲。

「可以，」梅里克說：「我想我們隨時都可以替一個警監挪出個位子。」

布蘭豪格欠身鞠躬。「這樣你算是幫了我們一個大忙。」

「只要能力所及，我們都應該互相幫助。」

「太好了。」布蘭豪格說，露出大大的微笑，同時瞥了牆上時鐘一眼，表示會議到此結束。椅子的推移聲紛紛響起。

15

一九九九年十一月四日。聖赫根區。

美國歌手王子透過揚聲器縱聲狂歡，彷彿時間停駐在一九九九年。[12]

愛倫望著湯姆．沃勒。湯姆正把一捲錄音帶推入音響，調高音量，使低音喇叭發出的聲音大到震動整個儀表板。王子的尖銳假聲穿透愛倫的耳膜。

「很時髦吧？」湯姆大聲喊道，蓋過音樂聲。愛倫不想冒犯他，只是搖頭。她倒不是有先入之見，認為湯姆容易被冒犯，而是她決定盡量不去惹湯姆不高興，心中只希望湯姆和她的搭檔關係早點結束。他們的主管莫勒言之鑿鑿地說，兩人的搭檔只是暫時的。每個人都知道，到了春天湯姆就會晉升為警監。

「同性戀黑人，」湯姆叫道：「太強了。」

愛倫並不接話。外頭下著滂沱大雨，雨刷雖全速掃動，雨水仍附著在擋風玻璃上宛如一層柔軟的濾鏡，讓伍立弗路上的建築物看起來像是軟軟的玩具屋，如同波浪般扭動著。今早莫勒派他們去找哈利。他們已經去哈利在蘇菲街的住處按過門鈴，確認他不在家。要不然就是哈利不開門，再不然就是哈利**無法**開門。愛倫害怕最壞的事已然發生。她看見人行道上的行人個個都行色匆匆。行人的身形看起來同樣扭曲詭異，猶如遊樂園哈哈鏡中的影像。

「這裡左轉，然後在施羅德酒館門口停車。」愛倫說：「我進去找就好，你在車上等我。」

「好啊，」湯姆說：「酒鬼最糟了。」

愛倫從車外瞥了湯姆一眼，但湯姆的表情並未洩露出他話中的「酒鬼」指的是施羅德酒館早上的客人，

---

12 此處指的是黑人歌手王子（Prince）於一九八二年發行的暢銷專輯《1999》。

還是特別針對哈利。湯姆把車開到施羅德酒館外的公車站停下。愛倫一下車就看見對街開了一家布蘭里咖啡館。也許這家布蘭里咖啡館已經開很久了，她只是沒發現而已。只見咖啡館落地窗前一排高腳凳上坐著許多穿翻領毛衣的年輕人，有的在讀外文報紙，有的凝望窗外大雨，雙手捧著白色大咖啡杯，也許正在想自己是否選對了大學科系？是否選對了設計師沙發？是否選對了伴侶？是否選對了橄欖球俱樂部？是否選對了這個歐洲城鎮？

愛倫走進施羅德酒館的門廊，差點撞上一個身穿冰島毛衣的男子；他的手有如煎鍋那麼大，黝黑而骯髒。男子和愛倫擦身而過，汗水混合腐壞酒精的甜味鑽入她的鼻孔。酒館裡瀰漫著客人稀少的早晨氛圍，放眼望去只有四張桌子有人。愛倫很久以前來過施羅德酒館，她一眼就看出這裡絲毫沒變。只見牆上掛著幾幅數世紀前的奧斯陸大圖片，牆壁漆的是褐色，中央是人造玻璃天花板，有一點英國酒吧的感覺。只有一點點，真要說起來的話，只有**那麼**一點點。店內的塑膠桌椅讓整間酒館看起來比較像是摩爾海岸沿岸渡輪上的可抽菸雅座酒吧。酒館後方有一名身穿圍裙的女服務生，倚著櫃檯抽著菸，悄悄地留意愛倫。哈利就坐在角落的窗戶旁，垂頭望著桌面，面前的啤酒喝了一半。

「嗨。」愛倫說，在哈利對面坐了下來。

哈利抬起頭來，點了點頭，彷彿一直坐在這裡只是為了等她。然後哈利的頭又垂了下去。

「我們一直在找你，也去你家按過門鈴。」

「我在家嗎？」他語調平板，臉上毫無笑容。

「我不知道。你在家嗎，哈利？」她朝那杯啤酒比了比。

哈利聳聳肩。

「他會活下來的。」愛倫說。

「我聽說了。莫勒在我的答錄機上留言了。」他的措辭十分清楚，令人意外。「莫勒沒說他傷得有多重。人的背後不是有很多神經什麼的嗎？」

哈利把頭歪向一邊，愛倫並不回話。

「搞不好他只是癱瘓而已？」哈利說。那杯啤酒見了底，他伸出手指輕叩酒杯。「Skål.（乾杯。）」

「你的病假到明天就用完了。」愛倫說：「明天我們要看見你來上班。」

哈利抬起頭來。「我在請病假？」

愛倫將一個小塑膠文件夾推過桌面，可以看見文件夾裡是一張粉紅色紙張的背面。

「我跟莫勒和奧納醫生談過了。這張病假單給你。莫勒說在勤務中發生槍擊意外事件後，請幾天假恢復是正常的。你明天回來上班。」

哈利的目光移到窗戶上。窗玻璃染有不均勻的色彩，也許是為了保持隱密，好讓路人無法看見裡頭。這和布蘭里咖啡館正好相反，愛倫心想。

「怎麼樣？你會來上班嗎？」

「呃，」哈利用呆滯的眼神看著愛倫。愛倫記得哈利剛從曼谷回來的那段期間，早上經常可以看見他這種眼神。「我不確定。」

「反正你就來吧，有幾個很有意思的驚喜在等著你。」

「驚喜？」哈利有氣無力地笑道：「會有什麼驚喜？提早退休？光榮免職？還是美國總統會頒紫心動章給我？」

他抬起頭，愛倫正好可以看見他那雙充滿血絲的眼睛。愛倫嘆了口氣，轉頭望向窗戶。透過粗糙的窗玻璃可以看見毫無形狀可言的車子駛過，像是在看迷幻電影。

「哈利，你為什麼要這樣對待自己？你知道、我知道、大家都知道那不是你的錯！而且我們——包括你——都做出了正確的反應。」

哈利的眼光避開愛倫，低聲說：「當他坐著輪椅回家，你認為他的家人會這樣想嗎？」

「我的天，哈利！」愛倫拉高嗓音，同時看見櫃檯旁的女服務生朝他們望來，而且越來越感興趣。那個女服務生也許嗅出一場大有看頭的鬧劇正在醞釀。

「哈利，總是有人運氣比較不好，總是有人沒辦法熬過去。世界就是這樣。這不是任何人的錯。你知道每年有百分之六十的籬雀會死亡嗎？百分之六十耶！如果我們擱下工作，對這其中的意義追根究柢的話，那我們可能還來不及知道發生了什麼事，自己就成為那百分之六十了，哈利。」

哈利並不答話。他只是坐著，在有黑色香菸燒灼痕跡的格子桌巾上，上下擺動頭部。

「我一定會恨我自己這樣說。哈利，就當作是我求你，請你明天來上班好嗎？你只要出現就好了。我不會跟你說話，你也不必吐氣給我聞，這樣可以嗎？」

哈利把小指穿入桌巾上的一個菸孔，然後移動酒杯，蓋住另一個菸孔。愛倫等待他的回答。

「外面在車上等的人是湯姆嗎？」哈利問。

愛倫點了點頭。她清楚知道哈利跟湯姆互看不順眼，這時忽然心生一計，雖有些猶豫，仍決定冒險一試：「湯姆賭兩百克朗說你明天一定不會來。」

哈利又發出有氣無力的笑聲，雙手撐頭，看著愛倫。

「愛倫，妳真是不會說謊，但還是謝謝妳努力嘗試。」

「去你的。」

愛倫吸了口氣，似乎打算說些什麼，但是作罷，只是怔怔望著哈利好一會兒，才又吸了口氣。

「好吧，這件事本來應該是由莫勒來告訴你才對，不過現在我就跟你說了吧：他們要升你當ＰＯＴ的警監。」

哈利啞然失笑，笑聲有如凱迪拉克「弗利伍」總統專用車的引擎聲。「好吧，只要經過一些練習，妳說謊的功力還不算太差。」

「我是說真的！」

「不可能。」哈利的目光再度游移到窗外。

「為什麼不可能？你是我們的優秀警探、你才剛證明你也是個很棒的警察、你讀過法律、你……」

「我告訴妳，不可能的，就算有人想出這麼一個瘋狂的主意也不可能。」

「你說說看為什麼不可能？」

「原因很簡單。你剛剛說那些鳥有百分之六十會死亡對不對？」

哈利越過桌面，拉開桌巾和酒杯。

「那些鳥叫做籬雀。」

「好，牠們為什麼會死？」

「什麼意思？」

「牠們不是自己躺下來就死翹翹的吧？」

「牠們會死於飢餓、死於掠食動物的捕獵、死於寒冷、死於疲累、也許還會撞上窗戶而死，什麼可能都有。」

「好，我敢打賭牠們一定都不是被挪威警察從背後開槍射殺，而且這個挪威警察沒有槍枝執照，因為他沒通過射擊測驗。挪威警察做出這種事，一旦被發現，就會被起訴，並處以一至三年有期徒刑。在這種情況下，升為警監的可能性微乎其微，妳說不是嗎？」

哈利舉起酒杯，再重重摔在那個塑膠文件夾上。

「什麼射擊測驗？」愛倫問。

哈利瞅了愛倫一眼，眼神銳利。愛倫自信滿滿，直視哈利的雙眼。

「妳這什麼意思？」哈利問。

「我完全不知道你在說什麼，哈利。」

「妳知道得很清楚……」

「據我所知，你已經通過了今年的射擊測驗，莫勒也這麼認為，他今天早上還親自跑了一趟槍枝執照組去跟射擊教官核對。他們把你的檔案調出來，看見你的分數超過及格標準。他們不會沒有經過鑑定，就隨便把開槍射擊特勤局探員的人升為警監的。」

愛倫對哈利露出燦爛笑容，哈利臉上的表情似乎困惑多過醉意。

「可是我還沒拿到槍枝執照！」

「有，你已經拿到了，你只是把它給搞丟了。你會把它找回來的，哈利，你會把它找回來的。」

「妳聽著，我……」

哈利頓了頓，垂眼凝視面前那個擺在桌上的塑膠文件夾。愛倫站了起來。

「明天早上九點見囉，警監先生。」

哈利只能無言地點了點頭。

16

一九九九年十一月五日。霍勒伯廣場，瑞迪森飯店。

貝蒂·安德森的那一頭捲曲金髮簡直和美國歌手桃莉·巴頓（Dolly Parton）沒有兩樣，看起來宛如一頂假髮。只是她的頭髮並非假髮，而她和桃莉·巴頓的相似處也僅止於那頭金髮。貝蒂既高且瘦，笑的時候嘴巴微張，幾乎不會露出牙齒。這時她正露出微笑，對著一個老人微笑。老人站在霍勒伯廣場瑞迪森飯店大廳的櫃檯另一側。這接待櫃檯和一般飯店的接待櫃檯不同，它是多功能「工作島」——大廳有多個工作島——上面擺著許多電腦螢幕，可同時服務數名房客。

「早安。」貝蒂說。這是她在斯塔萬格市的旅館管理學校學到的問候語，每天依不同時段必須使用不同問候語來和人打招呼。六小時後，她會說「下午好」，再兩小時後，她會說「晚上好」。下班後她回到土薩區的兩房公寓，會希望有個人可以讓她道「晚安」。

「我想看房間，越高越好。」

貝蒂看著老人濕漉漉的外套肩膀。外頭大雨傾盆。一滴雨水懸垂在老人的帽緣上顫動著。

「您想看房間？」

貝蒂的微笑依然掛在臉上，沒有一絲改變。她受過專業訓練，奉行服務準則，必須視所有人為房客，直到證明對方絕無可能成為房客。但她也知道這時站在她面前的是哪一類型的人：這是個來挪威首都觀光的老人，想免費欣賞瑞迪森飯店的景觀。這類型的人依然會出現在旅館裡，夏天尤其多。而且這類型的人不只是想欣賞景觀而已。曾經有個女人問貝蒂可不可以讓她看看二十一樓的皇宮套房，好讓她回去跟親朋好友炫耀說她住過了，還可以描述套房裡的陳設。她甚至願意塞給貝蒂五十克朗，只要貝蒂把她的名字打在房客姓名登記簿上，讓她拿回去當作證據。

「單人房還是雙人房？」貝蒂問：「吸菸還是不吸菸？」這類型的人只要被問到這裡，多半都會結巴。

「都可以，」老人說：「重點是風景。我要面向西南方的房間。」

「好的，面向西南方可以看見整個奧斯陸市。」

「沒錯。你們最好的房間是什麼？」

「我們最好的房型是皇宮套房，不過請您稍等一下，我查查看是不是還有標準套房。」

貝蒂敲打鍵盤，等著看老人是否會上鉤。她沒等太久。

「我想看看皇宮套房。」

你當然想看，貝蒂心想，瞅著老人。她不是個不講理的女子，如果一個老人最大的願望是看一看瑞迪森飯店的景觀，她不會橫加阻擾。

「那我們就上去看看吧。」貝蒂說，展現她最燦爛的微笑，通常這個微笑只保留給常客。

「你是來奧斯陸探訪親友嗎？」貝蒂在電梯裡出於禮貌而問道。

「不是。」老人說。他的茂密白眉酷似貝蒂的父親。

貝蒂按下電梯按鍵，電梯門關上，開始上升。她一直不習慣搭這台電梯，這電梯像是要把人吸上天堂似的。電梯門打開。一如往常，她有些期望踏出電梯門可以進入一個不同的新世界，猶如電影《綠野仙蹤》裡那個小女孩踏入陌生世界，但門外的世界依然是同一個世界。兩人穿過走廊。走廊的壁紙和地毯互相搭配，牆上掛著昂貴的藝術品。貝蒂把磁式門卡插入門鎖辨識器，說：「您先請。」替老人將門打開。老人從她身旁如風一般滑步而過，她都把這陣風稱為期待的微風。

「皇宮套房佔地一百零五平方公尺，」貝蒂說：「套房內共有兩間臥室，每一間臥室內都有一張特大號床，也各有一間浴室，裡頭都有按摩浴缸和電話。」

貝蒂走進套房，來到老人所站的窗戶邊。

「家具是由丹麥設計師保羅．漢瑞森（Poul Henriksen）所設計，」貝蒂說，伸手撫摸咖啡桌那薄如紙張的玻璃桌面。「您想看看浴室嗎？」

老人並不答話，頭上依然戴著那頂濕透了的帽子。在接下來的靜默中，貝蒂聽見一滴雨水滴在櫻桃木拼花地板上的聲音。她站在老人身旁，從那裡可以看見所有值得一看的城市風光：市政廳、國家劇院、皇宮、挪威議會，以及阿克修斯堡壘。他們腳下是皇家庭園，園裡的樹木彷彿女巫張開發黑的手指，伸向鉛灰色的天空。

「您應該等春暖花開的時候再來的。」貝蒂說。

老人轉過頭，一臉迷惑，貝蒂這才發覺自己的話中之意。她這句話後面可以再補一句：**既然您只是來這裡看風景而已**。

貝蒂盡可能展現微笑。「那個時候皇家庭園的草是綠的，樹上長滿葉子，非常漂亮。」

老人打量著她的臉，但顯然他別有所思。

「妳說得對，」過了一會，老人說：「樹上有葉子。我沒想那麼多。」

老人指指窗戶。「這可以打開嗎？」

「可以打開一點。」貝蒂說，因為轉換話題而鬆一口氣。「扭轉這個手把就可以打開。」

「為什麼只能打開一點點？」

「以免有人做傻事。」

「做傻事？」

貝蒂快速地瞥了老人一眼。這老人會不會有點癡呆了？

「我的意思是說，」她說：「跳樓、自殺。很多不開心的人會……」她做了個手勢，說明不開心的人會怎麼做。

「這就叫做傻事？」老人揉了揉下巴。貝蒂是不是在老人的皺紋底下看見一絲微笑？「就連妳也會不開心？」

「會啊，」貝蒂堅定地說。「至少我在這家旅館當班的時候。」

「當班啊，」老人輕笑說：「這個詞用得好，貝蒂．安德森。」

貝蒂聽見老人直呼她的姓名，令她心頭一驚。老人自然是從她的名牌上得知她的姓名，可見老人的視力毫無問題；名牌上的姓名字母就和「接待員」幾個字一樣小。她假裝偷偷地瞄了一下時鐘。

「對了，」老人說：「妳應該還有其他工作要忙。」

「是的。」貝蒂說。

「那我要這個房間。」老人說。

「您說什麼？」

「我要這個房間，不是今天晚上，而是……」

「您要這個房間？」

「對，這個房間可以訂房吧？」

「嗯，可以的，可是……這個房間很貴。」

「我喜歡預先付款。」

老人從側口袋拿出皮夾，從裡頭取出一疊鈔票。

「不，我不是這個意思，這個房間一個晚上要七千克朗。您不想再看看……？」

「我喜歡這個房間，」老人說：「請點點看對不對。」

貝蒂瞪著老人遞到她面前的那疊一千克朗大鈔。

「您來住房的時候再付款就可以了，」貝蒂說：「請問您是想訂什麼時候……？」

「就聽妳的建議，貝蒂，春天的時候。」

「是，有想訂哪個特別的日子嗎？」

「當然有。」

17

一九九九年十一月五日。警察總署。

莫勒嘆了口氣，凝望窗外，心旌搖曳，近來他常常這樣。雨已經停了，但鉛灰色的天空依然重重壓在格蘭區警察總署上方。只見外頭一隻狗慢慢跑過毫無生氣的枯黃草地。卑爾根市的犯罪特警隊有個職位出缺，申調截止日是下星期。他聽一位同僚說過，卑爾根市的秋天只會下兩場雨：一場是從九月下到十一月，另一場是從十一月下到新年。卑爾根的那些傢伙說話總喜歡誇大。他去過卑爾根，挺喜歡那個城市。卑爾根離奧斯陸的政客很遠，是個小城市。他喜歡小。

「什麼？」莫勒轉過頭，看見哈利臉上的順從神情。

「你剛剛在跟我解釋調職對我的好處。」

「喔？」

「老闆，請你說明。」

「喔，對。對，沒錯。我們得確定自己不會卡在舊習慣和例行公事裡。我們必須往前走，必須進步。我們必須離開。」

「離開有分真的離開和假的離開。ＰＯＴ只在樓上三層樓而已。」

「我是說離開一切。密勤局局長梅里克認為你可以完全勝任他替你準備的職位。」

「這種職位不是都得先公布嗎？」

「哈利，別擔心。」

「是嗎？不過我可不可以質疑一下，為什麼你們會想調我去執行監視勤務？我看起來像是有臥底的才能嗎？」

「不，不。」

「不？」

「我的意思是說是。也不是『是』啦，而是……呃……有何不可？」

「有何不可？」

莫勒惱忿忿地搔了搔腦後，臉脹得通紅。

「媽的！哈利，我們升你當警監，薪水連跳五級，不必再執夜勤，菜鳥對你也會比較尊敬。這是好事，哈利。」

「我喜歡夜勤。」

「沒有人喜歡夜勤的。」

「你為什麼不把這裡的警監空缺派給我？」

「哈利！幫我個忙，你就答應吧。」

哈利玩弄著手中紙杯。「老闆，」他說：「我們認識多久了？」

莫勒伸出食指，以示警告。「別跟我來這套。別跟我說什麼我們曾經一起出生入死之類的……」

「七年了。這七年來我訊問過的人也許有全奧斯陸最笨的，可是我還沒碰過一個說謊說得比你糟的人。我也許笨，但我剩下的腦細胞還可以發揮功用，這些腦細胞告訴我說，為我掙得這個職位的不可能只是我過去的功績，也不可能是我的射擊成績。我的射擊成績居然可以突然間在年度射擊測驗裡名列前茅，真是太令我驚訝了。他們跟我說，我能開槍射中美國特勤局探員可能跟我的射擊能力有關。老闆，你可以什麼都不用說。」

莫勒的嘴巴張開又閉上，旋即將雙臂交叉在胸前，帶著點示威的意味。

哈利繼續說道：「我知道主導這場戲的人不是你。雖然我看不出整件事的來龍去脈，但我還是有點想像力，我可以猜測其他的部分。如果我猜得沒錯，這表示我希望在警察生涯裡做什麼選擇一點也不重要。所以請你回答我這個問題，我可以有選擇嗎？」

莫勒眨了眨眼，然後繼續不斷地眨眼。他腦子裡想的是卑爾根市，想的是那些沒有雪的冬天，想的是週日可以和妻兒一起去弗拉揚山踏青。那是個培育小孩成長的好地方。孩子們只會玩一些無傷大雅的惡作劇，只會嘻嘻鬧鬧，沒有犯罪幫派，沒有十四歲青少年嗑藥過度。卑爾根市警局啊，唉。

「沒有。」莫勒說。

「對，」哈利說：「我想也是。」他壓扁紙杯，瞄準廢紙簍。「你剛剛說薪水連跳五級？」

「你還有自己的辦公室。」

「我想隔間一定是經過精心安排，跟別人隔開吧。」哈利刻意緩緩移動手臂，擲出紙杯。「加班呢？」

「這個等級不用。」

「那我一定要趕在四點以前回到家。」紙杯落在廢紙簍前半公尺的地面上。

「我想那是沒問題的。」莫勒說，面露一絲微笑。

18

一九九九年十一月十日。皇家庭園。

這是個清朗寒冷的夜晚。老人踏出地鐵站，腦子裡冒出的第一個念頭是街上竟然還有這麼多人。他想像中的市中心應該空寂無人，沒想到卻看見卡爾約翰街上的計程車在霓虹燈下穿梭來往，一波波的行人在人行道上漂移來去。他站在馬路口，旁邊是一群膚色黝黑的年輕人，口中唧唧喳喳說著異國語言，等待行人號誌燈出現小綠人。他猜想那些年輕人可能是巴基斯坦人，或者是阿拉伯人。燈號變換，他的思緒被打斷。他踏出堅定的腳步，穿越馬路，走上山坡，朝皇宮被燈光照亮的那一面走去。即便是這裡也有人，大部分是年輕人，正往返於天知道什麼地方。來到山坡上，老人停下腳步喘口氣，前方就是卡爾．約翰[13]騎馬邁步的雕像。只見卡爾．約翰望著挪威議會，眼神如在夢中，而他身後是他曾想植入強權的挪威皇宮。

老人轉而向右，走進庭園樹林間。已有將近一個星期沒下雨，地上枯葉隨著他的腳步窸窣作響。他仰頭上望，細看光禿樹枝襯著星空而形成的輪廓。這時一段詩文浮現在他腦海：

榆木與白楊，橡樹與白樺，
蒼白如死亡，為黑暗隱藏。

13　Karl Johan，1763-1844，一八一八年加冕為瑞典國王與挪威國王。他本為法國人，從軍後展露出軍事長才，後被選為瑞典國王的繼承人，帶領瑞典擊敗丹麥，當時受丹麥統治的挪威被割讓給瑞典，挪威原本想獨立，卡爾出兵迫使挪威與瑞典成為聯合王國。

要是今天晚上沒有月亮就好了，他心想。另一方面，月光又讓他比較容易找到目標：他要找的是在他得知生命即將到達盡頭的那天，曾讓他倚頭休息的那棵大橡樹。他的目光沿著那棵大橡樹的樹幹，向上爬移到樹冠。這棵樹有多老了？兩百歲？還是三百歲？卡爾．約翰宣布登基為挪威國王的那天，這棵樹可能已長成大樹。然而所有的生命都有結束的一天，包括他自己的生命、這棵橡樹的生命、是的，甚至是國王的生命。他站到橡樹後方，若有人從小徑走來便看不見他。他除下軟式背囊，蹲了下來，打開背囊，拿出裡頭的東西擺在地上：分別是三瓶草甘膦溶劑，基克凡路那家五金行的銷售員稱之為「一手」，還有一支馬用注射器，注射器附有一根堅硬的鋼針，是他去一家藥局買來的。他說他買馬用注射器是用來料理食物，要把油脂注射到肉裡，但這番話是白說了，藥局的販售員只是百無聊賴地看了他一眼，他還沒踏出店門就已經把他給忘了。

老人迅速環視四周，然後把長長的鋼針插入一瓶草甘膦溶劑的軟木塞，慢慢拉動針筒的推液塞，讓閃亮亮的液體注入針管。他伸出手指在樹皮上觸摸，找到一處樹皮破孔，插入注射器。事情沒有他想像得那麼容易。他必須用力下壓，才能讓鋼針穿透堅硬的橡木。溶劑注射在外圍不會有效果；針頭必須戳入形成層，也就是賦予樹木生命的內部細胞組織。他在注射器上施加更多壓力。鋼針震動了一下。該死！鋼針可不能被壓斷，他只買了這一支注射器而已。針頭滑了進去，但是再深入幾公分就無法再前進。天氣雖然冷颼颼的，他卻流了滿頭大汗。老人緊緊握住注射器，正要再度施力，卻聽見小徑方向傳來枯葉的窸窣聲。他立刻放開注射器。只聽見窸窣聲越來越近。他閉上雙眼，屏住呼吸。腳步聲從附近經過。他睜開眼睛，瞥見兩個人影消失在樹叢後方往菲特烈街觀景台的方向。他決定孤注一擲，用盡全身力氣插入鋼針。正當他心想可能會聽見鋼針折斷時，針頭插入了樹幹。老人擦去額頭上的汗水。接下來就簡單了。

十分鐘後，他已注入兩瓶草甘膦溶劑，正在注入第三瓶時，他聽見說話聲漸漸靠近。兩個人影穿過樹叢，從觀景台走出來，他猜想應該就是先前見到的那兩個人。

「哈囉！」一個男性聲音傳來。

老人本能做出反應，在橡樹前站直身子，用身上外套擋住仍插在樹幹上的注射器，接著就被強光照花了眼。他伸出雙手擋在面前。

「湯姆，把手電筒移開。」一個女子說。

強光消失，他看見圓錐形的光柱在庭園樹林間舞動。

那兩人走到他面前，其中的女子年約三十出頭，相貌平凡卻頗有韻味。女子拿出一張證件擺在他面前，距離甚近，讓他即使在迷濛月色中也能看見證件上的照片。照片中是眼前這個女子，顯然是她較為年輕時拍的，表情嚴肅。證件上還有名字，叫做愛倫什麼的。

「我們是警察，」女子說：「抱歉嚇到你了。」

「老爺爺，你三更半夜在這裡幹嘛？」男子問道。只見那兩人衣著樸素，男子頭戴黑色羊毛帽，帽子底下是一張年輕英俊的臉龐，一雙冷冰冰的藍色眼眸正盯著他瞧。

「我只是出來散散步。」老人說，暗自希望聲音中的顫抖沒那麼明顯。

「是嗎？」名叫湯姆的警察說：「躲在公園裡的樹後面，還穿一件長外套，你知道我們都怎麼稱呼這種人嗎？」

「湯姆，別這樣！再跟你說一次抱歉。」女警說，轉頭望向老人。「幾個小時前，庭園裡發生攻擊事件，一個年輕男孩被人毆打，請問你有沒有看見或聽見什麼？」

「我才剛來而已，」老人說，目光直視女警，避開年輕男警的探查眼神。「我什麼都沒看見，只看見大熊座和小熊座。」他伸出手指往天空指了指。「很遺憾聽見這種事，那個年輕男孩受傷嚴重嗎？」

「滿嚴重的。抱歉打擾你了，」那女警微笑說：「祝你有個愉快的夜晚。」

兩名警察離去之後，老人閉上眼睛，向後一癱，靠在樹幹上。突然間，他的衣領被人提了起來，耳朵感覺到溫熱的吐息，然後便聽見那年輕男警的聲音。

「下次再給我逮到，我就把你的小弟弟切掉，聽見沒？我最痛恨你這種人了。」

年輕男警放開他的衣領，轉身離去。

老人癱倒在地，感覺地面的冰冷水氣逐漸滲透衣服。他腦海中有個聲音不斷重複哼著同一段詩文。

榆木與白楊，橡樹與白樺，
蒼白如死亡，為黑暗隱藏。

19

一九九九年十一月十二日。青年廣場，賀伯披薩屋。

史費勒．歐森走進門，對坐在角落那桌的三個年輕男子點了點頭，去吧台點了杯啤酒，把啤酒拿到桌前。他並不是把啤酒拿到那三個年輕男子的桌子，而是拿到他自己的桌子。自從他在丹尼斯漢堡店毆打那個小眼睛東方人之後，一年多以來，他坐的一直是這張桌子。他來得甚早，這張桌子沒人坐，但不久之後，這家位於市場街和青年廣場角落的小披薩店就會高朋滿座。今天是優惠日。他看了一眼坐在角落的三個年輕男子，那桌的三個人都是黨派核心人物，但他這時不想跟他們說話。那三個年輕男子屬於一個新黨派——國家聯盟黨，史費勒可以說和他們之間理念不盡相同。過去他參加祖國黨青年團時，認識了他們；他們十分愛國，但現在卻即將脫黨成為新成軍的黨派黨員。羅伊．柯維斯有一顆無懈可擊的光頭，一如往常，他身穿褪色緊身牛仔褲、短筒靴、白色T恤，T恤印有國家聯盟黨的紅白藍三色標誌。哈勒是新面孔，他的頭髮染成了黑色，抹上髮油，讓頭髮完全服貼，還留有一撮小鬍子，這撮小鬍子最能發揮挑釁的作用——那是一撮大小如牙刷，經過整齊梳理的小鬍子，簡直就是元首的翻版。他已不再以穿馬褲和短筒靴為樂，現在他穿的是綠色戰鬥服。吉列森是三人當中唯一看起來像一般青少年的人：他身穿飛行員夾克，留山羊鬍，頭頂戴著一副太陽眼鏡。毫無疑問，他是三人當中最聰明的。

史費勒環顧整家披薩店，只見一對年輕男女正在大啖披薩。史費勒沒見過那兩人，但他們看起來不像臥底警察，也不像記者。他們會不會是反法西斯報紙《箴言報》派來的人？去年冬天，史費勒揭發了《箴言報》派來的一個笨蛋。那個笨傢伙帶著恐懼的眼神來這裡光顧太多次，還假裝喝醉，和幾個常客閒聊起來。史費勒在空氣中嗅到背叛的氣味，便把他帶去外面，扯下他的毛衣，發現他身上裝有竊聽器。他們還沒動手，那笨傢伙就嚇得全身發僵，招供說是《箴言報》派他來的。《箴言報》那些人全都是娘們。他們認為這種志願監視法西斯幫派份子的男孩遊戲非常重要且危險，自認為是特務，性命持續暴露在危險中。關於這個部分，史費勒承認他自己這夥人中的少數份子跟《箴言報》那些人沒有多大差別。總而言之，那笨傢伙確信自己會被殺，嚇得屁滾尿流。名符其實的屁滾尿流。史費勒親眼看見一條深色水痕沿著那笨傢伙的褲管一路蔓延到柏油路面。那晚的這個畫面令他印象深刻。那條由尿液形成的小溪流向低處流去，在燈光昏暗的後巷裡閃爍微光。

史費勒判斷那對飢腸轆轆的年輕男女只是剛好路過。從他們吃披薩的速度來看，顯然已察覺出這家店的顧客層，正儘快把披薩塞進嘴裡。窗戶旁還坐著一個老人，頭戴帽子，身穿外套。那老人也許是個酒鬼，只是他的衣著傳達著截然不同的訊息。慈善組織「救世軍」替這些酒鬼梳整打理過後，他們頭幾天看起來都是這個樣子，穿著品質良好但有點過時的二手外套和西裝。史費勒打量那老人時，那老人突然抬頭，和他四目交接。老人有一對晶亮的藍色眼眸，可不是個酒鬼。史費勒立刻別開了頭。老渾球的視線可真厲害！

史費勒盯著自己那杯啤酒，該來賺一點現金了，應該把頭髮留長，蓋住脖子上的刺青，穿上長袖襯衫，走入社會。外頭有很多工作機會，爛工作機會，連黑人、異教徒和同性戀者都擁有薪資優渥的工作。

「我可以坐下嗎？」

史費勒抬起雙眼。說話的是那老人，就站在他旁邊。史費勒沒注意到老人走了過來。

「這是我的桌子。」史費勒斷然回絕。

「我只想跟你聊幾句話。」老人把報紙放在他們之間的桌上，在史費勒對面坐了下來。史費勒小心謹慎地看著老人。

「放輕鬆，我跟你們是同一國的。」老人說。

「跟誰同一國？」

「來這家店的人。國家社會主義者。」

「是嗎？」

史費勒舔了舔雙唇，拿起酒杯湊到唇邊。老人只是坐在那裡，動也不動望著史費勒，十分沉著冷靜，似乎全世界的時間都掌握在他手裡。也許他時間真的很多，他看起來差不多七十歲。至少七十歲。他會不會是「神譴八八」[14]的老極端主義者？是那些史費勒曾經聽說卻從未見過的低調金主之一？

「我需要請你幫個忙。」老人壓低聲音說。

「是嗎？」史費勒說，但已收斂起一部分紆尊降貴的態度。畢竟世事難料。

「槍。」老人說。

「槍怎麼了？」

「我需要一把槍，你能幫我嗎？」

「我為什麼要幫你？」

「打開報紙。第二十八頁。」

史費勒拉過報紙，翻了開來，眼睛卻也不忘盯著老人。第二十八頁有一篇新納粹黨在西班牙活動的報導，撰文的是反抗軍成員伊凡・霍爾。棒極了。還附有一張黑白大照片，照片中是一名年輕男子高舉西班牙獨裁者佛朗哥元帥的肖像。照片的一部分被一張一千克朗紙鈔遮住。

「如果你能幫得上忙……」老人說。

史費勒聳聳肩。

「……我會再給你九千克朗。」

「是嗎？」史費勒又吞了口唾沫，環顧四周。那對年輕男女已經離去，但哈勒、吉列森和柯維斯仍坐

14 Zorn 88，「挪威國家社會主義運動」的別稱，為挪威國家社會主義團體，成員大約五十人。8指的是第八個字母「H」，「88」是「希特勒萬歲」（Heil Hitler）之意。

在角落那桌。再過不久，其他人便會來到店裡，到時候就不可能進行隱密的談話了。這可是一萬克朗的生意。

「哪一種槍？」

「步槍。」

「應該沒問題。」

老人搖搖頭。

「我要馬克林（Märklin）步槍。」

「馬克林？那個做模型火車的牌子？」史費勒問。

帽子底下那張爬滿皺紋的臉出現一道裂縫。那老傢伙一定是笑了。

「如果你幫不上忙，現在就告訴我。這一千克朗你可以收下，我們的談話到此結束。我會離開，你再也不會見到我。」

史費勒感覺到腎上腺素激增而帶來的短暫暈眩。他們在談的可不是平常閒聊中的那些斧頭、獵槍或單支炸藥。這可是真槍實彈。這老傢伙是來真的。

這時店門打開。史費勒回過頭去，看見一名老人走進門來。那老人跟他們不是一夥的，只是個身穿紅色冰島毛衣的老酒鬼。那老酒鬼到處要酒喝的時候很討人厭，除此之外倒是無害。

「我可以想想辦法。」史費勒說，抓起那張一千克朗鈔票。

接下來發生的事，史費勒並未看清楚。那老人的手如鷹爪般抓住史費勒的手，並將他的手壓在桌上。

「我問你的不是這個。」老人的聲音又冷又俐落，猶如一片薄冰。

史費勒想把手抽出來，卻給那老態龍鍾的老人緊緊握住，抽不出來！

「我問你能不能幫我，你要給我答案。可以或不可以。明白嗎？」

史費勒感覺得到老人心中燃燒著熊熊怒火，也感覺得到老人有許多的老友和仇人。但就在這個片刻，史費勒的腦子裡有另一個念頭依然活躍：一萬克朗。史費勒知道有一個人可以幫忙，一個非常特殊的人。那人要價肯定不低，但史費勒覺得這老傢伙不是個會討價還價的人。

「我……我可以幫你。」

「要多久？」

「三天後。在這裡。同樣這個時間。」

「胡說！三天之內你絕對拿不到這種步槍。」老人放開了手。「不過你可以去問那個可以幫你的人，再請他去問那個可以幫他的人，然後三天後，你來這裡找我，我們再談交貨地點和時間。」

史費勒練習槓鈴推舉可以舉到一百二十公斤，這個骨瘦如柴的老傢伙怎麼可能……？

「三天後，你來告訴我可不可以一手交錢一手交貨，那麼剩下那九千克朗就是你的了。」

「真的嗎？如果我只是拿錢沒辦事呢？」

「那我會回來殺了你。」

史費勒按摩手腕，沒再進一步追問。

刺骨的冷風掃過人行道。洛克菲勒音樂廳旁的電話亭裡，史費勒用顫抖的手指按著數字鍵。媽的真是冷！他腳上兩隻短筒靴的靴頭都有破孔。電話那頭給接了起來。

「喂？」

史費勒吞了口唾沫。這聲音為什麼每次都讓他覺得這麼不舒服？

「是我，史費勒。」

「什麼事？」

「有人要一把槍。一把馬克林步槍。」

沒有回應。

「跟那個做模型火車的牌子一樣。」史費勒補充道。

「我知道馬克林。」電話那端的聲音平板而不帶任何情緒；史費勒感覺得到對方的鄙視。史費勒並未對此做出回應，儘管他厭惡電話那頭的那個男人，但他更怕他——他可以大方承認，一點都不難為情。那男人以危險著稱。即使是在史費勒的朋友圈裡，也只有少數人聽說過他，而且史費勒並不知道那男人的真實姓名。但那男人曾多次相救史費勒和他的朋友。他之所以救史費勒是為了「大理想」，並不是因為他特別喜歡史費勒。如果史費勒認識其他人可以提供那男人所需，那男人一定會去跟其他人連絡。

那聲音說：「誰要這把槍？他們要來幹嘛？」

「是一個老人。我從來沒看過他。他說他跟我們是同一國的。我是沒問他想把誰給做掉啦，說不定他沒有想做掉誰，說不定他只是想……」

「閉嘴，史費勒。他看起來是不是很有錢？」

「他穿的衣服很高級，還給我一千克朗，只是要我告訴他我可不可以幫得上忙。」

「他給你一千克朗是要你乖乖把嘴閉上，不是要你問東問西。」

「對。」

「有意思。」

「三天後我會再跟他碰面。他要知道我們能不能弄到那把槍。」

「**我們**？」

「對，呃……」

「你是說**我**能不能弄到那把槍吧。」

「當然是這個意思，可是……」

「他付你多少錢要你幹這件事？」

史費勒遲疑一會。「十張一千克朗大鈔。」

「十張大鈔。我來牽線，看能不能成，知道了嗎？」

「知道了。」

「所以說那十張大鈔是幹什麼用的？」

「是用來叫我閉嘴的。」

史費勒掛上電話時，腳趾已凍到麻木。他需要一雙新靴子。他站在原地，凝望一個滾動遲緩的小紙盒給風吹到空中，往主街方向的車輛間吹去。

20

一九九九年十一月十五日。賀伯披薩屋。

老人讓賀伯披薩屋的玻璃門在身後關上，站在人行道上等待。一個推著嬰兒車、頭上纏著圍巾的巴基斯坦婦女走過他面前。車輛在他眼前疾馳而過，他看見自己忽隱忽現的身影反映在汽車車窗和他身後的披薩屋大玻璃窗中。披薩屋正門左方的窗戶上貼著兩道白色膠帶，交叉成一個大十字；看起來似乎是曾有人想從外面把玻璃窗踹破。玻璃窗上的白色龜裂紋宛如蜘蛛網。老人看得見玻璃窗內的史費勒依然坐在桌前。在那張桌子上，他和史費勒談妥了細節。五週後。貨櫃港口。四號碼頭。凌晨兩點。暗號：天使之聲。這暗號也許是一首流行歌曲的曲名。他從未聽過，但用來當作暗號很恰當。遺憾的是價格沒那麼恰當：七十五萬挪威克朗。但他不打算殺價。眼前的問題是：屆時對方會信守諾言和他完成交易，還是會在貨櫃港口將他洗劫一空。他對那年輕的新納粹黨員透露自己曾上過東部戰線，希望能激發那年輕人的忠誠心，但不確定那年輕人是否相信他說的話，也不確定他說了跟沒說是否有所差別。他還編造了一段故事，描述自己服役的地點，以免那年輕人開始問東問西。但那年輕人什麼也沒問。

馬路上又駛過幾輛車。史費勒依然坐在披薩屋裡，這時有個男子站了起來，蹣跚地朝門口走去。老人記得見過那男子，上次那男子也在披薩屋。今天那人的眼光一直注視著他們。店門打開。老人等待著。馬路上傳來煞車聲。老人聽得見男子在他身後停下腳步。然後他等待的事發生了。

「呃，是你嗎？」

那聲音具有一種特殊的銼磨聲，只有多年來嚴重酗酒、抽菸和睡眠不足才會造成這種聲音。

「我認識你嗎？」老人問，並不轉身。

「我想應該認識。」

老人轉過頭去，看了那男子一會，又轉回了頭。

「我應該不認識你。」

「我的天！難道你認不得昔日的戰友嗎？」

「哪一場戰爭？」

「那場戰爭啊，我跟你都是為了同樣的理想而戰。」

「你說是就是吧。有什麼事嗎？」

「什麼？」那酒鬼問，舉起一手放在耳後。

「我問說你有什麼事嗎？」老人稍微拉高嗓門，又說了一次。

「有事跟**找麻煩**是不太一樣的。跟老朋友聊幾句話很平常不是嗎？尤其是跟好久不見的老朋友，跟一個你以為早就死了的老朋友。」

老人轉過身來。

「我看起來像死人嗎？」

那名穿紅色冰島毛衣的酒鬼凝視老人，酒鬼的眼眸是淺藍色的，顏色甚淡，宛如綠松石珠。酒鬼的年齡不大好猜。可能四十歲，也可能八十歲。但老人清楚知道酒鬼幾歲。倘若老人專心回想，說不定還能記起酒鬼的生日。他們在戰場上十分注重慶祝生日。

酒鬼向前踏了一步。「你看起來不像死人。你生病了，不是死了。」

酒鬼伸出污穢的巨大手掌，老人聞到由汗水、尿液和嘔吐物混合而成的甜甜惡臭。

「怎麼了？不想跟老同志握手嗎？」酒鬼的聲音聽起來彷彿死亡的卡嗒聲。

老人伸出戴著手套的手，迅速地和酒鬼伸出的大手握了握。

「好了，」老人說：「我們已經握過手了。如果你沒別的事，我就要走了。」

「哈，我有事。」酒鬼左右搖晃，試著把注意力集中在老人身上。「我只是在想，像你這種人來這種小地方幹什麼。這件事想一想應該不會太奇怪吧？上次我在這裡看到你，我心想，*他應該是迷路了*。可是你卻去跟那個拿球棒到處打人的渾小子坐下來說話，今天也是……」

「所以呢？」

「我在想我是不是應該去問問那些偶爾會來這裡的記者，看他們是不是知道像你這樣一個體面的人來這種地方做什麼。你知道的，記者什麼事都知道，就算不知道也查得出來。比方說，一個在戰爭中死去的人，怎麼可能復活了？他們查線索的速度快得不得了呢，就像這樣。」

酒鬼彈了彈手指，兩根手指卻沒碰著。

「接下來事情就上報了，你懂吧。」

老人嘆了口氣。「也許你有什麼事我可以幫得上忙？」

「我看起來像需要什麼嗎？」酒鬼張開雙臂，咧嘴而笑，口內不見牙齒。

「了解，」老人說，暗自評估眼前的狀況。「我們去散個步吧，我不喜歡引人注目。」

「什麼？」

「我不喜歡被別人盯著。」

「當然，我們要別人看幹嘛？」

老人伸出一手，緊緊搭在酒鬼肩膀上。

「往這裡面走。」

「*帶領我吧*，同志。」酒鬼大笑，用嘶啞的聲音哼了一句歌詞。

兩人走進賀伯披薩屋旁邊的拱門小巷，小巷內擺著滿滿一排灰色輪式大型垃圾箱，擋住街上的視線。

「你還沒跟別人說你見到我吧？」

「你瘋了嗎？起初我還以為我見到鬼了。大白天的。在賀伯披薩屋看見鬼！」酒鬼爆出一串震耳大笑，但很快就轉變成喀然的咳嗽聲。他彎下腰，靠在牆上，直到咳嗽平息。然後他站直身子，擦去嘴角的黏液。「還好沒有，不然他們會把我抓去關。」

「你覺得要你保持沉默，多少錢才恰當？」

「呃，多少錢才恰當啊，嗯……對了，我看見那個渾小子從你的報紙裡拿出一千克朗……」

「所以？」

「幾張一千克朗我想應該不錯。」

「要幾張？」

「呃，你有幾張？」

老人嘆了口氣，再次環顧四周，確定四下無人，然後解開外套鈕釦，把手伸進外套。

史費勒大步穿過青年廣場，手上晃著一只綠色塑膠袋。二十分鐘前，他還身無分文，腳下的靴子破了好幾個洞，坐在賀伯披薩屋裡。現在他走在路上，腳上穿著一雙光可鑑人的全新戰鬥靴，鞋帶綁得甚高，兩邊各有十二個鞋帶孔，是從亨利易普森街的「最高機密」服飾店買來的。他身上的信封內還有八張簇新的一千克朗大鈔。未來他將再拿到十張。許多事竟可以在片刻間翻盤，非常奇妙。今年秋天，他原本即將面臨三年牢獄之災，沒想到他的律師發現那個肥胖的女陪審法官在錯的地方宣誓。

史費勒心情大好，心想應該邀請哈勒、吉列森和柯維斯到他那桌，請他們喝一輪酒，看他們有什麼反應。對，他媽的一定要這樣做！

他穿過普蘭街，從一個推嬰兒車的巴基斯坦婦女面前走過，並對那婦女微微一笑，純粹出於惡作劇心態。他往賀伯披薩屋門口走去，心想拎著一個塑膠袋裡頭裝著不要的靴子，實在沒有意義，便走進拱門小巷，掀開一個輪式垃圾箱的蓋子，把塑膠袋扔了進去。走出小巷時，他看見小巷深處的兩個垃圾箱之間有兩條腿伸出來。他環顧四周，見街上空無一人，小巷裡也沒人。那是什麼？是酒鬼？還是毒蟲？他走近一些，只見那雙腿伸出之處，周圍堆聚了許多垃圾箱。他感覺心跳加速。毒蟲不喜歡被人打擾。史費勒後退一步，將其中一個垃圾箱踢到一旁。

「喔，幹！」

奇怪的是，史費勒雖曾差點失手將人打死，卻從沒見過死人。同樣奇怪的是，眼前這副景象竟差點讓他雙腿發軟跪下。只見一個男子靠牆而坐，兩個眼珠分別看往不同方向，看起來是死透了。死因一望便知。男子的喉嚨上有一道呈微笑弧形的紅色割痕。雖然這時割痕上只有鮮血一滴一滴的滴落，但男子身上的紅色冰島毛衣已吸飽濃稠的血液，可以想見他喉嚨被割開的那一瞬間有多少鮮血泉湧而出。垃圾和尿液的惡臭薰人欲嘔，史費勒先嚐到膽汁的味道，然後兩瓶啤酒和一張披薩都從胃裡給翻了出來。吐完之後，他倚著垃圾箱站立，對柏油路面猛吐口水。他腳上那雙新靴子沾上了黃色嘔吐物，但他沒看見，他眼中只看見一條紅色小溪在黑暗中閃爍微光，往小巷低處流去。

21

一九四四年一月十七日。列寧格勒。

一架蘇聯雅克一型戰鬥機從艾德伐頭頂呼嘯而過，震耳欲聾。艾德伐在戰壕內奔跑，腰彎得幾乎貼上了腿。

一般而言，戰鬥機不會造成太大傷害。紅軍似乎已把炸彈用完。艾德伐最近聽到的消息是紅軍讓飛行員配備手榴彈，讓飛行員在戰鬥機飛越戰壕時擲下。

艾德伐負責去北區總隊替弟兄收信，同時取得新消息。這整個秋天傳來的是一長串的壞消息，整條東部戰線紛紛傳出戰敗和撤退的失利戰報。紅軍十一月收復基輔市，德軍十月在黑海北部只是勉強避免受到包圍。希特勒把戰力挪往西部戰線並未讓情勢好轉，但最令人擔心的是艾德伐今天聽到的消息。兩天前，古謝夫中將在芬蘭灣南側的奧拉南堡發動猛烈攻擊。艾德伐會記得奧拉南堡，是因為他們行軍至列寧格勒時曾經過那裡，那是個小橋頭堡。德軍讓紅軍保有奧拉南堡是因為它沒有戰略價值。如今俄佬在王冠城碉堡祕密集結軍力，而且根據戰報，卡迪沙大砲不斷砲轟德軍所在位置。過去濃密茂盛的雲杉林如今已成一片焦林。他們已接連數晚聽見史達林的砲兵隊在遠處發出隆隆巨聲，但沒人料到戰局竟如此緊迫。

艾德伐利用去收信的機會，前往戰地醫院探望一個在無人地帶被地雷炸斷一條腿的弟兄，但一個嬌小的愛沙尼亞女護士只是搖搖頭，說了一句可能是她最常說的話：「Tot.（**死了。**）」女護士有一雙愁苦的眼睛，深陷在深藍色的眼窩之中，使她看起來彷彿戴著一張面具。

艾德伐一定是露出了非常難過的表情，因為女護士為了讓他開心一些，指了指一張病床，顯然那張病床上躺著另一個挪威人。

「Leben.（**還活著。**）」她微笑說，雙眼依然愁苦。

艾德伐並不知道那張病床上躺著什麼人，但一看見椅子上掛著一件發亮的白色皮夾克，就知道那人是誰了：那是他們諾加兵團的林維連長。林維連長是個傳奇，不料卻也淪落到這個田地。艾德伐決定不向弟兄們報告這個消息。

又一架戰鬥機從艾德伐頭上呼嘯而過。這些戰鬥機是從哪裡突然冒出來的？去年俄佬一架戰鬥機也不剩了呀。

艾德伐奔到一個角落，看見侯格林彎著腰，背對他站著。

「侯格林！」

侯格林動也不動。去年十一月，一枚砲彈將侯格林打得失去意識，自此以後他的聽覺就不太管用。他也變得不太說話，而且會露出一種呆滯內向的眼神，和其他患有彈震症的弟兄一樣。起初侯格林抱怨說他頭痛，但替他看診的醫護員說他們愛莫能助；他們只能等待，看他會不會自己復原。那醫護員說，軍力不足已經夠糟了，不要再把健康士兵送來戰地醫院了。

艾德伐伸出手臂環繞侯格林的肩膀。侯格林突然轉過身來，力道甚猛，令艾德伐站立不定，摔倒在地。陽光照射之下，冰面變得又濕又滑。**至少今年冬天沒那麼冷**，艾德伐心想，倒在地上哈哈大笑，但笑聲陡然止息，只因他一抬頭便看見侯格林的步槍槍口正指著他。

「**口令！**」侯格林大喊。艾德伐透過步槍瞄準器，看見一個睜得老大的眼睛。

「嘿，侯格林，是我啦。」

「**口令！**」

「把槍拿開！是我，艾德伐，我的老天！」

「**口令！**」

「Gluthaufen.（**火堆。**）」

艾德伐開始感到驚慌，他看見侯格林的手指扣上扳機。難道侯格林聽不見嗎？「Gluthaufen!（火堆！）」艾德伐用盡肺腔所有力氣喊道。「我的天哪，Gluthaufen!（火堆！）」

「Falsch! Ich schieße!（錯！我要開槍了！）」

我的天，這小子瘋了！突然間，艾德伐想起他去北區總隊之後，今天早上口令做過更換。侯格林的手指扣動扳機，扳機卻不移動。侯格林的眼睛上方出現一道奇怪的皺紋，接著侯格林扳開保險栓，手指再次扣上扳機。他的生命就要到此結束了嗎？他幸運地活到現在，不料最後卻要死在一個患有彈震症的同袍槍下。艾德伐看著黑魆魆的槍口，等待彈火噴出。他真能看見彈火嗎？我的老天。他移開視線，越過步槍，望向上方的湛藍天空，只見天空中有一個黑色十字，那是一架紅軍戰鬥機。他們飛得太高了，無法聽見。然後他閉上雙眼。

「Engelstimme!（天使之聲！）」一人在近處喊道。

艾德伐張開雙眼，看見侯格林的眼睛在瞄準器後方眨了兩下。喊這句話的人是蓋布蘭，他在侯格林的後腦對著他的耳朵大喊。

「Engelstimme!（天使之聲！）」

侯格林放下步槍，然後對艾德伐咧嘴而笑，點了點頭。「Engelstimme.（天使之聲。）」侯格林複述一次。

艾德伐再次閉上雙眼，吐了口氣。

「有信嗎？」蓋布蘭問。

艾德伐掙扎著站了起來，遞了一疊信給蓋布蘭。侯格林依然咧嘴笑著，但眼神空洞。艾德伐一把握住侯格林的步槍槍管，板起臉孔。

「侯格林，你的魂飛到哪裡去了？」

他想用正常聲調說話，發出的卻是粗糙沙啞的細弱聲音。

「他聽不見的。」蓋布蘭說，一邊翻看信件。

「我不知道他病得這麼重。」艾德伐說，在侯格林面前揮了揮手。

「他不應該留在這裡的。這裡有一封他家人寄來的信，你拿給他看，就知道我的意思了。」

艾德伐接過那封信，舉到侯格林面前。侯格林只是笑了笑，沒有任何其他反應，然後便回復那個張口結舌的表情，目光不知道被遠處的什麼東西吸引了過去。

「你說得對，」艾德伐說：「他已經受夠了。」

蓋布蘭遞了封信給艾德伐。「你家鄉的情況怎麼樣？」蓋布蘭問道。

「喔，你知道的……」艾德伐說，望著手中那封信。

蓋布蘭並不知道。去年冬天之後，他和艾德伐就很少說話。奇怪的是，在這種地方、在這種情勢之下，倘若兩個人非常不想見到彼此，要避開對方並沒有那麼困難。蓋布蘭倒不討厭艾德伐；正好相反，他敬重艾德伐這個謬南人，他認為艾德伐是聰明人、是勇敢的戰士，相當幫忙隊上新來的年輕弟兄。今年秋天，艾德伐升為小隊長，相當於挪威軍階的中士，但職責不變。艾德伐打趣地說，他之所以會升級，是因為其他人都死光了，德軍多出了很多中士的帽子。

蓋布蘭經常會想，若是在其他情況下，他和艾德伐也許會結為好友。然而去年冬天發生的事件——辛德的叛逃和丹尼爾的屍體神祕地再度出現——依然在兩人心中留有疙瘩。

遠處傳來爆炸的悶響，打破寂靜，接著是機關槍的噠噠聲。

「敵人越來越強硬了喔。」蓋布蘭說，這句話比較像是問句而不是陳述句。

「對啊，」艾德伐說：「都是因為今年冬天不夠冷，我們的補給車隊都陷在泥濘裡。」

「我們會需要撤退嗎？」

艾德伐弓起肩膀。「可能撤退個幾公里，不過我們會再回來的。」

蓋布蘭以手遮眉，望向南方。他一點也不想回來。他想返回家鄉，看看那裡是否還有屬於他自己的生活。

「你在戰地醫院對面有沒有看見一個上面有太陽十字、寫著挪威文的路標？」蓋布蘭問：「一個箭頭指向東邊的路，寫著：列寧格勒五公里？」

艾德伐點點頭。

「你記得另外一邊指著西邊的箭頭嗎？」

「奧斯陸，」艾德伐說：「兩千六百一十一公里。」

「很長一段路。」

「的確是很長的一段路。」

侯格林讓艾德伐握著他的步槍，在地上坐了下來，把雙手埋在面前的冰雪中。他的頭像折斷的蒲公英，垂掛在狹窄的肩膀間。他們又聽見一聲爆炸聲，這次距離近了些。

「很謝謝你幫我……」

「沒什麼。」蓋布蘭趕緊說。

「我在醫院見到了歐拉夫．林維。」艾德伐說，也不知道自己為什麼說出這件事。也許是因為除了侯格林之外，蓋布蘭是唯一一個在隊上跟他年資相當的人。

「他是不是……？」

「我想他只是受了點小傷。我看見他那件白色制服。」

「我聽說他是個好人。」

「對，我們軍團裡有很多好人。」

兩人在靜默中面對面站著。

艾德伐咳嗽一聲，把手塞進口袋。

「我在北區總隊拿了一些蘇聯菸，如果你有火的話……」

蓋布蘭點了點頭，解開迷彩夾克的鈕釦，拿出火柴，在砂紙上劃亮一根。他抬頭時，映入眼簾的是艾德伐的獨眼睜得老大，望著他肩膀後方，然後耳中便聽見呼嘯聲。

「趴下！」艾德伐尖聲大喊。

一瞬間，他們全都趴在冰凍的地面上，天空在他們頭頂炸裂，隨之而來的是撕裂聲。蓋布蘭瞥見紅軍戰鬥機的方向舵。那架戰鬥機壓得極低，飛越戰壕，將地面的冰雪捲了起來。隨著戰鬥機的遠去，四下歸於寂靜。

「呃，我……」蓋布蘭低聲說。

「我的天哪。」艾德伐呻吟著說，翻過身子，對蓋布蘭微笑。

「我看見了那個飛行員。他拉開玻璃罩，把身體探出機艙。那些俄佬發瘋了。」艾德伐邊喘邊笑。「這已經變成過去那種原始戰爭了。」

蓋布蘭望著手中仍然捏著的那根已然斷折的火柴，也開始笑。

「哈，哈，」侯格林發出聲音，坐在戰壕邊的雪地裡，望著另外兩人。「嘻，嘻。」

蓋布蘭和艾德伐四目交接。兩人開始粗聲大笑，笑得氣都喘不過來。起初他們並未聽見那個奇特的聲音，但那聲音越來越近。

叮……叮……

聽起來像是有人用鋤頭耐心地敲擊冰面。

叮……

接著便傳來金屬碰撞金屬的聲音。蓋布蘭和艾德伐轉頭望向侯格林，只見侯格林緩緩地倒向雪地。

「那是什麼……」蓋布蘭開口說。

「手榴彈！」艾德伐尖聲大叫。

蓋布蘭聽見艾德伐大喊，本能地將身體捲曲成球狀，但他躺在地上，竟看見一根插銷在一公尺外轉呀轉，而插銷另一端是一團金屬。他驚覺接下來將發生的事，全身僵硬如冰。

「快點離開！」艾德伐在他身後大喊。

原來那是真的，紅軍飛行員真的會從戰鬥機上丟手榴彈下來。蓋布蘭躺在地上想離開，但濕答答的冰面甚是滑溜，他的四肢滑來滑去難以移動。

「蓋布蘭！」

原來那奇特的叮叮聲是手榴彈在戰壕底的冰面上彈跳的聲音。那顆手榴彈一定是打中了侯格林的鋼盔！

「蓋布蘭！」

手榴彈轉呀轉，接著又開始跳躍起舞。蓋布蘭的目光無法從它身上移開。手榴彈從拔下保險插銷到引爆只有四秒，森漢姆區的教官不是這樣教的嗎？蘇聯手榴彈可能不一樣，也許是六秒？還是八秒？手榴彈轉呀轉，旋轉不止，猶如他父親在布魯克林區替他做的紅色大陀螺。蓋布蘭打出陀螺，桑尼和他的小弟在一旁站立觀看，口中數著陀螺旋轉的時間。「二十一、二十二……」媽咪從二樓窗戶探頭出來，喊說晚飯做好了。他應該進門去了，爹地就要回家了。「再一下子，」他對媽咪喊道：「陀螺還在轉！」但媽咪已關上窗戶，並未聽見。艾德伐不再尖聲大叫。剎那之間，一切都安靜下來。

22

一九九九年十二月二十二日。布維醫生的診療室。

老人看了看錶。他已經在等候室坐了一刻鐘。康亞德．布維醫生執班的這天，老人從來不必等候看診，布維醫生不會接受過多的患者掛號。

等候室的另一端坐著一名男子，膚色黝黑，是個非裔男子。非裔男子正在翻閱一本週刊，老人確定自己即使從這個距離也能把週刊封面的每個字看得清清楚楚。那本週刊報導的是有關皇室的消息。非裔男子坐在那裡閱讀的竟然是有關挪威皇室的報導？這真是太荒謬了。

非裔男子翻了一頁。只見他留有鬍子，那種一路延伸到下巴的鬍子，就像昨晚老人見到的那個送貨員一樣。老人和送貨員見面的時間十分短暫。送貨員駕駛一輛富豪轎車前往貨櫃港口，轎車可能是租來的。車子停下，只聽見嗡嗡聲響，車窗被按了下來。送貨員說出暗號：天使之聲。送貨員和非裔男子留著一模一樣的鬍子，一雙眼睛充滿哀愁。他立刻說為了安全起見，槍不在車裡，但他會載老人去一個地方取貨。老人遲疑片刻，心想，如果他們要洗劫我，在港口下手就好了。老人於是上了車。可以取貨的地方如此之多，送貨員卻偏偏載老人前往霍勒伯廣場的瑞迪森飯店。他們穿過大廳時，老人看見接待員貝蒂就在櫃檯後方，但她並未朝他們的方向望來。

送貨員點數公事包內的鈔票時，嘴裡用德文咕噥著數字。老人加以詢問，送貨員回答說他父母來自亞爾薩斯區。老人一時興起，說自己曾經去過亞爾薩斯的森漢姆行政區。他會這麼說只是一時衝動。

老人在大學圖書館的網站上詳細閱讀過馬克林步槍的資料，實際拿到步槍時，高昂的興致卻一掃而空。馬克林步槍看起來像一把標準獵槍，只是體積稍大而已。送貨員示範馬克林步槍如何分解組合，他稱呼老人為「烏利亞先生」。老人把拆解了的步槍放進大肩包裡，搭電梯到一樓大廳，這時他腦子裡冒出一個念頭，想過去請貝蒂替他叫一輛計程車。又是另一個衝動。

「哈囉！」

老人抬起頭。

「我們應該幫你安排一個聽力檢查才對。」

布維醫生站在門廊，試著展露愉快的笑容。他引領老人走進診療室。只見他的眼袋越來越大了。

「我叫你的名字三次了。」

我忘了我的名字，老人心裡直接反應，**我忘了我所有的名字**。

老人從布維醫生那種熱切地想幫他做些什麼的態度來研判，布維醫生應該有壞消息要說。

「呃，我們採集的樣本分析結果出爐了，」布維醫生一坐下來立刻說道，想把報告壞消息的差事儘快了結。「它恐怕已經擴散了。」

「它當然擴散了，」老人說：「癌細胞不就是會這樣嗎？它不是本來就會擴散嗎？」

「哈，哈。的確是的。」布維醫生拂拭桌面，拂去看不見的灰塵。

「癌細胞就跟我們一樣，」老人說：「它只是做它應該做的事而已。」

「對。」布維醫生說，以一種癱軟的姿態坐在椅子上，看起來像是強迫自己放鬆。

「就像你一樣，醫生，你只是做你應該做的事而已。」

「你說得對，說得真對。」布維醫生微笑說，戴上眼鏡。「我們仍在考慮化療的可能性。化療會讓你身體虛弱，但可以延長……呃……」

「我的生命？」

「對。」

「不做化療的話，我還有多少時間可以活？」

布維醫生的喉結上下快速跳動。「比我們原先預期的稍微短一點點。」

「意思是？」

「意思是癌細胞已透過血液從肝臟擴散到……」

「我的老天，你只要告訴我還有多少時間就好了。」

布維醫生只是張口結舌。

「你討厭這份工作對不對？」老人說。

「你說什麼？」

「沒什麼。請告訴我一個日期。」

「那是不可能的……」

老人的拳頭重重擊上桌面，力道之猛，使得電話話筒從托架上跳了出來。布維醫生也從椅子上跳了起來，張開嘴巴想說些什麼，但一見到老人顫抖的食指，便將話吞回肚裡。布維醫生嘆了口氣，摘下眼鏡，疲憊地用手在臉上抹了抹。

「今年夏天。六月，可能更早。最晚八月。」

「太好了，」老人說：「這樣就好。疼痛的話呢？」

「你隨時都可以來，我們會給你止痛劑。」

「我還能活動嗎？」

「很難說，要看疼痛的程度。」

「你必須給我止痛劑，讓我可以活動。這非常重要，明白嗎？」

「所有的止痛劑……」

「我可以承受很大的痛苦。我只需要止痛劑來讓我保持清醒，讓我可以理性地思考和行動。」

聖誕快樂。這是布維醫生說的最後一句話。老人站在階梯上。原本他不明白街上為什麼會有這麼多人，但是在布維醫生祝他聖誕快樂，提醒他這個宗教佳節即將到來之後，他在路上的匆匆行人眼中看見必須在最後一分鐘買到聖誕禮物的慌忙神色。伊格廣場上，有些購物人潮聚在一個正在演奏的流行樂團周圍。一個身穿救世軍制服的男子，拿著捐獻箱到處走動。一個毒蟲在冰雪中頓足，眼神閃爍，彷彿快要熄滅的硬脂蠟燭。兩個少女手挽著手從老人面前走過，雙頰紅潤，她們的大好人生即將上演一齣齣精采故事，故事中有男孩、有期望。還有蠟燭。該死了！怎麼家家戶戶窗前都看得見燭光。他抬起頭，望著奧斯陸的天空；金黃色的溫暖蒼穹反映著城市的燈光。天哪，他是多麼希望她在身邊。下個聖誕節，他心想，下個聖誕節我們將一同慶祝，親愛的。

第三部　烏利亞

23

一九四四年六月七日。維也納，魯道夫二世醫院。

赫蓮娜．藍恩推著手推車，快步走向四號病房。窗戶開著，她吸了口氣，讓胸口充滿剛割過的草地散發的清新氣息。今天聞不到死亡和毀滅的氣味。自從維也納首次遭到轟炸以來，至今已過一年。最近這幾個星期，只要天氣放晴，維也納每天晚上都會遭受轟炸。魯道夫二世醫院距離市中心雖然有好幾公里遠，又坐落在綠意盎然的維也納森林裡，遠離戰亂，但火燒城市的煙臭味仍會飄來，扼殺夏日的氣息。

赫蓮娜身子一晃，走過轉角，對布洛何醫生微微一笑。布洛何醫生似乎想停下腳步說些什麼，但仍快步離去。布洛何醫生有一雙死板的眼睛，總是透過眼鏡盯著人瞧，每次她和布洛何醫生面對面，總是說不出的緊張和不舒服。有時她會覺得她在轉角碰見布洛何醫生並非偶然。若是給母親看見她閃避布洛何醫生的那種神態，母親肯定會呼吸困難。布洛何相當年輕，前途一片光明，最重要的是他出身於維也納的名門望族。然而赫蓮娜既不喜歡布洛何，也不喜歡他的家族，更不喜歡母親把她視為重返上流社會的踏腳石。過去發生的事，她母親全都歸咎於戰爭。都怪赫蓮娜的父親亨利．藍恩突然失去了他的猶太借款人，使得他無法依約償付債款。這個財務危機導致亨利突發奇想，請那些猶太銀行家將他們被奧地利政府沒收充公的債券轉移到他名下。如今亨利已鋃鐺入獄，罪名是聯合國家之敵猶太人密謀不軌。

赫蓮娜和母親不同，她想念父親勝於想念她的家庭曾享有的社會地位。比如說，她不想念那些宴會、青少年、膚淺對話、以及她母親頻頻想將她嫁給某個被寵壞了的紈袴子弟。

她看了看錶，快步急走。高聳的天花板上吊著一盞盞球形吊燈，一隻從敞開的窗戶飛進來的小鳥悠閒地站在吊燈上引吭高歌。有些時候，赫蓮娜無法相信外頭的戰爭正打得如火如荼。也許是因為這片森林、這一排排濃密的雲杉林隔絕了所有他們不想看見的事。但只要踏進病房，立刻就會知道和平只是一場幻夢。

受傷的士兵帶著殘缺的身體和受創的心靈，把戰爭一起帶回家鄉。比方說，她必須聆聽許多傷兵述說他們的故事，他們一廂情願地認為以她堅強的意志和信念，可以幫助他們走出苦難。傷兵述說的惡夢絕大多數都大同小異，說的都是什麼人類活在地球上必須承受極大的痛苦，以及光是想要活下去就必須使出各種墮落的手段，只有亡者得以毫髮無傷地脫離苦難。於是赫蓮娜停止聆聽。她在換繃帶、量溫度、提供藥物和食物時，只是假裝聆聽。傷兵睡著時，她盡量不看他們，因為他們即使睡著了，面容仍不斷地在說故事。她可以在蒼白、孩子氣的臉上看見受苦，可以在堅硬、封閉的臉上看見殘暴的行為，可以在一個剛得知一隻腳必須被截肢的男子那扭曲痛苦的臉上，看見尋死的意念。

不過今天她踏入病房，腳步輕快。也許是因為夏天到了，也許是因為有個醫生剛告訴她說今天早上她好美，也許是因為四號病房那個挪威傷兵將會用一口怪腔怪調的德語，跟她說「Guten Morgen」（**早安**）。然後他會吃早餐，眼光在她身上流連，看著她一床走過一床，照護其他傷患，跟他們說些打氣的話。她每照護五、六個傷患，就會瞧他一眼，如果他對她微笑，她會立刻報以微笑，然後繼續工作，彷彿什麼事也沒發生。什麼事也沒發生，卻什麼事都發生了。就是這些小小的片刻，讓她能夠熬過每一天；也讓她能夠笑——當她聽見嚴重灼傷的賀勒上尉躺在門邊病床上開玩笑地問說，他的生殖器是不是很快就會從東部戰線被送回來？她能夠笑。

她推開四號病房房門。陽光灑入病房，讓一切都變得白淨耀眼，牆壁、天花板、床單全都亮晃晃的。**踏進天堂一定就是這種感覺**，她心想。

「Guten Morgen（**早安**），赫蓮娜。」

她對他微笑。他坐在床邊一張椅子上，正在看書。

「你睡得好嗎，烏利亞？」她愉快地問道。

「睡得像熊。」他說。

「熊？」

「對啊。德文裡……怎麼說熊睡了一整個冬天？」

「啊，冬眠。」

「對，冬眠。」

兩人都笑了。赫蓮娜知道其他傷患正瞧著他們，她不能在他這裡待得比較久。

「你的頭呢？每天都有好一點對不對？」

「對，越來越好了。有一天我一定會變得跟以前一樣英俊，妳等著瞧吧。」

她仍記得他被送進來的那一天。他額頭上有那樣一個洞還能活下來，簡直違反了所有自然界的定律。她手中拿的水壺碰到茶杯，差點將茶杯撞倒。

「哇喔！」他笑說：「妳昨天晚上是不是跳舞跳到凌晨啊？」

她抬起頭。他對她眨了眨眼。

「嗯。」她說，忽然感到一陣狼狽，只因她竟然在這麼一件愚蠢的小事上撒謊。

「你們在維也納都跳什麼舞？」

「我是說，沒有，我沒去跳舞，我只是很晚才上床睡覺而已。」

「你們應該是跳華爾滋吧，對不對？跳維也納華爾滋之類的。」

「對，我們跳維也納華爾滋。」她說，專心處理體溫計。

「像這樣。」說著他站了起來，開始唱歌。其他傷患從病床上抬頭朝這邊望來。他唱的語言大家雖然聽不懂，但嗓音溫暖動聽。他踏出歡快、旋轉的華爾滋小舞步，鬆散的病袍繩帶也隨之搖擺起舞。狀況好一點的傷患紛紛喝采，笑聲不斷。

「烏利亞，快回來，不然我就要把你送回東部戰線了喔。」她厲聲喊道。

他乖乖聽話，回到原位坐了下來。他的名字不叫烏利亞，他只是堅持要他們叫他烏利亞。

「妳知道萊茵蘭波爾卡舞嗎？」

「萊茵蘭波爾卡舞？」

「那是我們從萊茵蘭人那裡學來的舞，我跳給妳看好不好？」

「你給我乖乖坐在那裡，坐到康復為止。」

「康復以後我會帶妳出去玩，教妳跳萊茵蘭波爾卡舞。」

過去幾天他常待在陽台上，沐浴在夏日陽光中，讓他的氣色看起來健康許多。現在他那張快樂的面容上，亮白的牙齒正閃閃發光。

「聽你說話，我想你應該復元得夠好了，可以被送回去了。」她回嘴說，卻無法阻止雙頰泛起紅暈。她正要繼續巡床，卻感覺到他的手握上她的手。

「說妳願意。」他柔聲說。

她發出歡快的笑聲，甩開他的手，走到隔壁床位，一顆心在胸口怦然跳動，彷彿一隻小鳥嚶嚶啼唱。

「怎麼樣？」布洛何醫生說，目光從報紙上方射了過來。赫蓮娜剛踏進布洛何醫生的辦公室，一如往常，她不知道布洛何醫生的那句「怎麼樣？」是一個問題？還是一個較長的問題的起始句？抑或那只是他說話的方式？因此她只是站在門邊。

「醫生，你找我？」

「為什麼妳對我說話的語氣一定要這麼正式，赫蓮娜？」布洛何微笑地嘆了口氣。「天哪，我們不是從小就認識了嗎？」

「你找我有什麼事？」

「我決定回報四號病房那個挪威士兵已經恢復健康，可以繼續服役。」

「了解。」

她毫不驚慌。她為什麼要驚慌？傷患來這裡是為了康復，然後出院。否則便是死亡。這就是醫院的常態。

「五天前，我把他的診斷報告傳給國防軍，現在已經收到他的分發令了。」

「還真快。」她的語調堅定冷靜。

「對，他們急需兵源。我們正在打仗，這妳應該知道吧。」

「我知道。」她說，卻沒說出她心裡頭想的：**我們正在打仗，你卻坐在這裡，距離前線數百公里遠，不過才二十二歲，做的卻是七十歲老頭都做得來的工作，這都要感謝老布洛何先生。**

「我想請妳把他的分發令拿給他，因為我看你們似乎相處得很融洽。」

她感覺得出布洛何正仔細觀察她的反應。

「對了，赫蓮娜，為什麼妳特別喜歡這個人？他跟醫院裡其他四百名士兵有什麼不一樣？」

她正要提出反對意見，卻給布洛何搶先一步。

「抱歉，赫蓮娜，我知道這不關我的事。我純粹只是好奇而已。我……」布洛何伸出兩根食指從面前拿起一支筆，轉頭望向窗外。「……只是納悶妳在這個一心想娶千金小姐的外國小子身上到底看見什麼？這個人背叛自己的祖國，來討好征服自己祖國的軍隊。妳應該懂我的意思吧。對了，妳母親最近好嗎？」

赫蓮娜回答前先吞了口唾沫。

「醫生，你沒有必要擔心我的母親。你只要把他們的分發令拿給我，我就會發下去。」

布洛何回過頭來，望著赫蓮娜，從桌上拿起一封信。

「他被分發到匈牙利的第三裝甲師，我想妳應該知道這代表什麼意思吧？」

她蹙起眉頭。「第三裝甲師？他自願加入的是武裝黨衛隊，為什麼把他分發到一般國防軍？」

布洛何聳聳肩。

「在這種時期，我們必須盡力完成上級交代的任務，難道妳不同意嗎，赫蓮娜？」

「你是什麼意思？」

「他是步兵對不對？換句話說，他必須跟在武裝車輛後面奔跑，而不是坐在車上。我有個朋友在烏克蘭，他告訴我說，他們每天都得用機槍掃射紅軍士兵，射到機槍發燙，屍體堆積成山，可是紅軍士兵還是不斷地冒出來，沒完沒了。」

赫蓮娜極力按捺衝動，否則便要從布洛何手中搶過那封信，撕成碎片。

「像妳這樣一個年輕女人也許應該實際一點，不要對一個妳很可能再也見不到的男人產生太多情感。順帶一提，赫蓮娜，那件披巾很適合妳，是代代相傳的嗎？」

「醫生，聽見你關心我，我覺得驚訝，而且高興，但我可以向你保證，你想太多了。我對這個傷患沒有特殊的情感。送餐時間到了，醫生，恕我失陪……」

「赫蓮娜、赫蓮娜……」布洛何搖了搖頭，微微一笑。「妳真以為我瞎了眼嗎？妳以為我可以漫不經心地看見妳為這件事苦惱嗎？赫蓮娜，我們兩家情誼深厚，讓我覺得我們之間有一條絲線將我們緊緊繫在一起。要不然我才不會用這種保密的方式跟妳說話。請原諒我，但妳一定已經發現我對妳滿懷愛意，而且……」

「住嘴！」

「什麼？」

赫蓮娜在身後把門關上，提高嗓音。

「布洛何，我是這裡的志工，不像其他護士可以任你玩弄。把信給我，有話快說，不然我就走了。」

「我親愛的赫蓮娜，」布洛何露出關愛的神情。「難道妳還不明白這件事決定在妳嗎？」

「決定在我？」

「一個人是不是完全恢復健康是非常主觀的判斷，尤其是頭部受了那麼重的傷。」

「我了解。」

「我可以替他開立一張診斷書，讓他在這裡再待三個月，天知道三個月之後東部戰線還在不在。」

赫蓮娜一臉困惑，望著布洛何。

「赫蓮娜，妳經常讀《聖經》，一定知道大衛王的故事吧？大衛王渴望得到拔示巴，也不管她已經嫁給了他手下一名士兵，因此他命令將軍把拔示巴的丈夫派去前線送死，這樣大衛王就可以去除障礙，向拔示巴求愛。」

「那跟這件事有什麼關係？」

「沒有關係。沒有關係，赫蓮娜。如果妳的心上人還沒康復，我才不敢把他送上前線呢。任何人只要還沒康復，我都不敢送上前線。這就是我的意思。既然妳對這個傷患的情況跟我一樣清楚，我想我在做出最後決定之前，也許應該聽聽妳的意見。如果妳覺得他還沒完全康復，那我可能就會再開一張診斷書，送去國防軍。」

眼前的狀況逐漸明朗。

「妳說呢，赫蓮娜？」

赫蓮娜簡直不敢相信自己的耳朵：布洛何想利用烏利亞來強迫她跟他上床。這件事他計畫多久了？他是不是等候了好幾個星期，才在適當的時機出手？而且他到底要她怎麼樣？是要她成為他的妻子還是情人？

「怎麼樣？」布洛何問。

她腦中迅速轉過無數念頭，試圖在這個迷宮中找到出口。想當然耳，所有出口都已經給封死了。布洛何可不是個笨蛋。只要烏利亞的診斷書掌握在他手裡，並且幫了她這個忙，她就得滿足他所有的邪念。烏利亞的分發令可以被延期，但唯有烏利亞離開，布洛何用以驅迫她的惡勢力才得以消除。惡勢力？老天，她根本不太認識那個挪威人，更何況她一點都不知道他對她是什麼感覺。

「我……」她開口說。

「嗯？」

布洛何傾身向前，神態熱切。她想繼續往下說，她知道要擺脫眼前困境應該怎麼說，但某種東西阻止她往下說。過了片刻，她知道那是什麼了。那都只是謊言而已。她想擺脫眼前困境是個謊言；她不知道烏利亞對她的感覺是個謊言；為了生存，我們必須順從並降低自己的品格，這也是個謊言；通通都是謊言。她咬著下唇，感覺嘴唇開始顫抖。

24

一九九九年除夕。畢斯雷區。

這日正午，哈利在霍勒伯街的瑞迪森飯店前下了街道電車，望見低垂的晨間太陽短暫映照在國立醫院的病房區窗戶上，接著便消失在雲朵後方。他去了他那間老辦公室，這是他最後一次去了。他是去清理辦公室，確定東西都拿了，他如此告訴自己。但他的個人物品甚少。前天他去「奇異」超級市場拿了一個購物袋，個人物品放進購物袋之後袋裡空間還多的是。不用值班的員警都待在家裡，準備舉行千禧年的最後一場狂歡派對。一條紙彩帶躺在他的辦公椅後方，讓他想起昨天舉辦的小型歡送會。歡送會自然是愛倫發起的。莫勒發表了一小段嚴肅的離別感言，和愛倫準備的藍氣球和插了蠟燭的海綿蛋糕不太搭調，但感言依然讓哈利感到窩心。犯罪特警隊隊長莫勒可能清楚知道如果他發表的感言太冗長或太傷感，哈利一定不會原諒他。哈利不得不承認，當莫勒恭喜他榮升警監，並祝他在ＰＯＴ密勤局一切順利時，他心中感到一絲驕傲。即使湯姆臉上帶著譏諷的微笑，或是後方門口那些旁觀者微微搖頭，都並未破壞歡送會的氣氛。

他回去那間老辦公室，是想在那間他用了將近七年的辦公室裡坐上最後一次，坐一坐那張會發出咯吱聲響的壞損辦公椅。哈利打了個寒顫。他自忖，這些多愁善感的情懷，會不會是他出人頭地的另一個徵兆？

哈利沿著霍勒伯街行走，左轉踏上蘇菲街。這條狹窄小街上的房屋原本多半是工人住的，屋齡少說也有百年，屋況大多不甚理想。但自從房價上漲，年輕的中產階級住不起麥佑斯登區而進駐此地之後，這整個地區就像是做過了拉皮手術。如今這裡只剩一棟屋子最近並未整修外觀：那就是八號，哈利的家。反正哈利一點也不在意。

他開門進屋，打開玄關的信箱，只見裡頭是一張披薩優待券和一封奧斯陸市府出納處寄來的信，他一見到信封就知道裡頭應該是上個月的交通罰鍰催繳單。他踏上樓梯，口中粗話如連珠炮般爆了出來。他從一個嚴格說來並不認識的伯父那裡，用頗為便宜的價格買了一輛車齡十五年的福特「雅士」。的確，車子有點生鏽，離合器已經磨耗老舊，但有一個很酷的天窗。然而到目前為止，他收到的停車罰單和停車繳費單比他的頭髮還多。除此之外，那輛老爺車很難發動，因此他必須記得把車停到山坡頂端，以便推車發動。

他打開房子大門的鎖。這是一間布置簡樸的房子，共有兩個房間，裡頭乾淨整潔，光亮的木質地板並未鋪上地毯。牆上唯一的裝飾是一張他母親和妹妹的照片，還有一張他十六歲從辛萊電影院偷偷撕下的《教父》電影海報。屋內沒有盆栽，沒有蠟燭，也沒有可愛的小擺飾。他曾掛上一個布告板，心想可以用來釘明信片、照片、或他看見的睿智雋語。他在別人家裡瞧見過這種布告板，結果卻發現自己從不會收到明信片，基本上也從不拍照，於是他剪下作家畢約內伯[15]的一段話：

> 馬力輸出的加速度同樣也可以用來譬喻人類了解所謂自然法則的加速度。這種了解＝焦慮。

哈利瞄了一眼，就知道電話答錄機（另一項必要投資）裡沒有留言。他脫下襯衫，丟進洗衣籃，從壁櫥內一疊整齊衣服中拿出一件乾淨襯衫。

他讓答錄機保持開啟（也許挪威蓋洛普民意調查機構會打電話來），鎖上門，離開了家。

他在阿里雜貨店買了千禧年最後一份報紙，心中沒有任何感傷之情，然後踏上多弗列街。只見沃瑪川奈街上的行人都趕著回家，準備度過這個盛大的夜晚。哈利在外套裡直打哆嗦，直到踏進施羅德酒館，酒館內溫暖潮濕的空氣撲面而來，他才停止發抖。店裡坐滿了人，但他看見他常坐的那張桌子正好有客人要走了，便往那兒走去。從那張桌子起身的老人戴上帽子，兩道茂密白眉下的一雙眼睛對哈利粗略地打量一

15 Jens Bjørneboe，1920-1976，挪威作家，作品涵蓋多種文學型態，嚴厲批評挪威社會和西方文明，也因為不妥協的言論而被判言語猥褻罪，長期酗酒和憂鬱，最後自殺結束生命。

眼，沉默地點了個頭，便即離去。那張桌子靠在窗邊，是昏暗酒館內白天有足夠光線可以看書的少數桌子之一。哈利才剛坐下，瑪雅就來到他身旁。

「嗨，哈利。」瑪雅用一根灰色撣子在桌巾上撣了撣。「今日特餐？」

「如果你們的廚子還沒喝醉的話。」

「他還沒喝醉。想喝點什麼？」

「這才像話嘛。」哈利抬起了頭。「妳今天有什麼建議？」

「是這樣的，」瑪雅一手扶著臀部，一邊以清澈響亮的嗓音高聲說：「奧斯陸的飲用水是全挪威最純淨的，跟一般人想的正好相反。而最沒有毒性的水管可以在本世紀初興建的房子裡找到，例如這棟房子。」

「瑪雅，這是誰告訴妳的？」

「好像是你耶，哈利。」她大笑，笑聲嘶啞真誠。「對了，戒酒還挺適合你的。」她低聲說，記下哈利點的餐，轉身離去。

幾乎所有的報紙都在報導千禧年，所以哈利買了一份《達沙日報》。他翻到第六頁，目光被一張大照片吸引，照片中是一個木製路標，上面漆有太陽十字。路標一邊的箭頭寫著「奧斯陸二六一一公里」，另一邊箭頭寫著「列寧格勒五公里」。

照片下方的文章作者是歷史教授伊凡．霍爾。副標題簡明扼要：**法西斯主義在西歐日益嚴重的失業問題中看見曙光**。

哈利在報紙上見過霍爾的名字；就被佔領時期的挪威和國家集會黨而言，霍爾的工作有點像是**幕後操盤手**。哈利快速翻完報紙，沒發現什麼令他感興趣的新聞，於是又翻回到霍爾寫的那篇文章。文中霍爾評論先前一篇關於新納粹黨在瑞典聲勢壯大的新聞。霍爾說明在九〇年代經濟蓬勃發展的時期，新納粹黨曾急劇縮小，但現在新納粹黨正帶著全新的活力捲土重來。文中還寫道，這一波新法西斯浪潮的特徵在於具有穩固的意識形態基礎。八〇年代的新納粹主義大多是關於流行時尚和團體認同、軍服穿著、理光頭和已廢棄的口號如「勝利萬歲」等。這一波新法西斯浪潮較有組織，他們有金援網絡，而且不再以富有的領導者和贊助者馬首是瞻。此外，霍爾寫道，這一波新法西斯運動不僅僅是對目前社會狀況如失業和移民的反動，而是想要建立社會民主主義之外的另一個選擇。標語是重整——道德、軍事和種族上的重整。霍爾拿基督教的式微做為社會道德敗壞的最佳例證，又舉了ＨＩＶ病毒和藥物濫用當做例子。他們的敵人形象就某種程度而言也是新的，包括打破國家和種族藩籬的歐盟擁護者、對俄國和斯拉夫**低等民族**伸出友誼之手的北約人士，以及接替猶太人的位子，成為世界銀行家的新亞洲資本大亨。

瑪雅端來午餐。

「餃子？」哈利問道，望著裝盛在大白菜上的灰色塊狀物，上頭淋有千島沙拉醬。

「施羅德風味，」瑪雅說：「昨天的剩菜。新年快樂啊。」

哈利舉起報紙，以便進食，剛咬了一口富含纖維質的餃子，就聽見報紙後方傳來一人的聲音。

「我說，這真是太可怕了。」

哈利越過報紙向聲音來處看去，見到摩希根人坐在隔壁桌，眼睛正瞧著他。也許摩希根人原本就坐在那裡了，但哈利進來時並未注意到他。他們之所以叫他摩希根人，可能是因為他是北美印地安摩希根族僅剩的族人。摩希根人在二戰時期當過水兵，曾被魚雷打中兩次，所有的朋友老早就死光了。這些是瑪雅跟哈利說的。摩希根人蓬亂的鬍子垂入啤酒杯內，身穿外套坐在桌前。無論夏天或冬天，他身上總是穿著外套。他的臉頰十分削瘦，瘦到可以看出頭骨的輪廓，臉上布滿微血管，宛如緋紅色的雷電打在白森森的背景上。他那雙濡濕的紅色眼珠在鬆垮的眼皮下正盯著哈利瞧。

「太可怕了！」

哈利這輩子聽過無數醉鬼胡言亂語，才懶得去注意施羅德酒館的常客說些什麼，但摩希根人不一樣。哈利光顧施羅德酒館這麼多年來，這還是他聽摩希根人說得最清楚的一句話。去年冬天某個晚上，哈利在多弗列街發現摩希根人靠著一棟房子的牆壁睡覺，要不是哈利救了這老傢伙，他很可能就被凍死在街上了，即便如此，後來摩希根人碰見哈利連點個頭也沒有。摩希根人說完這幾句話，似乎就不再有話說，緊閉雙唇，回去看著他的啤酒杯。哈利望了望摩希根人四周，然後傾身靠向摩希根人那張桌子。

「康亞德．奧斯奈，你記得我嗎？」

摩希根人嘀咕一聲，望著空氣，並不答話。

「去年我在街上發現你睡在雪堆裡，那天的溫度是零下十八度。」

摩希根人眼珠轉了轉。

「那裡沒有街燈，所以我很可能沒看見你，那你就一命嗚呼了，奧斯奈。」

摩希根人瞇起一隻紅眼，憤怒地看了哈利一眼，然後舉起酒杯。

「對，我真該謝謝你。」

摩希根人小心翼翼喝了口酒，緩緩將杯子放回桌面，鄭重其事，彷彿杯子必須放在桌面上的某個位置才行。

「那些幫派份子應該被槍斃。」摩希根人說。

「是喔？誰？」

摩希根人伸出彎曲的手指，指向哈利的報紙。哈利翻過報紙，只見頭版印有一張大照片，裡頭是一個瑞典新納粹黨員。

「叫他們靠牆站好！」摩希根人用手掌拍擊桌面，幾個客人轉頭朝他望來。哈利做個手勢，要他冷靜。

「奧斯奈，他們只是一些年輕人而已。高興一點，今天是除夕。」

「年輕人？你以為我們沒年輕過嗎？那樣不能阻止德國人。凱爾那時十九歲，奧斯卡二十二歲。我說，在它擴散之前，把他們槍斃。那是一種疾病，必須趁早消滅。」

摩希根人伸出食指，顫抖地指著哈利。

「其中一個人就坐在你這個位子。他們還沒死光！你是警察，你出去逮捕他們！」

「你怎麼知道我是警察？」哈利驚訝地問。

「我會看報紙。你在南方一個國家射殺過一個人。那很好，可是要不要在這裡也射殺幾個人？」

「奧斯奈，你今天真健談。」

摩希根人閉口不再言語，用乖戾的眼神看了哈利一眼，轉頭望向牆壁，盯著牆上掛著的青年廣場圖。哈利明白這段對話到此告一段落，便向瑪雅招了招手，點了一杯咖啡，然後看了看錶。新的千禧年即將來臨。施羅德酒館今天下午四點打烊，準備舉辦「私人除夕派對」，酒館大門掛著的公告是這麼寫的。哈利細看酒館裡的熟面孔，就他所見，所有賓客都已到齊。

25

一九四四年六月八日。維也納，魯道夫二世醫院。

四號病房充滿酣睡的聲音。今晚比平常安靜，沒有人痛苦呻吟、沒有人做惡夢尖叫驚醒。赫蓮娜也沒聽見維也納發出空襲警報。今晚要是沒有空襲轟炸，她希望一切都能進行得順利一些。她躡手躡足走進大寢室，站在他的床尾看著他。只見他坐在檯燈燈光中，沉浸於書中的世界，什麼都不需要聽見。赫蓮娜站在燈光之外的黑暗中。她很清楚黑暗是什麼。

他正要翻動書頁，便發現了她，臉上立刻露出微笑，放下書本。

「晚安，赫蓮娜，妳今天晚上不是沒值班嗎？」

她把食指貼在唇上，踏近一步。

「你怎麼知道晚上誰值班？」她輕聲說。

他微微一笑。「我不知道別人值班的時間，我只知道妳的。」

「是嗎？」

「星期三、星期五和星期日，然後是星期一和星期二。接著又是星期三、星期五和星期日。別害怕，這是對妳的讚美。在這裡沒別的事可以用腦筋。我還知道賀勒什麼時候灌腸。」

她格格輕笑。

「但你還不知道醫生已經宣告你適合繼續服役吧？」

他驚訝地望著她。

「你被分派到匈牙利了，」她低聲說：「第三裝甲師。」

「裝甲師？那不是德國國防軍嗎？他們不能收編我，我是挪威人。」

「我知道。」

「而且我去匈牙利要做什麼?我……」

「噓,你會吵醒其他人。烏利亞,我看過分發令了,我們對這個命令恐怕都無能為力。」

「可是他們一定是弄錯了,這……」

他不小心撞到了書,砰地一聲掉落地面。赫蓮娜彎腰撿起了書。只見封面寫著《頑童歷險記》,標題下方是一張素描圖,圖中是個衣衫破爛的男孩坐在竹筏上。烏利亞顯然是生氣了。

「這又不是我的戰爭。」他噘起嘴唇說。

「這我也知道。」她輕聲說,把書放進椅子下他的包包裡。

「妳這是幹嘛?」他低聲說。

「你聽我說,烏利亞,我們時間不多。」

「時間?」

「半小時後,值班護士會開始巡房,你必須在她來之前做出決定。」

他把檯燈蓋壓低,好在黑暗中把她看得清楚一些。

「赫蓮娜,這是怎麼一回事?」

她吞了口唾沫。

「還有,為什麼妳今天沒穿制服?」他問道。

現下這一刻最令她害怕。她不怕對母親撒謊,說她要去薩爾斯堡探望妹妹幾天。她不怕說服林務官的兒子駕車載她來醫院——這時林務官的兒子正在醫院大門外的路上等著她。她也不怕跟她的財物、教堂和她在維也納森林的安逸生活道別。但她害怕對他坦白以告:她愛他,她為了他願意冒生命危險,並以未來做為賭注。只因她可能看走眼。她怕看走眼的並不是他對她的感覺,這一點她很有把握,她怕看走眼的是他的人品骨氣。他有沒有勇氣和魄力去進行她建議的事?至少現在他清楚知道去南方攻打紅軍並不是他的戰爭。

「我們應該有多一點時間認識彼此的。」她說，把手放在他的手上。他抓住她的手，緊緊握住。

「可是我們沒有那麼多時間。」她說，捏了捏他的手。「一小時後，有一班列車開往巴黎。我買了兩張票。我的老師住在那裡。」

「妳的老師？」

「這故事說來話長，反正他會接應我們。」

「接應我們？這是什麼意思？」

「我們可以住在他家。他一個人住。而且據我所知，他沒什麼朋友圈可言。你的護照有帶在身上嗎？」

「什麼？有……」

一時之間他不知該說什麼，彷彿正在納悶自己是不是讀那本竹筏男孩的書讀到睡著，而這一切只是場夢。

「有，護照在我身上。」

「很好。去巴黎要兩天。我們有座位，我也帶了很多食物。」

他深深吸了一口氣。

「為什麼要選巴黎？」

「巴黎是個大城市，一個可以讓人消失的大城市。聽好了，我帶了一些我父親的衣服放在車裡，你可以在車上換便服。他鞋子的尺寸是……」

「不行。」他舉起一隻手。她那些如潺潺溪水般不斷流出的熱切話語陡然停住。她屏注呼吸，注視他沉思的臉容。

「不行，」他又低聲說了一次：「這樣太蠢了。」

「可是……」她的胃似乎被一個大冰塊給塞住。

「穿軍服旅行比較好，」他說：「一個年輕人穿便服只會引起懷疑而已。」

她心花怒放，幾乎無法言語，只是更用力地握住他的手。她的心歡聲歌唱，喜悅無比，令她不得不叫它稍安勿躁。

「還有一件事。」他說，雙腿一晃，來到床下。

「什麼事？」

「妳愛我嗎？」

「愛。」

「很好。」

他已穿上夾克。

26

二〇〇〇年二月二十一日。警察總署，ＰＯＴ密勤局。

哈利環視四周，看著井然有序的書架上整齊擺著依時間順序排列的活頁冊，看著牆上步步晉升的學位證書和軍警殊勳。辦公桌後方掛著一張黑白照片，照片中是較為年輕的梅里克，身穿制服，軍階是少校，正在迎接挪威國王奧拉夫。任何人只要走進這間辦公室，第一眼都會看見那張照片。哈利坐在椅子上細看那張照片，這時辦公室門在他身後打開。

「抱歉讓你等這麼久，哈利。請不要站起來。」

進來的人是梅里克。哈利並未做出起身的動作。

「怎麼樣？」梅里克說，在辦公桌後坐下。「你來我們這裡一個星期了，一切都還順利嗎？」

梅里克在椅子上坐得端正挺直，露出一排大黃牙，不禁讓人覺得他這輩子的微笑練習是不是做得太過火了。

「很無聊。」哈利說。

「嘿！沒那麼糟糕吧？」梅里克似乎非常訝異。

「呃，你們的咖啡比我們樓下的好喝。」

「你是說犯罪特警隊的咖啡？」

「抱歉，」哈利說：「我得花點時間才能習慣。現在的『我們』指的是ＰＯＴ。」

「沒錯，我們只是要有點耐心而已。對很多事而言都是如此。你說是嗎，哈利？」

哈利點頭表示同意。跟風車作戰是沒有意義的，至少在頭一個月是如此。一如預期，他的辦公室被配置在長走廊的盡頭，這意味著如果不是絕對必要，他不會碰見其他ＰＯＴ人員。他的工作內容很簡單，只要閱讀ＰＯＴ地方辦事處的報告，然後評估是否需要呈報上級就好了。梅里克的指示說得非常清楚：除非報告裡廢話連篇，否則所有的報告都要呈報上級。換句話說，哈利的工作是過濾劣質報告。上星期總共來了三份報告，他試著慢慢把報告讀完，但再慢再拖磨也有個限度。第一份報告來自特隆赫姆市，內容主要是說有一套新型電子監視設備沒人會操作，因為他們的監視設備專家離職了。哈利把這份報告呈交上去。第二份報告是說卑爾根市一名德籍生意人目前已被他們判定為「不可疑」，因為他說他運來的是窗簾軌道。哈利也把這份報告呈交上去。第三份報告是厄斯蘭地區的希恩市警局送來的，他們接到許多希梁市農舍主人申訴說上星期聽見槍聲。這個時期不是打獵季節，因此他們派了一名員警前去調查，結果在森林裡發現製造廠商不明的彈殼。他們把彈殼送去挪威克里波刑事調查部[16]的刑事鑑識組進行化驗，化驗報告指出子彈可能是由馬克林步槍擊發，這是一種相當罕見的槍枝。

哈利同樣把這份報告呈交上去，但呈交之前先影印了一份。

「是這樣的，我找你來，是想跟你說我們拿到一張傳單。新納粹黨打算在五月十七號去奧斯陸的清真寺外大鬧一場。穆斯林有個日期因年份而異的節日剛好是在今年五月十七號，許多外籍父母拒絕讓小孩參加挪威獨立紀念日[17]遊行，因為他們要讓小孩去清真寺。」

「Eid[18]。」

「什麼？」

「Eid，他們的聖日。那天等於穆斯林的聖誕節前夕。」

「你對這些玩意有興趣？」

---

16 Kripos，挪威警方的特別部門，隸屬於挪威法務暨警察部，佔挪威警力百分之四，人員約五百名。

17 五月十七日獨立紀念日是挪威最大的節日，當天全國民眾會穿上傳統服飾遊街，展開熱鬧的慶祝活動。最壯觀的慶典在奧斯陸舉行，成千上萬的兒童和其他遊行隊伍從卡爾約翰街一路遊行到皇宮。

18 Eid，阿拉伯文，節日、節慶之意。

「沒有，只不過去年這天我的鄰居邀請我去他們家吃晚餐。他們是巴基斯坦人，他們覺得聖日那天我一個人坐在家裡太悲慘了。」

「真的？嗯哼。」梅里克戴上他那副神探戴瑞克式的眼鏡。

「那份傳單在我這裡，上面寫說五月十七號這天不慶祝挪威獨立紀念日，卻跑去慶祝其他節日，根本就是侮辱他們的東道國挪威。上面還說黑人很高興可以享有福利，可是每個挪威公民的福利都縮水了。」

「那是要他們乖乖地去對經過的遊行隊伍大喊挪威『萬歲』囉。」哈利說，從菸盒裡抽出一根菸。他注意到書架上有一個菸灰缸，以詢問的眼色看了梅里克一眼，梅里克點了點頭。哈利點燃香菸，深深吸了一口進入肺臟，想像肺壁每一條血管都貪婪地吸收尼古丁。生命正一步一步邁向盡頭，而他可能永遠不會戒菸的想法，讓他充滿一種奇怪的滿足感。忽略菸盒上的警告標語也許不是一個人可以容許自己做出的最浮誇的反叛行為，但至少這是他負擔得起的一種。

「去看看你能查出些什麼來。」

「好，可是我先警告你，我對光頭族沒什麼耐心。」

「嘿，嘿。」梅里克再次露出那排大黃牙。這次哈利終於明白，那排大黃牙讓他聯想到的是一匹花式騎術馬。

「還有一件事，」哈利說：「希梁市發現的彈殼是馬克林步槍擊發的。」

「我依稀記得好像聽說過這麼一件事。」

「我自己做了一點調查。」

「喔？」

哈利聽出梅里克語氣冷淡。

「我查過國家槍枝登記局去年的資料，挪威並沒有馬克林步槍登記在案。」

「我並不意外。你把報告呈交上去以後，一定有人已經查過槍枝登記局的資料了。你知道，哈利，這不是你的工作。」

「也許不是吧，但我只是想確定負責這件案子的人會去追蹤國際刑警組織的槍枝走私紀錄。」

「國際刑警組織？為什麼要這樣做？」

「這種步槍沒有人進口到挪威來，所以這把槍一定是走私進來的。」

哈利從胸部口袋取出一張列印紙。

「這是去年十一月國際刑警組織在約翰尼斯堡突襲搜查非法軍火販子找到的清單，你看這裡，一支馬克林步槍，還有目的地：奧斯陸。」

「嗯哼，這你是從哪裡找來的？」

「網路上的國際刑警組織檔案。只要花點工夫，ＰＯＴ隨便一個人都查得到。」

「真的？」梅克里的目光在哈利身上停留一會，才仔細查看那張列印紙。

「你查到這些是很好，可是哈利，槍枝走私不在我們的責任範圍內。如果你知道警方一年可以沒收多少非法槍枝的話……」

「六百一十一支。」哈利說。

「是嗎？」

「去年，而且只是奧斯陸警方沒收的槍枝數字。其中三分之二來自於罪犯，主要是小型槍枝、壓動式槍枝和短筒霰彈槍。平均一天沒收一把槍。九〇年代的數字幾乎是現在的兩倍。」

「好，所以你明白我們ＰＯＴ不能優先調查布斯克呂郡的一把未登記步槍吧。」

梅里克竭力保持鎮靜。哈利吐出一口煙，觀看煙霧浮上天花板。

「希梁市不在布斯克呂郡。」哈利說。

梅里克的下巴肌肉不斷扭動。

「哈利，你有沒有連絡關務局？」

「沒有。」

梅里克看了看錶，他手上戴的是一只粗糙笨重的鋼製腕錶。哈利猜想那應該是梅里克長期忠誠的服務所換來的獎賞。

「那我建議你連絡他們看看，這歸他們管轄。好了，我現在還有急……」

「你知道馬克林步槍是什麼樣的槍嗎，梅里克？」

哈利望著ＰＯＴ密勤局局長的眉毛上下跳動，心想自己是否已做出無法挽回的舉動。他感覺得到風車嗖嗖轉動。

「這也不在我的責任範圍內。對了，哈利，你最好把這件案子拿去給……」

這時梅里克似乎才驚覺到他是哈利唯一的上級主管。

「馬克林步槍是一種德國半自動獵槍，」哈利說：「使用的是十六毫米子彈，比其他步槍用的子彈都來得大，專門設計用來獵殺大型獵物，例如水牛或大象。一九七〇年開始生產，但只製造了三百支，一九七三年就被德國政府下令禁止販賣。原因在於這種步槍只要對馬克林望遠瞄準器做一些簡單的調整，就能成為終極的專業暗殺武器。自一九七三年起，馬克林步槍就成為全世界最搶手的暗殺武器。這三百支馬克林步槍當中，至少有一百支落入了契約殺手和恐怖組織如赤軍團（Baader Meinhof）和紅色旅（Red Brigades）的手中。」

「嗯哼。你說一百支？」梅里克把那張列印紙遞還給哈利。「這表示另外兩百支被用做原本設計的用途——狩獵。」

「這種槍不可能是用來獵殺麋鹿或其他挪威境內常見的獵物。」

「真的？為什麼？」

哈利不禁納悶究竟是什麼讓梅里克再三隱忍。梅里克為什麼不直接了當要求哈利把菸熄了，離開他的辦公室？哈利自己又為什麼如此熱衷於挑釁梅里克，想要梅里克做出這些反應？也許其實沒什麼，也許他只是老了、個性變得乖戾了。無論如何，梅里克的舉止活像是個待遇優渥的褓姆，即使小傢伙四處搗蛋，也絲毫不敢動他一根寒毛。哈利發現手中香菸已燒出長長一段煙灰，彎向地面。

「第一，狩獵在挪威不是百萬富翁玩的運動。一把馬克林步槍加上望遠瞄準器要價大約十五萬德國馬克，換句話說，相當於一輛賓士轎車的價錢，更不用說每顆子彈要價九十德國馬克。第二，一頭麋鹿被十六毫米子彈擊中，看起來會像是被火車撞到一樣，血肉模糊。」

「嗯，嗯。」梅里克顯然決定改變策略。他靠上椅背，雙手枕在閃閃發亮的腦袋後頭，似乎是說他並不介意哈利再娛樂他一會兒。哈利站起身來，從書架上拿下菸灰缸，回到位子上。

「當然了，那些子彈可能屬於某個狂熱的軍火收藏家所有，他用新到手的馬克林步槍試發幾槍之後，就把槍掛在他挪威豪宅的玻璃展示櫃中，再也不會拿出來用。但我們敢冒險如此假設嗎？」哈利搖搖頭。「我的建議是，讓我去希恩市跑一趟，看看現場。再說，我想那個人應該不是個行家。」

「真的？」

「行家會清理現場，湮滅證據，留下彈殼就好像留下名片一樣。不過就算持有馬克林步槍的是個外行人，我也不會覺得比較安心。」

梅里克又發出幾聲「嗯哼」，然後點了點頭。

「好吧，如果你查出新納粹黨在獨立紀念日有什麼計劃，隨時跟我回報。」

哈利按熄香菸。菸灰缸是鳳尾船造型，側邊寫著**義大利，威尼斯**。

27

一九四四年六月九日。奧地利，林茲市。

那一家五口下了火車之後，包廂內只剩他們兩人。火車再度緩緩開動。儘管幽暗中看不見什麼景色，只能看見火車旁不斷退去的建築物輪廓，赫蓮娜還是坐到了窗邊的位子。他就坐在對面，端詳著她，嘴角泛起一絲微笑。

「你們奧地利人是在燈火管制的黑暗中看東西的能手，」他說：「我連一絲光線都看不到。」

她嘆了口氣。「我們是服從聽話的能手。」

她看了看錶，快兩點了。

「下一站是薩爾斯堡，」她說：「離德國邊境很近了。然後是……」

「慕尼黑、蘇黎世、巴塞爾、法國和巴黎。妳講過三次了。」

他屈身向前，捏了捏她的手。

「一切都會沒事的，妳等著看好了。坐過來這邊。」

她換了位子，並未放開他的手，然後將頭輕輕靠在他的肩膀上。他穿上軍服看起來好不一樣。

「所以說這個布洛何會再開一份診斷書，時效只有一星期？」

「對，他說他明天下午會寄出去。」

「為什麼時效這麼短？」

「這樣他才比較好掌控情況和掌控我。我每次都得想一個好理由，向他延長你的病假。你明白嗎？」

「我明白。」他說。她看見他繃緊下巴肌肉。

「別再提那個布洛何了，」她說：「說個故事給我聽。」

她撫摸他的臉頰，他深深嘆了口氣。「妳想聽哪個故事？」

「你想講哪個就講哪個。」

他在魯道夫二世醫院裡說的那些故事，是她之所以注意到他的原因。他說的故事和其他士兵截然不同。烏利亞的故事述說的是勇氣、同志情誼和希望。像是那次他值完勤，竟在熟睡的好朋友胸口發現一隻臭鼬正準備撕裂他好友的喉嚨。他距離那隻臭鼬將近十公尺，碉堡內的土牆又黑黝黝的，可說是漆黑一片。但他別無選擇。他把槍抵上臉頰，不斷射擊，直到彈匣內子彈用盡。隔天他們把那隻臭鼬煮來當晚餐。

他有好幾則故事都和這則一樣。赫蓮娜無法記住所有的故事，但她記得她開始聆聽。他的故事充滿生命力，而且有趣；她覺得有些故事似乎不能信以為真。不過她希望相信，因為他的故事是其他人的故事的解毒劑，其他人的故事不是關於無法挽回的宿命，就是關於毫無意義的死亡。

毫無燈光的火車搖搖晃晃，行駛在剛修好的鐵軌上，穿行在黑夜之中。烏利亞述說那次他在無人地帶射殺一個紅軍狙擊兵，並冒險深入危險區域，替那個無神論的布爾什維克份子舉行基督教喪禮，還唱了讚美歌。

「那天晚上我唱得那麼動聽，」烏利亞說：「連對面的紅軍士兵都鼓掌喝采。」

「真的嗎？」她笑說。

「比妳在國家歌劇院聽過的演唱都來得美妙動聽。」

「你騙人。」

烏利亞把她拉到身邊，挨近她的耳畔柔聲唱道：

加入火燄周圍的人群，凝視火炬金黃耀眼，
驅策士兵瞄準得再高一些，讓他們的生命站起來誓言戰鬥。
在搖曳閃爍的火光之間，看見我們挪威的昔日雄風，看見挪威人民浴火重生，看見你的親人處於和平與戰爭。
　看見你的父親為自由奮戰，為了失去的生命而痛苦，
看見千萬人奮起退敵，奉獻一切為國土戰鬥。
看見男人時時刻刻鎮守雪地，驕傲快活地勞動奮鬥，
心中燃燒意志與力量，堅定站立在祖先的土地上。

看見古挪威人的名字浮現，活在英勇事蹟的燦爛文字中，
他們死於數百年前但精神長存，從荒野到峽灣都被紀念，
但升起旗幟的男人，升起那偉大的紅黃旗幟，
熱血沸騰的統領我們向你致敬：吉斯林，你是士兵和國家的領袖。

烏利亞唱完後陷入沉默，眼神空洞地看著窗外。赫蓮娜知道他的思緒已飄到遠方，便由得他去。她伸出一隻手臂環抱他的胸膛。

琅—璫—璫—璫——琅—璫—璫—璫——琅—璫—璫—璫。

聽起來彷彿有人在後頭追趕，要追捕他們。

她心中害怕。她並不那麼害怕在前方等著他們的未知，而是害怕這個她偎依著的陌生男人。如今他靠得這麼近，過去她隔著一段距離觀看和習慣的一切似乎全都消失了。

她聆聽他的心跳聲，但火車駛過鐵軌的轆轆聲響那麼大，她只好信任他體內有一顆心。她對自己微笑，一波波喜悅的浪潮沖刷著她。多麼美妙的瘋狂行徑啊！她對他一無所知；他很少提及自己的事，他對她說的只是這些故事而已。

他的軍服有發霉的氣味，她突然想到這也許正是一個士兵躺在戰場上死亡後、或者曾被埋葬過一陣子之後，軍服上會有的氣味。但這些念頭是從哪裡來的？她處於緊繃狀態這麼長一段時間，如今才發現自己相當疲倦。

「睡吧。」他說，回應她的思緒。

「好。」她說。她周圍的世界逐漸縮小，只依稀記得遠處傳來空襲警報。

「什麼事？」

她聽見自己的聲音，感覺到烏利亞晃動她的身體。她跳了起來。走道上一名便服男子的身影映入她的眼簾，她腦中冒出的第一個念頭是他們被逮到了。

「請出示車票。」

「喔。」她驚呼一聲，努力恢復鎮定，卻狂亂地在包包中翻尋，同時感覺到車掌的眼光正打量著她。最後她終於找到那兩張她在維也納買的黃色硬紙車票，遞給車掌。車掌仔細查看車票，腳後跟隨著火車節奏晃動。車掌查票的時間長得超過赫蓮娜感到自在的程度。

「你們要去巴黎？」車掌問：「兩個人一起去？」

「Ganz genau.（沒錯。）」烏利亞說。

車掌是個老先生，眼睛望著他們。

「我聽得出你不是奧地利人。」

「對，我是挪威人。」

「喔，挪威。聽說挪威很漂亮。」

「對，謝謝，可以這麼說。」

「所以你自願從軍，替希特勒作戰？」

「對，我被派到東部戰線的北邊。」

「真的？北邊哪裡？」

「列寧格勒那裡。」

「嗯。現在你要去巴黎，跟你的……？」

「女朋友。」

「女朋友，原來如此。休假？」

「對。」

車掌在車票上打個洞。

「妳是維也納人？」車掌問赫蓮娜，把車票遞還給她。她點了點頭。

「看得出來妳是天主教徒，」車掌說，指了指她脖子上掛的十字架，十字架正躺在她的短衫之上。「我老婆也是天主教徒。」

車掌仰身向後，朝走道瞄了一眼，然後轉頭對烏利亞問道：「你女朋友有沒有帶你去看維也納的聖史蒂芬大教堂？」

「沒有，我一直躺在醫院裡，很遺憾，我沒什麼機會參觀維也納。」

「原來如此，是不是天主教醫院？」

「對，是魯……」

「對，」赫蓮娜插口說：「是天主教醫院。」

「嗯。」

他為什麼還不走？赫蓮娜不禁納悶。

車掌又清了清喉嚨。

「有什麼事嗎？」烏利亞終於問道。

「我知道不關我的事，不過我希望你們沒忘了要把休假的證明文件帶在身邊。」

文件？赫蓮娜心想。她跟父親去過兩次法國，想也沒想過他們除了護照還需要帶其他證明文件。

「對，小姐，對妳來說不成問題，不過對妳旁邊這位身穿軍服的朋友而言，就必須隨身攜帶證明文件，上面註明他的所屬單位和目的地。」

「我們當然有文件，」赫蓮娜衝口而出：「你不會以為我們沒有證明文件還出來旅行吧。」

「不是不是，當然不是，」車掌忙道：「我只是想提醒你們而已。前幾天……」他目光移到烏利亞身上。「……他們逮捕了一個年輕人，那人身上沒有任何文件可以證明他能任意旅行，結果被當成逃兵。他們把他帶到月台上，當場就槍斃了。」

「你不是說真的吧。」

「恐怕是的。我不是故意要嚇你們，可是戰爭就是戰爭。既然你們有正式文件，應該就不會有問題，不然離開薩爾斯堡很快就到邊界了。」

車廂突然晃了晃，車掌趕緊抓住門框。三人靜默不語，彼此互望。

「所以你剛剛說的是過了薩爾斯堡後的第一個檢查站？」烏利亞終於問道。

車掌點了點頭。

「謝謝你。」烏利亞說。

車掌清了清喉嚨說：「我有個兒子，跟你一樣年紀，他在德奈普的前線戰死了。」

「真是遺憾。」

「呃，抱歉把妳吵醒了，小姐。先生。」

車掌點頭致意之後，便即離去。

赫蓮娜確定車廂門完全關上之後，隨即以雙手掩面。

「我怎麼會這麼天真！」她啜泣說。

「別哭，」他說，伸出手臂環抱她的肩膀。「我應該想到需要證明文件的，軍人應該不能愛去哪裡就去哪裡。」

「如果你告訴他們說你請病假，然後說你想去巴黎呢？巴黎也是第三帝國[19]的一部分。它……」

「這樣的話，他們會打電話去醫院問，布洛何就會跟他們說我逃亡了。」

她屈身靠在他的大腿上啜泣。他輕撫她柔滑的褐髮。

「再說，我早該知道這件事好到不可能成真，」他說：「我的意思是說——我跟赫蓮娜護士竟然要去巴黎生活？」

她聽得出他的話中帶著笑意。

「不對，我很快就會在醫院病床上醒來，心想這場夢真是不得了，然後期盼妳送早餐來。總而言之，妳明天晚上要當班，妳沒忘記吧？然後我就可以跟妳說那次丹尼爾從瑞典部隊那裡偷了二十份軍糧的故事。」

她抬起布滿淚痕的臉頰，仰望著他。

「吻我，烏利亞。」

19 Third Reich，第三帝國是指一九三三至一九四五年由希特勒及其所領導的納粹黨所控制下的德國。第三帝國一詞指的是繼承了中世紀的神聖羅馬帝國（962-1806）與近代的德意志帝國（1871-1918）的德國。

28

二〇〇〇年二月二十二日。泰勒馬克郡，希梁市。

哈利又看了看錶，謹慎地踩下油門。約定的時間是四點。如果他黃昏過後才到，等於是白跑一趟，浪費時間。他那輛車所剩無幾的冬季輪胎胎面輾過冰雪，嘎吱作響。雖然他只在冰雪覆蓋的曲折森林小路行駛了四十公里，卻覺得車子離開主要幹道後似乎已行駛了好幾個小時。他在加油站買的廉價太陽眼鏡沒多大用處，雪地反射的強光令他的雙眼刺痛不已。

好不容易他在路邊看見一輛警車，車牌上寫的是希恩市車號。他謹慎地踩下煞車，在路邊停下，從車頂行李架拿下滑雪板。滑雪板是特隆赫姆滑雪板製造公司的產品，這家公司十五年前破產倒閉。他上次替這副滑雪板上蠟，差不多也是十五年前，如今那層蠟已經變成滑雪板下方強韌的灰色物質。他發現一條從小路通到農舍的小徑，就跟對方敘述的一樣。他的滑雪板順著小徑上的滑雪軌跡移動，就像是黏在上面似的，就算他想往側邊移動也沒辦法。他到達目的地時，太陽已低低垂掛在雲杉林上方。只見一棟黑木農舍前的階梯上，坐著兩個身穿連帽防寒外套的男子和一名少年，哈利不認識任何青少年，只能大略猜測那少年大約十二到十六歲。

「歐伐．貝德森？」哈利問道，放下滑雪杖，上氣不接下氣。

「我就是。」一個男子說，站起來跟哈利握了握手。「這位是佛達警官。」

第二個男子慎重地點了點頭。

哈利心想發現彈殼的應該就是那個少年。

「能遠離奧斯陸的空氣應該很棒吧。」貝德森說。

哈利拿出一包菸。

「我想應該比遠離希恩的空氣更棒吧。」

佛達摘下警帽，挺起腰桿。

貝德森微笑說：「希恩的空氣比挪威其他城鎮都好，跟一般人說的正好相反。」

哈利曲起手掌將一根火柴包在手心，點燃香菸。

「是嗎？那我可得好好記住。有什麼發現嗎？」

「在那裡。」

另外三人穿上滑雪板，佛達在前領路，一夥人沿著滑雪軌跡來到森林中一處空地。佛達用滑雪杖指了指一塊突出雪面二十公分高的黑色岩石。

「彈殼是這小子在那塊石頭旁邊的雪地裡發現的，當時我猜想可能是獵人來這裡練習射擊。你可以看見附近有滑雪板的軌跡。這裡已經一個多星期沒下雪了，所以那些軌跡可能是他留下來的。看起來他穿的是寬版的泰勒馬克滑雪板。」

哈利蹲下身來，用一根手指順著寬版滑雪板碰觸到岩石的地方觸摸。

「或者是老式的木滑雪板。」

「是嗎？」

哈利拿起一小片木材裂片。

「呃，我倒是沒想到。」佛達說，望向貝德森。

哈利轉頭望向那個少年。那少年穿一件寬鬆下垂的狩獵褲，褲子上到處都是口袋，頭上戴一頂羊毛無邊帽，帽子下拉幾乎罩住整個頭部。

「你是在石頭的哪一邊發現彈殼的？」

少年伸手一指。哈利卸下滑雪板，繞過那塊岩石，在雪地上躺了下來。這時天空呈淺藍色，太陽尚未下山，是個天氣清朗的冬日。然後他側翻過身，越過那塊岩石，往他們進來的森林空地那端看去。只見空地上有四個殘株。

「有沒有發現子彈或槍擊痕跡？」

佛達搔搔頸背。「你的意思是說，我們有沒有檢查方圓半公里內的每根樹幹嗎？」

貝德森慎重地伸出戴著手套的手，摀住佛達的嘴。哈利輕彈菸灰，端詳香菸前端的火光。

「不是，我的意思是說，你們有沒有檢查那邊的殘株？」

「我們為什麼要檢查那幾個殘株？」佛達問。

「因為馬克林製造的這把步槍是世界上最重的步槍，重達十五公斤，站著射擊不是個討喜的選擇，所以很自然地可以假設他把槍放在這塊石頭上瞄準。馬克林步槍會把彈殼彈出到右方，既然彈殼是在石頭右方發現的，那麼他一定是朝我們進來的方向射擊，所以可以假設他在那三個殘株中的其中一個上面放了東西，用來打靶，這樣的假設不算是不合理吧？」

貝德森和佛達面面相覷。

「呃，我們最好去檢查一下。」

「除非這是一隻超大的樹皮甲蟲咬出來的……」三分鐘後，貝德森說：「……否則這就是個大彈孔。」

他蹲在雪地中，用手指戳入其中一個殘株。「靠，子彈射得很遠，我感覺得出來。」

「你從洞裡面看看。」哈利說。

「為什麼？」

「看子彈是不是穿過去了。」哈利答說。

「穿過這一大片雲杉林？」

「你就看一看嘛，看可不可以看見天空。」

哈利聽見佛達在身後哼了一聲。貝德森把眼睛湊上那個洞。

「我的老天爺……」

「你有看見什麼嗎？」佛達大喊。

「媽的只看見半條希梁河。」

哈利轉頭望向佛達，佛達背轉過身，吐了口唾沫。

貝德森站了起來。「如果被這些小王八蛋射中，就算穿防彈背心也沒什麼用吧。」他呻吟道。

「也不盡然，」哈利說：「唯一能擋得住這種子彈的是裝甲鋼板。」他在殘株上按熄香菸，然後更正說：「**厚**裝甲鋼板。」

他站上他的滑雪板，在雪地裡前後滑動。

「我們得去跟附近農舍裡的人聊一聊，」貝德森說：「他們說不定有看見或聽見什麼，搞不好他們會承認擁有這樣一把地獄來的槍。」

「自從去年我們實行槍械特赦……」佛達開口說，卻給貝德森瞪了一眼，便即住口。

「還需要我們幫什麼忙嗎？」貝德森問哈利。

「這個嘛，」哈利說，沉下了臉，朝森林小徑的方向望去。「可以幫我推車發動嗎？」

29

一九四四年六月二十三日。維也納，魯道夫二世醫院。

對赫蓮娜而言，這一切似曾相識。窗戶敞開，走廊洋溢著夏日早晨的溫暖氣息，空氣中聞得到新割青草的清新氣味。這兩個星期每晚都有空襲，但她連一絲煙焦味也沒聞到。她手中拿著一封信。一封美妙的信！當赫蓮娜高唱「早安」，連暴躁的護士長都不得不對她微笑。

赫蓮娜衝進辦公室，布洛何醫生的目光離開報紙，驚訝地抬起頭來。

「怎麼樣？」他說。布洛何摘下眼鏡，用他那死板的眼神看著赫蓮娜，並用濕潤的舌頭吸吮鏡腳。

赫蓮娜瞥了他一眼，坐了下來。「克里斯多夫，」她開口說。「有件事我要告訴你。」他們長大成人之後，這還是她第一次用名字叫他。

「很好。」布洛何說：「我就是在等妳來找我說話。」

赫蓮娜知道布洛何在等的是什麼：布洛何在等待她給個解釋。他已經替烏利亞延長診斷書時效兩次了，但她尚未如他所願前往他位於醫院主建築的住處。赫蓮娜把一切歸咎於轟炸，說她不敢出門。於是布洛何建議去她母親的避暑別墅拜訪她，但她斷然拒絕。

「我會把一切都告訴你。」赫蓮娜說。

「一切？」布洛何微笑說。

呃，她心想，**幾乎是一切**。

「今天早上烏利亞……」

「赫蓮娜，他的名字**不叫**烏利亞。」

「還記得那天早上他不見了，結果你發出警報嗎？」

「當然記得。」布洛何放下眼鏡，跟他面前的紙張平行。「我本來打算向憲兵報告他失蹤，但後來他又出人意外地出現，還說了一個下半夜迷失在森林裡的故事。」

「他不在森林裡，他在開往薩爾斯堡的夜班火車上。」

「真的？」布洛何靠上椅背，臉上表情並無改變，表示他不是個會輕易表現驚訝的人。

「他在午夜之前搭上從維也納出發的夜班火車，在薩爾斯堡下車，等了一個半小時，等那班火車開回來。隔天早上九點他抵達中央車站。」

「嗯，」布洛何凝視他手指之間夾著的一支筆。「對於這個愚蠢的遠足，他說了什麼理由？」

「嗯，」赫蓮娜說，並未察覺自己露出微笑。「你應該還記得那天早上我遲到吧。」

「記得……」

「我也是從薩爾斯堡回來的。」

「是這樣嗎？」

「是這樣的。」

「我想妳應該解釋清楚，赫蓮娜。」

赫蓮娜凝視布洛何的指間，開始說明，只見一滴鮮血在筆尖之下逐漸成形。

「原來如此，」布洛何聽完之後說：「妳想去巴黎。妳以為可以在那裡躲多久？」

「顯然我們沒想太多。烏利亞認為我們應該去美國。美國紐約。」

布洛何發出乾澀的笑聲。「赫蓮娜，妳是個通情達理的女孩，我可以了解這個變節者一定是用了一些有關美國的花言巧語矇蔽妳的雙眼，可是妳知道嗎？」

「知道什麼？」

「我原諒妳。」

布洛何看見赫蓮娜愣住了，繼續說：「對，我原諒妳。也許妳應該受到懲罰，但我知道年輕女孩的心有多麼輕浮好動。」

「原諒不是我……」

「妳母親還好嗎？現在妳孤身一人，她一定不好受。妳父親是不是被判刑三年？」

「四年。請你聽我說好不好，克里斯多夫？」

「我懇求妳，赫蓮娜，不要做一些或說一些會讓妳自己後悔的事。妳告訴我這件事並不能改變什麼，我們之間的約定依然有效。」

「不對！」赫蓮娜猛然站起，把她那張椅子撞得向後翻倒，然後把捏在手中的信重重甩到桌上。

「你自己看吧！你已經沒有力量左右我跟烏利亞了。」

布洛何朝那封信瞧了一眼。那是個對他毫無意義可言的褐色信封，信封已經開啟。他拿出了信，戴上眼鏡，開始讀信。

武裝黨衛隊（ＳＳ）隊員

柏林，六月二十二日

我們收到挪威警察總長尤納斯．李伊的要求，立刻將你送交給奧斯陸警方，奧斯陸警方需要你的服務。由於你是挪威公民，我們沒有理由不遵從這個要求。此命令等同於撤銷先前發出的國防軍分發令。關於會合地點和時間的細節，挪威警察機關將另行寄發通知。

海因里希．希姆萊[20] 黨衛隊（ＳＳ）總司令

---

20 Heinrich Himmler，1900-1945，納粹德國的重要政治頭目，曾任內政部長和黨衛隊總司令，對大屠殺和許多武裝黨衛隊的戰爭罪行負有主要責任。二次大戰末期企圖和盟軍單獨談和失敗，被拘留期間服毒自殺。

布洛何將信上的簽名看了兩次。那的確是海因里希．希姆萊的親筆簽名！然後他舉起那封信，對著陽光查看。

「你盡量檢查吧，我跟你保證那是真的。」赫蓮娜說。

窗戶敞開著，她聽得見庭園裡的鳥兒正在啼唱。布洛何清了兩次喉嚨，才開口說話。

「所以說妳寫信去給挪威警察總長？」

「信是烏利亞寫的，我只是幫他寄出去而已。」

「妳寄出去？」

「對。也可以說不對。我發的是電報。」

「整個請求過程都用電報？那一定得花……」

「這是緊急事件。」

「海因里希．希姆萊……」布洛何說，比較像是自言自語而非對赫蓮娜說話。

「抱歉，克里斯多夫。」

布洛何又發出苦澀的笑聲。「妳真的感到抱歉嗎？妳不是達到了妳的目的，赫蓮娜？」

她勉強自己露出友善的微笑。「克里斯多夫，我想請你幫個忙。」

「喔？」

「烏利亞希望我跟他一起回挪威。我需要一封醫院的推薦信，申請旅行許可。」

「現在你擔心我會阻撓妳的計畫。」

「你父親是管理委員會的成員。」

「對，我可以替妳製造麻煩。」布洛何以手摩擦下巴，瞪視著赫蓮娜的額頭。

「克里斯多夫，不管發生什麼事，你都無法阻擋我們。烏利亞跟我彼此相愛，你明白嗎？」

「我為什麼要幫忙一個士兵的妓女？」

赫蓮娜瞠目結舌。即使這句話是從一個她輕視的人口中說出來的，而且這個人顯然是因為對她有非分之想才做出這些行為，但這句話依然像摑了她一巴掌似的令她疼痛不已。她還沒回應，布洛何的臉先垮了下來，彷彿挨耳光的人是他。

「原諒我，赫蓮娜。我……可惡！」布洛何猛然轉身，背對赫蓮娜。赫蓮娜想起身離去，卻找不到告辭的適當話語。布洛何又補了一句說：「我不是有意要傷害妳的，赫蓮娜。」話聲緊繃。

「克里斯多夫……」

「妳不明白。我知道我有些優點要花一點時間妳才會慢慢懂得欣賞，我不是自大才這樣說的。我也許做得太過火了，但請妳記住，我做任何事都是打從心底希望妳好。」

赫蓮娜望著布洛何的背，只見他的肩膀又窄又斜，醫生外套穿在他身上大了一號。她想起兒時記憶中的克里斯多夫，才十二歲就有一頭烏黑捲髮和一套真正的西裝。有一年夏天她還愛上了他，不是嗎？

布洛何顫抖地長長嘆了口氣。赫蓮娜朝他踏出一步，隨即改變心意。為什麼她要同情這個男人？是的，她知道為什麼。因為她的心洋溢著幸福，儘管她為了得到幸福，做得其實很少。然而克里斯多夫．布洛何這輩子每天都努力想得到幸福，卻總是孤單一人。

「克里斯多夫，我要走了。」

「好，當然。妳得去辦妳的事了。」

赫蓮娜起身走向門口。

「我也得去辦我的事了。」布洛何說。

30

二〇〇〇年二月二十四日。警察總署。

賴特對天發誓，他試過高射投影機上的每個旋鈕要讓畫面聚焦，卻都不成功。

有人咳嗽一聲。

「中尉，我想可能是照片本身就不清楚。我的意思是說，不是投影機的問題。」

「呃，好吧。這個人就是安利亞．侯克納。」賴特說，以手遮眉，想看清楚在場人員。這個房間沒有窗戶，關燈後會陷入一片漆黑，就和現在一樣。賴特還被告知說這個房間可「防蟲」[21]，也不曉得那到底是什麼意思。

賴特是軍情局中尉，除了他之外，在場的還有三人：分別是軍情局中校柏德．歐夫森、ＰＯＴ密勤局新進人員哈利．霍勒、以及ＰＯＴ密勤局局長庫特．梅里克。哈利替賴特查出約翰尼斯堡軍火販子名叫安利亞．侯克納，之後哈利還每天去煩賴特，提供他各種情報。ＰＯＴ密勤局無疑有很多人似乎都認為軍情局只是ＰＯＴ的所屬部門，他們顯然並未詳讀規章，規章上清楚說明軍情局和ＰＯＴ這兩個組織屬於同一層級，互相合作。最後賴特只好跟ＰＯＴ新進人員哈利說這件案子屬於「低優先等級」，必須晚一點再處理。一小時後，梅里克打電話來說這件案子已被列為「高優先等級」。為什麼他們不能一開始就把事情說明白？

螢幕上模糊的黑白影像是一名男子，正離開餐廳；照片似乎是從車窗往外照的。男子的臉寬大粗獷，深色眼眸，鼻子甚大但輪廓不明顯，下方是濃密下垂的黑色鬍子。

21 Bugproof，意指防竊聽。

「安利亞．侯克納一九五四年出生於辛巴威，父母是德國人，」賴特照著他帶來的列印資料朗讀：「曾在剛果和南非擔任傭兵，可能從八〇年代中期就開始從事軍火走私的勾當。十九歲時曾和另外六人被控在金夏沙謀殺一名黑人男孩，但因罪證不足而無罪釋放。二度結婚並離婚。侯克納在約翰尼斯堡的雇主，被懷疑可能是走私防空飛彈給敘利亞以及向伊拉克購買化學武器等交易的幕後黑手。據傳侯克納曾在波士尼亞戰爭期間提供特殊步槍給卡拉季奇[22]，並在圍攻塞拉耶佛時訓練狙擊手。最後這項情報尚未獲得確認。」

「請跳過細節。」梅里克說，瞄了一眼手錶。他那只手錶的時間總是慢了點，但底蓋刻有國軍統帥部的美麗銘文。

「是。」賴特說，翻過其他頁面。「有了，這裡。約翰尼斯堡十二月的軍火販抄查行動中，侯克納是遭到扣押的四個人之一。抄查行動發現了一張加密訂單，其中一個項目是一把馬克林步槍，目的地是奧斯陸，日期是十二月二十一日。上頭的資料只有這些。」

房內一片寂靜，只聽見高射投影機的風扇呼呼旋轉。闃黑中有人咳嗽一聲，聽聲音像是歐夫森。賴特以手遮眉。

「我們如何能確定侯克納是這件案子的關鍵人物？」歐夫森問。

黑暗中傳來哈利的聲音。

「我跟約翰尼斯堡希布洛區的警監艾塞亞．伯恩通過電話，他告訴我說那次逮捕行動過後，他們搜查被捕四人的住處，結果在侯克納的住處發現一本很有意思的護照，護照中的照片是侯克納的，名字卻完全不同。」

「軍火販子有假名也不是什麼……爆炸性的發現。」歐夫森說。

22 Radovan Karadžić，1945-，曾任塞族共和國第一任總統，自一九九五年開始被國際法庭通緝，最後於二〇〇八年落網。他被控涉及種族滅絕和戰爭罪行，包括一九九二年至一九九五年圍攻塞拉耶佛屠殺一萬一千人。

「我比較在意的是他們在侯克納的護照裡發現的一個海關通行章，上面寫的是挪威，奧斯陸，十二月十日。」

「所以說侯克納來過奧斯陸，」梅里克說：「那家公司的客戶名單裡有一個挪威人，而且我們還發現這把超級步槍的空彈殼。侯克納既然來過挪威，我們可以假定他進行了一場交易。可是那張名單上的挪威人是誰？」

「很遺憾，那張名單沒有註明客戶姓名和地址。」哈利說：「名單上的奧斯陸客戶叫烏利亞，一定是化名。約翰尼斯堡警監伯恩說，侯克納口風很緊。」

「我想約翰尼斯堡警方一定有一套有效的訊問方法。」歐夫森說。

「有可能，但侯克納如果透露口風，冒的風險比保持緘默來得大。那份名單很長……」

「我聽說他們在南非會用電刑，」賴特說：「夾在腳上和乳頭上還有……呃。非常痛苦。請哪位去開個燈好嗎？」

哈利說：「比起跟海珊購買化學武器，到奧斯陸出差賣一把步槍只是一筆微不足道的小生意。這樣說好了，我想南非警方應該會把電刑用在比較重大的事件上，實在很遺憾。除此之外，我們並不確定侯克納知道烏利亞這個人是誰。由於缺乏烏利亞的資料，我們不得不懷疑：他有什麼計畫？是暗殺？還是恐怖行動？」

「或搶劫。」梅里克說。

「用馬克林步槍搶劫？」歐夫森說：「那不就好像拿大砲來射麻雀嗎？」

「會不會是要用來搶毒品？」賴特提出意見。

「這個嘛，」哈利說：「要在瑞典殺害一個受到最周全保護的人，只要用手槍就好了，而且暗殺奧洛夫・帕爾梅[23]的凶手迄今尚未落網。所以說，為什麼在挪威要買一把要價五十萬克朗的步槍來射殺某人？」

「哈利，你有什麼看法？」

「也許目標不是挪威人，而是外國人。這個人一直是恐怖份子的目標，但是在本國受到嚴密保護，使得暗殺無法得逞。恐怖份子認為目標來到一個和平的小國，安全工作比較沒那麼嚴密，就比較好下手。」

「但會是什麼人？」歐夫森說：「挪威國內沒有符合這個條件的人。」

「而且也沒有這樣一個人要來。」梅里克說。

「可能是個長期計畫。」哈利說。

「可是槍是在兩個月前送到的，」歐夫森說：「外國恐怖份子在計畫執行前兩個月來挪威，不太說得通。」

「也許不是外國人，而是挪威人。」

「挪威沒人有能力做出你說的事。」賴特說，在牆上摸尋電燈開關。

「沒錯，」哈利說：「重點就在這裡。」

「重點？」

「試想一個高知名度的外國恐怖份子想暗殺他本國的一個目標，而這個目標要來挪威。這個目標在本國不管去到哪裡，特勤人員都緊緊跟隨。恐怖份子不想冒風險在本國暗殺他，就連絡挪威跟他有同樣想法的團體。恐怖份子知道這個團體由外行人組成其實是個優點，因為不會引起警方的注意。」

梅里克說：「廢棄的彈殼的確顯示他們是外行人。」

「恐怖份子同意資助外行人購買昂貴武器，之後便斷絕所有連絡，沒有什麼線索可以追蹤到恐怖份子。這麼一來，他促成暗殺計畫的進行，沒冒什麼風險，只是花一點小錢。」

23 Olaf Palme，1927-1986，曾擔任瑞典首相（一九六九－一九七六年、一九八二－一九八六年），在任內被槍手暗殺身亡。

「但如果這個外行人無法完成任務呢？」歐夫森問：「或決定賣掉步槍，帶錢跑路？」

「這裡頭當然涉及一定程度的風險，但我們可以假設這個恐怖份子認為這個外行人的動機十分強烈。這個外行人的個人動機，迫使他甘冒生命危險也要執行任務。」

「很有趣的假設，」歐夫森說：「你要怎麼測試這個假設是正確的？」

「沒辦法測試。我們對烏利亞這個人一無所知。我們不知道他的思路，不能指望他會理性地行動。」

「很好，」梅里克說：「關於這把槍流入挪威的原因，還有其他假設嗎？」

「數不清，」哈利說：「這只是最嚴重的一種。」

「嗯哼，」梅里克嘆了口氣：「結果我們的工作就好像要去追逐幽靈一樣。最好還是來看看能不能跟這個侯克納談一談，我會打幾個電話去……啊啊啊！」

賴特找到了電燈開關，房內頓時充滿刺目白光。

31

一九四四年六月二十五日。維也納，藍恩家的避暑別墅。

赫蓮娜在臥室鏡子中端詳自己。她比較想打開窗戶，這樣才能聽見碎石車道上的腳步聲，但母親對燈火管制的要求十分嚴格。她凝視梳妝台上父親的照片，總覺得照片中的父親是那麼天真年輕。

一如往常，她用髮夾夾緊頭髮。她是不是該做別的打扮？碧翠絲修改了母親的印花棉布連衣裙，以符合赫蓮娜高䠷苗條的身材。母親遇見父親時，穿的就是這件連衣裙。一想到這裡，赫蓮娜心頭就會浮現一種奇特、疏遠的感覺，這種感覺在某種程度上是痛苦的。也許是因為當母親把她和父親的相識經過告訴赫蓮娜時，講的似乎是另外兩個人——另外兩個迷人、快樂的人，這兩個人自認為知道他們未來的路要往哪裡走。

赫蓮娜鬆開髮夾，甩了甩褐色頭髮，直到頭髮垂落到面前。門鈴響起。她聽見門口傳來碧翠絲的腳步聲。赫蓮娜往後一仰，躺回床上，心裡七上八下。她無法克制這種心情——彷彿回到了十四歲，談一場為愛情憂惱的夏日戀愛！她聽見樓下隱約傳來的說話聲、母親的尖銳鼻音，以及碧翠絲替他把大衣掛進衣櫃裡的匡啷聲。他竟然還穿大衣！赫蓮娜心想。這個夏日夜晚甚是悶熱，往年在八月之前不曾出現這種天氣，而他竟然還穿大衣。

赫蓮娜等待又等待，然後便聽見母親的叫喚聲：

「赫蓮娜！」

她下了床，把髮夾夾好，看著雙手，對自己重複地說：**我沒有一雙大手，我沒有一雙大手**。然後她對鏡子看了最後一眼——十分美麗迷人！——顫抖地吸了口氣，踏出房門。

「赫蓮……」

母親一看見赫蓮娜出現在樓梯口，便住了口。赫蓮娜小心翼翼把一隻腳踏上第一個階梯；她平常可以穿著飛奔下樓的高跟鞋，這時踩在腳上似乎搖搖欲墜。

「妳的客人來了。」母親說。

妳的客人。換做是別的場合，赫蓮娜可能會被母親這句話裡的強調口氣給惹惱，那口氣似乎是說她沒把這個卑微的外國士兵當成家裡的賓客。但這是非常時刻，她只想親吻母親，只因母親並未替她製造更多麻煩。至少母親在她尚未來到門口前，先去迎接他。

赫蓮娜望向碧翠絲。女管家碧翠絲對赫蓮娜微笑，但碧翠絲的眼神裡和母親一樣有種憂鬱的色調。赫蓮娜把視線移向「他」。他的眼睛閃閃發光。她似乎感覺到他雙眼的熱度，以致雙頰跟著脹熱。她只得把視線往下移，看著他刮得乾淨清爽的古銅色喉嚨、繡有雙S標誌的領子和綠制服。那件綠制服在火車上曾經那麼皺，如今卻燙得平平整整。他手中拿著一束玫瑰。她知道碧翠絲已說過要幫他把玫瑰拿去插在花瓶裡，但他只是向碧翠絲道謝，並請她稍等一會，好讓赫蓮娜先看看那束玫瑰。

她又踏下一個階梯，一隻手輕輕搭著欄杆。這時她的心情稍微輕鬆了些，便抬起頭，一眼將樓下三人全都看進眼裡。驀然之間，她以一種奇怪的方式明白到這是她一生中最美麗的時刻——她知道他們眼中看見的是什麼，也知道他們心中各自的感受。

母親眼中看見的是自己，步下樓梯的是她失去的青春年華和夢想；碧翠絲眼中看見的是她視如己出、從小拉拔大的小女孩；他眼中看見的是他深愛的女子，他是那麼愛她，以致於他的北歐式害羞和規矩禮儀也無法隱藏他的愛意。

「妳好漂亮喔。」碧翠絲高聲讚嘆。赫蓮娜對碧翠絲眨了眨眼，踏下最後一階樓梯。

「外面一片漆黑，你還是找到路了啊？」她對烏利亞微笑道。

「對啊。」烏利亞的回答清澈響亮，在挑高的磁磚門廊裡來回繚繞，如同在教堂一般。

母親用她那尖銳又有點刺耳的聲音說話，碧翠絲在餐廳裡進進出出，飄來飄去猶如一縷友善的幽魂。赫蓮娜無法將視線從母親脖子上戴著的那條鑽石項鍊上移開，那是母親最珍貴的珠寶，只在特殊場合配戴。母親破例讓通往院子的門微微開著。今晚雲層頗低，看來敵軍也許不會來進行轟炸。風從那扇微開的門吹入，使得硬脂蠟燭的火燄閃爍不定，影子在藍恩家族的嚴肅男女肖像上舞動。母親煞費苦心地向烏利亞一一說明肖像中的人物姓名、有過什麼輝煌歷史、以及他們從哪個家族選擇配偶。赫蓮娜見烏利亞聆聽時，似乎還露出一絲冷笑，但屋內甚是昏暗，難以確定。母親解釋說他們覺得有責任在戰時節省電力。想當然耳，母親絕口不提目前家裡的經濟狀況，以及碧翠絲是原本家裡四個僕人中唯一留下來的一個。

烏利亞放下叉子，清清喉嚨。母親把叉子放在長餐桌邊。烏利亞和赫蓮娜兩個年輕人面對彼此，赫蓮娜的母親芙蘿．藍恩坐在另一側。

「藍恩夫人，晚餐非常好吃。」

這是簡單的一餐，沒有簡單到可以被視為侮辱，也沒有過於豪華而讓烏利亞認為自己是貴賓。

「全都是碧翠絲親手做的，」赫蓮娜親切地說：「她做的炸小牛肉是全奧地利最好吃的。你以前吃過炸小牛肉嗎？」

「我記得只吃過一次，可是跟今天晚上的無法相比。」

「那應該是炸豬排，」母親說：「你吃的可能是豬肉做的。我們家裡只吃小牛肉，物資匱乏的時候吃火雞肉。」

「我不記得有吃到肉，」烏利亞微笑說：「我吃到的大部分都是蛋和麵包屑。」

赫蓮娜輕聲大笑，被母親迅速地瞪了一眼。

餐桌上的對話有好幾次冷卻下來，但是在一段長長的沉默之後，烏利亞會再開話題，要不然赫蓮娜和她母親也會另找話說。赫蓮娜在邀請烏利亞來家裡吃晚餐之前，便已決定不要被母親的想法干擾。烏利亞十分禮貌，但畢竟是單純的農家子弟，缺乏上流社會的成長環境所培養出的高雅教養和舉止。然而赫蓮娜一點也不需要擔心，烏利亞的言談之間充滿無拘無束、老練世故的風度，讓她大感驚奇。

「戰爭結束以後，你應該有打算要工作吧？」母親問道，把最後一口馬鈴薯放入口中。

烏利亞點了點頭，耐心地等待她把那口馬鈴薯咀嚼完畢吞下肚，問出下一道無可避免一定會問的題目。

「可以請問你打算從事什麼工作嗎？」

「至少可以當郵差，戰爭爆發之前郵局承諾會僱用我。」

「送信？你們國家的人不是都住得很遠？」

「也沒有那麼遠，我們在可以住的地方住下來，有的人沿著峽灣居住，有的人住在山谷或其他可以屏障強風的地方。當然還有一些小鎮和大城市。」

「這樣啊，真是有意思。可以請問你富有嗎？」

「媽！」赫蓮娜不敢置信地瞪視母親。

「什麼事，親愛的？」母親用餐巾輕輕擦了擦嘴唇，然後對碧翠絲揮手，示意她收走盤子。

「妳好像在審問犯人一樣。」赫蓮娜的深色眉毛在額頭上形成兩個「V」字型。

烏利亞舉起酒杯，回以微笑。

「藍恩夫人，我了解妳的心情，她是妳的獨生女，妳有權這樣問，甚至可以說妳有**責任**規定她應該找什麼樣的男人。」

母親的薄唇嘛了起來，舉杯打算飲酒，但酒杯卻停在半空中。

「我不富有，」烏利亞說：「但我願意努力工作。我的腦筋不錯，足以餵飽我自己、赫蓮娜和將來的家庭成員。藍恩夫人，我承諾會好好照顧赫蓮娜。」

赫蓮娜有股強烈衝動想咯咯傻笑，同時又感覺到一股異樣的興奮之感。

「喔，我的老天！」母親高聲呼喊，放下酒杯。「年輕人，你未免有點太過分了吧。」

「對，」烏利亞豪飲一口，凝視酒杯。「而且藍恩夫人，我得說這真是好酒。」

赫蓮娜朝烏利亞踢了一腳，但那張橡木餐桌甚為寬闊，她這一腳踢不到烏利亞。

「這是個奇怪的年代，這種好酒很少見了。」烏利亞放下酒杯，但仍凝視著杯子。他臉上那抹赫蓮娜自認為看見的一絲冷笑消失了。

「藍恩夫人，我曾在這樣的夜晚跟戰友一起坐下來談心，說說未來我們想做哪些事、未來的新挪威會是什麼樣子、未來我們想完成哪些夢想。有些夢很大，有些夢很小。幾個小時後，這些戰友全都死在戰場上，毫無未來可言。」

烏利亞抬起雙眼，直視芙蘿．藍恩的眼睛。

「我動作快是因為我找到了一個我喜歡的女人，而且她也喜歡我。戰火正在到處肆虐，我可以跟妳說的未來計畫就跟無稽之談沒有兩樣。藍恩夫人，我只能把握現在，好好活著，也許妳們也都一樣。」

赫蓮娜迅速瞥了母親一眼，只見母親似乎大為震驚。

「我今天收到挪威警署寄來一封信，我必須前往奧斯陸辛桑學校的戰地醫院報到，接受檢查。三天後我就得出發，而且我打算帶妳女兒跟我一起走。」

赫蓮娜屏住氣息。牆上時鐘的沉重滴答聲轟炸著餐廳。母親爬滿皺紋的頸部肌膚底下，肌肉不斷收縮又放鬆，使得那條鑽石項鍊閃閃爍爍。通往院子的門口突然吹來一陣強風，把燭火吹得平躺下來，影子在晦暗的家具間跳躍。

只有廚房門口碧翠絲的影子似乎完全靜止。

「蘋果酥捲，」母親說，對碧翠絲揮了揮手。「維也納的經典甜品。」

「我只能說我非常期待這道甜品。」烏利亞說。

「沒錯，你應該期待，」母親說，擠出一抹冷笑。「是用我們院子裡的蘋果做的。」

32

二〇〇〇年二月二十八日。約翰尼斯堡。

希布洛區警局位於約翰尼斯堡市中心，看起來像一座要塞，外牆頂端設有尖刺鐵絲網，窗前設有鋼絲網，窗戶非常小，比較像是射擊槽而不像窗戶。

「光是這個警區昨天晚上就有兩個黑人被殺，」艾塞亞．伯恩警監說，引領哈利走在迷宮般的走廊上，走廊的白漆剝落，地毯磨損不堪。「你有沒有看見卡爾登飯店？已經關閉了。白人很久以前就搬到郊區，現在只剩我們黑人彼此殘殺。」

艾塞亞拉高褲頭。他是黑人，個頭甚高，膝蓋外翻，體型用「過重」來形容尚且不足，身上那件白色尼龍襯衫的腋下部位可見深色汗漬。

「安利亞．侯克納被關在我們稱為『罪惡之城』的郊區監獄裡，」艾塞亞說：「今天我們把他帶來這裡接受訊問。」

「除了我之外，他還會接受別人訊問嗎？」哈利問。

「到了。」艾塞亞說，打開一扇門。兩人走進房間，只見裡頭有兩名男子，雙臂交疊胸前站立，凝視著一片褐色玻璃。

「單向玻璃鏡，」艾塞亞低聲說：「他看不見我們。」

玻璃鏡前方的兩名男子對艾塞亞和哈利點點頭，移到旁邊。

四人眼前是一個燈光昏暗的小房間，裡頭有一張椅子和一張小桌子。桌子上有一個插滿菸屁股的菸灰缸和一個麥克風架。坐在椅子上的男子有一雙深色眼眸，濃密的鬍鬚垂到嘴角。哈利立刻認出那男子就是賴特那些模糊照片中的人。

「是那個挪威人？」其中一名男子低聲說，頭朝哈利的方向側了側。艾塞亞點頭表示沒錯。

「好吧，」男子說，轉頭望向哈利，卻也不讓桌前的男子脫離視線。「挪威人，他是你的了。你有二十分鐘。」

「傳真上說……」

「去他的傳真，你知道有多少國家想訊問或引渡這個傢伙嗎？」

「呃，不知道。」

「你能跟他說幾句話就應該謝天謝地了。」男子說。

「他為什麼同意跟我說話？」

「我們怎麼知道？你自己問他。」

哈利一踏進狹小窒悶的訊問室，便試著把空氣吸進腹部。只見牆上的紅色鏽斑往下爬，形成一條條有如格子狀的紋路。牆上掛著一個時鐘，顯示十點三十分。哈利心知那兩個員警一定正瞪大眼睛盯著他瞧，一定就是他們的眼光盯得哈利手心冒汗。椅子上的男子佝僂坐著，雙眼微閉。

「安利亞．侯克納？」

「安利亞．侯克納？」椅子上的男子低聲複述，抬起雙眼，臉上表情像是看見了某個想用鞋跟踩爛的東西。「不是，他在你家幹你媽。」

哈利慎重地坐下，彷彿聽見黑色玻璃鏡另一端傳來轟笑聲。

「我是挪威警署的哈利．霍勒，」他柔聲說：「你答應跟我們談一談的。」

「挪威？」侯克納說，語帶懷疑。他傾身向前，檢視哈利舉起的證件，然後怯懦地笑了笑。

「抱歉，哈利，他們沒跟我說今天輪到挪威。我一直在等你。」

「你的律師呢？」哈利把公事包放在桌上打開，拿出一張問題清單和一本筆記簿。

「管他的。我不信任那個傢伙。這麥克風開著嗎？」

「我不知道，有關係嗎？」

「我不想讓黑鬼聽見。我只想跟你、跟挪威談個條件。」

哈利從問題清單上抬起雙眼。侯克納頭上牆壁的時鐘滴答走著。已經過了三分鐘。直覺告訴哈利說他無法問足他被分配到的時間。

「什麼樣的條件？」

「麥克風開著嗎？」侯克納在齒間低聲問說。

「什麼樣的條件？」

侯克納的眼珠滴溜溜地轉，然後俯身在桌上，快速地輕聲說道：「他們硬是栽贓我犯下的那些罪名，在南非是會被處死的。你明白我要說的嗎？」

「也許吧，然後呢？」

「只要你保證挪威政府能向黑鬼政府要求緩刑，我就能告訴你奧斯陸那個人的事。因為我幫了你們，對吧。你們的首相來過南非對不對？她跟曼德拉擁抱過。現在執政的ＡＮＣ非洲人國民大會的頭頭喜歡挪威。你們支持他們。當黑鬼共產黨員希望我們被抵制的時候，你們就抵制我們。他們會聽你們的話，對不對？」

「你為什麼不幫助這裡的警察，跟他們談條件？」

「幹他媽的！」侯克納的拳頭重重打在桌上，使得菸灰缸跳了起來，菸屁股如雨點般落下。「你什麼都不懂，他媽的死豬玀！他們認為我殺了黑人小孩。」

侯克納伸手握住桌緣，雙眼圓睜，怒瞪哈利。接著他的臉彷彿足球被戳了個洞，洩氣般地垮了下來，並把臉埋在雙手之中。

「他們都想看我被吊死不是嗎！」侯克納悲苦地啜泣著。

哈利仔細觀察侯克納，心頭納悶那兩個員警在他來之前，到底不讓侯克納睡覺、連續訊問他多久了？哈利深深吸了口氣，俯身在桌子上，一隻手抓住麥克風，另一隻手拔掉線路。

「成交，侯克納。我們只剩十秒鐘。誰是烏利亞？」

侯克納從指縫間看著哈利。

「什麼？」

「快點，侯克納，他們隨時會進來！」

「他是……他是個老人，肯定超過七十歲，我只在交貨的時候看過他一次。」

「他長什麼樣子？」

「很老，我剛剛說了。」

「他的長相！」

「他穿外套，戴帽子。那天是三更半夜，貨櫃港口又很暗。我想應該是藍色眼睛，中等身高……嗯嗯。」

「你們說了些什麼？快點！」

「說了些有的沒的。起先我們說英文，後來他知道我能說德文就跟我說德文。我跟他說我爸媽是從亞爾薩斯來的，他就說他去過亞爾薩斯一個叫森漢姆的地方。」

「他想幹嘛？」

「不知道，可是他是個外行人。他說了很多話。他拿到槍的時候，說他已經五十幾年沒拿槍了。他說他恨……」

訊問室的門被甩開。

「恨什麼？」哈利大吼。

便在此時，哈利感覺鎖骨被一隻手緊緊掐住，跟著便聽見一個嘶啞的聲音從耳畔傳來。

「媽的你在幹嘛？」

哈利背部朝後給拖出訊問室，雙眼仍直視侯克納的眼睛。侯克納的眼神變得呆滯，喉結上下移動。哈利看見侯克納的嘴唇動了動，卻沒聽見他說什麼。

接著門就在哈利眼前被關上。

艾塞亞載哈利前往機場，途中哈利不斷按摩頸部。車開了二十分鐘，艾塞亞才開口說話。

「這件案子我們辦了六年。那張軍火走私名單涉及二十個國家。我們一直擔心的就是今天發生的這種事，有人會利用外交協助來跟他換取情報。」

哈利聳聳肩。

「那又怎樣？你們逮到他了，艾塞亞，你已經盡到責任了，剩下的就是領取勳章而已。任何人代表政府跟侯克納談條件，跟你都沒關係。」

「哈利，你是個警察，你知道眼睜睜看著罪犯被釋放是什麼滋味。這種人殺人不眨眼，你知道這種人一出去就會幹回老勾當。」

哈利並不答話。

「你知道的，對不對？很好，因為事情是這樣的，聽起來你已經從侯克納那裡得到你要的情報了，這表示你要不要遵守諾言是你的事。你大可置之不理，是不是？」

「艾塞亞，我只是做好份內工作而已。日後侯克納可以替我們當證人，抱歉。」

艾塞亞朝方向盤搥了一拳，力道猛烈，使得哈利跳了起來。

「告訴你好了，哈利，一九九四年選舉前，南非依然由少數白人統治，那時侯克納在校園外的水塔上射殺了兩個十一歲黑人小女孩，地點是在一個叫亞利山卓的黑人小鎮。我們認為幕後指使者來自主張種族隔離的非洲人守護黨。那間學校有三個白人學生，引發過一些爭議。侯克納用的是新加坡子彈，跟他們在波士尼亞用的子彈一樣。這種子彈在飛行一百公尺後會張開，鑽過任何阻擋在前方的物體，就好像鑽頭一樣。那兩個小女孩頸部中彈。救護車跟平常一樣過了一小時才抵達黑人小鎮，但這次卻救不回兩條人命。」

哈利默不作聲。

「如果你認為我們想復仇，哈利，那你就錯了。我們明白一個新社會無法建立在復仇上。這就是為什麼第一個多數黑人政府要設立委員會，揭發種族隔離時期發生的攻擊和騷擾事件。這跟復仇無關，而是跟認錯和原諒有關。有很多創傷癒合了，整個社會也因此受益。在這同時，我們打擊犯罪的成績卻每況愈下，尤其是在約翰尼斯堡，一切都失去了控制。南非是個年輕、脆弱的國家，如果我們想進步，就必須清楚表示法律和法規是有意義的，而且罪犯會利用混亂來當做掩護。大家都還記得一九九四年的這件槍擊案，每個人都在看報紙關注這件案子，這就是為什麼這比你或我的個人目的都來得重要。」

艾塞亞握緊拳頭，又在方向盤上搥了一拳。

「這無關於審判一個人是生是死，而是關於把對正義的信任還給大眾。有時候為了讓人取回信任，死刑是必要的。」

哈利輕拍菸盒，把一根菸拍了出來，稍微打開車窗，望著千篇一律的景色中突出的黃色礦渣堆。

「你說呢，哈利？」

「艾塞亞，你得開快點，不然我會趕不上飛機。」

艾塞亞又重重搥了方向盤一拳，哈利不得不訝異那方向盤竟仍安然無恙。

33

一九四四年六月二十七日。維也納，蘭茲動物園。

赫蓮娜獨自坐在安德烈．布洛何的黑色賓士轎車後座。車子微微顛簸，穿過大道兩旁高高矗立的成排七葉樹，駛往蘭茲動物園的馬廄。

赫蓮娜望著窗外的綠色青草地。車子駛過鋪著乾燥碎石的大道，後方揚起一朵朵沙塵雲。車窗雖然開著，車內卻仍熱得令人難以忍受。

車子經過時，山毛櫸樹蔭旁正在吃草的一群馬抬起頭來。

赫蓮娜喜愛蘭茲動物園。戰爭爆發前，她常在週日去維也納森林跟父母、阿姨、叔伯野餐，或跟朋友騎馬。

今天清晨，醫院護士長傳話來給赫蓮娜，說安德烈．布洛何想跟她談一談。於是她做好心理準備，面對可能發生的任何事情。護士長說安德烈會在午餐前派車來接她。自從她收到醫院推薦信和旅行許可之後，整個人就飄飄欲仙，因此她心裡想的第一件事，就是要感謝克里斯多夫的父親安德烈和管理委員會對她的幫助。她想到的第二件事是安德烈找她，肯定不是要聽她道謝。

冷靜下來，赫蓮娜，她對自己說。*他們已經無法阻止我們了。明天一大早我們就要走了*。

前天她把一些衣服和珍視的物品收到行李箱之中，最後放進箱中的是她床鋪上方牆壁掛著的十字架。父親送她的音樂盒仍擺在梳妝台上。她曾深深相信這些東西她絕對無法輕易割捨；奇怪的是，如今這些東西居然對她已無太大意義。碧翠絲幫她整理行李，兩人聽著母親在樓下踱步，一面聊起往事。這將會是個尷尬且困難的別離。現在她只盼望夜晚快點降臨。烏利亞說離開前如果不看看維也納，未免太可惜了，因此晚上邀她外出共進晚餐。至於要去哪裡吃晚餐，她並不知道。烏利亞只是神祕地眨了眨眼，並問她能不能借到林務官的車。

「藍恩小姐，我們到了。」司機說，指了指大道盡頭的噴泉。只見一個鍍金邱比特用一隻腳站在泉水上方的滑石球頂端，後方矗立著一棟由灰石砌成的大宅。大宅主屋兩側是又長又矮的紅色木屋，紅色木屋連接著一棟樸素石屋，如此便圍出了中庭。

司機把車停下，下車替赫蓮娜開門。

安德烈站在大宅前梯之上，這時朝他們走來，腳下那雙馬靴在陽光下閃閃發光。安德烈大約五十五歲，腳步卻比年輕人輕盈許多。他的紅色羊毛夾克並未扣上釦子，露出上半身的結實線條，下半身的馬褲緊緊包裹肌肉發達的大腿。老布洛何和兒子之間很難找到相似之處。

「赫蓮娜！」安德烈的聲音精準地發出熱誠與親切的聲調；一個力量強大的男子就是可以如此決定在當下這個場合，他要呈現的是熱誠與親切。赫蓮娜已有許久不見安德烈，他看起來還是跟以往一樣。赫蓮娜心想：根根豎起的白髮、雄偉高挺的鼻子、鼻子兩旁的一雙藍色眼睛正看著她。心形嘴唇則顯示這個男人有柔軟的一面，但這一點仍有待證明。

「妳母親最近好嗎？希望我在工作時間把妳找來沒有太魯莽。」安德烈說，跟赫蓮娜短暫且冷淡地握了握手。不等赫蓮娜回答，安德烈便繼續往下說。

「我得跟妳說幾句話，而且我覺得沒辦法再等。」安德烈朝大宅走去。「妳以前應該來過這裡吧。」

「沒有。」赫蓮娜說，臉上掛著微笑，仔細瞧著安德烈。

「沒有？我以為克里斯多夫帶妳來過，你們以前非常要好。」

「妳一定是記錯了，布洛何先生。克里斯多夫跟我很熟，可是……」

「真的？這樣我得帶妳到處看看才對。我們去馬廄那邊。」

安德烈伸出一隻手，緊緊扶著赫蓮娜的背，帶領她朝木屋的方向走去。兩人踏上碎石路，腳下發出嘎扎聲響。

「赫蓮娜，妳父親發生的事真是太令人傷心了，我真的覺得很遺憾，很希望能替妳跟妳母親做些什麼。」

去年冬天你大可以跟從前一樣邀請我們去參加聖誕宴會，赫蓮娜心中暗想，但嘴上什麼也沒說。若安德烈邀請了她們，當時赫蓮娜就不必忍受母親吵著要去參加宴會了。

「亞尼克！」安德烈對一個站在陽光下擦亮馬鞍的黑髮男孩大喊：「去牽威尼希亞過來。」男孩跑進馬廄，安德烈站立原地，手中鞭子輕輕拍打膝蓋，馬靴鞋跟輕輕搖晃。赫蓮娜瞥了手錶一眼。

「布洛何先生，我可能不能待太久，我還在值班……」

「那當然，我明白，那我就開門見山地說了。」

馬廄內傳來凶猛的馬嘶聲以及馬蹄踏上木板的鏗鏗聲。

「你父親以前跟我一起做過很多生意，那當然是在他破產之前的事了。」

「我知道。」

「對，妳可能也知道妳父親欠了很多債，這也是事情為什麼最後會演變成那樣的間接原因。我是說他跟那些放高利貸的猶太人之間這個不幸的……」安德烈搜尋適當詞彙，並且找到了。「……**密切關係**，對他而言當然傷害很大。」

「你是說喬瑟夫·伯恩斯坦？」

「我不記得那些人的名字了。」

「你應該記得的，他參加過你的聖誕宴會。」

「喬瑟夫·伯恩斯坦？」安德烈微微一笑，但眼神裡毫無笑意。「那一定是很多年以前的事了。」

「一九三八年聖誕節，戰爭爆發之前。」

安德烈點了點頭，朝馬廄門口不耐煩地望了一眼。

「赫蓮娜，妳的記性很好。克里斯多夫挺需要一個好頭腦，我的意思是說他的頭腦有時候會不太清楚。

撇開這個不談的話，他是個好男孩，妳以後就會知道了。」

赫蓮娜感覺心臟開始猛烈跳動。是不是有哪個環節畢竟還是出錯了？安德烈對她說話的口吻彷彿她是他未過門的媳婦。但她並不怎麼感到驚駭，只因她心頭燃起熊熊怒火，蓋過了驚駭的感覺。她再度開口，心裡雖想用友善的語氣說話，但怒火勒住她的喉頭，令她發出來的聲音不但僵硬，而且鏗鏘刺耳。

「布洛何先生，我希望我們之前沒有任何誤會才好。」

安德烈肯定聽出了赫蓮娜話聲有異；無論他是否聽出來，接下來他說這句話的口氣已經沒有之前迎接赫蓮娜時那般親切：「既然如此，我們就來澄清誤會。請妳看看這個。」

安德烈從紅色夾克的內袋抽出一張紙，攤開整平，遞給赫蓮娜。

擔保書，那張紙的開頭如此寫道，看來是一張合約。赫蓮娜的眼睛快速掃過密密麻麻的文字，其中大部分文字她都看不懂，只知道文中提到維也納森林裡的房子，紙張末尾有她父親和安德烈兩人的簽名。她疑惑地看著安德烈。

「這看起來是一份擔保書。」

「是擔保書沒錯，」安德烈承認說：「那時候妳父親認為猶太人的貸款將會被收回，連帶使得他的貸款也被收回，於是就來找我，問我能不能替他在德國的一大筆再融資貸款做擔保。很遺憾，我一心軟就答應他了。妳父親是個自尊心很高的人，為了表示請我做保並非純粹要我做善事，他堅持要用妳和妳母親現在住的那間避暑別墅作為請我做保的擔保品。」

「為什麼是當成你做保的擔保品，而不是貸款的擔保品？」

安德烈頗為吃驚。

「問得好。答案是那棟房子的價值不足以作為你父親那筆貸款的擔保品。」

「但光是安德烈．布洛何簽名做保就夠了嗎？」

安德烈微微一笑，以手撫摸他粗壯的頸部。他的頸部在炎熱天候下已泛著一層亮晶晶的汗水。

「我在維也納還算擁有一些零星的資產。」

這句話說得相當含蓄。眾所周知，安德烈擁有奧地利兩大工業公司的大筆股權。德奧合併之後——德奧合併是希特勒一九三八年的「工作」——這兩家公司就從生產玩具和機械轉而替軸心國生產武器，也因此安德烈成為巨富。如今赫蓮娜知道安德烈也擁有她居住的房子，頓時之間她的胃裡似乎長了個腫塊，越來越沉重。

「別這麼擔心，親愛的赫蓮娜，」安德烈高聲說，口氣突然又親切起來。「妳要知道，我沒打算把那間房子從妳母親手中收回來。」

但赫蓮娜胃裡的腫塊越脹越大。安德烈大可再加一句：「我也沒打算要把那間房子從我未來的媳婦手中收回來。」

「威尼希亞！」安德烈大喊。

赫蓮娜轉頭朝馬廄門口望去，只見馬童從陰影中牽著一匹亮灼灼的白馬走了出來。儘管赫蓮娜的腦子裡正有無數念頭如風暴般捲起，但眼前這匹白馬仍令她暫時忘卻一切。這是她這輩子見過最漂亮的一匹馬；她覺得眼前站立的似乎是一隻超自然生物。

「這是一匹利皮札馬，」安德烈說：「世界上訓練最精良的馬種。一五六二年由馬克西米利安二世（Maximilian II）從西班牙引進。妳跟你母親一定在城裡的西班牙馬術學校表演中看過利皮札馬的演出吧？」

「對，我們看過。」

「就好像在看芭蕾舞對不對？」

赫蓮娜點了點頭，無法把視線從威尼希亞身上移開。

「牠們在蘭茲動物園這裡過暑假，一直住到八月底。可惜牠們除了西班牙馬術學校的騎師之外，其他人都不准騎。未經訓練的人騎了牠們，會灌輸牠們壞習慣，使得多年來一絲不苟的花式騎術訓練付諸流水。」

威尼希亞背上已套上鞍座。安德烈抓住韁繩，馬童站到一旁。威尼希亞站立原地，一動不動。

「有些人認為教馬跳舞是一件殘忍的事，他們說動物被逼著去做違反天性的事是痛苦的。說這種話的人沒見過這些馬的訓練過程，但我見過，而我相信這些馬很喜歡訓練。妳知道為什麼嗎？」

安德烈撫摸威尼希亞的鼻口。

「因為那是自然的序位。上帝用祂的智慧安排較低等的生物在替較高等的生物服務並聽從命令時最為快樂，只要看看小孩和大人、女人和男人就知道了。即使是在那些所謂的民主國家，弱者同樣心甘情願地把自己的力量奉獻給較強壯、較聰明的菁英份子。世界的法則就是這樣。由於我們都是上帝的創造物，因此較優秀的生物有責任確保較低等的生物服從命令。」

「好讓他們快樂？」

「一點也沒錯，赫蓮娜。妳懂得很多……而且妳還這麼年輕。」

赫蓮娜聽不出安德烈這句話著重在哪個部分。

「知道自己的位置是很重要的，不論是高還是低。如果妳抗拒，長期下來就會變得不快樂。」

安德烈拍了拍馬頸，凝視威尼希亞的褐色大眼。

「妳不是會抗拒的那種人吧？」

赫蓮娜知道這個問題是針對她而來，便閉上眼睛深呼吸，試著讓自己冷靜下來。她發覺自己現在說什麼或沒說什麼，對她下半輩子都會產生重大影響；如果她被一時的怒氣左右，後果不是她可以承擔的。

「妳是嗎？」

突然間威尼希亞發出嘶鳴，把頭甩到一側，使得安德烈腳下一滑，失去重心，只能緊緊抓住馬頸下方的韁繩。馬童趕緊奔來，想扶安德烈一把，但尚未奔至，安德烈便已掙扎著站穩腳步。他滿臉通紅，一身大汗，憤怒地揮了揮手要馬童離開。赫蓮娜無法遏止地露出微笑，也不知是否給安德烈瞧見，無論如何，安德烈朝著威尼希亞揚起馬鞭，卻又在一瞬間恢復理性，放下馬鞭。他的心形嘴唇說了幾個無聲的字，讓赫蓮娜看了更覺好笑。接著安德烈走到赫蓮娜面前，再次將手輕輕地、傲慢地扶上她的後腰。

「我們也看夠了。赫蓮娜，妳還有重要的工作要回去忙，我陪妳走過去搭車。」

兩人在大宅階梯旁停下腳步。司機坐上車，把車開來。

「我希望我們很快會再見面，赫蓮娜，而且我們應該很快就會再見面。」安德烈說，牽起赫蓮娜的手。「順帶一提，內人請我跟妳母親問好，她還說最近要找一個週末邀請妳來玩，我忘記她說什麼時候了，不過她一定會跟妳連絡。」

赫蓮娜等司機下車替她開門，才說：「布洛何先生，你知道那匹花式騎術馬為什麼要摔你一跤嗎？」

赫蓮娜在安德烈眼中看見他的體溫再度竄升。

「因為你直視牠的眼睛，布洛何先生。馬會把目光接觸視為挑釁，就好像牠在馬群中的地位沒有受到尊敬。如果牠無法避免目光接觸，就會用另一個方式來回應，例如反抗。在花式騎術訓練中，無論你的物種有多優秀，如果你不表示尊敬，訓練絕對不會有進展。每個馴獸師都懂得這個道理。在阿根廷山區，如果有人硬是要騎上一匹野馬，那匹野馬會從附近的斷崖跳下去。再見了，布洛何先生。」

赫蓮娜坐進賓士後座，全身顫抖不已，拼命深呼吸。車門在她身後緩緩關上，接著車子便載著她駛上蘭茲動物園大道。她閉上雙眼前，看見車尾沙塵雲中安德烈僵立原地的模糊身影。

34

一九四四年六月二十七日。維也納。

「先生小姐，晚安。」

矮小削瘦的餐廳領班深深鞠躬。烏利亞止不住大笑，赫蓮娜捏了捏他的手臂。從醫院出發的路上，他們就一直笑個不停，原因是兩人引起了莫大的騷動。原來烏利亞不太會開車，因此在駛往大街的路上，赫蓮娜囑咐他每次只要在狹窄道路上會車，一定要把車停下來。結果烏利亞只是狂按喇叭，使得對向來車不是開到路邊，就是靠邊停了下來。所幸維也納路上已沒那麼多車，他們才得以在七點半之前平安抵達懷伯加薩街。

領班望了一眼烏利亞的制服，眉頭深皺，查看訂位簿。赫蓮娜越過烏利亞肩頭望去，只見黃色拱形天花板上掛著一盞盞水晶吊燈，天花板由白色哥林斯式柱子所支撐，吊燈下的談話聲和笑聲被管弦樂聲淹沒。

所以這就是「三個騎兵」餐廳，赫蓮娜心想，十分欣喜。彷彿門外的那三個台階神奇地將他們從戰火蹂躪的城市，帶到了一個不把炸彈和苦難當一回事的世界。這裡是維也納的富人、風雅人士和自由思想家的聚集之地，想必作曲家理察·史特勞斯和阿諾德·荀白克曾是這裡的常客。這裡瀰漫的思想過於自由，因此她父親從不曾想過要帶家人來這裡用餐。

領班清了清喉嚨。赫蓮娜這才想到那領班也許對烏利亞的**副下士**軍階不甚滿意，又或者那領班對訂位簿裡的外國名字感到奇怪。

「你們的桌子已經準備好了，這邊請。」領班勉強露出微笑，順手拿了兩份菜單，替他們帶位。只見餐廳裡高朋滿座。

「這一桌。」

烏利亞對赫蓮娜露出放棄的微笑。領班帶他們來的這張桌子在通往廚房的彈簧門旁，而且桌上沒擺餐具。

「稍後服務生會來替你們服務。」領班說，隨即消失無蹤。

赫蓮娜環顧四周，然後格格一笑。「你看，」她說：「那張是我們原本的桌子。」

烏利亞轉頭去看。果真如此：一名服務生正在收拾管弦樂團前方一張桌子上的雙人餐具。

「抱歉，」他說：「我打電話訂位的時候在我的名字後面加了少校兩個字，我想說妳的明艷風采可以掩蓋我官階低的事實。」

她牽起他的手，這時管絃樂團奏起快樂的匈牙利查爾達斯舞曲。

「這一定是為我們演奏的。」他說。

「也許吧。」她垂下雙目。「就算不是也沒關係。他們奏的是吉普賽音樂，如果是吉普賽人彈的就太棒了。你有沒有看見吉普賽人？」

他搖搖頭，雙眼專注地凝望她的臉龐，彷彿想記住她每個部位、每條細紋、每根頭髮。

「他們全都不見了，」她說：「猶太人也是。你認為傳言是真的嗎？」

「什麼傳言？」

「集中營的傳言。」

他聳聳肩。「戰爭總是會有各式各樣的傳言。要是我的話，被希特勒俘虜我會覺得很安全。」

管絃樂團奏起另一首曲子，由三人演唱，唱的是奇特語言。有幾個客人齊聲唱了起來。

「那是什麼歌？」烏利亞問。

「Verbunkos（**士兵舞**），」赫蓮娜說：「一種士兵的歌曲，就像你在火車上唱的那首挪威曲子。這些歌曲是用來徵募匈牙利年輕男子加入拉克齊獨立戰爭。你在笑什麼？」

「笑妳知道的這些奇奇怪怪的事。妳也聽得懂他們在唱什麼嗎？」

「聽得懂一點點。別笑了。」她不禁莞爾。「碧翠絲是匈牙利人，以前常唱給我聽，歌詞說的是被人遺忘的英雄和理想。」

「被人遺忘，」他雙手緊緊交握。「就像這場戰爭有一天也會被人遺忘。」

一個服務生悄然來到他們桌邊，輕咳一聲，以示提醒。「先生小姐，可以點餐了嗎？」

「應該可以，」烏利亞說：「今天有什麼推薦菜色？」

「小公雞。」

「雞，聽起來不錯。赫蓮娜，妳能替我們選一瓶好酒嗎？」

赫蓮娜的雙眼掃視菜單。「上面為什麼沒有價錢？」她問道。

「因為戰爭，小姐，價錢每天都在波動。」

「小公雞要多少錢？」

「五十先令。」

赫蓮娜從眼角餘光看見烏利亞臉色發白。

「來兩碗蔬菜燉牛肉湯好了，」她說：「我們晚上已經吃過了，而且我聽說你們做的匈牙利菜非常好吃。烏利亞，你想不想嚐嚐看？一天吃兩頓晚餐不太健康喔。」

「我……」烏利亞開口說。

「然後再來一瓶淡酒。」赫蓮娜說。

「兩碗蔬菜燉牛肉湯跟一瓶淡酒？」服務生揚起雙眉問道。

「我想你應該聽得很清楚了，」赫蓮娜把菜單交還給服務生，展露耀眼的微笑說：「服務生。」

赫蓮娜和烏利亞相視而坐，直到服務生消失在廚房彈簧門後，兩人才忍不住吃吃地笑了起來。

「妳瘋了。」烏利亞笑說。

「我？『三個騎兵』又不是我訂的，口袋裡沒有五十先令還敢訂這裡！」

烏利亞抽出手帕，俯身在餐桌上。「藍恩小姐，妳知道嗎？」他說，越過餐桌替她拭去眼角笑出的眼淚。「我愛妳，我真的愛妳。」

就在此時，空襲警報響起。

每當赫蓮娜回想起那個夜晚，她總是問自己到底記得有多清楚；炸彈是否如她記憶中掉落得那麼近？他們踏上聖史蒂芬大教堂的走道時，是不是每個人都轉過頭來看他們？儘管他們在維也納的最後一夜被一層不真實的薄紗所籠罩，但是在寒冷的日子裡，她總會情不自禁地用那晚的記憶來溫暖她的心。她會回想那個夏日夜晚的同一個小小片刻，如此總會令她大笑然後令她流淚，而她並不明白為什麼。

空襲警報一響起，剎那間所有聲音同時止息。那個片刻，整間餐廳似乎凍結在時間之中，接著拱形鍍金天花板下響起一聲聲咒罵。

「狗雜種！」

「幹！才八點而已。」

烏利亞搖搖頭。

「那些英國人一定是瘋了，」他說：「天都還沒黑呢。」

服務生突然忙亂地穿梭在一張張桌子之間，領班開始對用餐客人無禮叱喝。

「你看，」赫蓮娜說：「這家餐廳就要變成一片廢墟了，他們還一心只想在客人跑去避難之前先叫他們買單。」

一個身穿深色西裝的男子跳上演奏台。台上的管絃樂團團員正在收拾樂器。

「大家聽著！」男子吼道：「已經買單的客人必須立刻前往附近的避難所，避難所就在懷伯加薩街二十號附近的地下室。大家安靜聽我說！出去以後右轉，走兩百公尺，尋找戴著紅色臂章的人員，他們會指示要往哪裡走。請保持冷靜，轟炸機還要過一陣子才會飛到這裡。」

這時第一批炸彈落下的隆隆聲響傳來。演奏台上的男子又說了些話，但四下響起的說話聲和尖叫聲淹沒了他的聲音。男子不得不放棄，在胸前畫個十字，跳下演奏台奔往避難所。

眾人同時湧向出口，出口處已有一群人驚慌失措地擠在那裡。一個女子站在寄物處前高喊「Mein Regenschirm!——我的雨傘！」但寄物處服務員早已不知去向。更多隆隆聲傳來，這次距離更近。赫蓮娜望向隔壁被遺棄的餐桌上，兩杯半滿的葡萄酒撞得彼此咯咯作響，整間屋子都被巨大的二部和聲給震得顫動不已。幾個年輕女子拖著一個長得有如海象、喝得醺醺然的男子趕往出口，男子的襯衫向上翻了起來，唇邊猶有一抹喜樂的微笑。

不到幾分鐘，整間餐廳人去樓空，一股毛骨悚然的寂靜籠罩整個空間。寄物處傳來低低的啜泣聲，那女子已不再叫嚷著要找雨傘，只是把額頭頂在櫃檯上。白色桌巾上殘留著吃了一半的餐點和打開的酒瓶。烏利亞仍握著赫蓮娜的手。又是一聲轟然巨響，水晶吊燈為之震動。寄物處那個女子突然醒了過來，尖叫著跑了出去。

「我們終於獨處了。」烏利亞說。

腳下的地面晃動著，鍍金天花板灑落如毛毛雨般的細小灰泥，在空中閃閃發亮。烏利亞站起來，伸出手。

「我們的上等桌位空出來了，小姐，如果妳不介意的話……」

赫蓮娜挽住他的手臂，站了起來，和他一同往演奏台的方向走去。她依稀聽見炸彈落下的呼嘯聲，隨之而來的爆炸聲震耳欲聾，牆上灑落的灰泥變成了沙塵暴，面向懷伯加薩街的大片窗戶給炸得向餐廳內噴射碎片。燈光完全熄滅。

烏利亞點亮桌上燭臺的蠟燭，替她拉出一張椅子，用拇指和食指拿起一條摺疊的餐巾，甩了開來，溫柔地放在她的大腿上。

「小公雞和優質葡萄酒？」他問道，小心翼翼地從桌上、餐盤上和她頭髮上掃去玻璃碎片。

也許是因為外頭夜幕低垂，桌上燭光瑩瑩，金黃色粉塵在空中閃閃發亮；也許是因為被炸開的窗戶吹入陣陣涼風，讓他們在這個炎熱的潘諾尼亞夏夜能夠喘一口氣；也許只是因為她心臟送出的血液在血管裡快速流竄，以致於她想更強烈地體驗這些片刻。但她聽見了音樂聲，而這是不可能的，整個管絃樂團都已收拾樂器逃命去了。耳中的音樂聲是不是她的幻覺？多年以後，就在她即將產下女兒之際，她明白了那音樂聲是什麼。孩子的父親在新買的搖籃上方掛了一串風鈴和彩色玻璃珠。一天晚上，她用手拂過那串風鈴，立刻就認出了那種聲音，並且明白那種聲音是從何處傳來的。原來替他們奏起音樂的是「三個騎兵」的水晶燈。水晶燈隨著地面的猛烈震動而不斷搖晃，奏出晶瑩清澈的叮叮樂音，宛如風鈴的歌聲。烏利亞邁開步伐，進出廚房，端出薩爾斯堡小公雞，並從酒窖裡拿出三瓶奧地利農家自釀的當令酒，同時還在酒窖裡發現一個廚師坐在角落拿著一瓶酒仰頭痛飲。那廚師見烏利亞取出藏酒，連一根小指頭也沒抬起來，更別說是上前制止了；相反地，當烏利亞把他選的酒拿給那廚師看，那廚師還點點頭表示認可。

隨後烏利亞把四十多先令放在燭臺下，偕同赫蓮娜踏入柔和的六月夜晚。懷伯加薩街一片死寂，但空氣相當混濁，充滿黑煙、飛塵和泥土的氣味。

「我們散散步。」烏利亞說。

兩人都沒說要往哪裡走，只是向右轉，踏上坎納路，突然間，漆黑荒涼的聖史蒂芬大教堂就矗立在他們面前。

「我的天哪。」烏利亞說，只見眼前的宏偉教堂幾乎佔滿整片剛降臨不久的夜空。

「聖史蒂芬大教堂？」他問道。

「對。」赫蓮娜仰頭朝上，視線跟隨名為「Südturm」的黑綠色教堂螺塔不斷上升，直上天際，連接到夜空中浮現的第一群星星。

接下來赫蓮娜記得的是他們站在教堂中，周圍是來教堂避難的人群的蒼白臉孔，耳中可聽見孩童的哭泣聲和管風琴的樂聲。他們挽著彼此的手臂，朝聖壇走去，又或者這些只是她的夢境？這些真的發生過嗎？

他是不是並未突然將她擁在懷裡，說她會是他的？她是不是輕聲回答說，**好**，**好**，**好**，而教堂的空間是不是攫獲了她說的這幾個字，將這幾個字拋上拱形屋頂，拋給鴿子和十字架上的耶穌基督，讓她的回答不斷迴響，直到成真？無論這些是否真的發生過，這幾個字比起她在告別安德烈之後說的話都來得真實。

「我不能跟你走了。」

她說過這句話，不過是在什麼時候、什麼地方說的？

這天下午，她告訴母親說她不走了，但並未說明原因。母親出言安慰，但她無法忍受母親那尖銳、自以為是的口氣，便把自己鎖在臥房裡。然後烏利亞來到家裡，敲她的房門。她決定不再去想那麼多，決定讓自己毫無畏懼地墜落，不做任何想像，只想著無止盡的深淵。也許在她開門的那一刻，烏利亞就已看出了這一切。也許當他們站在門廊時，兩人就已做了心照不宣的約定，要盡情活出火車出發前這幾小時的時間。

「我不能跟你走了。」

安德烈．布洛何這個名字在她舌頭上嚐起來有如膽汁，她把它給吐了出來，連同這個名字給一起吐了出來的，還有擔保書、面臨流浪街頭厄運的母親、不想回歸正常人生的父親、舉目無親的碧翠絲。對，她說了這些話，不過是在什麼時候說的？她是否在教堂把一切都告訴了他？或者是在他們奔過街道，來到菲哈莫尼路上之後才告訴他的？菲哈莫尼路的人行道上布滿碎磚碎玻璃，黃森森的火舌從老糕餅店窗內探了出來，替他們照亮前路。他們奔入空寂無人、一團漆黑的豪華飯店大廳，劃亮一根火柴，從牆上隨意拿下一副鑰匙，衝上樓梯。樓梯鋪著厚實的地毯，他們腳下沒有發出一絲聲響，如同幽魂般掠過走廊，找尋三四二號房。接著他們已經在彼此懷中，扯去對方身上衣物，彷彿全身著了火。他的氣息如火般燒灼她的肌膚，她在他身上抓出一道道血痕，再用她的唇吻上那一道道血痕。她不斷重複那句話，彷彿咒語一般：

「我不能跟你走了。」

空襲警報再度響起，表示此次轟炸告一段落。他們躺在染紅的糾結被單中，她只是不斷啜泣。

之後一切都融合成一個大漩渦，漩渦裡有肉體和睡夢。何時是他們做愛，何時又是她在做夢，她無法分辨。她在午夜雨聲中醒來，直覺告訴她說他不在身邊；她走到窗邊，凝視下方被雨水洗去灰燼和塵泥的街道。匯集的雨水從人行道邊緣流過，一把開著的無主雨傘順著雨水往多瑙河漂去。她躺回床上，再醒來時，天色已亮，街道已乾，他躺在她身旁，屏住氣息。她看了看床頭桌上的時鐘，距離火車出發還有兩小時。她撫摸他的額頭。

「你為什麼沒在呼吸？」她輕聲問說。

「我才剛起來。妳也沒在呼吸。」

她蜷伏在他懷中。他一絲不掛，但全身赤熱如火，汗流如雨。

「那我們一定是死了。」

「對。」他說。

「你去了別的地方。」

「對。」

她感覺得到他在顫抖。

「可是現在你回來了。」

第四部　煉獄

35

二〇〇〇年二月二十九日。碧悠維卡區，貨櫃港口。

哈利把車停在工人小屋旁，小屋位在山丘頂，他在碧悠維卡區平坦的碼頭區只找到這一座山丘。天氣突然暖和起來，使得積雪開始融化。白雪閃閃發亮，這是個美好的一天。他走在堆疊如樂高積木的貨櫃之間，頭上艷陽在柏油路上投下鋸齒狀的影子。貨櫃上的文字和符號說明它們來自遙遠的地方，如台灣、布宜諾斯艾利斯、開普敦。哈利站在碼頭邊，閉上眼睛，吸進海水、被陽光曬暖的瀝青和柴油的混合氣味，放任想像力馳騁。他睜開雙眼，一艘丹麥渡輪悄然進入他的視線。那艘渡輪看起來像一台冰箱，一台運送同一群人來回、提供休閒運輸服務的冰箱。

他知道要從侯克納和烏利亞的會面中找出線索已然太遲，他甚至連他們是不是在這個貨櫃港口會面都不確定；菲力斯塔區的貨櫃港口也同樣有可能是他們的會面地點。然而他依然希望這個會面地點能告訴他一些什麼，或刺激他的想像力。

他朝碼頭邊突出的輪胎踢了一腳。也許今年夏天他該買一艘船，載老爸和小妹出海遊玩。老爸得出門走走。自從八年前媽去世之後，曾經喜好交際的老爸就變成獨來獨往。小妹雖不太能自食其力，卻常能令人忘記她其實患有唐氏症。

一隻鳥歡欣地在貨櫃間飛行俯衝。藍山雀的飛行時速可達二十八公里。這是愛倫告訴他的。綠頭鴨的飛行時速可達六十二公里。兩者都是飛行能手。不，小妹沒有問題；他比較擔心的是老爸。

哈利努力集中精神。他已將侯克納說的話原原本本寫進報告，這時他極力回想侯克納的面容，想記起他沒說出口的究竟是什麼。烏利亞長得是什麼樣子？侯克納沒能做出太多描述，但是要形容一個人的長相，通常會從最顯著、最突出的特徵開始說起。而侯克納說的第一點就是烏利亞有一雙藍色的眼睛。除非侯克納認為藍眼珠很不常見，否則這個描述意味著烏利亞沒有顯而易見的殘障，無論是行走或口語障礙等等。烏利亞會說德文和英文，而且去過德國一個叫森漢姆的地方。哈利的目光跟隨那艘丹麥渡輪移動，渡輪正駛往德勒巴克市。烏利亞遊歷甚廣。烏利亞有沒有出過海？哈利思忖。他查過地圖集，連德國出版的地圖集都查過了，但到處都找不到一個叫森漢姆的地方。這個地名有可能是侯克納瞎掰的，也許不甚重要。

侯克納說烏利亞懷有恨意。所以也許哈利的猜測是正確的——他們在找尋的這個人懷有個人動機。但這個人恨的是什麼？

太陽沉落在候福德亞島後方，奧斯陸峽灣吹來的微風立刻冷冽起來。哈利將外套裹得緊了些，往車子的方向走回去。那五十萬呢？烏利亞是從幕後指使的大人物手裡拿到這筆錢的？或者烏利亞是獨挑大樑，自己出錢？

哈利拿出手機，一支諾基亞手機，輕薄小巧，剛買來兩星期。他抗拒用手機已有好長一段時間，最後是愛倫說服他買下一支。他鍵入愛倫的號碼。

「嗨，愛倫，我是哈利，妳現在一個人嗎？好。我要妳集中精神。對，是小遊戲，準備好了嗎？」

過去他們經常玩這種小遊戲。「小遊戲」一開始，哈利會丟出許多口頭提示，沒有背景資料，也沒有線索可以知道他講的是什麼，只有破碎的資料——最多五個字——沒有一定順序。他們花了許多時間才想出這個遊戲方式。最重要的規則是至少要有五筆破碎資料，但不能超過十個。哈利之所以有這個遊戲靈感，是因為有一次他跟愛倫打賭，賭注是值一次班，他賭愛倫在看過一組圖卡之後無法記住順序。一組圖卡只能看兩分鐘，一張卡看兩秒。哈利輸了三次之後終於投降。後來愛倫告訴他說，她用的方法是不把圖卡視為圖卡，而是把每張圖卡聯想成一個人或一個動作，然後在圖卡翻回背面之後編成一個故事。後來哈利把愛倫的聯想技巧用在工作上，有時效果十分驚人。

「男人，七十歲，」哈利緩緩地說：「挪威人。五十萬克朗。充滿仇恨。藍色眼珠。馬克林步槍。說德文。身體健全。港口走私槍。希恩市練槍。就這樣。」

他坐上車。「什麼也沒想到？我想也是。好吧。反正試試也好。謝啦。保重。」

車子開到驛棧前的隆起式十字路口（當地人稱之為交通機器）時，哈利腦中突然冒出個念頭，便打手機給愛倫。

「愛倫？又是我。我忘了一點。妳在聽嗎？**超過五十年沒拿槍**。我再說一次。**超過五十**……對，我知道超過五個字。還是什麼都沒想到？可惡，我錯過要轉彎的路口了！待會見，愛倫。」

哈利把手機放在乘客座上，專心開車。車子剛轉出圓環，手機就響了起來。

「我是哈利。什麼？妳怎麼會這樣想？對，對，別生氣，愛倫。有時我就是會忘記妳也不知道妳自己的醬糊是怎麼運作的。頭腦！我是說妳那個又發達又美麗的頭腦！對，妳一說我就明白了。感謝妳。」

他放下手機，猛然記起自己欠愛倫三個班。如今他已不在犯罪特警隊，得找別的方式來代替。他思索有什麼其他方式，思索了大約三秒。

36

二〇〇〇三月一日。伊斯凡路。

門打開，哈利往門內看去，和一張爬滿皺紋臉孔上的藍色眼珠四目交接。

「我是哈利．霍勒，我是警察，」他說：「今天早上打過電話。」

「對。」

老人的白髮梳理整齊，橫向蓋過他的高額頭，身穿一件針織羊毛衫，裡頭打了條領帶。這棟紅色雙拼公寓位於奧斯陸北區安靜富饒的郊區，門口外的信箱上寫著「伊凡和辛娜．霍爾」。

「霍勒警監，請進。」老人的聲音冷靜堅定，他的風度舉止使他看起來比一般人印象中的伊凡．霍爾教授要年輕許多。哈利對這位歷史學教授做了一番研究，知道他曾參加反抗運動。霍爾教授雖已退休，但仍被公認是挪威最重要的德軍佔領時期和國家集會黨的專家。

哈利彎腰脫鞋，只見面前牆壁掛著許多小相框，相框裡是微微褪色的黑白老照片。其中一張照片是身穿護士制服的年輕女子，另一張是身穿白色外套的年輕男子。

兩人走進客廳，客廳裡一隻愛爾德犬停止吠叫，盡職地嗅了嗅哈利的胯間，然後走到霍爾的扶手椅旁趴下。

「我讀過一些你在《達沙日報》上寫的有關法西斯主義和國家社會主義的文章。」哈利坐下之後說。

「天哪，原來真的有人會看《達沙日報》。」霍爾微笑說。

「你似乎強烈警告我們要注意現在的新納粹黨。」

「不是警告，我只是指出一些相似的歷史。歷史學家的責任是揭露，不是評斷。」霍爾點燃菸斗。「很多人認為對與錯是固定、絕對的，但其實並非如此，對錯會隨時間而改變。歷史學家的工作主要是找出歷史真相，去看資料說些什麼，然後客觀冷靜地公開。如果歷史學家介入評斷人類的愚行，從後世的眼光來看，我們的工作會變得跟化石一樣，成為當時正統觀念的遺骸。」

一縷藍煙在空氣中冉冉上升。「不過你來找我應該不是為了問這個吧？」

「我們是想請問你是不是能幫我們找一個男人。」

「你在電話中提過，這個人是誰？」

「現在還不知道，但我們推斷他是挪威人，眼睛是藍色的，七十歲，會說德語。」

「還有呢？」

「就這樣。」

霍爾大笑。「呃，可能的人選應該不少吧。」

「對，挪威超過七十歲的男人有十五萬八千個，我猜其中大約有十萬人的眼睛是藍色的，而且會說德語。」

霍爾揚起雙眉。哈利羞怯地笑了笑。「這是主計處的資料，我查過了，好玩而已。」

「你認為我能幫得上什麼忙？」

「這我正要說。據說這個人有五十多年沒拿槍了。我是在想，也就是說，我的同事是這樣想的，五十多年是超過五十年，但少於六十年。」

「邏輯上是這樣。」

「對，她非常的……有邏輯。所以說，假設那是五十五年前的事，那麼就回到了二次大戰中期，當年這個人大約二十歲，而且會拿槍。當時所有擁有私人槍枝的挪威人都必須把槍繳交給德軍，那麼這個人會在什麼地方？」

哈利伸出三根手指數算說：「第一，他可能是反抗軍成員。第二，他可能飛到了英國。第三，他可能在東部戰線跟德軍並肩作戰。他的德文說得比英文好，所以……」

「所以你這個同事判斷他一定是在前線作戰對不對？」霍爾問道。

「對。」

霍爾吸吮著菸斗。「很多反抗軍成員也必須學德語，」他說：「用來進行滲透、監視等等，而且你們忘了瑞典警力中也有挪威人。」

「所以這個推論不成立囉？」

「呃，我把我的想法說出來，」霍爾說：「自願上前線作戰的挪威人大約有一萬五千人，其中七千人被徵召，因此這些人可以使用武器。這個人數比逃到英國加入英軍的人數高出很多。雖然戰爭末期反抗軍人數更多，但很少反抗軍能夠拿到武器。」

霍爾微微一笑。「我們暫時先假設你們的推斷是正確的，但是很顯然的，這些曾上前線作戰的人不會在電話簿裡把自己的頭銜寫成前武裝黨衛隊ＳＳ隊員，不過我想你應該找到了可以去哪裡搜尋對不對？」

哈利點了點頭。「叛國賊資料庫。這個資料庫裡的檔案根據姓名和所有法院審判資料歸檔。這幾天我一直在看這個資料庫的檔案。我原本希望他們很多人都已經過世了，那麼剩下的人數我應該就應付得來，可是我錯了。」

「沒錯，他們是強悍的老鳥。」霍爾笑說。

「這就要講到為什麼我們會跟你連絡。你對這些士兵的背景比任何人都清楚，我希望你可以幫我了解這種人在想什麼，有什麼事會讓他們火大。」

「霍勒警監，謝謝你對我這麼有信心，但我是個歷史學家，我對個人動機知道的不比別人多。你也許知道，我曾經是米洛格反抗軍成員，但這個身分並不會讓我瞭解自願前往東部戰線作戰的人的心理。」

「我想你知道很多，霍爾先生。」

「是嗎？」

「我想你知道我的意思。我的研究工作做得很徹底。」

霍爾吸吮菸斗，看著哈利。在隨之而來的靜默中，哈利察覺到有人站在客廳門廊，他轉頭過去看見一個老婦。老婦溫柔冷靜的眼眸正看著哈利。

「辛娜，我們只是在聊天而已。」霍爾說。

老婦面露愉悅之色，向哈利點了點頭，張開口想說些什麼，但和霍爾目光相接後便閉上了口，又點了點頭，靜靜關門離去。

「所以你已經知道了？」霍爾問。

「對。她是東部戰線的護士對不對？」

「她派駐在列寧格勒。一九四二年到一九四四年三月撤退。」霍爾放下菸斗。「你們為什麼要找這個人？」

「坦白說，我們也不知道，但可能有一場暗殺行動正在醞釀中。」

「嗯。」

「所以我們應該要鎖定什麼樣的人？古怪的人？仍然效忠納粹的人？還是罪犯？」

霍爾搖搖頭。「大部分的黨衛隊隊員在前線服役之後，回國融入了社會。他們雖然被貼上判國賊的標籤，但令人意外的是，很多人在社會上適應得非常好。或許也沒那麼令人意外吧。所謂天資聰慧的人，通常就是那些能在非常時刻做出判斷的人，比如說在戰爭的時候。」

「所以我們要找的人是個成功人士囉？」

「絕對是的。」

「社會的中堅份子？」

「他很可能無法擔任國家金融和政治上的重要職位。」

「但他也可能是生意人，一個私人企業家。可以肯定的是他賺的錢足夠讓他買一把價值五十萬克朗的槍。他想殺的可能會是誰？」

「跟他曾經在前線作戰有必然關係嗎？」

「我的感覺是可能有關。」

「那麼動機是復仇囉？」

「這會不合理嗎？」

「不會，一點也不會。很多上過前線的人視自己為戰爭中真正的愛國者，他們認為以一九四〇年的世界局勢來看，他們的所作所為對國家最有利益。他們認為我們把他們貼上叛國賊的標籤完全扭曲了正義。」

「所以說？」

霍爾搔搔耳背。「呃，讓他們接受審判的法官大部分都已經過世了，那些替審判奠定基礎的政治家也所剩無幾。復仇理論看起來很單薄。」

哈利嘆了口氣。「你說得對。我只是想把手中幾個破碎線索硬湊起來而已。」

霍爾瞥了手錶一眼。「我答應你會思考這件事，但我真的不確定可以幫得上忙。」

「還是很謝謝你。」哈利說，站了起來。這時他突然想到一件事，從夾克口袋中拿出一疊摺疊的紙張。「對了，我在約翰尼斯堡訊問過一個證人，這是訊問報告影本，請你看看裡頭有沒有什麼重要含義。」

霍爾口中說好，卻搖了搖頭，彷彿是說不好。

哈利來到玄關穿鞋，指了指牆上照片中穿白色外套的男子。「這是你嗎？」

「那是上世紀前半葉的我，」霍爾笑說：「戰前在德國拍的。原本我應該追隨父親和祖父的腳步去德國學醫，戰爭爆發後，我返回挪威，在船上開始撰寫我第一本歷史書。後來再說什麼都太遲了：我已經對歷史著迷了。」

「所以你放棄了醫學？」

「這要看你用什麼眼光看待這件事。我想找出一個原因，說明為什麼一個人和一個意識形態可以蠱惑那麼多人。可能我也想找出解毒劑吧，」霍爾笑道：「那時候的我非常非常年輕。」

37

二〇〇〇年三月一日。洲際飯店，一樓。

「很高興我們能這樣見面。」布蘭豪格說，舉起酒杯。

兩人舉杯敬酒，奧黛．希爾達對外交次長布蘭豪格微笑。

「而且不是只有談公事而已。」布蘭豪格說，凝視著奧黛，直到她低下頭去。布蘭豪格仔細打量她。她不是那種嫵媚動人的類型，五官有點過於粗糙，身材頗為豐腴，但她自有一種魅力和風情，而且她擁有的是**年輕**的豐腴身體。

今天早上奧黛從職員辦公室打電話給布蘭豪格，說有一件不尋常的案子需要他給個建議，但她話還沒說完，就被叫去了布蘭豪格的辦公室。她一踏進辦公室，布蘭豪格立刻說他沒有時間，但可以下班後邊用餐邊討論。

「我們這些公僕應該也要有點額外津貼才對。」布蘭豪格說。奧黛心想他指的應該是餐點。目前為止，一切都進行得相當順利。餐廳領班帶領他們前往布蘭豪格常坐的那張桌子，而且就布蘭豪格所見，餐廳裡沒有他認識的人。

「對，昨天我們碰到一個奇怪的案子，」奧黛說，讓服務生替她打開餐巾，放在她大腿上。「有個老人堅持說我們欠他錢，也就是外交部欠他錢。他說我們欠他將近兩百萬克朗，手裡拿著一封一九七〇年寄出的信。」

奧黛的眼珠轉了轉。她不應該上這麼濃的妝，布蘭豪格心想。

「我們為什麼欠他錢？」

「他說戰爭時期他是個商船船員，好像跟挪威海運及貿易使節團有關，他說他們扣留他的報酬。」

「喔，對，我想我知道那是怎麼回事。他還說了什麼？」

「他說他不能再等了，我們欺騙了他和其他的商船船員，上帝會懲罰我們犯下的罪。我不知道他有沒有喝酒或生病，但他看起來氣色不太好。他帶了一封信，簽名的是孟買的挪威總領事，時間是一九四四年。總領事在信中說他代表挪威做出保證，一定會支付船員冒著戰爭風險在挪威商船隊服務四年的獎金尾款。如果不是因為那封信，我們早就請他離開了，也不會拿這種小事來打擾您。」

「妳要來找我隨時都行，奧黛・希爾達。」他說，心頭突然一驚：她的名字是叫奧黛・希爾達對不對？

「可憐的傢伙，」布蘭豪格說，對服務生比了個手勢，示意再拿酒來。「這件事的悲慘之處在於他說的全都沒錯。挪威海運及貿易使節團的建立是用來管理沒被德軍佔領的商船隊，這個組織有一部分符合政治利益，一部分符合商業利益。就拿英國來說，他們付了大筆的風險獎金給使節團，利用挪威商船隊來運輸貨品。但這些錢並沒有付給船員，而是直接進了船東的口袋和國庫，牽涉的金額高達數億克朗。商船隊員透過法律途徑想拿回他們的錢，但一九五四年最高法院判決他們敗訴。挪威議會在一九七二年通過一項法案，承認商船隊員有權利領回他們的報酬。」

「這個人好像什麼也沒領到，因為他是在中國海被日本人的魚雷追著打，而不是德國人。他是這樣說的。」

「他有沒有說他叫什麼名字？」

「康亞德・奧斯奈。等一下，我拿他的信給你看。他算出我們欠他的金額加利息。」

她彎腰去包包裡找信，上臂不斷抖動。她應該多做點運動，布蘭豪格心想。只要減個四公斤，奧黛就會是豐滿而不是……肥胖。

「沒關係，」他說：「我不用看那封信。挪威海運及貿易使節團隸屬於商業部。」

她抬頭朝他望去。

「他堅持說是外交部欠他錢，還給了我們兩個星期的期限。」

布蘭豪格聞言大笑。

「真的？事情都已經過了六十年，有什麼好急的？」

「他沒說，他只說如果我們不付他錢，就得替後果負責。」

「我的老天。」布蘭豪格等服務生替他們倒完酒，才傾身向前說：「我最討厭替後果負責，妳說是吧？」奧黛微微一笑，有些遲疑。

布蘭豪格舉起酒杯。

「我在想這件案子我們該怎麼處理？」她說。

「別管它，」他說：「不過我也在想一件事，奧黛。」

「什麼事？」

「妳有沒有看過外交部在這裡的房間？」

奧黛又微微一笑，說她沒看過。

38

二〇〇〇年三月二日。伊拉區，焦點健身中心。

哈利踩著踏板，汗流浹背。心肺功能訓練室擺著十八台先進的肌力健身腳踏車，每台腳踏車上都坐著一個頗具吸引力的所謂「都會」人士，每個人眼睛都盯著掛在天花板上的靜音電視。哈利看的是「魯賓遜探險記」，裡頭的艾莉莎正在說話，看她的嘴型是在說她受不了波普了。哈利之所以知道是因為電視上播的是重播。

那不吸引我！揚聲器大聲唱著流行歌曲。

不，呃，不過真令人驚訝，哈利心想。他不喜歡吵鬧的音樂，也不喜歡聽見自己的肺臟發出刺耳的呼吸聲。他大可在警察總署健身房裡免費運動，但愛倫說服他加入焦點健身中心。他答應加入。後來愛倫繼續勸說他參加有氧課程時，他便劃清界線，斷然拒絕。加入一群喜歡罐頭音樂的人跟著音樂做動作，看著有氧老師在前方齜牙咧嘴地笑著，激勵大家加把勁，大喊諸如「一分耕耘一分收穫」的口號，這些對哈利而言，根本就是甘願貶低自己的行為，他完全無法理解。在他看來，來焦點健身中心運動的最大好處，莫過於能一邊運動一邊收看「魯賓遜探險記」，而且不必跟湯姆．沃勒共處一室。湯姆的閒暇時間似乎全花在警察總署健身房裡。哈利迅速朝四周望了一圈，確定今晚他仍是這裡最高齡的會員。心肺功能訓練室裡幾乎清一色全是女性，耳朵塞著隨身聽耳機，每隔一段時間就朝他的方向偷看一眼。她們看的不是哈利，而是哈利隔壁坐著的那位挪威最有名的脫口秀表演者，只見他身穿灰色連帽上衣，時髦劉海下方不見一滴汗珠。哈利那台腳踏車的控制台螢幕上顯示一句話：**你騎得很好**。

但打扮得很爛，哈利心想，低頭看了看他那件鬆垮褪色的慢跑褲。他不時得把褲頭拉高，因為手機就掛在腰際鬆緊帶上。而他腳上那雙破舊的愛迪達運動鞋既不夠新，稱不上潮，又不夠舊，趕不上復古風。身上那件八〇年代英倫搖滾天團「歡樂分隊」（Joy Division）T恤曾是風靡一時的街頭穿著，如今傳達的訊息卻是這人已有多年沒跟上流行音樂的腳步。但這些尚不足以讓哈利徹底汗顏，直到他的手機響起，十七雙責備的目光——包括那個脫口秀表演者的——朝他射來，他才覺得無地自容。他從腰際取下那個黑色小惡魔機。

「我是哈利。」

那不吸引我！揚聲器又大聲唱到這一句。

「我是霍爾，有打擾到你嗎？」

「沒有，那只是音樂而已。」

「你喘得跟海象一樣，等你方便再回我電話吧。」

「我現在很方便，我在健身房。」

「那好吧。有個好消息要告訴你。我看過你在約翰尼斯堡的訊問報告了，你怎麼沒跟我說他去過森漢姆？」

「你是說烏利亞？那很重要嗎？我根本不確定那個地名我有沒有聽對，而且我查過德國地圖，都沒找到森漢姆這個地方。」

「我的回答是，對，很重要。如果你不確定他是不是上過前線，現在可以確定了。百分之百確定。森漢姆是個小地方，我所聽說過去過森漢姆的挪威人都是在二戰時期去的，他們去那裡的訓練營接受訓練，然後才前往東部戰線。你在德國地圖上找不到森漢姆是因為森漢姆不在德國，而是在法國亞爾薩斯。」

「可是……」

「亞爾薩斯在歷史上有時屬於法國，有時屬於德國，所以那裡的人會說德語。我們要找的這個人既然去過森漢姆，那麼可能人選就大大減少。因為只有諾爾蘭軍團和挪威軍團的士兵會在那裡接受訓練。更好的是，我可以介紹你一個人，他去過森漢姆，而且一定很樂意幫忙。」

「真的？」

「他是諾爾蘭軍團的士兵，上過前線作戰。一九四四年他自願加入反抗軍。」

「哇。」

「他生長在偏遠農村，父母和兄長都是國家集會黨狂熱份子，所以他被迫從軍，上前線作戰。他從來沒相信過納粹，一九四三年在列寧格勒逃兵。他曾短暫被俄軍俘虜，後來跟俄軍一起戰鬥，最後才想辦法從瑞典回到挪威。」

「你信任一個上過東部戰線的士兵？」

霍爾大笑。「絕對相信。」

「你為什麼笑？」

「說來話長。」

「我時間多的是。」

「我們命令他殺了一個家人。」

哈利踩踏板的腳停了下來。霍爾清了清喉嚨。

「我們是在諾瑪迦區發現他的，諾瑪迦位在伍立弗斯特以北，當時我們都不相信他說的故事。我們認為他是間諜，原本想一槍斃了他。我們跟奧斯陸警方資料庫有連線，也就是說我們可以核對他說的故事。根據報告，他真的在前線失蹤，據推測是逃兵了。他的家庭背景也核對無誤，而且他有證明文件證明他的身分是真的。當然這些都有可能是德軍編造出來的，所以我們決定測試他。」

霍爾頓了頓。

「然後呢？」

「我們把他藏在一間小屋，離我們跟德軍都很遠。有人建議我們應該命令他去殺一個他加入國家集會黨的哥哥。這個構想主要是想看看他會有什麼反應。我們對他下達這個命令時，他一句話也沒說，但隔天我們去小屋查看，他已經不在了。我們很確定他落跑了，但是兩天後他又出現。他說他去了他家位於古布蘭斯達的農莊。幾天後，我們收到古布蘭斯達的弟兄回報說，他的一個哥哥死在牛棚，另外一個哥哥死在穀倉，他的父母死在客廳地板上。」

「我的天哪，」哈利說：「這個人一定是瘋了。」

「可能吧。我們都瘋了。那時候在打仗。再說，我們從來沒談過這件事，那時候沒談，後來也沒談。你也不應該……」

「當然不會。他住在哪裡？」

「他就住在奧斯陸，應該是住在侯曼科倫區。」

「他的名字是？」

「樊科。辛德・樊科。」

「太好了，我會跟他連絡。霍爾先生，謝謝你。」

電視螢幕上是波普的極近特寫，他正流著眼淚跟家人打招呼。哈利把手機掛回運動褲腰際，拉了拉褲頭，朝重量訓練室大步走去。

仙妮亞・唐恩（Shania Twain）依然高聲唱著那不吸引我。

39

二〇〇〇年三月二日。黑德哈路，男士試衣間。

「超級一一〇純羊毛布料，」女售貨員說，替老人拿起西裝外套。「最頂級的布料，非常輕，而且耐穿。」

「我只會穿一次。」老人微笑說。

「喔，」女售貨員說，有些困窘。「呃，我們有一些比較便宜……」

老人端詳鏡中的自己。「這套就可以了。」

「這套西裝選用經典剪裁，」女售貨員語帶保證說：「是我們店裡最經典的款式。」

老人猛然彎下腰。女售貨員驚得呆了，看著老人。

「您是不是不舒服？我要不要……？」

「不用了，只是小陣痛而已，一會兒就沒事了。」老人直起身子。「褲子什麼時候可以做好？」

「如果您不趕的話，下星期三可以做好。您是要在特別場合上穿嗎？」

「對，不過星期三可以。」

老人掏出一百克朗紙鈔付款。

正當老人在算鈔票時，女售貨員說：「我敢說，這套西裝您可以穿一輩子。」

老人大笑，笑聲震耳，即使老人離去後，笑聲仍在女售貨員耳邊縈繞不去。

40

二〇〇〇年三月三日。侯曼科倫區。

哈利在侯曼科倫路的貝瑟德車站附近，找到了他要找的門牌號碼。那是一棟龐大的黑木屋，坐落在高大的樅樹林下。黑木屋前有一條碎石車道，哈利把車開上平坦區域，然後掉頭。他想把車停在坡道上，但是才打入一檔，車子就咳了好大一聲，隨即吐出最後一口氣。哈利咒罵出聲，轉動鑰匙想發動引擎，但啟動裝置只是不斷呻吟。

他下了車，爬上車道朝黑木屋走去，這時一名女子從屋裡走了出來。女子顯然沒聽見他駕車來到，在階梯上停下腳步，面露詢問的微笑。

「早安，」哈利說，頭朝他的車子側了側。「它有點不舒服，需要……吃藥。」

「吃藥？」女子的聲音溫暖低沉。

「對，它好像染上了最近流行的感冒。」

女子的微笑擴大了些。她看起來三十來歲，身穿一件素面黑色外套，流露出不經意的優雅。哈利知道這樣一件外套價格不菲。

「我正要出門，」女子說：「你是要來這裡嗎？」

「應該是吧，請問辛德．樊科是不是住在這裡？」

「可以這樣說，」女子說：「只不過你來晚了幾個月，我父親搬到城裡去了。」

哈利走得更近了些，看得出那女子十分有吸引力。她說話的方式帶有一種輕鬆的態度，而且她直視哈利的雙眼，這表示她相當有自信。她是個職業婦女，哈利猜想。她的工作需要冷靜、理性的頭腦。可能是房屋仲介、銀行部門主管、政治家之類。無論她做的是什麼工作，哈利確定她非常富有。哈利之所以如此判斷，並非只是因為她的外套和她身後那棟大屋子，而是她的神態和那具有貴族氣質的高聳顴骨流露出的氣息。女子步下台階，彷彿走在一直線上，讓走下台階的動作看起來簡單無比。跳過芭蕾，哈利心想。

「我能幫得上忙嗎？」

女子發音清楚，語調重音放在「我」，清晰鮮明，彷彿說的是舞台劇台詞。

「我是警察。」哈利往外套口袋裡掏，找尋證件，但女子揮了揮手，表示沒有必要。

「是的，我有事想找妳父親談。」

哈利注意到自己的語調不由自主地比平常正式許多，不禁有點煩躁起來。

「有什麼事呢？」

「我們在找一個人，希望妳父親能幫忙。」

「你們在找什麼人？」

「我恐怕沒辦法說明。」

「好。」女子點了點頭，彷彿哈利剛通過了測試。

「不過既然妳已經說他不住在這裡了……」哈利以手遮眉，只見女子雙手纖細。學過鋼琴，他心想。女子眼角有笑紋，也許她真的年過三十了？

「他是不住這裡了，」女子說：「他搬到了麥佑斯登區威博街十八號，如果他不在家，就是在大學圖書館。」

大學圖書館。女子咬字清晰，不浪費任何音節。

「威博街十八號，我知道了。」

「很好。」

「好的。」

哈利點了點頭，而且繼續不斷點頭，像隻狗。女子面露微笑，嘴唇緊閉，雙眉揚起，彷彿在說如果沒有其他問題，會議到此結束。

「我知道了。」哈利又說了一次。

女子有兩道黑眉，眉型一致。精心修過，哈利心想。但修得不著痕跡。

「我得走了，」女子說：「我要搭電車……」

「我知道了。」哈利說了第三次，卻仍動也不動。

「希望你找到我父親。」

「我會的。」

「再見。」女子舉步便行，高跟鞋踩得碎石嘎扎作響。

「呃……我有個小問題……」哈利說。

「謝謝妳幫忙。」

「不會，」女子說：「你確定不會繞路繞得太遠嗎？」

「一點也不會，我也要往這個方向走。」哈利說，偷眼朝那雙肯定十分昂貴的真皮手套望去，只見手套因為幫他推車而染上了灰撲撲的塵土。

「重點在於這輛車能不能跑完全程。」哈利說。

「這輛車似乎有過輝煌的歷史。」女子說，指了指儀表板上的大洞，只見洞裡突出糾結的紅黃電線。那個洞原本容納的是收音機。

「小偷破門而入，」哈利說：「所以車門鎖不上，鎖被撬壞了。」

「所以這輛車現在開放給所有人囉？」

「對，老了就是這樣。」

女子笑說：「是嗎？」

哈利瞥了女子一眼。也許她是那種不管到哪個年齡，容貌都不大改變的人，從二十歲到五十歲看起來都像三十歲。他喜歡她的輪廓和柔美的線條。她的肌膚有一種自然溫潤的光澤，不像跟她同年齡的古銅色肌膚女人，膚質到了二月總顯得乾澀暗沉。她的外套釦子扣到頂端，露出細長的脖子。他看見她的手輕輕放在大腿上。

「紅燈了。」她冷靜地說。

哈利趕緊踩下煞車。

「抱歉。」他說。

你在做什麼？想看看她手上有沒有戴婚戒嗎？我的老天。

哈利放眼四顧，突然發現自己來到一個熟悉的地方。

「怎麼了？」女子問道。

「沒有，沒什麼。」綠燈亮起，他踩下油門。「這個地方我有過不好的回憶。」

「我也是，」女子說：「幾年前我搭火車經過這裡，正好有一輛警車剛穿越鐵軌，撞上那邊那道牆。」她伸手指了指。「現場很恐怖，一個警察還掛在欄杆上，像是被釘上十字架。後來我一連好幾個晚上睡不著覺。據說開車的警察喝醉了。」

「是誰說的？」

「一個跟我一起唸書的朋友，警察學院的。」

車子行經弗羅安車站，後方就是芬倫區。有進展了，哈利心想。

「所以妳唸的是警察學院？」他問道。

「才不是呢，你瘋了嗎？」她又笑了。哈利喜歡她的笑聲。「我大學唸的是法律系。」

「我也是，」他說：「妳是哪一年的？」

這招很詐，哈利。

「我是九二年畢業的。」

哈利算了算。至少三十歲。

「你呢？」

「九〇年。」哈利說。

「你還記得八八年法律祭『拉格搖滾客』（Raga Rockers）樂團的演唱會嗎？」

「當然記得，我有去看，就在皇家庭園。」

「我也有去！唱得好棒！」她看著哈利，兩眼發光。

哪裡？他心想，**當時妳在哪裡？**

「對，棒極了。」哈利已不太記得那場演唱會，但他突然記起每次「拉格搖滾客」舉辦演唱會，觀眾裡都有很多很正的西區女子。

「如果我們在同一個時期唸書，應該會有很多共同的朋友。」她說。

「恐怕沒有。那時候我是警察，不太跟學生混在一起。」

車子經過工業街，車內一片靜默。

「你在這裡讓我下車就行了。」她說。

「妳是要來這裡嗎？」

「對，這裡就可以了。」

哈利在人行道旁把車停下。她朝他轉過頭來，幾絲頭髮劃過臉頰，眼神溫柔無懼，眼眸是褐色的。哈利的腦際閃過一個意外且突然的念頭：他想親她。

「謝謝你。」她微笑說。

她拉起門把。什麼事也沒發生。

「抱歉，」哈利說，傾身過去，鼻中吸入她的芳香。「門鎖……」他朝車門重重搥了一拳，車門盪了開來。他覺得自己似乎快溺斃了。「也許我們會再見面吧？」

「也許吧。」

他心裡升起一股衝動，想問她要去哪裡？她在哪裡工作？她喜不喜歡她的工作？她還喜歡些什麼？她有沒有伴侶？她想不想去聽演唱會？不是「拉格搖滾客」的演唱會可以嗎？所幸一切已然太遲。她已踏出猶如芭蕾舞伶的腳步，走在史布伐街上。

哈利嘆了口氣。他半小時前遇見她，現在卻連她叫什麼名字都還不知道。他一定是提早進入更年期了。

他看了後視鏡一眼，踏下油門，違規迴轉。

威博街就在附近。

41

二〇〇〇年三月三日。麥佑斯登區，威博街。

一名男子站在門前，臉上掛著大大的微笑，看著哈利氣喘吁吁地爬上三樓。

「抱歉讓你爬樓梯，」男子說，伸出一隻手。「我是辛德．樊科。」

辛德的眼睛依然年輕，但面容看起來像是經歷過「至少」兩次世界大戰。他的稀疏白髮往後梳整，身上穿著紅色伐木工襯衫，外頭罩一件開襟挪威羊毛衫。他的握手方式溫暖而堅定。

「我剛泡了些咖啡，」辛德說：「我知道你來的目的是什麼。」

兩人走進客廳。只見客廳已被改裝成書房，裡頭放著書桌和電腦，四處都是紙張，一疊疊的書籍和期刊被堆在桌上和牆邊地上。

「這些東西我還沒整理好，」辛德解釋說，在沙發上替哈利挪出一個位子。

哈利細看整個房間，但見牆上沒掛照片，只掛了一本超級市場的月曆，上頭是諾瑪迦區的圖片。

「我正在進行一個大計畫，希望能寫成一本書，一本關於戰爭的書。」

「不是已經有人寫過了嗎？」

辛德大笑。「對，可以這樣說，只是他們寫得不太對味，而且我要寫的是**我的**戰爭。」

「嗯哼，你為什麼要寫？」

辛德聳聳肩。

「聽起來可能有點做作，但我還是要說，我們這些曾經參與過戰爭的人，有責任在離開人世之前，把我們的經驗記錄下來，留給後代子孫。不管怎樣，我是這麼看的。」

辛德走進廚房，對著客廳高聲說話。

「伊凡・霍爾打電話來跟我說，有個人會來找我，還跟我說是個ＰＯＴ的人。」

「對，但霍爾跟我說你住在侯曼科倫區。」

「我跟霍爾不常連絡，我保留我原來的電話號碼，因為我搬來這裡只是暫時的，寫完了書就會回去。」

「原來如此。我去過你府上，遇見了你的女兒，她給我這裡的地址。」

「她在家？呃，那她一定是休假。」

她是做什麼的？哈利差點問出口，但覺得這樣問未免過於明顯。

辛德回到客廳，手裡拿著熱氣蒸騰的咖啡壺和兩個馬克杯。

「黑咖啡？」辛德把一個馬克杯放在哈利面前。

「太好了。」

「很好，因為你沒得選擇。」辛德笑說，差點把手中正在倒的咖啡灑了出來。

哈利在辛德身上看不到一絲和女兒的相似之處，讓他頗為驚奇。辛德沒有女兒那種有教養的說話方式和舉止，也沒有女兒的五官和深色肌膚。兩人只有額頭相像，他們都有高額頭，可以看見藍色靜脈分布其間。

「你在那裡有一間大房子。」哈利改口說。

「總是有做不完的維修工作、有掃不玩的雪。」辛德答說，嚐了口咖啡，咂咂嘴表示讚許。「又黑又陰暗，離什麼都太遠。我沒辦法忍受侯曼科倫區，住在那邊的人都是勢利鬼，沒有一樣東西適合我這種從古布蘭斯達移居來的人。」

「那你為什麼不把它賣掉？」

「我想我女兒喜歡那間房子。當然了，她是在那裡長大的。我聽說你想談談有關森漢姆的事。」

「你女兒一個人住在那裡？」

哈利差點咬到自己的舌頭。辛德端起馬克杯喝了一口咖啡，讓那口咖啡在嘴裡滾來滾去好一陣子。

「她跟一個叫歐雷克的男孩子住在一起。」

辛德兩眼無神，臉上笑容也消失了。

哈利很快地下了幾個結論，也許下得太早，但如果他判斷得沒錯，辛德會搬出來一個人住在麥佑斯登區，一定跟歐雷克有關。無論如何，事情就是這樣，她跟某人住在一起，沒必要再多想了。反正這樣也好。

「樊科先生，我沒辦法跟你透露太多資訊，我想你應該可以了解，我們正在……」

「我了解。」

「太好了。我想聽聽看你對森漢姆的挪威軍人知道些什麼。」

「喔，你知道去過森漢姆的人很多。」

「我是指還活著的。」

辛德臉上露出微笑。

「我不想講得很可怕，但這樣一來就簡單多了。在前線，人是大批大批死亡的，我們隊上一年平均有百分之六十的人死亡。」

「不會吧，籬雀的死亡率也是……呃。」

「什麼？」

「抱歉，請繼續說。」

哈利甚感羞慚，低頭望著馬克杯。

「重點在於戰爭的學習曲線很陡，」辛德說：「你只要熬過頭六個月，生存機率就會提高很多倍。你不會踩到地雷，你在戰壕移動時會把頭壓低，你一聽見莫辛納甘步槍的扳機聲就會驚醒。而且你知道戰場上沒有人可以逞英雄，恐懼是你最好的朋友。所以說，六個月以後，我成為一小撮挪威軍人的一份子，我們這一小撮人知道自己可能在戰爭中存活下來，而我們大部分都去過森漢姆。後來隨著戰情演變，他們把訓練營移到了德國內陸，或者志願軍會直接從挪威送到戰場。那些從來沒接受過訓練的……」辛德搖搖頭。

「他們會死？」哈利問。

「他們到了以後，我們甚至都懶得去記他們的名字，記了又有什麼用？雖然很難明白為什麼，但是到了一九四四年，我們這些老鳥都已經摸清楚戰局會如何發展很久了，志願軍還是不斷湧入東部戰線。他們還以為他們是去拯救挪威，真是可憐。」

「我知道到了一九四四年，你已經不在那裡了？」

「沒錯，一九四二年除夕那天我逃軍。我背叛了我的國家兩次。」辛德微微一笑。「結果兩次都淪落到錯誤的陣營。」

「你替蘇聯人打仗？」

「可以這樣說。我是戰俘，戰俘是會被活活餓死的。一天早上，他們用德語問說有沒有人懂得電信作業。我有個約略的概念，所以舉起了手。原來有一個軍團的電信兵全死光了，一個也不剩！隔天我就負責操作戰地電話，那時我們在愛沙尼亞攻打我以前的同志，就在納爾瓦附近……」

辛德雙手捧起馬克杯。

「我趴在一個小山丘上，觀看紅軍進攻德軍機槍哨，他們簡直是被德軍掃殺殆盡。一百二十五個官兵和四匹馬的屍體全都堆在地上，最後德軍機槍終於過熱不動了，剩下的紅軍就用刺刀把德國士兵殺了，好節省子彈。從開始進攻到結束，最多不超過半小時，就死了一百二十幾個人。然後他們會再進攻下一個機槍哨，重複同樣的攻擊。」

哈利看見辛德手中的馬克杯微微顫動。

「我知道我就要死了，而且是為了我不相信的理念而死。我不相信史達林，也不相信希特勒。」

「既然你不相信，當初為什麼要去東部戰線？」

「那時候我十八歲，是在偏遠的古布蘭斯達長大的，那裡有個規矩，我們只能見附近的鄰居，不能見別人。我們不看報，也沒有書——我什麼都不懂。我所知道的政治都是我爸告訴我的。我們的家族只剩我們一家人，其他人在二〇年代都移民到美國去了。我的父母和兩邊農田的鄰居都是吉斯林[24]的支持者，也都是國家集會黨黨員。我有兩個哥哥，不管什麼事我都向他們看齊。他們都是希登組織[25]的成員，是穿制服的政治激進份子，他們的任務是替黨在家鄉募集年輕人，否則他們自己就得自願上前線。至少這是他們告訴我的。後來我才發現他們的工作是招募告密者。但為時已晚，我已經準備上前線了。」

「所以說你是在前線改變信仰的？」

「我不會稱之為改變信仰。大部分的志願軍心裡想的主要是挪威，很少想到政治。我的轉捩點是我發現我在替別的國家打仗。事實就這麼簡單，而且替蘇聯打仗也沒有比較好。一九四四年六月，我在塔林的碼頭進行卸貨任務，想辦法偷溜到瑞典紅十字組織的船上，把自己埋在煤炭裡，藏了三天，以致於我一氧化碳中毒，不過後來我在斯德哥爾摩康復。然後我從斯德哥爾摩旅行到挪威邊界，自己越過邊界。那時候是七月。」

「為什麼你自己越過邊界？」

「我連絡的幾個瑞典人都不相信我，我的故事有點太令人難以置信了。反正沒關係，我也誰都不信。」

辛德再次大笑。

「所以我低調行事，用我自己的方式進行。越過邊界簡直就像小孩辦家家酒。相信我，在戰爭時期要從瑞典越過邊界到挪威，危險性比在列寧格勒低頭撿口糧小太多了。要加點咖啡嗎？」

「麻煩你。你為什麼不待在瑞典就好？」

24 Vidkun Quisling，1887-1945，挪威軍人及政治家，二次大戰時期替德國納粹在挪威扶植傀儡政府，使得「吉斯林」成為英文字彙裡「賣國賊」的同義詞。

25 Hirden，納粹德國在挪威的準軍事組織。

「問得好。這我也問過自己很多次。」

辛德順了順頭上的稀疏白髮。

「我心裡充滿復仇的念頭。那時候我很年輕，一個人年輕的時候對正義的概念會有一種錯覺，認為那是人生下來就擁有的東西。我年輕的時候在東部戰線，內心有很多衝突，有很多同志認為我的行為壞透了。儘管如此，或正因為如此，我發誓我要報復那些在家鄉灌輸我們謊言的人，他們害我們這麼多人犧牲性命。我也要替自己被糟蹋的人生復仇，那時我以為我的人生再也無法完整地拼湊回來了。我一心只想找那些真正背叛挪威的人算帳。現在的心理醫生可能會診斷說那是戰爭精神病，立刻把我關起來。所以我前往奧斯陸，那裡我誰也不認識，也沒有地方可以住，身上帶著的證明文件可以證明我是逃兵，當場被槍斃。我搭貨車抵達奧斯陸的那天，我去了諾瑪迦林區。我睡在雲杉樹下，只吃莓果充飢，過了三天就被他們發現了。」

「被反抗軍的人發現？」

「霍爾說後來的事他都跟你說了。」

「對。」哈利不安地玩弄馬克杯。那起逆倫事件是哈利無法理解的行為，見了辛德本人之後並沒有讓他比較能夠理解。自從哈利見到辛德站在門口，微笑地跟他握手之後，逆倫事件的陰影就一直在哈利腦海中縈繞不去。**這個人殺了自己的父母和兩個哥哥。**

「我知道你在想什麼，」辛德說：「但我是個奉命殺人的士兵。如果沒接到命令，我也不會那樣做。但我知道一件事：我的家人跟那些欺騙我們國家的人是一樣的。」

辛德直視哈利的雙眼，捧著馬克杯的手已不再顫抖。

「你在想我接到的命令是只殺一個人，為什麼我把他們全都殺了。」辛德說：「問題在於他們沒有說要殺哪一個。他們要我自己決定誰生誰死，而我辦不到，所以我把他們全都殺了。前線有個傢伙我們稱呼他為知更鳥，一種鳥的名字，他教過我用刺刀殺人是最人道的殺人方式。頸動脈負責連結心臟和腦部，只要切斷頸動脈，腦部吸收不到氧氣，立刻就會腦死，心臟再跳動個三四次後就會停止。問題在於很難辦到。那個傢伙的名字叫蓋布蘭，他是個刺刀高手。可是我用刺刀對我媽媽只造成皮肉傷，搞了好久，最後我只好對她開槍。」

哈利聽得口乾舌燥。「原來如此。」他說。

無意義的話語在空氣中旋繞。哈利推開桌上的馬克杯，從皮夾克中拿出筆記簿。

「也許我們可以談一談跟你一起在森漢姆的人？」

辛德立刻站了起來。

「警監，抱歉，我沒打算用這麼冷血和殘暴的方式來說這件事。在我們繼續之前，我想跟你說明白：我不是個殘暴的人，這只是我個人處理事情的方式。我不需要跟你說這件事的，但我還是說了，因為我無法迴避這件事。這也是我為什麼要寫這本書的原因。每次這個話題被提起來，不管明示或暗示，我都得面對它，我必須確定自己沒有躲避它，如果我躲了，恐懼就贏了這場仗。我不知道事情為什麼會演變成這樣，也許心理醫生可以解釋。」

辛德嘆了口氣。

「關於這件事，我想說的都已經說了，可能還說得太多了。還要咖啡嗎？」

「不用了，謝謝。」哈利說。

辛德又坐了下來，握起拳頭支撐下巴。

「好，森漢姆。挪威軍的核心。事實上這個核心只有五個人，包括我在內。其中一個人叫丹尼爾．蓋德松，他在我逃軍的那天陣亡。所以只剩下四個人：艾德伐．莫斯肯、侯格林．戴拉、蓋布蘭．約翰森和我。戰後我只看過艾德伐一次，他是我們的小組長。那時是一九四五年夏天，他因叛國罪被判三年徒刑。我不知道其他人是不是活了下來，不過我可以就我所知跟你說說他們的事。」

哈利在筆記簿上翻到新的一頁。

42

二〇〇〇年三月。POT密勤局。

蓋—布—藍．約—翰—森。哈利用食指把字母一個一個鍵入。根據辛德所述，蓋布蘭是個鄉下青年，個性有點軟弱，他的偶像兼大哥代理人是丹尼爾．蓋德松，一天晚上丹尼爾站哨時被槍殺身亡。哈利按下「輸入」鍵，程式開始運作。

他朝牆壁望去。牆上掛著小妹的一張小照片。小妹正在做鬼臉，她拍照老愛做鬼臉。照片是多年前某個暑假拍的，拍照之人的影子落在小妹的T恤上。那是媽媽的影子。

電腦發出細微的嗶聲，表示搜尋已經完成。哈利把注意力拉回到電腦螢幕上。

國家戶政局有兩筆蓋布蘭．約翰森的登錄資料，但出生日期顯示兩人都不到六十歲。辛德把蓋布蘭的名字拼給了哈利，所以不可能打錯。這只表示蓋布蘭已改名換姓，或住在國外，或已不在人世。

哈利輸入下一個姓名，來自謬南、家鄉有個小孩的小組長。艾—德—伐．莫—斯—肯。艾德伐因為上前線而被家人斷絕關係。按兩下「搜尋」鍵。

天花板的燈突然亮起。哈利轉過頭去。

「加班的話應該把燈打開。」梅里克站在門口，手指放在電燈開關上。他走了進來，靠在桌緣。

「你查到了什麼？」

「我們要找的這個人超過七十歲，可能上過前線。」

「我是說新納粹黨和獨立紀念日。」

「喔。」電腦傳來嗶嗶兩聲。「我還沒時間查，梅里克。」

螢幕上出現兩筆艾德伐．莫斯肯的資料，一個生於一九四二年，一個生於一九二一年。

「下星期六我們要舉辦部門派對。」梅里克說。

「我在信架上拿到邀請函了。」哈利在一九二一年那筆資料上按了兩下，螢幕顯示出年紀較長的艾德伐．莫斯肯的地址。他住在德拉門市。

「人事處說你還沒回覆，我只是想確定你要不要來。」

「為什麼？」

哈利把艾德伐．莫斯肯的身分證號碼輸入犯罪資料庫。

「我們希望同仁能跨越部門界限，彼此認識。我從來沒在餐廳看過你。」

「我在這間辦公室過得很開心。」

沒有符合的搜尋結果。哈利進入中央國家戶政局資料庫，搜尋這些人是否曾因任何原因和警察打過交道。不一定是要被起訴——可能被逮捕、被舉報、或他們本身是犯罪受害人。

「很高興看你查案這麼認真，可是不要把自己關在這裡。你會來參加派對吧，哈利？」

輸入。

「我看看，不過我另外有事，很早以前就安排好了。」哈利撒了個謊。

同樣沒有符合的搜尋結果。既然已進入中央國家戶政局資料庫，那就順便輸入辛德給他的第三個名字。侯—格—林．戴—拉。辛德眼中的侯格林是個機會主義者，指望希特勒打勝仗，獎勵那些選對邊的人。侯格林一到森漢姆就後悔了，但已無法回頭。辛德提到侯格林的名字時，哈利覺得有點耳熟，如今同樣的感覺再度浮現。

「那我用強烈一點的措詞好了，」梅里克說：「我命令你參加。」

哈利抬起頭來。梅里克微微一笑。

「開玩笑的，」他說：「如果看見你來，我會很高興。晚安了。」

「掰。」哈利咕噥一聲，回頭盯著螢幕。侯格林．戴拉有一筆搜尋結果。生於一九二二年。**輸入**。

螢幕上鋪滿文字。還有下一頁。再一頁。

也不是每個人戰後都很成功，哈利心想。侯格林．戴拉——住址：奧斯陸，舒懷葵街——報上喜歡用「警局常客」來形容侯格林。哈利的眼睛跟隨侯格林的紀錄往下移動。流浪、酗酒、騷擾鄰居、輕微竊盜罪、鬧事。洋洋灑灑，但沒什麼重大罪狀。最難以置信的是他竟然還活著，哈利心想。紀錄上顯示去年八月侯格林才被警察扣留，直到酒醒。哈利找出奧斯陸電話簿，翻查侯格林的電話號碼，打了過去。等待電話接通之際，哈利搜尋另一個艾德伐．莫斯肯，生於一九四一年的。這個艾德伐．莫斯肯的地址也在德拉門市。哈利抄下身分證號碼，回到犯罪資料庫。

「挪威電信您好，您撥的號碼已經取消，這是……」

哈利掛上電話，一點也不感到驚訝。

小艾德伐．莫斯肯被判刑，刑期很長，目前仍在服刑。什麼罪名？**一定跟毒品有關**，哈利猜想，按下**輸入**。小艾德伐．莫斯肯跟另外兩人皆因毒品而被判入獄。果不其然。走私大麻。四公斤。被判無條件刑四年。

哈利打個哈欠，伸伸懶腰。他究竟是有所進展，或只是坐在這裡浪費時間？他唯一想去的地方只有施羅德酒館，但他不想坐在那裡只是純粹喝咖啡。真是烏煙瘴氣的一天。他做了個總結：蓋布蘭．約翰森不存在，至少不在挪威；艾德伐．莫斯肯住在德拉門市，兒子因走私毒品而入獄；侯格林．戴拉是個酒鬼，手上不可能有五十萬克朗任他花用。

哈利揉揉眼睛。

他是不是該去電話簿裡翻查辛德．樊科，看有沒有登記在侯曼科倫路的電話號碼？他呻吟一聲。

她有伴侶。她有錢。她有品味。簡而言之：她有的你都沒有。

他把侯格林的身分證號碼鍵入資料庫，按下**輸入**鍵。電腦發出滋滋聲。一長串紀錄。大同小異。可憐的酒鬼。

你們都唸法律系，而且她也喜歡「拉格搖滾客」樂團。

等一等。侯格林的最後一項紀錄被歸為「受害人」。他是不是被人毆打？**輸入。**

忘了她吧。就這樣，她已經被遺忘了。他是不是應該打電話給愛倫，問她想不想去看電影？讓她選擇要看哪部片好了。不對，他應該去焦點，流流汗發洩一下。

螢幕上一行文字映入他眼中。

侯格林・戴拉。151199。謀殺。

哈利深深吸了口氣。他感到驚訝，但為什麼並不是感到「非常」驚訝？他按了兩下「詳細資料」。電腦滋滋滋地響了起來，發出震動。不過這次他的頭腦運轉得比電腦快，等照片顯示在螢幕上，他腦中已浮現一個名字。

43

二〇〇〇年三月三日。焦點健身中心。

「我是愛倫。」

「嗨，是我。」

「誰？」

「我是哈利。別假裝還有別的男人打電話給你會說『是我』。」

「你這個爛人。你在哪裡？那是什麼音樂怎麼這麼可怕？」

「我在焦點。」

「什麼？」

「我在踩腳踏車，快踩到八公里了。」

「讓我搞清楚，哈利，你現在坐在焦點的健身腳踏車上，同時還拿著手機跟我講電話？」愛倫的語氣強調「焦點」和「手機」。

「有什麼不妥嗎？」

「老實說，哈利……」

「我找了妳一個晚上。妳還記得去年十一月妳跟湯姆處理過一宗謀殺案嗎？死者姓名是侯格林・戴拉。」

「當然記得，克里波刑事調查部幾乎立刻就接手了，怎麼了？」

「現在還不確定，可能跟我正在追查的一個戰場老鳥有關。妳能告訴我關於這件謀殺案的事嗎？」

「這是公事，哈利，星期一上班再打給我。」

「稍微講一點點就好了，愛倫，別這樣。」

「賀伯披薩屋的一個廚師在後巷發現侯格林的屍體，他躺在大型垃圾箱之間，喉嚨被割斷。鑑識人員在現場什麼也沒發現。對了，負責驗屍的醫事檢察官認為侯格林的喉嚨那刀實在太完美了，他說：就像外科手術一樣精準。」

「妳認為是誰幹的？」

「沒概念。有可能是新納粹黨幹的，但我不這麼認為。」

「怎麼說？」

「會在自家門前殺人的人，不是魯莽，就是愚蠢，但這件謀殺案的手法乾淨俐落，思考得很周到。現場沒有掙扎的痕跡、沒有線索、沒有目擊者。這一切都顯示犯人的頭腦很清楚。」

「動機呢？」

「很難說。侯格林當然有債務，但金額沒有大到需要動用暴力逼他把錢吐出來。據我們所知，侯格林不碰毒品。我們搜索過他的住處，裡頭什麼都沒有，只有空酒瓶。我們問過他的一些酒友，不知道為什麼，他結交的都是些酒女。」

「酒女？」

「對，愛喝酒的女人。你見過這種人，你知道我的意思。」

「我知道，可是……**酒女**。」

「你總是喜歡跟那些極度瘋狂的事攪和在一起，哈利，這樣很煩，你知道嗎？也許你應該……」

「抱歉，愛倫，妳總是對的，我會盡力改進。妳剛剛說到哪裡？」

「在酒鬼的圈子裡，伴侶總是換來換去，所以也不能排除情殺。順帶一提，你知道我們訊問過誰嗎？你的老朋友史費勒·歐森。案發的時候，那個廚師在賀伯披薩屋附近見過史費勒。」

「然後呢？」

「史費勒有不在場證明。他在披薩屋坐了一整天，只出去十分鐘買東西，售貨員親口證實過了。」

「他可以……」

「對，你當然希望他就是凶手，可是哈利……」

「侯格林可能有別的東西而不是錢。」

「哈利……」

「侯格林可能知道某人的事。」

「你們這些六樓的人就喜歡陰謀論對不對？哈利，我們可不可以星期一再討論這件事？」

「妳什麼時候開始把上下班時間分得這麼清楚了？」

「我在床上。」

「現在不是才十點半？」

「有人在我家。」

哈利踩踏板的腳停了下來。他沒想過也許旁邊有人會聽見他剛剛說的話。他環視周圍，所幸時間已晚，在運動的只有寥寥數人。

「是塔斯德酒館的那個藝術家嗎？」他低聲說。

「嗯。」

「你們上床多久了？」

「一陣子了。」

「妳怎麼沒跟我說？」

「你又沒問。」

「他現在躺在妳旁邊？」

「嗯。」

「他技術好嗎？」

「嗯。」

「他跟妳說他愛妳了沒？」

「嗯。」

一陣靜默。

「妳會想到佛萊迪．摩克瑞嗎？當妳……」

「晚安，哈利。」

44

二〇〇〇年三月六日。哈利的辦公室。

哈利抵達ＰＯＴ密勤局準備上班，接待處的時鐘顯示八點半。所謂接待處其實不太能算是接待處，比較像是具有漏斗功能的入口。漏斗主管是琳達，她從面前的電腦抬起頭來迎接哈利，用愉悅的口氣說「早安」。琳達是ＰＯＴ密勤局最資深的員工，嚴格說來，哈利每天來辦公，唯一需要通過的警衛就是琳達。說話快速、身材嬌小、年屆五十的琳達除了是「漏斗主管」，還身兼公共秘書、接待專員和雜務總管。哈利想過好幾次，如果他是外國間諜，要在某人身上加裝竊聽器以竊取ＰＯＴ密勤局的情報，那麼他一定會挑琳達下手。再者，除了梅里克之外，ＰＯＴ密勤局只有琳達一個人知道哈利在做些什麼。哈利完全不知道其他人怎麼看待他。他只去過警署餐廳幾次，去買優格和香菸（才知道原來警署餐廳不賣菸），他見過餐桌上的人看他的眼神。不過他並未特意去解讀那些眼神的含意，只是快步走回自己的辦公室。

「有人打電話給你，」琳達說：「說的是英文。我看看……」

她從電腦螢幕上撕起一張便利貼。

「侯克納。」

「侯克納？」哈利驚呼。

琳達看著那張便利貼，不甚確定。「對，她是這樣說的。」

「她？應該是他吧？」

「不是，是個女的。她說她會再打來，時間是……」琳達轉頭去看身後的時鐘。「……就是現在。她好像急著找你。既然你人在這裡，哈利——你跟大家自我介紹了沒？」

「沒時間耶，下星期好了，琳達。」

「你已經來一個月了。昨天史戴芬生問我，他在廁所碰見的那個高高的金髮男人是誰。」

「真的？妳怎麼回答？」

「我說只有需要知道的人員才能知道，」琳達笑說：「而且你星期六還會來上班。」

「我想也是。」哈利咕噥說，從他的信架上取出兩張紙，一張是派對提醒通知單，另一張是部門代表異動的內部通知單。他關上辦公室房門，兩張通知單立刻進了垃圾箱。

他坐了下來，按下答錄機的「錄音」鍵，接著按「暫停」鍵，然後等待。三十秒後，電話響起。哈利接了起來，心想應該是姓侯克納的打來了。

「Harry Hole speaking.」

「黑利？斯畢坑？」是愛倫的聲音。

「抱歉，我以為是別人打來的。」

「他很猛，」哈利還沒往下說，愛倫已開始說：「猛翻天了。」

「愛倫，如果妳是在講那檔事，我建議妳講到這裡就好。」

「軟腳蝦！你在等誰的電話啊？」

「一個女人的電話。」

「終於有啦！」

「不是啦，可能是我訊問過的一個傢伙的親戚或老婆。」

愛倫嘆了口氣。「哈利，你什麼時候才會有對象？」

「妳戀愛了對不對？」

「猜得真準！你不也是嗎？」

「我？」

愛倫那歡喜無比的高分貝嗓音穿透哈利的耳膜。

「你沒否認！被我逮到了吧，哈利．霍勒！是誰是誰？快說！」

「別鬧了，愛倫。」

「給我說中了吧！」

「我又沒認識誰，愛倫。」

「別對媽咪撒謊喔。」

哈利大笑。「再跟我說一些關於侯格林．戴拉的事，案子現在有什麼進展？」

「不知道，你去問克里波的人。」

「我會去問，但是妳對這件謀殺案的直覺是什麼？」

「凶手是個行家，不是一時衝動下的手。我雖然說過凶手的手法乾淨俐落，不過我不認為他事前經過精心計畫。」

「怎麼說？」

「凶手的殺人手法很俐落，也沒留下任何線索，但犯案現場選得很糟，那個地方從街上或巷子裡很容易就可以看見。」

「我有電話進來，待會再打給妳。」

哈利按下答錄機「暫停」鍵，檢查錄音帶是否轉動，然後才切到另一條線。

「我是哈利。」

「哈囉，我的名字是康絲坦．侯克納。」

「侯克納小姐，妳好。」

「我是安利亞．侯克納的妹妹。」

「原來如此。」

線路雖不甚清晰，但哈利仍聽得出康絲坦相當緊張，不過她說話直接了當。

「霍勒先生，你跟我哥哥有過協議，你還沒有實現諾言。」

康絲坦說話有種奇特的腔調，跟安利亞．侯克納一樣。哈利下意識地開始想像康絲坦的長相，這是他在早期警探生涯養成的習慣。

「呃，侯克納小姐，在我確認過他給我的情報之前，我什麼都沒辦法做。目前我還找不到任何證據可以證實他說的話。」

「可是霍勒先生，他在那種處境之下何必說謊呢？」

「正是如此，侯克納小姐，正因為在那種處境之下，他才有可能狗急跳牆，假裝他知道些什麼。」

一陣靜默。線路吱喳作響。她是從哪裡打來的？約翰尼斯堡？

康絲坦再度開口。

「安利亞警告過我說你可能會說這種話，這也是我為什麼打這通電話的原因，我是要告訴你，我哥哥有更多情報提供給你，你可能會有興趣。」

「喔，是嗎？」

「可是除非你的政府先處理他的案子，否則我不會把情報告訴你。」

「我們會看看能做些什麼。」

「等我看見你們幫忙的證據，我再跟你連絡。」

「侯克納小姐，事情不是這樣運作的。首先我們得看看我們收到的情報有什麼用處，然後我們才能幫他。」

「我哥哥需要有個保證，審判再過兩星期就開始了。」

這句話說到一半，康絲坦的聲音開始發顫，哈利知道她就快哭了。

「我現在只能給你我個人的保證，我會盡力而為。」

「我又不認識你。你不明白，他們想判安利亞**死刑**。他們……」

「我能提供給妳的只有這麼多。」

她開始哭泣。哈利等待著。過了一會，她安靜下來。

「妳有小孩嗎，侯克納小姐？」

「有。」她抽抽噎噎地說。

「妳知道妳哥哥被指控的罪名嗎？」

「當然知道。」

「那麼妳也應該知道他必須做出一切努力才有辦法免除他犯下的罪。如果他透過妳來幫助我們阻止一件謀殺案，那麼他就算做了件好事，妳也一樣，侯克納小姐。」

她在電話那頭發出沉重的呼吸聲，哈利心想她又要哭了。

「你能保證你會盡力嗎，霍勒先生？我哥哥沒有犯下他們指控的所有罪名。」

「我跟妳保證。」

哈利聽見自己的語調冷靜堅定，手卻幾乎快把話筒捏碎了。

「好，」康絲坦柔聲說：「安利亞說那天在港口取槍和付錢的人，跟訂貨的人不一樣。訂貨的是個常客，是個年輕人。他會說流利的英語，帶有北歐腔。他堅持要安利亞用『王子』這個代號來稱呼他。安利亞說你應該先從槍枝迷開始查起。」

「就這樣嗎？」

「安利亞說他沒見過這個人，但他說如果你寄錄音帶給他，他能認出這個人的聲音。」

「太好了。」哈利說，只希望康絲坦在他口氣中聽不出他有多麼失望。他本能地挺起胸膛，彷彿要讓自己堅強起來，以便說出謊言。

「只要我有任何發現，就會立刻開始替你們牽線。」

這句話如同強鹼一般燒灼他的口。

「謝謝你，霍勒先生。」

「不必謝我，侯克納小姐。」

掛上電話之後，哈利仍反覆地喃喃說著最後這句話。

「太慘了。」愛倫聽完侯克納家族的故事之後說。

「現在要看看妳的頭腦能不能暫時忘記它戀愛了，執行它擅長的工作。」哈利說：「至少妳現在得到線索了。」

「非法進口槍、常客、王子、槍枝迷，這樣才四條線索而已。」

「我只有這麼多。」

「為什麼我要答應你做這件事？」

「因為妳愛我。好了，我得去忙了。」

「等一下，跟我說你愛上的那個女人……」

「希望妳的直覺對破案比較行。保重囉，愛倫。」

哈利撥打從德拉門市電話簿上查到的號碼。

「我是莫斯肯。」一個充滿自信的聲音說。

「請問你是艾德伐．莫斯肯嗎？」

「對，你是誰？」

「我是ＰＯＴ警監哈利．霍勒，想請教你幾個問題。」

哈利突然想到這是他第一次介紹自己是警監，不知道為什麼，聽起來就是很假。

「我兒子是不是出什麼事了？」

「不是。莫斯肯先生，我明天中午去府上拜訪你，不知道方不方便？」

「我領養老金過日子，孤家寡人一個，什麼時候都方便，警監先生。」

哈利打了通電話給霍爾，說明目前的進展。

走去餐廳買優格的路上，哈利思索著愛倫所敘述的侯格林命案。他會打電話去克里波刑事調查部詢問案情，但他強烈覺得愛倫已經把所有重點都告訴他了。然而，一個人在挪威被謀殺的機率據統計大約是萬分之一，當你在調查的人四個月前才被殺害，很難讓人相信這純粹只是巧合。侯格林命案能不能跟馬克林步槍走私案在某個環節上連結起來呢？這時才早上九點，哈利已頭痛起來。他只希望愛倫能從「王子」的線索中想出些什麼來。什麼都好。至少有個可以起頭的地方。

45

二〇〇〇年三月六日。松格區。

下班後哈利駕車前往松格區的庇護住宅。小妹正在等他到來。過去這一年來她胖了些，但她聲稱男友亨利克喜歡她這樣。亨利克就住在走廊更裡頭一點。

「可是亨利克有蒙古症。」

每當小妹要解釋亨利克的一些小習性，總是會這樣說。她自己並沒有蒙古症。顯然蒙古症和唐氏症之間存在一種肉眼幾乎無法分辨卻十分顯著的差異。小妹喜歡向哈利說明哪些住民有蒙古症，哪些只是很像有蒙古症。

她跟哈利說的事和往常一樣：亨利克上星期說了什麼（有時亨利克說得可真多）、他們看了什麼電視節目、他們吃了什麼、他們假日計畫去哪裡玩。他們總是在計畫假日要出去玩，這次他們計畫要去夏威夷。哈利想像小妹和亨利克雙雙穿上夏威夷花襯衫在檀香山機場拍照的畫面，嘴角不禁泛起微笑。

哈利問小妹有沒有跟老爸說過話，她說老爸兩天前才來看她。

「那很好。」哈利說。

「我想他已經把媽忘了，」小妹說：「那很好。」

哈利坐在椅子上一會兒，回想小妹剛剛說過的話。這時亨利克來敲門，說三分鐘後二號頻道要播「凱薩飯店」肥皂劇，於是哈利穿上外套，承諾說很快就會打電話給她。

燈光耀眼的伍立弗體育場外，交通和往常一樣壅塞。哈利駕車行駛在環狀道路上，道路正在施工，使得他開過了要右轉的出口才想起自己沒右轉。他腦中正在思索康絲坦跟他說過的話。烏利亞透過一個掮客買槍，這個掮客可能是挪威人。這表示另有一人知道烏利亞是誰。他已請琳達去機密資料庫裡搜尋暱稱為

「王子」的人，但心裡很確定琳達什麼也找不到。他有個確切的感覺，這個人比一般罪犯來得聰明。倘若侯克納說的是事實，這個王子是他們的常客，那麼這表示王子已建立起他自己的顧客群，卻沒讓ＰＯＴ密勤局或其他人發現。要進行這種工程需要花費時間，也需要周密的心思、狡猾的手段和相當高的自制力。哈利所知的幫派份子，沒有一個人具有這些特質。當然，這個王子可能運氣相當好，至今從未被逮捕過，或者他的工作職務可以提供掩護。康絲坦說王子能說一口流利英文，那麼舉例來說，他有可能是外交人員，如此便可以進出挪威而不被海關攔下。

哈利駛出環狀道路，開上史蘭冬街，朝侯曼科倫區前進。

他是否應該請梅里克暫時把愛倫調來ＰＯＴ密勤局？梅里克似乎比較希望他去調查新納粹黨和參加社交聚會，對於追查二戰幽靈反而沒那麼急切。

哈利把車開到了她家，才發現自己置身何處。他把車停下，從樹林之間望去。馬路距離那棟大宅大約五十公尺，只見一樓窗戶亮著燈光。

「白癡。」他大聲說，卻被自己的聲音給嚇了一跳。他正打算離開，卻看見正門打開，燈光灑在樓梯上。他心想她可能看見並認出他的車，不由得驚慌起來。他打到倒車檔，打算安靜小心地把車倒到山坡上，離開她的視線範圍，但油門卻踩得不夠用力，以致於引擎熄火。他聽見說話聲，只見一個穿著深色長外套的高大男子從門內走出，來到階梯上。男子正在說話，跟他說話的人在門內，哈利無法看見。接著男子傾身門內，使得哈利看不見他。

他們在接吻，哈利心想，**我開車來侯曼科倫區偷看一個跟我交談過十五分鐘的女人和她男朋友接吻。**

門關上，男人坐上一輛奧迪轎車，開上馬路，從哈利旁邊駛過。

開車回家的路上，哈利心想該如何懲罰自己才好？懲罰方式必須非常嚴厲，好在未來發揮嚇阻作用。焦點健身中心的有氧課程可以達到這種效果。

46

二〇〇〇年三月七日。德拉門市。

哈利一直不明白德拉門市為何招來這麼多批評聲浪。這個城市雖然算不上美麗，但比起其他過度開發的挪威村莊，它真的有更醜陋嗎？他想把車停下，去柏森餐館喝杯咖啡，但一看手錶，發現時間不夠。

艾德伐．莫斯肯的家是一棟紅色木屋，屋外可望見跑馬場跑道，車庫外停著一輛老賓士房車。艾德伐站在門口迎接哈利，並在說話之前，先仔細查看了哈利的證件。

「一九六五年出生？你看起來老了一點，霍勒警監。」

「基因不良。」

「真不走運。」

「呃，我十四歲的時候就可以進電影院去看十八歲才能看的電影。」

哈利分辨不出艾德伐是否覺得這個笑話好笑。艾德伐做了個手勢，請哈利進門。

「你一個人住？」哈利問道，跟著艾德伐走進客廳。只見屋內乾淨整潔，僅有寥寥幾樣裝飾品。如果握有自主權的話，有些男人的確會把家裡整理得如此整潔，可以說整潔到誇張的地步。哈利聯想到自己的家。

「對，戰後我老婆就離開了。」

「離開？」

「離家出走，過她自己的日子。」

「原來如此。小孩呢？」

「我有過一個兒子。」

「有過？」

艾德伐停下腳步，轉過了身。

「我說得不夠清楚嗎，霍勒警監？」艾德伐揚起一道白眉，在寬闊的高額頭上形成一個鋒利的角度。

「不是，是我的問題，我喜歡把事情問得很清楚。」

「好吧，我**有**一個兒子。」

「謝謝。你退休前是做什麼工作的？」

「我以前有幾輛貨車，開了一家莫斯肯運輸公司，七年前把公司賣掉了。」

「生意好嗎？」

「還算挺好的。買主保留了原來的名字。」

兩人分別在咖啡桌兩側坐下。哈利知道艾德伐不會問他要不要喝咖啡。艾德伐坐在沙發上，傾身向前，雙臂交疊胸前，彷彿是說：**快把事情做個了結**。

「十二月二十一號晚上你在哪裡？」

前來此地的路上，哈利決定用這個問題來展開訊問。他能在艾德伐面前打出的牌只有這張，這也是唯一能試探艾德伐的機會，同時能避免讓艾德伐發覺他們手中其實什麼證據也沒有。哈利只希望能藉這個問題驅使艾德伐做出反應，好讓他得知一些什麼。倘若艾德伐有所隱藏，此時就會暴露出來。

「我是不是被懷疑做了什麼事？」艾德伐問，表情只露出些許驚訝，僅此而已。

「可以請你只要回答問題就好嗎？莫斯肯先生。」

「好吧，我在這裡。」

「回答得真快。」

「這是什麼意思？」

「你沒怎麼思考。」

艾德伐做了個鬼臉，嘴巴露出扭曲的笑容，眼神絕望。

「等你有一天到了我這把年紀，你會記得的是有哪一天晚上你沒坐在家裡。」

「辛德·樊科給了我一份去過森漢姆訓練營的挪威軍人名單，上面有蓋布蘭·約翰森、侯格林·戴拉、你、還有辛德他自己。」

「你忘了丹尼爾·蓋德松。」

「有嗎？他不是在戰爭結束前就死了？」

「對。」

「那你為什麼還提起他的名字？」

「因為他跟我們一起去過森漢姆。」

「根據辛德的敘述，許多挪威軍人去過森漢姆，但活下來的只有你們四個人。」

「沒錯。」

「那你為什麼特別提起丹尼爾？」

艾德伐盯著哈利瞧，跟著又把眼神轉向虛空。

「因為他跟我們在一起一段很長的時間，我們以為他會活下來。呃，我們都快以為丹尼爾是殺不死的了。」

「你知道侯格林死了嗎？」

艾德伐搖搖頭。

「你看起來不太驚訝。」

「我為什麼要驚訝？這年頭我聽見誰還活著會比較驚訝。」

「如果我告訴你他是被謀殺的呢？」

「喔，呃，這就不一樣了。你為什麼要告訴我這件事？」

「你對侯格林有什麼了解？」

「一點也不了解。我最後一次看見他是在列寧格勒，他患有彈震症。」

「你們沒有一起回挪威嗎？」

「侯格林和其他人怎麼回來我是不知道。一九四四年冬天，一架蘇聯戰鬥機丟了一枚手榴彈到戰壕裡，把我炸傷了。」

「一架戰鬥機？手榴彈從戰鬥機上丟下來？」

艾德伐簡潔地笑了笑，點了點頭。

「我在戰地醫院醒來的時候，已經開始全軍撤退了。那天夏天我被轉到奧斯陸辛桑學校的戰地醫院，然後就簽投降協定了。」

「所以你受傷之後就再沒見過其他人了？」

「我在戰爭結束後三年見過辛德。」

「在你服刑完畢後？」

「對，我們在一家餐廳碰到的。」

「你對他逃兵有什麼看法？」

艾德伐聳聳肩。

「他一定有他自己的理由，至少在大家還不知道戰爭會怎麼結束時，他選擇了一邊，這已經比大多數挪威男人強太多了。」

「這話怎麼說？」

「二戰時期有一句話是這麼說的：**晚選的人永遠會選對**。一九四三年聖誕節的時候，我們都知道我們的陣線在往後退，可是情況到底有多糟卻沒人知道。總之沒有人可以責怪辛德像牆頭草一樣倒向敵軍的陣營，不像那些戰時一直坐在家裡的人，等到最後幾個月才突然趕去加入反抗軍。我們都叫這種人『後期聖徒』。這些人之中，有的到今天還誇口表揚那些公開表態的挪威人，認為他們是英雄，選擇了對的一邊。」

「你要不要舉個例子，誰做出了你說的這種事？」

「當然有幾個例子可以舉，就是那幾個後來享受英雄待遇的人，可是那不重要。」

「蓋布蘭呢？你記得他嗎？」

「當然記得。後來他救了我一命。他……」

艾德伐咬住下唇，彷彿自己已說得太多。哈利心下納悶。

「他怎麼了？」

「蓋布蘭？我要是知道就好了。那枚手榴彈……當時在戰壕裡的有蓋布蘭、侯格林和我，手榴彈在冰上彈跳，打中侯格林的鋼盔。我只記得手榴彈爆炸時，蓋布蘭距離最近。後來我從昏迷中醒來，沒有人能告訴我蓋布蘭或侯格林怎麼樣了。」

「這是什麼意思？他們消失了？」

艾德伐的眼睛朝窗外看去。

「那天紅軍發動全面攻擊，用『混亂』都還不足以形容當時的情況。我醒來的時候，我們的戰壕早就已經落入紅軍手裡，軍團也已經調動了。如果蓋布蘭還活著，他應該會在北區總隊的諾德蘭軍團戰地醫院，侯格林也是，如果他只是受傷的話。我想我應該也待過那裡，但是我醒來的時候已經被轉到別的地方了。」

「我在國家戶政局查不到蓋布蘭．約翰森的名字。」

艾德伐聳聳肩。「那我想他一定是被那枚手榴彈炸死了。」

「你從來沒試著去找他？」

艾德伐搖搖頭。

哈利舉目四望，想在艾德伐的這間屋子裡找尋咖啡存在的痕跡——也許是一個咖啡壺，也許是一個咖啡杯。爐床上放著一個金色相框，裡頭是一張女子的照片。

「你對自己和其他東部戰線的士兵在戰後受到的對待有什麼不滿嗎？」

「對於判刑的這個部分是沒有。我很清楚現實。有人必須接受審判，這是政治考量。我打輸了戰爭，沒什麼好抱怨的。」

艾德伐突然大笑，聽起來有如喜鵲的咯咯叫聲。哈利不明白他為何大笑。接著艾德伐又斂起面容，嚴肅起來。

「被貼上叛國賊的標籤又沒什麼，我自己心安理得就好，我知道我們大家都是用生命去捍衛我們的國家。」

「你當時的政治立場……」

「是不是和今天一樣？」

哈利點了點頭。艾德伐露出乾澀的微笑，說：「這個問題很好回答，警監先生。不一樣了，以前我錯了，就這麼簡單。」

「後來你沒接觸新納粹黨？」

「我的老天，沒有！幾年前他們在霍克松有個聚會，有個白癡還打電話給我，問我要不要去談談二次大戰。他們好像給自己取了個『血與榮耀』之類的名頭。」

艾德伐傾身越過咖啡桌。咖啡桌一角放著一疊雜誌，邊角對邊角疊放得整整齊齊。

「ＰＯＴ到底是在查什麼？你們是在監視新納粹黨嗎？如果是這樣，那你就來錯地方了。」

哈利不確定此時可以向艾德伐透露多少，但艾德伐的回答聽起來都挺誠實的。

「我不是很清楚我們在查什麼。」

「聽起來很像我所知道的ＰＯＴ。」

艾德伐再次發出那喜鵲般的笑聲，一種聽來不甚悅耳的高音頻笑聲。

事後哈利做出結論，認為自己之所以會問出下一個問題，是由於受到艾德伐那種輕蔑笑聲的侵擾，兼之艾德伐並未端出咖啡待客。

「你認為你的兒子有個前納粹黨的父親，對他成長過程有什麼影響？這會不會是他走私毒品而入獄的原因？」

哈利一看見蒼老的艾德伐眼中流露出憤恨與苦痛，立刻後悔自己問出這個問題。他知道即使不直接進攻艾德伐的弱點，也能查出他想知道的線索。

「那場審判根本是個鬧劇！」艾德伐氣憤填膺地說：「他們指派給我兒子的辯護律師，是那個戰後給我判刑的法官的孫子。他們懲罰我的兒子是為了掩飾他們在二戰時期做出的那些丟人現眼的事。我……」

艾德伐猛然住口。哈利等待艾德伐繼續往下說，但艾德伐再也沒說什麼。哈利在毫無預警的狀態下，覺得自己胃裡那群咖啡蟲忽然騷動起來，之前牠們都很安靜，但現在牠們吵著要咖啡。

「那個法官是『後期聖者』的其中一個？」哈利問。

艾德伐聳聳肩。哈利知道這個話題到此為止。艾德伐看了看錶。

「你打算要去別的地方？」哈利問。

「我要走路去農舍。」

「是喔，很遠嗎？」

「在格列蘭，天黑之前得出發。」

哈利站了起來。兩人走到門廊，停下腳步，找尋適當的道別話語。這時哈利突然記起一件事。

「你說你一九四四年冬天在列寧格勒受傷，那年夏天被送到辛桑學校，這段期間你在做什麼？」

「什麼意思？」

「我正在看伊凡·霍爾寫的一本書，他是個歷史學家。」

「我知道伊凡．霍爾是誰。」艾德伐說，露出神祕的微笑。

「他寫說一九四四年三月，挪威軍團在科諾吉索羅被擊潰，那麼從三月到你抵達辛桑學校的這段時間，你在哪裡？」

艾德伐凝視哈利的雙眼很長一段時間，才打開大門，向外看去。

「幾乎掉到零度了，」他說：「你開車要小心。」

哈利點了點頭。艾德伐直起身來，以手遮眉，瞇著眼，朝空盪的跑馬場望去，只見灰色的橢圓形碎石跑道在污穢的雪地中格外顯眼。

「我去過的地方曾經有名字，」艾德伐說：「那些地方現在都已經改名了，好讓人認不出來。我們的地圖只畫出路徑、水源和佈雷區，沒有名字。如果我說我去過愛沙尼亞的派爾努，說不定是真的，我不知道，也沒有人知道。一九四四年春天和夏天，我躺在擔架上，聽著機關槍發射的聲音，心裡頭想的只有死，根本沒去想我在哪裡。」

哈利沿著河岸緩緩駕車行駛，在德拉門市一座聯外橋樑前方的紅燈前停下。市裡另一座聯外橋樑和E18高速公路相互交叉，彷彿是穿過鄉間的牙套，擋住了德拉門峽灣的景致。呃，好吧，也許德拉門市的建設不是每一樣都那麼成功。回程路上，哈利打算在柏森餐館喝杯咖啡，卻又打消念頭，只因他記起柏森餐館也提供啤酒。

燈號切換為綠燈。哈利踩下油門。

艾德伐對他兒子的那個問題表現得非常憤怒。哈利決定去查出審判艾德伐的法官是誰。他在照後鏡中看了德拉門市最後一眼。當然還有其他城市比德拉門更醜。

47

二〇〇〇年三月七日。愛倫的辦公室。

愛倫什麼也沒想到。

哈利晃到樓下愛倫的辦公室，在他那張會發出嘎嘰聲的辦公椅上坐下。犯罪特警隊招募到一名新的男性人員，是個年輕警員，來自斯泰恩謝爾市警局，下個月報到。

「我又不是千里眼。」愛倫見了哈利大失所望的神情，說：「今天早上開會我還問過其他人，結果沒人聽過王子這個人。」

「那槍枝登記局呢？他們應該知道一些軍火走私販吧。」

「哈利！」

「是？」

「我已經不替你工作了。」

「**替**我工作？」

「那改成**和**你一起工作。我只是覺得我好像是在替你工作一樣，你這個大惡霸。」

哈利雙足一蹬，坐在椅子上旋轉起來，整整轉了四圈。他老是沒辦法轉得超過四圈。愛倫的眼珠轉了轉。

「好啦，我打電話去槍枝登記局問過了，」愛倫說：「他們也沒聽說過王子這個人。ＰＯＴ為什麼不派個助理給你啊？」

「這件案子不是高優先等級。梅里克只是容許我去調查這件案子而已，他其實是要我去查新納粹黨在聖日有什麼計劃。」

「其中一條線索是『槍枝迷』，我想不出比新納粹黨更大的槍枝迷了。你怎麼不乾脆從新納粹黨開始查起，正好一石二鳥？」

「我也是這麼想。」

48

二〇〇〇年三月七日。葛森路，利克塔酒館。

哈利駕車在霍爾家門口停下，看見霍爾站在門前台階上。畢樂站在霍爾腳旁，拉扯著牠脖子上的蹓狗繩。

「你動作還真快。」霍爾說。

「我一放下電話就跳上車了。」哈利說：「畢樂也要去嗎？」

「我剛剛帶牠去散步，順便等你。畢樂，進去。」

畢樂露出乞求的眼神，抬頭望向霍爾。

「進去！」

畢樂向後一跳，匆匆奔入屋內。哈利聽見霍爾這突來的口令，也不禁往後縮了縮。

「我們走吧。」霍爾說。

哈利載著霍爾離去時，瞥眼見到廚房窗簾後有一張臉。

「天空越來越亮了。」哈利說。

「有嗎？」

「我是說白天，而且也比較長了。」

霍爾點了點頭，並未接話。

「我一直在想一件事，」哈利說：「辛德的家人是怎麼死的？」

「我跟你說過了，是他親手殺死的。」

「對，不過是用什麼方法殺死的？」

霍爾瞧了哈利一會兒才回答。「他們是被槍殺的，頭部中彈。」

「四個人都是嗎？」

「對。」

他們在葛森路一個停車場找到車位，再從停車場走到霍爾在電話上堅持要帶哈利去的地方。

「原來這裡就是利克塔。」哈利說，走進一家燈光昏暗的酒館。只見裡頭的塑膠圓桌老舊磨損，客人寥寥無幾。哈利和霍爾點了咖啡，在靠窗一張桌子前坐下。坐在靠內一張桌子的兩個老人停止談話，怒容滿面，看著他們。

「這讓我想起我有時去的一家酒館。」哈利說，頭朝那兩個老人側了側。

「無可救藥的老頑固，」霍爾說：「他們是老納粹和東部戰線老兵，到現在還認為自己是對的。他們來這裡發洩不滿，指責那個大背叛、尼高斯沃爾政府和世界上的大小事。不過他們至少還苟延殘喘，看得出來他們的人數越來越少了。」

「他們依然熱衷於政治？」

「喔，那當然了，他們還在生氣，氣對第三世界的援助、國防經費的削減、女性牧師、同性戀婚姻、挪威的新國民，你猜想得到的事都可以惹到這幫老頑固。他們內心深處依然是法西斯黨。」

「你認為烏利亞可能是這裡的常客？」

「如果烏利亞想發動某種反社會的復仇聖戰，那他一定會來這裡尋找有同樣想法的人。前東部戰線同志當然還是有其他的聚會場所，比方說，他們每年會在奧斯陸這裡集會一次，除了老戰友會來參加，還有來自全國各地的人也會來參加。但那些集會跟這家酒館的聚會是完全不同的兩碼子事。那種集會純粹是社會事件，用來紀念死者，而且禁止談論政治。如果我要追查一個一心想報復的東部戰線老兵，我會從這裡開始查。」

「你太太有沒有參加過這種集會？你剛剛是怎麼稱呼的……老戰友的集會？」

霍爾訝異地看著哈利，緩緩地搖了搖頭。

「我只是突然想到而已，」哈利說：「說不定她有什麼線索可以提供給我？」

「她沒有。」霍爾冷淡地說。

「好吧。」哈利說：「你口中那些『老頑固』跟新納粹份子有什麼關聯？」

「你問的是誰？」

「我得到一條線報，烏利亞請一個掮客替他拿到馬克林步槍，這個掮客在軍火圈裡很吃得開。」

霍爾搖搖頭。

「前東部戰線老兵聽見別人把他們歸類，通常都會生氣。不過新納粹份子普遍都很崇拜這些老兵，對他們而言，能上前線作戰，手裡拿槍保衛國家民族，是他們的終極夢想。」

「所以說如果有個老兵想弄一把槍，他可能會找新納粹份子幫忙囉？」

「對，他可能會帶著善意接近他們，不過他得知道要找誰接頭才行。你在追查的這把步槍這麼先進，不是隨便一個人都能提供給他。赫訥福斯市警方曾經突擊搜查一個新納粹份子的車庫，結果發現一輛生鏽的Datsun牌老車，裡頭裝滿自製棍棒、木矛和幾個不鋒利的斧頭，這就是個很具指標性的例子。大部分的新納粹份子都還處於石器時代。」

「所以在這樣的社會環境之下，我該去哪裡找一個跟國際軍火販有連絡的新納粹份子？」

「問題在於這個社會環境的範圍非常大。支持國家主義的《自由言論報》就聲稱挪威共有一千五百名國家主義者和國家民主主義者，不過如果你打電話去《箴言報》問，他們隨時留意法西斯巢穴的志工組織會告訴你，真正活耀的新納粹份子不會超過五十個。問題是真正在幕後操控的金主是隱形的，這樣說好了，他們不會穿靴子，也不會在手臂上刺個納粹黨徽。他們也許在社會上有一定的地位，好讓他們剝削下層階級，賺取資金來資助新納粹黨，但他們必須保持非常低調才行。」

這時一個低沉的聲音在他們身後轟然響起：「伊凡．霍爾，你竟然還敢來這裡。」

49

二〇〇〇年三月七日。碧戴大道，吉樂電影院。

「不然我該怎麼做？」哈利問愛倫說，用手肘輕輕推她，示意她在排隊買票的隊伍中往前移動。「我只是坐在那裡，心想該不該去問其中一個愛發牢騷的老人，看他們知不知道誰可能支持暗殺計畫，還用超高的價錢買了一把步槍，協助進行暗殺計畫。就在這個時候，一個老人走來我們這桌，用嚴肅的口氣說：**伊凡．霍爾，你竟然還敢來這裡。**」

「結果你怎麼做？」愛倫問。

「我什麼也沒做。我只是坐在那裡，看著霍爾的臉整個垮下來。他的表情就好像見鬼一樣。顯然他們認識。對了，這是我今天見到的人當中，第二個認識霍爾的，艾德伐．莫斯肯也說他知道霍爾這個人。」

「這會很奇怪嗎？霍爾替報紙寫文章，還會上電視，他很高調的。」

「也許妳說得對。總之霍爾站起來，直接就走出去了，我還得從後面追上去。我在街上追上他的時候，他的臉色好蒼白，我問他說那是怎麼回事，他卻說他不認識那個人。後來我開車送他回家，他下車的時候連再見也沒說一聲。他看起來像是受到很大的驚嚇。第十排好不好？」

哈利站在售票口買了兩張電影票。

「我覺得這部電影可能不好看。」他說。

「為什麼？」愛倫問：「因為是我挑的嗎？」

「我在公車上聽見一個嘴裡嚼口香糖的女生跟她朋友說：《我的母親》（*Todo sobre mi madre*）**好好看喔。**」

「那又怎樣？」

「當女生說一部電影**好好看喔**，我就會有一種看到《油炸綠蕃茄》（*Fried Green Tomatoes*）的感覺。妳們女生只要聽見非常傷感的音樂，就算內容比『歐普拉秀』還乏善可陳，妳們也會覺得這部電影真的是太溫暖、太有智慧了。要吃爆米花嗎？」

哈利在排隊買爆米花的隊伍中又推了推愛倫。

「你這個人有哪裡壞掉了，哈利，你有哪裡壞掉了。對了，你知道嗎？我跟金姆說我要跟一個同事去看電影，他還吃醋耶。」

「恭喜妳啦。」

「還有，趁我記得趕快說，」愛倫說：「我找到你問的那個小艾德伐・莫斯肯的辯護律師了，他的祖父做過戰後審判。」

「是嗎？」

愛倫微微一笑。

「約翰・柯榮和克里斯汀・柯榮。」

「太好了。」

「我跟負責小艾德伐案的檢察官談過，他說當法官裁定小艾德伐有罪時，老艾德伐大發雷霆，以暴力攻擊柯榮，大聲咆哮說柯榮和他祖父密謀陷害莫斯肯家族。」

「有意思。」

「你不覺得你應該請我吃大份爆米花嗎？」

結果《我的母親》比哈利擔心的要好看太多了，只是電影演到一半，當蘿莎被埋葬，愛倫淚流滿面時，哈利依然騷擾愛倫，問她說格列蘭在哪裡？她回答說格列蘭區在波什格倫市和希恩市附近，然後才得以安靜看完整部電影。

50

二〇〇〇年三月十一日。奧斯陸。

哈利看得出西裝太小了。他眼中看得出來，心裡卻不明白為什麼太小。他的體重自十八歲以來就沒再增加。這套西裝是他一九九〇年為了去參加考後慶祝會，在德斯曼連鎖男裝店買的。然而站在電梯鏡子前，他卻看見自己的襪子暴露在西裝褲腳和黑色馬丁大夫鞋之間。這是那種不可解的謎團之一。

電梯門滑向兩側，哈利聽見敞開的警署餐廳門內傳出音樂聲、男人的高談闊論聲和女人的格格談笑聲。他看了看錶。八點十五分。應該待到十一點就可以回家了。

他吸了口氣，踏進餐廳，把整個餐廳掃視一圈。這是間傳統挪威式餐廳——一個方形空間，裡頭有一個玻璃櫃檯，櫃檯一端可供點餐，淡色系桌椅產自桑莫拉區某個峽灣，牆上貼著禁菸標誌。派對委員用氣球和紅色桌巾努力把平日見慣的餐廳妝點了一番。派對上雖然男性佔大多數，但男性和女性的比例卻分布得比犯罪特警隊舉行的派對來得平均。

大部分的人似乎都已喝了不少酒。琳達跟他說過派對開始前會提供各式各樣的助興酒類，哈利很高興沒人邀請他。

「哈利，你穿西裝真好看。」

這話是琳達說的。哈利幾乎認不出眼前這個女人就是琳達，只見她那身緊身洋裝突顯了她的贅肉和豐滿的女性特徵。她手中托著一盤橘色飲料，高高舉到哈利面前。

「呃……不用了，謝謝妳，琳達。」

「別這麼無趣嘛，哈利，這可是派對喔！」

王子又透過車內音響喇叭縱聲嗥叫。

愛倫坐在駕駛座上，傾身向前，將音量轉小。

湯姆斜睨了她一眼。

「有點太大聲了。」愛倫說，心想再過三週，那個斯泰恩謝爾市的警員就會來報到，到時候她就不必再跟湯姆一起值勤了。

問題不在音樂。湯姆並沒有給她添麻煩，他也絕對不是個壞警察。問題在於那些電話。愛倫並不是無法體諒人多多少少會在電話上提到性生活，但根據她所收集到的對話，湯姆的半數手機來電中，對方女子不是已經被甩，就是正在被甩，或將要被甩。最令她不舒服的是最近幾次對話。這幾次打來的幾個女人是還沒被湯姆甩掉的，湯姆會用一種特別的口氣跟她們說話，聽得愛倫想大聲喊說：**不要做傻事！他不會替妳帶來什麼好事！快逃！**愛倫是個心胸寬闊的人，很能原諒人類的弱點。她在湯姆身上並未發現很多人類的弱點，但卻也沒發現什麼人性。說穿了她就是不喜歡湯姆這個人。

他們駕車經過德揚公園。湯姆接到線報，有人在黑斯默街的「阿拉丁」波斯餐廳看見巴基斯坦幫派首領阿尤布。自從去年十二月皇家庭園發生攻擊事件以來，他們就一直在追捕阿尤布。愛倫知道他們已來得太遲，現在他們只能問問是否有人知道阿尤布在哪裡。他們也得不到答案，但至少可以現身表示警方不會讓阿尤布有好日子過。

「妳在車上等，我進去查看。」湯姆說。

「好。」

湯姆拉下皮夾克的拉鍊。

為了展現他在警察總署健身房的舉重成果吧，愛倫心想。或是為了露出肩上的槍套，讓別人知道他身上帶槍。犯罪特警隊的警官有權帶槍，但愛倫知道湯姆帶的不只是警用制式左輪，可能是一把大口徑手槍；

愛倫沒膽問他。湯姆愛聊的話題第一是車，第二是槍。愛倫寧願聊車。愛倫自己不帶槍，除非上級規定，例如去年秋天美國總統來訪時期。

愛倫覺得腦部後方傳來震動，接著就聽見〈拿破崙率領大軍〉這首曲子的數位音樂版，原來是湯姆的手機響了。愛倫打開車門對湯姆大喊，但湯姆已走向餐廳。

這個星期十分無聊。愛倫當警察以來，從沒碰過這麼百無聊賴的一週。她擔心這跟她終於有了私生活有關。突然之間，及早回家是有意義的，週六晚上的這種值班成了一種犧牲。手機第四次響起〈拿破崙……〉。

會不會是一個被甩的女人打來的？或是個還沒被甩的女人？如果金姆甩了她……不過金姆是不會把她甩了的。她就是知道。

〈拿破崙率領大軍〉第五次響起。

這個班再過幾小時就結束了，她會回家，沖個澡，然後衝去亨格森街金姆的家。她在性慾高漲的狀態下，只要五分鐘就能衝到金姆家。想到這裡，她咯咯地笑了起來。

第六次！她從手煞車下方抓起手機。

「這是湯姆．沃勒的語音信箱。沃勒先生不在，請留言。」

她只是想開個玩笑。原本她打算在說完這段話之後，立刻說明自己是誰，但不知什麼原因，她只是坐著聆聽手機那頭傳來的濃重呼吸聲。也許是為了刺激，也許純粹只是好奇。無論如何，她忽然發覺對方真以為自己進入了語音信箱，正在等待嗶聲。於是她按下一個按鍵。**嗶**。

「嗨，我是史費勒．歐森。」

「嗨，哈利，這位是……」

哈利轉過身。這時某位同仁自己當起ＤＪ，調高音樂音量。梅里克其他的話全被哈利身後的音箱喇叭發出的巨大低音給吞沒。

那不吸引我……

哈利才來到派對不到二十分鐘，就已經看了兩次錶，並用下列問題問了自己四次：**侯格林謀殺案跟馬克林步槍走私案有沒有關聯？誰有能力如此快速有效地割斷一個人的喉嚨，而敢在光天化日下在奧斯陸市中心一條後巷犯下謀殺案？誰是王子？小艾德伐的判決跟這件案子有關嗎？東部戰線的第五個挪威軍人蓋布蘭·約翰森後來怎麼了？既然艾德伐說蓋布蘭救過他一命，為什麼戰後艾德伐不去找蓋布蘭？**

哈利站在角落，旁邊就是音箱，手中拿的是蒙克牌無酒精啤酒，用玻璃杯裝著，避免人家問他為什麼要喝無酒精啤酒。他正在看年輕的ＰＯＴ同仁跳舞。

「抱歉，我沒聽清楚你說什麼。」哈利說。

梅里克的手指轉動著裝盛橘色飲料的酒杯杯腳。他身穿藍色條紋西裝，站得似乎比平常挺拔。從哈利眼中看來，梅里克那套西裝十分合身。哈利發現自己的襯衫袖釦超出西裝袖口的部分太多，便拉了拉西裝衣袖。梅里克屈身靠近了些。

「我是在跟你介紹，這位是我們的外交事務部負責人……」

哈利這才注意到他旁邊站著一個女子。女子身材苗條，身穿紅色素面洋裝。哈利忽然有一種預感。

所以她有美貌，不過她有格調嗎？

褐色眼眸。高聳顴骨。深色肌膚。深色短髮襯托一張瓜子臉蛋。但見她嘴角泛著微笑，眼裡滿是笑意。

哈利記得她很漂亮，但不記得她如此……迷人。這是他唯一想到能用來形容她的詞彙：**迷人**。他知道這時她站到他面前，理當會令他驚訝地目瞪口呆，但不知怎地其中自有一種邏輯可循，而他的內心掌握了眼前整個情況，令他以點頭做為回應。

「……蘿凱·樊科警監。」梅里克說。

「我們見過。」哈利說。

「喔？」梅里克訝異地說。

蘿凱和哈利看著彼此。

「我們見過，」她說：「但還沒有熟到交換姓名的程度。」

她伸出手，手腕微微上揚，再度令哈利想到鋼琴課和芭蕾課。

「我叫哈利・霍勒。」他說。

「啊哈，」她說：「原來是你，你是犯罪特警隊的對不對？」

「對。」

「我們見面的時候，我還不知道你是ＰＯＴ的新警監。如果你說了的話，那麼……」

「那麼怎樣？」哈利問說。

她的頭朝一邊揚起。

「對，那麼怎樣？」她發出格格笑聲。她的笑聲迫使哈利的腦子再次蹦出那個白癡的形容詞：**迷人**。

「那麼我至少會告訴你說我們隸屬於同一個單位。」她說：「我通常不會跟別人說我做什麼工作，況且你又問了那麼多奇怪的問題，我想你應該也是一樣。」

「對，當然。」

她又笑了。哈利心想要如何才能讓她像這樣一直笑呢？

「為什麼我從來沒在ＰＯＴ看過你？」蘿凱問道。

「哈利的辦公室在走廊盡頭。」梅里克說。

「啊哈。」她點點頭，彷彿明白了似的，眼中依然滿是燦爛的笑意。「走廊盡頭的辦公室，真的？」

哈利沉鬱地將頭側向一邊。

「對，呃，」梅里克說：「既然替你們介紹過了，哈利，我們要去吧台那裡了。」

哈利等待邀請，但邀請並未到來。

「待會再聊。」梅里克說。

可以了解，哈利心想。POT密勤局局長和蘿凱警監今晚可能得進行很多上對下的摸頭互動。他倚著喇叭，眼光卻偷偷跟隨他們。蘿凱認得他，也記得他們沒有交換姓名。他將手中啤酒一仰而盡，只覺得嚐起來毫無滋味可言。

湯姆坐上車，將門甩上。

「沒有人看見阿尤布，也沒有人跟他說過話或聽說過他。」他說：「開車吧。」

「好。」愛倫說，朝後視鏡看了一眼，將車子駛離人行道。

「妳也開始喜歡上王子了對不對，我剛剛有聽見。」

「有嗎？」

「我離開的時候妳轉高了音量。」

「喔。」**她得打電話給哈利**。

「有什麼狀況嗎？」

愛倫全身僵硬，緊盯前方，望著濕漉漉的黑色柏油在街燈照耀下閃閃發亮。

「狀況？怎麼會有什麼狀況？」

「我不知道，妳看起來好像碰到了什麼事。」

「沒發生什麼事，湯姆。」

「有人打電話來嗎？嘿！」湯姆繃緊肌肉，伸出兩個手掌緊緊貼在儀表板上。「妳沒看見那輛車嗎？」

「抱歉。」

「要不要我來開？」

「你來開？為什麼？」

「因為妳開車開得好像……」

「像什麼？」

「算了。我剛剛問妳有沒有人打電話來。」

「沒有人打電話來，湯姆。如果有人打電話來，我就會跟你說了不是嗎？」

她得趕快打電話給哈利才行。

「妳為什麼把我的手機關機？」

「什麼？」愛倫驚駭地望著湯姆。

「開車看路，愛倫。我問妳：為什麼……」

「沒有人打電話來。你一定是自己關機的。」

她的嗓音不由自主地拉高，耳中聽得見自己尖銳的聲音。

「好，愛倫，」湯姆說：「放輕鬆，我只是有點納悶而已。」

愛倫試著照湯姆說的放輕鬆，均勻地呼吸，注意前方路況。她駕車在佛斯街圓環左轉。這是個週六夜晚，但這個地區的街道幾乎空無一人。交通號誌亮的是綠燈。右轉，沿著岩碧揚街直走，左轉，開上德揚街，不久便抵達警察總署停車場。她感覺得到湯姆的目光一直在打量她。

自從遇見蘿凱之後，哈利沒再看錶，他甚至跟琳達一起滿場跑，向一些同仁自我介紹。他跟其他人的對話內容都很拘謹。他們問他的職位是什麼，一旦他回答了，話題隨即枯竭。也許ＰＯＴ有一條不成文規定是你不能問太多，否則他們就不跟他敬酒。無所謂，反正哈利對他們也不特別感興趣。最後他回到喇叭旁的老位置。他看見過幾次蘿凱的紅色洋裝，根據他的判斷，她正在派對上周旋，而且未跟任何人聊得特別久。她沒下場跳舞，這一點他很確定。

天哪，我的行為跟青少年沒兩樣，哈利心想。

他看了看錶：九點半。他可以去找蘿凱說幾句話，看看會如何。如果什麼也沒發生，他就開溜，遵守約定跟琳達跳一支舞，然後回家。**什麼也沒發生**？這是哪門子的自欺想法？蘿凱是個警監，而且跟結了婚沒兩樣。也許他可以喝點酒。不行。他又看了看錶。一想到他答應跟琳達跳一支舞，心裡就感到厭煩。回家吧。大部分的人都已經喝得醉醺醺的了。即使他們是清醒的，也不太會去注意一個新警監消失在走廊上。他可以慢慢走出門，搭電梯下樓。那輛福特雅士正在樓下忠誠地等候著他。琳達似乎正和一個年輕警官跳舞跳得火熱，只見她緊緊抱住年輕警官，年輕警官面帶微笑，唇上泌出汗珠，將她轉來盪去。

「法律祭的拉格演唱會比較熱鬧對不對？」

哈利聽見蘿凱的低沉嗓音在他身旁響起，心臟立刻加速跳動。

湯姆來到愛倫的辦公室，站在愛倫的椅子旁。

「抱歉剛剛在車上我有點粗魯。」

愛倫沒聽見他進來，嚇了一跳。她手裡拿著話筒，還沒撥號。

「不會，」她說：「是我有點，呃……你知道的。」

「月經前神經緊張？」

她望向湯姆，知道他不是在開玩笑，而是很正經地想要弄清楚。

「也許吧。」她說。湯姆從來沒來過她辦公室，現在他來做什麼？

「下班了，愛倫。」他的頭朝牆上時鐘側了側。時鐘顯示十點整。「我有車，可以送妳回家。」

「謝謝，可是我得先打個電話，你先走吧。」

「私人電話？」

「不是，只是……」

「那我在這裡等妳。」

湯姆在哈利那張老辦公椅坐下，椅子發出嘎嘰一聲以示抗議。兩人目光相接。可惡！為什麼她不說這是私人電話呢？現在要說已經太遲了。難道湯姆已經知道她無意間發現了一些事情嗎？她想解讀湯姆的表情，但自從她開始驚慌失措以後，分析的能力似乎消失了。現在她終於知道為什麼湯姆一直令她不舒服的原因了，並不是因為他為人淡漠，不是因為他對女人、黑人、暴露狂和同性戀者的態度，也不是因為他一逮到合法機會就使用暴力。她可以不假思索就列出十個與之類似的員警，但她還是能在這些員警身上發現一些正面特質，好讓她能夠跟他們相處。但是在湯姆身上另有某種東西，現在她知道那是什麼了：她害怕湯姆。

「呃，」她說：「電話可以等到星期一再打。」

「那好，」湯姆站了起來。「我們走吧。」

湯姆的車是日製跑車，愛倫覺得看起來像法拉利廉價仿製品，車上配備桶型座椅，坐進去會擠縮肩膀，此外車內似乎有一半空間裝設了喇叭。引擎發出深情的低顫聲，窗外街燈迅速掃過，車子已開上特隆赫姆路。喇叭悄悄傳出愛倫逐漸熟悉的男性假音。

王子。就是王子。

「我在這裡下車就好。」愛倫說，盡量讓聲音保持自然。

「不行，」湯姆說，看著後視鏡。「必須服務到家。要怎麼走？」

愛倫克制著想拉開車門往外跳的衝動。

「這裡左轉。」愛倫說，伸手一指。

哈利，拜託你在家。

「岩碧揚街。」湯姆讀出牆上的路牌，駕車左轉。

這條街燈光稀疏，人行道空蕩無人。愛倫的眼角餘光看見小小的方形亮光掠過湯姆的臉龐。湯姆已經知道她發現了嗎？湯姆是否看見她坐在乘客座上，一隻手放在包包裡？湯姆是否知道她手裡握著她在德國買的一瓶自衛噴霧劑?去年秋天湯姆堅稱愛倫拒帶武器是把她自己和同事置於危險之中,當時她曾把那瓶自衛噴霧劑拿給他看。後來湯姆不是以謹慎私密的語氣跟她說,他能弄到一把精巧的小手槍,可以藏在身上任何地方?小手槍並未登記,因此如果出了「意外」,無法追查到她身上。那時她並未認真看待湯姆說的話;她以為那是男人說的那種有點恐怖的玩笑話,因此一笑置之。

「在那輛紅色的車子旁邊停就好了。」

「可是四號在下一個街區。」湯姆說。

她跟湯姆說過她住四號嗎?也許吧。可能她忘了。她感覺自己是透明的,像隻水母,彷彿湯姆可以看得見她心跳過快。

引擎發出空檔的低顫聲。湯姆已把車子停下。她發狂似的找尋門把。該死的日本呆子!為什麼不在車門上設計一個清楚好認的門把呢?

「星期一見。」愛倫找到門把時,聽見湯姆在她身後說。她踉踉蹌蹌下了車,飢渴地呼吸受污染的奧斯陸三月空氣,彷彿長時間潛水浮上水面。她甩上厚重的大門,耳中仍聽得見湯姆那輛跑車在外頭發出滑順的空轉聲。

她奔上樓梯,靴子重重踏在每一級階梯上,鑰匙拿在面前猶如一把魔杖。進了家門之後,她立刻撥打哈利的電話,心頭依然記得史費勒的留言,一字一句記得清清楚楚。

我是史費勒·歐森。我還在等老頭買槍的佣金,十張大鈔。打到我家給我。

然後電話就掛斷了。

愛倫只花了十億分之一秒就想通了當中的關聯所在。謎團的第五條線索,誰是馬克林步槍走私案的掮客?這人是警察。想當然耳,這人就是湯姆·沃勒。竟然要分一萬克朗佣金給史費勒這種無名小卒——肯定是一筆大生意。老人。槍枝迷。同情極右派。很快就能爬上總警監位子的王子。一切都清晰無比、不證自明,以致於她大受震撼。她向來有能力察覺別人聽不出的弦外之音,竟然到現在才發現這個顯而易見的事實。愛倫知道自己已經開始產生偏執想法了，但她在等待湯姆從餐廳出來時，無可抑制地把這個想法給想到了底：湯姆極有可能爬得更高，能夠動用更高層重要人士的關係，躲避在權力的羽翼之下。天知道湯姆已經在警察總署跟什麼人取得了聯盟關係。如果她仔細推敲，便能想出好幾個她不曾想像過的人可能牽涉在內，而唯一她能夠**百分之百**信任的人只有哈利。

電話通了。佔線中。他家電話從不佔線的。快點，哈利！

她也知道湯姆遲早會跟史費勒連絡，然後就會知道發生了什麼事。一旦被湯姆發現，她非常確定自己性命堪慮。她必須快速行動，但只要犯一個錯，代價將非常巨大。一個聲音打斷了她的思緒。

「我是哈利，請留言。」

嗶。

「哈利你這個王八蛋，我是愛倫，我知道我們要找的那個人是誰了，我會再打手機給你。」

她把話筒夾在肩膀和下巴之間，在電話簿裡翻尋H欄，卻不小心讓電話簿砰地一聲摔到地上。她咒罵一聲，最後終於找到哈利的手機號碼。幸好哈利總是把手機帶在身邊。

愛倫住在這棟屋子的二樓，家裡養了一隻溫馴的大山雀，名叫黑格。這棟屋子最近才重新翻修，牆壁有半公尺厚，窗戶裝的是雙層玻璃，但她可以對天發誓她耳中還是一直聽見車子發出的空檔運轉聲。

蘿凱格格一笑。

「如果你答應琳達要跟她跳舞，可不是隨便跳兩三下就能了事的。」

「嗯。另一個選擇是逃跑。」

接下來是一陣靜默。哈利發覺他說的這句話可能造成錯誤的解讀，便立刻用問題填補靜默。

「妳當初怎麼會來ＰＯＴ上班？」

「是經過俄國，」她說：「我上過國防部俄國課程，在莫斯科當了兩年的口譯員。梅里克就是那個時候在莫斯科找我進POT。我拿到法律學位後，直接就有了一份薪資等級第三十五級的工作，我想說我找到了一隻金雞母。」

「難道不是嗎？」

「你在開玩笑嗎？我以前的同學賺的錢是我的三倍以上。」

「妳可以辭掉工作，去做他們做的工作。」

她聳聳肩。「我喜歡這份工作，他們不是每個人都說得出這句話。」

「說得好。」

一陣靜默。

說得好。難道他就說不出更好的話了嗎？

「你呢，哈利？你喜歡你的工作嗎？」

他們面對舞池站著，但哈利感覺得到她的目光正在打量他。他的腦袋裡思緒紛飛。她的眼角有淡淡的笑紋。艾德伐的農舍距離發現馬克林步槍空彈殼的地方不遠。《每日新聞報》說住在都市的女人有百分之四十不忠。他應該去問霍爾的老婆是否記得挪威軍團有三個挪威士兵被戰鬥機扔下的手榴彈炸傷或炸死。三號頻道的廣告說德斯曼男裝店正在舉行新年特賣會，他應該去逛逛。不過他喜歡他的工作嗎？

「有時候喜歡。」他說。

「你喜歡它什麼地方？」

「我不知道。這樣聽起來會不會很蠢？」

「我不知道。」

「我這樣說並不是因為我沒想過自己為什麼當警察。我想過。可是我還是不知道。也許我只是喜歡把調皮搗蛋的孩子抓起來吧。」

「那你不去抓調皮搗蛋的孩子時都在做什麼？」

「我在看『魯賓遜探險記』。」

蘿凱又發出格格笑聲。哈利知道只要能讓她這樣笑，再蠢的事他都願意說。他打起精神，以相當嚴肅的口吻敘述他目前的狀況，同時小心不去提及他生活中不愉快的部分，但如此一來可以說的便所剩無幾。蘿凱似乎聽得津津有味，於是哈利繼續說到他的父親和小妹。為什麼每當別人問到關於他自己的事，他最後總是會提到小妹？

「聽起來是個不錯的女孩。」蘿凱說。

「是最棒的，」哈利說：「也是最勇敢的。她從來不害怕新事物，是個生活試飛員。」

哈利述說有一次小妹主動開價說要買亞克奧斯街的一棟房子，只因她在《晚郵報》地產專頁看見的那張照片，令她想起她童年在奧普索鄉的房間，結果對方說那棟房子要價兩百萬克朗，每平方公尺售價創下那年夏天奧斯陸房價新高。

蘿凱聽了大笑不已，還把一些龍舌蘭酒噴到了哈利的西裝外套上。

「她最棒的地方在於她墜機之後，可以立刻振作起來，精神抖擻地投入下一個神風特攻隊任務。」

蘿凱拿手帕擦乾哈利的西裝翻領。

「那你呢，哈利，你墜機的時候會怎樣？」

「我？這個嘛，我可能會靜靜躺個一秒，然後爬起來，因為沒有其他選擇，是吧？」

「說得好。」

哈利機靈地抬起雙眼，看蘿凱是否拿這句話來取笑他，卻見她眼裡跳躍的盡是愉悅。她散發出力量的光芒，但哈利懷疑她是否有過許多墜機的經驗。

「輪到妳了，說說妳自己吧。」

蘿凱沒有姐妹可以依靠，她是獨生女，所以她述說她的工作。

「可是我們很少逮捕什麼人，」她說：「大多數的案子都是溫和地在電話上解決，不然就是在大使館的雞尾酒宴會上擺平。」

哈利露出嘲諷的微笑。

「那我誤擊美國特勤局幹員的那件事是怎麼解決的？」他問道：「是在電話上還是在雞尾酒宴會上？」

蘿凱若有所思地凝視哈利，同時把手伸進酒杯，撈出一個冰塊，用兩根手指舉了起來。一滴融化的冰水沿著她的手腕緩緩流下，穿過纖細的金手鍊，流到手肘。

「跳舞嗎，哈利？」

「我記得我剛剛花了至少十分鐘跟妳解釋說我有多討厭跳舞。」

她又把頭微微側向一邊。

「我是說——你願意跟我跳舞嗎？」

「跳這種音樂？」

喇叭正流洩出慵懶的排笛版〈讓它去吧〉（*Let It Be*），有如糖漿那般濃膩。

「你死不了的，就當做是暖身好了，準備等一下跟琳達跳舞的大試煉。」

她把一隻手輕輕搭在哈利肩膀上。

「我們現在是在調情嗎？」哈利問。

「你說呢，警監？」

「抱歉，我很不會解讀暗示，所以才問妳我們是不是在調情。」

「可能性微乎其微。」

哈利伸出一隻手摟住蘿凱腰際，躊躇地踏出一步。

「這種感覺好像失去童貞一樣，」他說：「但這是無可避免的，遲早每個挪威男人都得經歷這種事。」

「你在講什麼啊？」蘿凱大笑。

「跟同事在辦公室派對上跳舞啊。」

「我又沒強迫你。」

他微微一笑。其實在哪裡都無所謂，就算音樂放的是四弦琴倒著彈奏〈小鳥歌〉也無所謂——只要能跟她跳一支舞，他什麼都願意。

「等一下——這是什麼？」她問道。

「呃，那不是手槍，而且我很高興見到妳，不過……」

哈利從腰帶上取下手機，放開摟在她腰上的那隻手，把手機放到音箱上。他轉過身，蘿凱的雙臂向他揚起。

「希望我們這裡沒有小偷。」哈利說。這已經是警察總署的一個陳年老笑話了，蘿凱一定聽過不下數百次，但她依然在哈利耳畔輕輕笑了幾聲。

愛倫讓電話一直響，直到鈴聲停止才放下話筒，然後又打一次。她站在窗邊，低頭望向街道。街上沒有車。當然沒有車。她過度緊張了。湯姆可能正在回家睡覺的路上，或是正在前往某人家的路上。

打了三次哈利的手機之後，愛倫放棄，改打給金姆，金姆的聲音聽起來頗為疲憊。

「我晚上七點搭計程車回來的，」金姆說：「我今天開了二十個小時的車。」

「我先沖個澡就好，」她說：「我只是想知道你在不在家。」

「妳聽起來很緊張。」

「沒什麼。我四十五分鐘後到。還有我得借你的電話打，然後在你那邊過夜。」

「好啊。可不可以順便去馬克路的7-11幫我買包菸？」

「沒問題。我搭計程車。」

「為什麼？」

「等一下再跟你解釋。」

「妳知道現在是星期六晚上吧？這個時間奧斯陸很難叫到計程車的，而且妳跑來這邊只要四分鐘就好了。」

愛倫有些猶豫。

「金姆？」她問道。

「怎麼了？」他說

「你愛我嗎？」

愛倫聽見金姆發出低沉的笑聲，可以想像他半睜半閉的惺忪睡眼，他精瘦到幾乎瘦削的身體蓋著羽絨被，躺在亨格森街那間簡陋的屋子裡。他那間屋子可以看見奧克西瓦河的河景。他擁有她想要的一切。在這個片刻，她幾乎忘了湯姆。幾乎。

「史費勒！」

史費勒的母親站在樓梯底端，扯開嗓門大喊。史費勒有記憶以來，他母親總是這樣吼叫。

「史費勒！電話！」

她喊得像是要找人救命，彷彿溺水了或生命危在旦夕。

「媽，我在樓上接！」

史費勒的雙腿躍下床，從桌上接起電話，等待話筒傳來卡嗒聲表示母親已掛上電話。

「哈囉？」

「是我。」背景音樂是王子。總是王子。

「我猜也是。」史費勒說。

「為什麼？」

這個問題如風馳電掣般襲來，快得令史費勒立刻採取防衛姿態，彷彿欠錢的人是他而不是對方。

「你打來是因為你聽到我的留言了吧？」史費勒說。

「我打來是因為我看到我手機上的已接來電清單，上面顯示今天晚上八點三十二分你跟人講過話。你說的留言是在說什麼？」

「在說現金啊，我手頭緊，你答應過……」

「你跟誰說過話了？」

「什麼？你的語音信箱裡的那個小姐啊，很酷，是新的嗎……？」

沒有回答。只聽見王子低聲唱著：**你這性感的死傢伙**……音樂聲陡然消失。

「告訴我你說了什麼。」

「我只是說……」

「不是！一字不漏說給我聽。」

史費勒一字不錯地重複說了一次他留的話。

「跟我猜想的差不多，」王子說：「你把整個行動洩漏給外人知道了，史費勒。如果你不趕快堵住這個漏洞，我們就到此為止，你明白嗎？」

史費勒什麼都不明白。

王子冷靜無比地解釋說他的手機落入了別人手中。

「你聽見的不是語音信箱的聲音，史費勒。」

「那是誰的聲音？」

「就說是敵人吧。」

「是《箴言報》那些傢伙又在打探消息了嗎？」

「這個人正要前往警局，你的工作是阻止她。」

「我？我只是要我的錢跟……」

「閉嘴，史費勒。」
史費勒閉上了他的嘴。
「這件事跟我們的『大理想』有關。你是個好士兵對不對？」
「對，可是……」
「一個好士兵會收拾善後對不對？」
「我只是替你跟那個老傢伙傳話而已，是你自己……」
「尤其是你這個士兵犯了罪被判三年徒刑，卻因為技術問題而有條件保釋。」
史費勒聽見自己吞嚥唾液的聲音。
「你怎麼知道？」他開口說。
「你不用知道。我只是要你明白，你跟其他弟兄都會因為這個漏洞而蒙受莫大的損失。」
史費勒沒有回話。他不需要回話。
「往好的一面看，史費勒，這是戰爭，容不下懦夫和叛國賊。再說，弟兄們是會回報士兵的。如果你完成這件工作，除了那一萬克朗，我還會另外再給你四萬克朗。」
史費勒仔細思考了一番，思考他該穿什麼衣服。
「什麼地方？」他問道。
「二十分鐘後到松內廣場，把你需要的傢伙都帶著。」
「你不喝酒嗎？」蘿凱問。
哈利環目四顧。剛才跳的最後一支舞，他們抱得如此之緊，可能會使旁人睜大眼睛。現在他們已退到餐廳後方的一張桌子坐下。
「我戒酒了。」哈利說。

蘿凱點了點頭。

「說來話長。」他又補充一句。

「我時間多的是。」

「今天晚上我只想聽有趣的故事。」他微笑說：「說說妳吧，可以聊聊妳的童年嗎？」

「我媽在我十五歲的時候過世，除了這個，其他的都可以說。」

「我很遺憾。」

「沒什麼好遺憾，她是個優秀的女人，不過今天晚上的主題是有趣的故事……」

「妳有兄弟姐妹嗎？」

「沒有，就只有我跟我爸。」

「所以妳必須一個人照顧妳爸囉？」

她眼中露出訝異之色。

「我知道那是什麼樣的情況，」他說：「我媽去世以後，我爸有好幾年時間只是坐在椅子上盯著牆壁看。我得餵他吃飯才行，我是說真的餵他。」

「我父親白手起家，建立了一個建材供應鏈，我以為他把全部的生命都放在事業上。我媽去世以後，他在一夕之間對事業失去了興趣，後來趁公司分崩離析之前把它賣了。他推開所有他認識的人，包括我在內，變成了一個憤憤不平的孤獨老人。」

她攤開一隻手。

「可是我有我自己的日子要過。我在莫斯科認識了一個男人，爸爸覺得我背叛了他，因為我想嫁給一個俄國人。我把歐雷克帶回挪威之後，我跟我爸的關係就開始出問題，而且層出不窮。」

哈利起身去替蘿凱拿了一杯瑪格麗特調酒回來，替自己則拿了一杯可樂。

「可惜我們沒在法律課上認識，哈利。」

「那時候我還是個蠢蛋，」哈利說：「誰只要不喜歡我愛的唱片或電影，我就會找誰麻煩。沒有人喜歡我，連我都不喜歡我自己。」

「我才不相信呢。」

「這些話是從一部電影裡學來的。說這些話的傢伙在電影裡跟米亞．法羅（Mia Farrow）攀談。我從來沒在現實生活中用過這些話。」

「這樣啊，」蘿凱說，謹慎地嚐了一口瑪格麗特。「我想那會是個好的開始。不過你說你從電影中偷學台詞的這個部分，是不是也是從電影裡學來的？」

兩人同聲大笑，然後討論了一些好看和難看的電影、好聽和難聽的演唱會。過了一會，哈利發覺必須修正對蘿凱的第一印象。比方說，蘿凱二十歲就獨自環遊世界，而哈利在那個年紀可以拿出來說的成人經驗，只有失敗的歐洲火車之旅和越來越嚴重的酗酒問題。

蘿凱看了看錶。

「十一點了，還有人在等我。」

哈利覺得一顆心沉了下去。

「我也是。」他說，站了起來。

「喔？」

「只是我床底下養的一隻怪物。我送妳回家。」

她嫣然一笑。「不用了啦。」

「差不多順路。」

「你也住在侯曼科倫區？」

「很近，應該說在附近。我住在畢斯雷區。」

她高聲大笑。

「那根本是在奧斯陸的另一端嘛。我知道你心裡在打什麼主意。」

哈利羞怯地笑了笑。蘿凱挽住他的手臂。「你需要有人幫你推車對不對？」

「黑格，看來他走了。」愛倫說。

她站在窗邊，身上穿著外套，從窗簾縫隙向外窺看。下頭的街道空蕩蕩的，剛才在街上等候的計程車已載著三個興高采烈準備去狂歡的女子離去。黑格並不答話。這隻只有一邊翅膀的大山雀，眼睛眨了兩下，用一隻腳抓了抓腹部。

她再打一次哈利的手機，聽見的是同一個女性聲音說您撥的電話已關機或收訊不佳。

愛倫在鳥籠上蓋了布，說晚安，關上燈，走出了門。岩碧揚街依然空盪無人，她快步走向杜福美荷街，她知道週六晚上的杜福美荷街總是擠滿了人。來到福哈肯餐館外，她向幾個人點了點頭，她曾在一個潮濕的夜晚在基努拉卡區的明亮街道上和那幾個人說過幾句話。驀然之間，她想起她答應替金姆買包菸，便轉了個彎，往馬克路的7-11走去。這時她看見一個似曾相識的陌生面孔，那男子正看著她，愛倫禮貌地對他笑了笑，

她在7-11裡頭躊躇了一會兒，回想金姆抽的是駱駝牌濃菸或淡菸，才發現他們相處的時間原來那麼少，而他們必須了解彼此的部分還有那麼多。但她卻不感到害怕，這還是她這輩子頭一遭，心中甚至十分期待。她覺得快樂無比。一想到金姆赤裸地躺在床上，距離這裡只有三個街區，便令她心中升起一種美妙的渴望。她選擇了駱駝牌濃菸，焦急地等候結帳。來到街上，她選擇走奧克西瓦河旁的捷徑。

愛倫突然想到，在這樣一個大城市裡，人聲鼎沸和冷清荒涼的地區竟然只有咫尺之遙。突然之間，她耳中只聽見汩汩的河水聲和她靴子下冰雪的嘎扎聲。只是當她發覺她聽見的不只是自己的腳步聲時，要後悔選擇走這條捷徑已然太遲。然後她聽見了呼吸聲，一種沉重的喘息聲。愛倫心中既害怕又憤怒，這時她已察覺到自己的性命有危險。她並未回頭，只是開始奔跑。她身後的腳步聲立刻開始以同樣的速度跟上她。

她試著冷靜地奔跑，不驚慌，也不跑得手舞足蹈。**別跑得像個老太婆**，她心想，一隻手伸進外套口袋，拿出自衛噴霧劑。身後的腳步聲持續進逼，逐漸靠近。她心想只要能跑到小徑的路燈下就安全了。但她知道事實並非如此。當她跑到路燈下，肩膀受到第一次重擊，她給打得側飛出去，倒在雪堆之中。第二次重擊令她手臂癱瘓，她的手失去知覺，放開了自衛噴霧劑。第三次重擊打碎了她的左膝蓋骨；她想放聲尖叫，但劇痛難當，叫聲反而深深卡在喉嚨裡，使得頸部的蒼白肌膚鼓脹突出。她看見一個男子在黃色街燈下高高舉起木質球棒，並認出那男子就是她在福哈肯餐館前轉彎時見過的人。她的女警本能分辨出男子身穿綠色短夾克、黑色短靴、頭戴黑色戰鬥帽。第一次的頭部重擊摧毀了她的視神經，她眼前變得一片漆黑。

百分之四十的籬雀可以存活，她心想，**我會熬過這個冬季**。

她的手指在雪地中摸索，找尋可以握住的東西。第二次的頭部重擊打中她的後腦。

就快了，她心想，**我會熬過這個冬季**。

哈利駕車來到侯曼科倫路蘿凱的家，在大宅車道旁停下。銀白色的月光照耀在她的肌膚上，發出一種不真實的蒼白光輝。即使車內甚為昏暗，哈利仍在蘿凱眼中看見了疲憊。

「那就這樣囉。」蘿凱說。

「就這樣。」哈利說。

「我想請你進來，可是……」

哈利大笑。「我想歐雷克可能會不高興吧。」

「歐雷克睡得正甜呢，我顧慮的是保姆。」

「保姆？」

「歐雷克的保姆是ＰＯＴ一個同事的女兒，請不要誤會，我只是不希望在工作場所傳出什麼八卦。」

哈利盯著儀表板上的各種顯示裝置，只見速度計前方的玻璃裂開了，而且他懷疑油料警示燈的燈絲已經燒斷了。

「歐雷克是妳的小孩？」

「對，不然你以為呢？」

「呃，我以為妳在說的是妳的伴侶。」

「什麼伴侶？」

點菸器不是給扔出了窗外，就是跟收音機一起被偷了。

「我是在莫斯科生下歐雷克的，」蘿凱說：「我跟他的爸爸同居了兩年。」

「發生了什麼事？」

她聳聳肩。

「沒發生什麼事，我們只不過不再愛對方了，後來我就回奧斯陸了。」

「所以說妳是……」

「單親媽媽。你呢？」

「單身，沒有小孩。」

「你來ＰＯＴ之前，有人提過你跟女同事的一些事，那個在犯罪特警隊和你共用一間辦公室的女孩。」

「愛倫？不是啦，我們只是很合得來，**現在**也是。她有時還是會幫我忙。」

「幫你什麼忙？」

「我現在在查的案子。」

「喔，原來如此，你的案子。」

她又看了看錶。

「要不要我幫妳開門？」哈利問說。

她微微一笑，搖了搖頭，用肩膀撞了一下車門。車門鉸鏈發出吱的一聲，盪了開來。

侯曼科倫區的山坡十分靜謐，只聽見樅樹林發出溫柔的窸窣聲。她的腳踏上車外的雪地。

「晚安，哈利。」

「問妳一件事。」

「什麼事？」

「上次我來這裡，為什麼妳不問我找妳父親做什麼？」

「專業習慣，我不過問別人的案子。」

「難道妳不好奇嗎？」

「我當然會好奇，我只是不問而已。是什麼案子？」

「我在找一個妳父親在東部戰線認識的老兵，這個人買了一把馬克林步槍。對了，我跟妳父親聊過，他看起來沒什麼憤憤不平的樣子。」

「他的寫作計畫似乎讓他興奮得不得了，連我都覺得很驚訝。」

「也許有一天你們會跟以前一樣親近。」

「也許吧。」她說。

兩人四目交投，幾乎是勾住彼此，難分難捨。

「我們現在是在調情嗎？」她問道。

「可能性微乎其微。」

蘿凱滿是笑意的眼神縈繞在哈利眼前，即使他已回到畢斯雷區，在路邊違規停了車，眼前仍浮現著蘿凱的雙眼。他追逐床底下的怪物，進了臥室，倒頭便睡，並未注意到答錄機的小紅燈正在閃爍。

史費勒安靜地在身後關上門，脫下鞋子，躡手躡足爬上樓梯。他跨過會發出咯吱聲的階梯，但知道只是白費工夫。

「史費勒？」

吼聲從敞開的臥室門內傳出。

「媽，什麼事？」

「你跑哪裡去了？」

「出去一下而已，我要去睡了。」

他關上雙耳，不去聽母親說些什麼；他大概知道母親會說哪些話。母親的話有如沙沙落下的凍雨，一落到地面就消失不見。他回到房間，關上房門，剩下他獨自一人。他在床上躺下，瞪著天花板。發生過的事像電影一樣在他腦海中不斷播放。他緊閉雙眼，想驅走那些影像，但影像仍持續播放。

他完全不知道那個女子是誰。他依照約定，去松內廣場和王子碰面。王子載他到女子住的那條街，把車子停在她家的視線範圍外，但只要她一出門，他們就看得見。王子說可能得等一整個晚上，叫他放輕鬆，便播放那該死的黑鬼音樂，調低椅背。才等了半小時，大門就打了開來，王子說：「就是她。」

史費勒邁開大步追上去，一直到比較陰暗的街道才追上她，但那裡有太多人在周圍。這時她突然轉過頭，朝他看來。在那個片刻，他確定自己受到懷疑，她看見他藏在袖子裡的球棒從夾克領子裡凸了出來。他是如此恐懼，以致於無法控制臉部肌肉的抽動，後來當女子走出7-11，他的恐懼已轉變成憤怒。小徑路燈下發生的事，有一些細節他似乎記得，又似乎不記得。他知道發生了什麼事，但彷彿有些片段被移除了，就像電視上的益智競賽，給你一張圖片的各個碎片，要你猜出圖片中是什麼。

他睜開眼睛，看著天花板上凸起的石膏板。拿到錢以後，他要找個水電師傅來修漏水，那個漏水的地方老媽已經跟他嘮叨好久了。他努力去思考修理天花板的事，但心裡知道自己只是想把其他思緒驅走而已。他知道有哪個地方不大對勁。這次不一樣，跟丹尼斯漢堡店的那個單眼皮東方佬不一樣。這個女人是個平凡的挪威人，褐色短髮，藍色眼睛，都可以當他姐姐了。他不斷重複王子灌輸他的想法：他是個士兵，一切都是為了「大理想」。

他看著牆上用圖釘釘在納粹黨旗下的一張照片，照片中是黨衛隊總司令暨德國警察總長海因里希・希姆萊站在演講台上發表演說，時間是一九四一年，地點是奧斯陸。希姆萊正在對宣誓加入武裝黨衛隊的挪威志願軍說話，他身穿綠色制服，領子上繡著兩個首字母ＳＳ，背後站的是維德孔・吉斯林。希姆萊於一九四五年五月二十三日光榮自殺。

「幹！」

史費勒把腳放到地上，站起身，不安地踱起步來。

他停在門旁的鏡子前，抓住他的頭，然後伸手往夾克口袋裡掏。可惡，他的戰鬥帽呢？他突然感到一陣驚慌，心想帽子會不會掉在那女人身旁的雪地裡？跟著又記起他回王子車上時，頭上仍戴著帽子，這才呼出一大口氣。

他已依照王子的指示，丟棄了球棒，先把球棒上的指紋擦乾淨，再擲入奧克西瓦河中。現在他只要保持低調，等著看看有哪些事情浮出檯面。王子說他會擺平一切，就跟以前一樣。史費勒不知道王子在哪裡工作，但顯然王子跟警察有良好關係。他在鏡子前脫下衣服。月光從窗簾縫隙射進來，把他身上的刺青照成灰色。他對脖子上掛著的鐵十字勳章項鍊比出中指。

「妳個婊子，」他咕噥說：「妳個欠幹的婊子。」

他終於躺在床上睡去，這時東方的天空開始布滿雲層。

51

一九四四年六月三十日。漢堡。

親愛的赫蓮娜：

我愛妳勝過愛我自己，現在妳已經知道了。雖然我們只相處了很短一段時光，而妳還有美好快樂的一生在前方等待著妳（我知道妳會有美好快樂的一生），但我仍希望妳不會將我完全忘記。現在是晚上，我坐在漢堡港的一間旅店裡，外頭炸彈正不斷落下，旅店裡只有我一個人，其他人都跑去避難所和地窖裡避難了。雖然停電，但外面的熊熊大火給了我足夠的亮光來寫這封信。

昨天晚上鐵軌被炸斷，所以火車還沒抵達漢堡，我們就得下車。我們轉搭卡車來到城裡，但迎接我們的是非常可怕的景象。每兩棟房子就有一棟被炸成廢墟，狗兒沿著冒煙的廢墟夾尾而走，到處都可以看見衣衫襤褸的乾瘦孩童，睜著空洞的大眼睛看著我們的卡車。兩年前我才經過漢堡前往森漢姆，但如今我卻已經完全認不出漢堡了。那時候我覺得易北河是我見過最漂亮的一條河，如今易北河裡流著褐色的骯髒河水，上面漂著遇難貨船的破片和殘骸，有人說易北河已經被漂浮在裡頭的屍體給污染了。我還聽人家說夜晚轟炸的次數越來越頻繁，無論如何都應該想辦法離開漢堡。我本來打算今天晚上搭火車去哥本哈根，可是通往北方的鐵路也被炸斷了。

抱歉我的德文很破，而且妳可以看得出我的筆跡在抖動，這是因為炸彈把這間房子炸得晃來晃去，而不是因為我害怕。我要害怕什麼？我坐在這裡，正好可以目睹一種叫火旋風的現象，這種現象我聽說過卻從來沒見過。港口另一邊正燃燒著熊熊烈火，火燄似乎把所有東西都吸了進去。我看見鬆脫的木材和整片鉛皮屋頂被火旋風扯下來，飛進火裡。還有海面正在沸騰！那邊的橋下不斷冒出水蒸汽，要是有哪個可憐蟲想跳進水裡躲避轟炸，一定會被活活燙死。我打開窗戶，感覺空氣中的氧氣幾乎都快被吸光了。我還聽見吼叫聲，彷彿有人站在火燄裡大喊：「更多，更多，更多。」這一切都很怪異，令人心驚，但也有一種強烈的吸引力。

我的心充滿了愛，所以我感覺自己刀槍不入，這都要感謝妳，赫蓮娜。有一天妳有了小孩（我知道妳想要小孩，我也希望妳將來會有小孩），我希望妳能告訴他們關於我的故事。把我的故事當成童話故事說給他們聽，因為我的故事真的就像童話故事一樣。我決定走進夜裡，去看看我能發現什麼，能遇見什麼人。我會把這封信塞進我的金屬水壺，留在桌上。我會在水壺上用刺刀刻上妳的名字和地址，這樣發現它的人就會知道該寄給誰。

妳親愛的烏利亞　筆

第五部　七日

52

二〇〇〇年三月十二日。岩碧揚街。

「嗨，這是愛倫和黑格的答錄機，請留言。」

「嗨，愛倫，我是哈利。妳應該聽得出來，我喝酒了，很抱歉，真的很抱歉。可是如果我還清醒，我可能就沒辦法打電話給妳了。妳知道的，我知道妳一定知道。我今天去過犯罪現場了，妳躺在一條小路上的雪堆裡，就在奧克西瓦河畔，是一對要去藍廳跳舞的年輕情侶在午夜過後發現妳的。死因是腦部前方遭鈍器重擊。妳的後腦也遭受重擊，頭蓋骨有三處破裂，左膝蓋被擊碎，右肩也有遭到毆打的跡象。我們研判造成所有傷害的是同一種武器。布利斯醫生推測死亡時間是晚上十一點到十二點之間。妳似乎……我……等等。

「抱歉。對。鑑識人員在小路的雪地裡發現大約二十種不同的靴子腳印，有許多腳印就在妳旁邊，但妳旁邊的腳印都被踢散了，大概是為了湮滅證據吧。目前為止沒有目擊者出面指認，但我們正在對附近進行例行巡查。那附近有幾棟房子正好俯瞰那條小路，克里波的調查員認為可能會有人看見些什麼，但我個人認為這個機率微乎其微，因為十一點十五分到十二點十五分這個時間，瑞典電視台正在重播『魯賓遜漂流記』。開玩笑啦。我是逗妳的，難道妳聽不出來嗎？喔，對了，我們在距離現場數公尺遠的地方發現一頂黑色帽子，上面有血跡。如果血跡是妳的，這頂帽子可能就是凶手的。我們已經把血跡樣本送去化驗了，帽子則送到了鑑識實驗室，正在採集頭髮和皮膚微粒。如果這傢伙沒掉頭髮，我希望他有頭皮屑。哈，哈。妳沒忘記埃克曼（Ekman）和弗里森（Friesen）吧？目前能提供給妳的線索只有這樣，如果妳想到什麼再跟我說。還有什麼事？對了，黑格找到新家了，牠搬來跟我住。我知道這是個最糟糕的決定，但這樣對我們兩個都好，因為妳不在，愛倫。好了，我要再去喝酒了，順便思考一下妳不在這件事。」

53

二〇〇〇年三月十三日。岩碧揚街。

「嗨，這是愛倫和黑格的答錄機，請留言。」

「嗨，又是我，哈利。我今天沒去上班，不過我有打電話給布利斯醫生。很高興告訴妳，妳沒有遭受性侵害。就我們目前發現的種種跡象來看，妳所有的財物都沒被動過，這表示我們不知道凶手的犯案動機是什麼，不過凶手也可能基於某種原因而沒完成他打算做的事，但我們不知道這個原因是什麼。今天有兩個目擊者報案指出曾在福哈肯餐館外見過妳。妳的現金卡消費紀錄顯示妳在晚上十點五十五分曾在馬克街的7-11櫃檯付帳。妳的朋友金姆來署裡接受了一整天的訊問，他說妳要去他家，所以請妳順便買包菸，一個克里波調查員卻發現事實上妳買的菸牌子跟金姆抽的不一樣。除此之外，金姆沒有不在場證明。很抱歉，愛倫，現在金姆是他們的頭號嫌疑犯。

「順帶一提，有人來看我，她叫蘿凱，是ＰＯＴ的人。她說她只是順路來看看我怎麼樣。她坐了一會兒，可是我們沒說什麼話，然後她就離開了。我想我跟她相處得很好。

「黑格要我跟妳問好。」

54

二〇〇〇年三月十四日。岩碧揚街。

「嗨，這是愛倫和黑格的答錄機，請留言。」

「這是我這輩子碰過最冷的三月天了，溫度計顯示零下十八度，這棟房子的窗戶又是一百年前做的。大家都認為喝醉的人不會覺得冷，這真是天大的謬論。我的鄰居阿里今天來敲我家的門，原來昨天我回家的時候，在樓梯上跌了個狗吃屎，是他把我抬上床的。

「我今天一定是午餐時間去上班的，因為我去餐廳拿早上第一杯咖啡的時候，裡面滿滿都是人。我覺得大家好像都在看我，可能是我心理作用吧。愛倫，我好想妳。

「我查過妳朋友金姆的紀錄，發現他曾因持有大麻而被判短期徒刑。克里波的人依然認為他就是凶手。我從來沒見過他，天知道我沒有立場評斷一個人的性格，但妳口中描述的金姆聽起來不像是這種人，不知道妳同不同意？我打電話去鑑識科問過了，他們說帽子裡連一根頭髮都沒找到，但是有採集到一些皮膚微粒。他們已經把皮膚微粒送去進行ＤＮＡ化驗，結果要四個星期才會出來。妳知道成人一天會掉多少根頭髮嗎？我查過了，大概一百五十根。可是那頂帽子上卻連一根頭髮也沒有。後來我去樓下找莫勒，請他給我一份名單，列出過去四年曾因重傷害被判刑、且目前理光頭的男人。

「蘿凱今天拿了一本書來辦公室給我，書名是《我們的小鳥》。一本奇怪的書。妳覺得黑格會喜歡吃穀粒嗎？保重囉。」

55

二〇〇〇年三月十五日。岩碧揚街。

「嗨，這是愛倫和黑格的答錄機，請留言。」

「他們今天把妳下葬了。我沒去。我覺得應該要給妳的父母一個莊嚴的紀念儀式，而我今天看起來又不體面，所以我改在施羅德酒館紀念妳。昨天晚上八點我開車去侯曼科倫路，結果不是個好主意，蘿凱有客人，就是上次我看見的那個傢伙。他說他是外交部的，表現得像是為了公事去的，我想他的名字好像叫布蘭豪格。蘿凱似乎不太喜歡布蘭豪格去找她，不過也有可能是我心理作用。為了避免尷尬，我早早就告退了。蘿凱堅持要我搭計程車，可是我一望出窗外，就可以看見我那輛雅士停在街上，所以我無法接受她的建議。

「妳知道，現在事情有點混亂，但至少我有去寵物店買一些鳥飼料回來。櫃檯的服務小姐建議我買迪爾牌，所以我就買了。」

56

二〇〇〇年三月十六日。岩碧揚街。

「嗨，這是愛倫和黑格的答錄機，請留言。」

「我今天去利克塔酒館晃了晃，那裡有點像施羅德酒館，至少我點皮爾森啤酒當早餐時，他們不會用奇怪的眼神看我。我在一個老人那桌坐下來，費了一番工夫才跟他說上話。我問他為什麼對霍爾有意見，他用探查的眼光看了我好久，顯然不記得上次我也在酒館裡。後來我請他喝啤酒，終於知道了整個來龍去脈。那個老人上過東部戰線，這我已經猜到了，他在東部戰線認識霍爾的護士老婆辛娜。辛娜當時跟一個挪威軍團的士兵訂了婚，所以她是自願上前線的。一九四五年辛娜因叛國罪被判刑兩年，就在那個時候霍爾注意到她。霍爾的父親當時在國家社會黨裡位高權重，替辛娜做了些安排，讓她只關了幾個月就出獄了。我問老人說為什麼這讓他這麼厭惡，他咕噥說霍爾表面看起來好像是個聖人，骨子裡根本不是這麼回事。那個老人用的不折不扣就是『聖人』這兩個字。他說霍爾跟其他歷史學家一樣，會依照戰勝者希望呈現的方式，寫一些二戰時期挪威的虛構史實。他記不得辛娜的第一任未婚夫叫什麼名字，只記得她的未婚夫是軍團裡的英雄。後來我去上班，梅里克來看我，可是他一句話也沒說。我打電話給莫勒，他跟我說我要的名單上有三十四個名字。不知道理光頭的男人是不是比較具有暴力傾向？總之莫勒已經派一個負責你的案子的員警打電話去查不在場證明，過濾這三十四個人。我在初步報告上看見湯姆在十點十五分載妳到家，當時妳很冷靜，湯姆還作證說妳談了一些瑣碎的小事。可是根據挪威電信的資料顯示，妳十點十六分在我的答錄機裡留言，換句話說，妳一進家門就打電話給我，這表示妳因為發現了一些線索而非常亢奮。我覺得這一點很奇怪，莫勒卻不覺得，可能只是我心理作用吧。

「早點跟我連絡吧，愛倫。」

57

二〇〇〇年三月十七日。岩碧揚街。

「嗨，這是愛倫和黑格的答錄機，請留言。」

「我今天沒去上班。外面是零下十二度，家裡只是稍微溫暖一點點而已。電話響了一整天，後來我終於接了，結果是奧納醫生打來的。就一個心理醫生而言，奧納是個好人，至少他不會假裝說他對我們腦袋裡發生的事比別人更清楚。奧納的老論點是每個酗酒者的惡夢始於前一次狂喝痛飲結束之後，這是個很棒的警告，但是並不完全正確。他很驚訝我這次竟然多多少少比較穩定。一切都是有相互關聯的。奧納還說有個美國心理學家發現，人類過的生活在某種程度上是代代相傳的。當我們取代了父母的角色，我們的生活便開始跟他們一樣。我爸在我媽過世以後變成了一個遁世的人，現在奧納擔心我會步我爸的後塵，因為我有過一些強烈的經驗，包括芬倫區的槍擊意外，妳知道的，還有雪梨的事件，現在再加上妳的事。對了，我把我現在過的生活告訴奧納醫生，結果他說的話把我笑死了，他說是那隻大山雀黑格讓我現在的生活不致於一路滑到谷底。就像我說的，奧納是個好人，可是他應該少說一些心理學的蠢話。

「我打電話給蘿凱想約她出來，結果她說她要想一下，會再回我電話。我不知道我為什麼要這樣對待自己。」

58

二〇〇〇年三月十八日。岩碧揚街。

「……挪威電信通告，您撥的號碼已暫停使用。挪威電信通告，您撥的號碼……」

第六部　拔示巴

59

二〇〇〇年四月二十五日。哈利的辦公室。

第一波春意來得甚晚。到了三月底，排水溝才發出咕嚕聲，開始流動。到了四月，遠至松恩湖的冰雪都已融化。隨後春意又宣告撤退，白雪再度旋繞而下，吹積成堆，連市中心都積滿一堆一堆的雪。過了好幾個星期，太陽露臉才又將冰雪融化。去年積在街上的狗糞和垃圾這時露出頭來，散發陣陣惡臭；風從開闊的格蘭斯萊達街上吹起，漸吹漸強，吹到了奧斯陸美術館，風中已挾帶細沙，使得街上行人不時得揉揉眼睛或把細沙從嘴中呸出來。這時奧斯陸的熱門話題是有一天即將成為挪威皇后的單親媽媽、歐洲足球錦標賽和不合節令的天氣。警察總署的熱門話題則是哪個同事在復活節做了什麼，以及薪水調漲幅度少得可憐。日子一樣過下去，彷彿一切如舊。

一切並非皆如舊。

哈利坐在辦公室裡，腳擱在桌上，看著窗外的無雲天際；退休的太太們戴著醜陋的帽子在早晨出遊，佔據整個人行道；小貨車闖過黃燈；這所有的小細節讓這座城市籠罩在一層假象之下，彷彿一切再正常不過。他已經納悶許久——世界上好像只有他一個人不允許自己被愚弄。愛倫已下葬快六個星期，但他往窗外看去，卻看不到一絲改變。

門上傳來敲門聲。哈利並未答話，門還是打了開來。進來的人是犯罪特警隊隊長莫勒。

「我聽說你回來了。」

哈利望著一輛紅色公車駛入公車站，公車車身貼的是思道布蘭人壽的廣告。

「老闆，你可不可以告訴我，」哈利問說：「為什麼他們稱之為生命保險（life insurance），其實賣的明明就是死亡保險？」

莫勒嘆了口氣，靠著桌緣坐了下來。

「哈利，你這裡為什麼沒有多一把椅子？」

「人如果沒坐下來，講話會比較快切入重點。」哈利依然望著窗外。

「喪禮你沒來參加，哈利。」

「我得換衣服，」哈利說，比較像是自言自語而不是對莫勒說話。「我也確定我出了門，當我抬頭看見四周聚集著一些悲慘的人，我還以為我已經到了，直到我看見瑪雅穿著圍裙站在那裡等我點東西。」

「跟我猜想的差不多。」

一隻狗在褐色草地上遊蕩，鼻子在地上嗅聞，尾巴翹得老高。至少有人欣賞奧斯陸的春天。

「怎麼回事？」莫勒問說：「最近很少看見你。」

哈利聳聳肩。

「我很忙。我家有個新房客，一隻只有一邊翅膀的大山雀。而且我忙著坐在那裡聽答錄機的舊留言。過去兩年我收到的留言剛好可以錄成一捲三十分鐘的錄音帶，那些留言全都是愛倫留的。很悲慘，對不對？也或許沒那麼悲慘。唯一悲慘的是她打最後一通電話給我的時候，我卻不在家。你知道愛倫找到那個人了嗎？」

莫勒進來之後，哈利一直看著窗外，這時才轉過頭望向莫勒。

「你還記得愛倫吧？」

莫勒嘆了口氣。

「哈利，我們大家都記得愛倫。我也記得她在你的答錄機裡留的言，你還跟克里波的人說愛倫指的是步槍走私案的掮客。我們只是還沒能逮到凶手而已，並不代表我們已經忘記她了，哈利。克里波和犯罪特警隊已經偵查這件案子好幾個星期了，我們幾乎都沒時間闔眼。如果你有來上班，可能就會看見我們查案查得有多努力。」

莫勒話才說出口，立刻就後悔了。「我的意思不是說……」

「對，你就是那個意思，而且你說得很對。」

哈利伸手揉了揉臉。

「昨天晚上我在聽愛倫的留言，其中有一則留言我不明白她為什麼要留，裡頭說的全都是一些建議，像是她認為我應該吃些什麼，結論是我應該多去餵餵小鳥，做完重量訓練以後應該多做伸展運動，還要記得埃克曼和弗里森。你知道誰是埃克曼和弗里森嗎？」

莫勒搖搖頭。

「他們是心理學家。他們發現當一個人微笑，臉部肌肉會觸發腦部的化學反應，讓你對周遭的世界產生更多正面的態度，讓你對你的存在感到更滿足。他們的研究只是證明了那句老格言是對的：如果你對世界微笑，世界也會對你微笑。有好一陣子愛倫讓我相信真的是這樣。」

哈利抬頭望向莫勒。

「夠悲慘吧？」

「非常悲慘。」

兩人露出微笑，坐著默然不語。

「老闆，我從你的表情看得出來，你來是有事要告訴我，是什麼事？」

莫勒跳下桌子，在辦公室裡踱起步來。

「那張光頭嫌疑犯名單，過濾完不在場證明之後，從三十四個人減到十二個人，ＯＫ？」

「ＯＫ。」

「我們用那頂帽子上採集的皮膚微粒做了ＤＮＡ化驗，判定帽子主人的血型，這十二個人當中有四個人的血型符合。我們從這四個人身上採集血液樣本，送去進行ＤＮＡ化驗，結果今天出來了。」

「結果怎樣？」

「沒有人符合。」

辦公室陷入寂靜，只聽得見莫勒的橡膠鞋底發出的聲音，每當他要轉身，鞋底就會發出細微的嘰嘰聲。

「克里波排除了愛倫的男朋友是凶手的可能性？」哈利問。

「我們也驗過了他的ＤＮＡ。」

「所以說我們回到原點了？」

「可以這樣說。」

哈利轉頭望向窗外。一群鵯鳥從大榆樹上振翅飛起，朝西方的廣場飯店飛去。

「會不會這頂帽子是用來誤導我們的？」哈利說：「凶手在現場沒有留下任何線索，還踢散了自己的腳印，怎麼會這麼笨拙地在距離被害人數公尺外的地方掉了帽子？這說不通吧。」

「可能吧，可是帽子上的血跡是愛倫的，比對是符合的。」

在草地上嗅聞的那隻狗又沿原路走了回來，哈利的目光被那隻狗吸引過去。那隻狗在草地大約中央的位置停下腳步，鼻子貼著地面，猶疑不定，站了一會兒，然後才朝左邊走去，離開哈利的視線。

「我們得追查那頂帽子，」哈利說：「還有前科犯，清查過去十年所有曾經被控重傷害罪或曾因重傷害罪進過警局的人，包括阿克修斯郡的前科犯。一定要確定……」

「哈利……」

「什麼事？」

「你已經不在犯罪特警隊了，而且這件案子現在是克里波在辦，你這樣不是要我得罪他們嗎？」

哈利默然不語，只是緩緩點頭，視線鎖在艾克柏區的方向。

「哈利？」

「老闆，你有沒有想過你應該在別的地方？我是說，你看看這是什麼爛春天嘛。」

莫勒停下腳步，微微一笑。

「既然你問了，我就跟你說，我常常覺得如果能住在卑爾根一定很棒，對小朋友什麼的都很好，你知道的。」

「不過你還是個警察，不是嗎？」

「當然是啊。」

「我們幹警察的對別的事又不拿手，你說對吧？」

莫勒聳聳肩。「可能吧。」

「可是愛倫對別的事也很拿手，我常常覺得她來幹警察，抓那些調皮搗蛋的孩子，真是浪費人力資源。這種事像我們這種人來幹就好了，用不著她來，你明白我的意思嗎？」

莫勒走到窗前，站在哈利身旁。

「天氣到五月就會好多了。」他說。

「嗯。」哈利說。

格蘭區的教堂鐘聲響起，噹噹敲了兩下。

「我來想想辦法，看可不可以把哈福森安插到這件案子的偵查小組裡。」莫勒說。

60

二〇〇〇年四月二十七日。外交部。

布蘭豪格對女人的老練和豐富經驗告訴他，在極罕見的情況下，若他認為有個女人他不只想要弄到手，而且**一定**要弄到手，可能原因不外乎有四個：她比其他女人更漂亮；她比其他女人更能給他性滿足；她比其他女人更能讓他覺得自己是男人；而最重要的是，她喜歡的是別人。

布蘭豪格終於摸清楚蘿凱正是這種女人。

一月某天他曾打電話給蘿凱，藉口是他想在奧斯陸的俄國大使館安排一位新武官，需要一份評估。蘿凱說她可以寄一份備忘錄過來，但布蘭豪格堅持要她當面報告。那時是週五下午，布蘭豪格建議他們可以去洲際飯店的酒吧碰面，順便喝杯啤酒。正因如此，布蘭豪格知道了蘿凱是個單親媽媽。蘿凱婉拒他的邀約，說她得去托兒所接兒子，並爽朗地回問說：「我想接小孩這種事，你們那一代的女人一定都有男人代勞吧？」

蘿凱雖未正面回答，但從她的回應中，布蘭豪格直覺認為她生命中目前沒有男人。他掛上電話時，對這些發現感到非常開心，即便他多少覺得有點惱怒，只因蘿凱說了「你們那一代」這幾個字，強調他們之間的年齡差距。

跟著他便打電話給梅里克，想不露痕跡地套出蘿凱．樊科小姐的資料，但事實上他說話離「不露痕跡」根本差得遠了，梅里克一聽就知道他別有用意。

梅里克和往常一樣，發揮消息靈通的長才。蘿凱曾是布蘭豪格所屬的外交部的口譯員，在莫斯科的挪威大使館工作過兩年。她曾和一個俄國男子結婚，丈夫是個年輕的基因科學教授，快速擄獲她的心，並立刻將理論轉為實際應用，讓她懷孕。然而這位教授天生就帶有酗酒的基因，而且偏愛使用肢體語言來進行討論，因此她的幸福婚姻只維繫了很短一段時間。蘿凱並未像其他跟她年齡相仿的女人那樣一再犯下相同錯誤：她不等待、不原諒、也不試著了解；第一拳揮出之後，她立刻抱著歐雷克踏出家門。她丈夫的家族在當地相當具有影響力，曾向法院申請孩子的監護權，若非蘿凱握有外交豁免權，絕對無法順利帶著兒子離開俄國。

梅里克說蘿凱的丈夫已對她提出控告，布蘭豪格依稀記起俄國法院曾寄一封傳喚令到他的收件信箱。但蘿凱當時只是個口譯員，布蘭豪格立刻就把這整件事指派給下面的人去辦，並未對蘿凱的名字留下印象。梅里克提到俄國和挪威相關單位仍在仔細研議這件監護權官司，這時布蘭豪格立刻中斷他們的談話，打電話給法律部。

布蘭豪格打給蘿凱的下一通電話，直接了當邀請她共進晚餐，沒有使用任何藉口。蘿凱客氣但堅定地拒絕，布蘭豪格便口述一封寫給蘿凱的信，最下方是法律部最高主管的簽名。這封信大意是說，由於這件監護權官司已延宕許久，現在外交部「基於對歐雷克俄國家族的人道立場考量」，決定向俄國當局讓步。如此一來，蘿凱和歐雷克就得遵從法院裁定，前往俄國法院出庭。

四天後，蘿凱打電話給布蘭豪格，表示想跟他碰面討論私事。布蘭豪格回說他很忙，這也是事實，並問說可不可以過幾個星期再碰面。蘿凱請求布蘭豪格盡快跟她碰面，布蘭豪格發現她謙恭有禮的專業口吻中帶有一絲尖銳的音調。經過長長的思考，布蘭豪格說他唯一有空的時間是週五晚上六點，地點是洲際飯店的酒吧。到了酒吧之後，布蘭豪格點了琴通寧調酒，聆聽蘿凱敘述她遭遇的問題，他認為蘿凱的問題不過是一個母親受到生理反應的驅使而覺得走投無路。他嚴肅地點點頭，儘可能用眼睛表達同情，最後甚至大膽地將他父親般慈祥的手，關切地放在蘿凱的手上。蘿凱全身僵硬。他表現得仿若無事，繼續說很遺憾以他的立場無法駁回部門最高主管的決定，但他當然會盡一切力量避免讓她去俄國法院出庭。他還提醒蘿凱不要忘了她前夫的家族十分具有政治影響力，而他也同樣擔心俄國法院可能做出不利於她的判決。他坐在椅子上，出神地看著蘿凱噙著淚水的褐色眼眸，覺得從未見過像她那麼美的女人。隨後他建議他們可以去餐廳共進晚餐，繼續享受這個夜晚，她說謝謝並婉拒。他的下半夜只有威士忌酒杯和付費電視相陪，十足是個掃興的結尾。

隔天早晨，布蘭豪格打電話給俄國大使，說明挪威外交部針對歐雷克．樊科—高索夫監護權官司一案，有一些內部事宜需要討論，可否將俄國當局最新的要求寄來？俄國大使從沒聽過這件案子，但答應會回應挪威外交首長的要求，並以最急件寄出。一星期後，俄國當局要求蘿凱和歐雷克前往俄國法院出庭的信函寄到，布蘭豪格立刻將影本寄給法律部最高主管，也寄了一份影本給蘿凱。這次蘿凱隔天才打電話來。布蘭豪格聽過蘿凱的陳述之後，表示要他影響此案有違外交準則，而且在電話上談論這件案子是不智之舉。

「妳知道，我自己沒有小孩，」他說：「但是聽妳這樣說，歐雷克應該是個很棒的孩子。」

「如果你見到他，你一定會……」蘿凱說。

「這沒有問題，我剛好在信封上看見妳住在侯曼科倫路，離諾堡區這裡近得很呢。」

他聽見電話另一頭傳來躊躇的沉默，但心裡很清楚形勢有利於他。

「明天晚上九點好嗎？」

一段很長的靜默之後，才聽見她的回答。

「六歲小孩到九點早就睡著了。」

兩人改約六點。歐雷克和他母親一樣有一雙褐色眼眸，而且是個規矩的乖孩子。然而令布蘭豪格不快的是，蘿凱咬住法院傳喚令的話題不放，又不肯送歐雷克上床睡覺。是的，從旁人眼中看來，可能會懷疑蘿凱把兒子抓在身旁沙發上當做擋箭牌。布蘭豪格也不喜歡歐雷克盯著他瞧的眼神。最後布蘭豪格終於明白，羅馬不是一天造成的，但他站起來準備離去時，依然做了點嘗試。他看著蘿凱的眼睛說：「蘿凱，妳不只是個美麗的女人，而且十分勇敢。我只想讓妳知道，我對妳的評價非常高。」

他解讀不出她臉上的表情，但仍決定冒險一試，傾身在她面頰上輕輕一吻。她的反應呈現矛盾的樣貌。她嘴角泛起微笑，口中謝謝他的讚美，但眼神冷若冰霜，最後還加上一句：「布蘭豪格先生，真抱歉浪費你這麼多時間，尊夫人一定在家裡等你了。」

他的邀約是這麼地清楚明白，因此他決定給蘿凱幾天時間思考，但卻一直等不到蘿凱的電話。另一方面，俄國大使寫來一封信，要求回應，布蘭豪格明白他的詢問替歐雷克監護權官司一案激起了新的波瀾。儘管令人遺憾，但事情既然發生了，他覺得沒有理由不好好利用這個機會。於是他立刻打電話去ＰＯＴ密勤局找蘿凱，告訴她這件案子的最新發展。

數週後，他再度來到侯曼科倫路那棟大木屋。這棟木屋比他家更大，色澤更深。對了，應該說**他們**家才對。這次他們相約的時間在歐雷克就寢時間之後，蘿凱跟他相處起來似乎放鬆許多，他還把話題轉到了比較私人的地方，這意味著當他說他和妻子已昇華到柏拉圖式的精神關係時不會顯得太唐突，他還說做人有時應該把腦子忘記，跟隨身體和心的帶領。就在此時，門鈴響起，打斷他們的對話，令他心生不悅。蘿凱前去應門，回來時身旁跟著一個高大男子，頭髮極短，近乎光頭，雙眼布滿血絲。蘿凱向布蘭豪格介紹說那高大男子是她在ＰＯＴ的同事。布蘭豪格覺得自己絕對聽過男子的名字，只是記不起是在什麼時候、什麼情況下聽過。他立刻打從心底厭惡眼前這男子的一切，他厭惡男子破壞他的好事、厭惡男子滿口酒氣、厭惡男子坐在沙發上盯著他瞧，不發一語，跟歐雷克一個樣子。但最令他厭惡的莫過於蘿凱的態度出現一百八十度大轉變，她整個人散發出光采，匆匆跑去泡咖啡，聽了男子簡短隱晦的回答，還恣意地放聲大笑，彷彿男子的話語機智詼諧。蘿凱阻止男子自己開車回家時，口氣中透露出發自內心的關懷。唯一令布蘭豪格感到些許寬慰的是，對方突然起身說要回家，男子離開後外頭也立刻響起汽車發動的聲音，這表示他起碼還有點自知之明，知道應該去開車撞死自己。然而男子對布蘭豪格苦心經營的氛圍所造成的傷害是無可彌補的，不久之後，布蘭豪格也坐在自己車裡，打道回府。他坐在車裡，腦中突然浮現那條老公式——一個男人之所以決心一定要得到一個女人的四個原因，其中最重要的那一項是：她喜歡的是別人。

隔天，他打電話給梅里克，問說那個高大短髮的警員是誰，乍聽之下覺得驚訝，接著卻大笑不已。原來那個男子正是被他晉升並分派到ＰＯＴ的人。命運就是這麼愛捉弄人，但命運有時也取決於挪威皇家外交部的決策。布蘭豪格放下話筒，精神為之一振。他邁開大步，穿過走廊，前去參加下一場會議，路上吹著口哨，不到七秒就到了會議室。

61

二〇〇〇年四月二十七日。警察總署。

哈利站在他那間老辦公室門口，看著一個年輕的金髮男子坐在愛倫的椅子上。年輕男子非常專注地看著電腦螢幕，等到哈利咳嗽一聲才驚覺門口有人。

「你就是哈福森對吧？」

「對。」年輕男子說，面帶詢問的神情。

「斯泰恩謝爾市警局來的？」

「沒錯。」

「我是哈利．霍勒，我以前就坐在你那個位子，只不過坐的是另一張椅子。」

「那張椅子已經快掛了。」

哈利微微一笑。「它就是那樣。莫勒是不是請你去查愛倫．蓋登命案的一些詳細資料？」

「一些詳細資料？」哈福森高聲抗議說：「我已經馬不停蹄連續工作三天了。」

哈利在他那張老椅子上坐下，椅子已經被換到愛倫的辦公桌前。這還是他頭一次從愛倫的位子觀看這間辦公室。

「你有什麼發現，哈福森？」

哈福森蹙起眉頭。

「別擔心，」哈利說：「要這些資料人就是我，你可以去問莫勒。」

哈福森的臉龐突然亮了起來。

「啊對！你是ＰＯＴ的哈利．霍勒！抱歉，我上手得有點慢。」他那張略帶稚氣的面容畫出一條大大的上揚弧線。「我記得澳洲那件案子，那是多久以前的事了？」

「有好一陣子了。我是在說……」

「喔對，名單！」哈福森用手指關節輕叩一疊電腦列印紙。「過去十年因重傷害罪進過警局、以這個罪名被控告或定罪的人都在這裡。超過一千個名字。這個部分還算簡單，要找出誰理光頭就麻煩了。資料上沒提到這個部分，可能得花好幾個星期……」

哈利的背靠上他那張辦公椅。

「我知道，可是犯罪紀錄上有使用武器的代碼，你可以搜尋槍械的代碼，看看剩下幾個。」

「其實我看見這麼長的名單之後，就想這樣建議莫勒。他們大部分都是用刀子、槍或拳頭。幾個小時後應該就可以跑出新名單。」

哈利站了起來。

「很好，」他說：「我不記得我的內線電話幾號，你可以去查電話表。還有，下次你有好建議，不用遲疑，馬上提出來。我們奧斯陸的人也**沒那麼**聰明。」

有點缺乏信心的哈福森聽了暗自竊笑。

62

二〇〇〇年五月二日。POT密勤局。

大雨如注，猛烈地下了一整個早上，而後太陽出人意外地閃電登場，剎那間將天空所有烏雲燃燒殆盡。哈利坐在椅子上，雙腳擱在辦公桌上，雙手枕在腦後，騙自己說他正在思索馬克林步槍走私案。其實他的思緒早已飄到窗外，沿著濕漉漉的柏油路面和電車軌道，滑行到侯曼科倫區，來到雲杉林蔭下殘餘的髒灰色雪泥旁；蘿凱、歐雷克和他三個人曾在那裡的泥濘小路上跳躍，避開較深的水窪。哈利記得他在歐雷克這個年紀時，週日也曾那樣散步。那時他們走的路如果比較長，他和小妹遠遠落後，父親就會在較低的樹枝上放置一塊塊巧克力，小妹至今仍堅信「速食午餐」牌巧克棒是長在樹上的。

頭兩次見面，歐雷克跟哈利沒什麼話說，但沒關係，哈利也不知道該跟歐雷克說什麼。直到哈利在歐雷克的Game Boy掌上型遊戲機中發現俄羅斯方塊遊戲，毫不留情也毫不羞愧地使出全力打到四萬多分，大勝一個六歲小男孩，兩人之間的隔閡才稍微化解。於是歐雷克開始會問哈利一些辦案的事，還有雪為什麼是白的，還有所有那些會讓成熟男人的額頭出現深刻皺紋的問題，讓他如此專注回答問題以致於忘了害羞。上星期日，歐雷克發現一隻換上冬季新毛的野兔，歡天喜地奔到前頭，留下哈利在後頭握著蘿凱的手。外頭冷颼颼的，心頭暖烘烘的。他把她的手臂前前後後甩得老高，她轉過頭來朝他微笑，彷彿是說：**我們在玩遊戲，這好像不是真的**。他注意到一有人接近，她就變得緊張，他便會把手放開。後來他們在福隆納區的山坡上喝熱可可，歐雷克問說為什麼現在是春天？

哈利邀請蘿凱跟他共進晚餐。這已經是第二次了。第一次她說要想一下，後來回電拒絕。這一次她也說要想一下，但至少還沒拒絕。

電話響起，是哈福森打來的，他聽起來相當睏倦。

「一百一十個使用武器犯下重傷害罪的嫌犯中，我已經查了七十個，目前為止有八個是光頭。」

「你是怎麼查到的？」

「我打電話去問的，凌晨四點很多人都在家，很令人驚訝吧。」

哈福森有點沒自信地笑了笑，哈利這邊則陷入沉默。

「你打電話去問每一個人？」哈利問。

「當然囉，」哈福森說：「有的是打手機。真驚人，他們很多人都……」

哈利打斷他的話。

「你直接問這些暴力罪犯，要他們向警方提供他們現在的長相？」

「也不盡然，我說我們在找一個有一頭紅色長髮的嫌犯，問他們最近有沒有染頭髮。」哈福森說。

「我不懂。」

「如果你是光頭，你會怎麼回答？」

「嗯，」哈利說：「斯泰恩謝爾市果然有幾個精明角色。」

話筒另一端傳來同樣的緊張笑聲。

「把名單傳真給我。」哈利說。

「我一回來就傳給你。」

「回來？」

「我進來的時候，有個警員在樓下等我，說他要看我在辦的案子的筆記。應該很緊急吧。」

「我以為現在是克里波在辦愛倫命案。」哈利說。

「顯然不是。」

「是誰要看？」

「他好像叫什麼烏拉之類的。」哈福森說。

「犯罪特警隊沒有人叫烏拉的，是不是湯姆．沃勒？」

「對對，」哈福森說，有些不好意思，又補上一句說：「我有好多人名要記……」

哈利想出言訓斥這個新來的年輕警察，竟然連人家叫什麼名字都搞不清楚，就要把偵查資料捧去給別人看，但現在不是釘他的好時機。這小子已經連續熬夜三天，可能連腳都站不穩了。

「幹得好。」哈利說，就要掛上電話。

「等一下！你的傳真號碼多少？」

哈利凝視窗外，艾克柏山的上空又有雲層開始聚集。

「電話表查得到。」他說。

電話才掛上就響了起來，是梅里克打來的，請哈利**立刻**去他辦公室。

「新納粹黨的報告進度怎麼樣了？」梅里克看見哈利出現在走廊上便問。

「乏善可陳，」哈利說，重重坐在椅子上。梅里克頭上的挪威國王和皇后垂眼瞧著哈利。「我鍵盤上的E鍵卡住了。」哈利補充道。

梅里克擠出微笑，跟照片中的挪威國王差不多，然後要哈利暫時把報告的事擺在一邊。

「我需要你去辦別的事。貿易公會的資訊長剛剛打來說，有一半的貿易公會領袖今天都接到死亡威脅的傳真，署名是88，也就是『希特勒萬歲』的簡寫。這已經不是頭一次了，可是這次消息洩漏給媒體知道，他們已經開始打電話來問了。我們追蹤到死亡傳真是來自於克里班的一台公共傳真機，所以才認真看待這次的死亡威脅。」

「克里班？」

「克里班鎮是赫爾辛堡東方三哩的一個小地方，居民有一萬六千人，是瑞典最大的納粹巢穴。那裡的家族有一脈相承的納粹血統，可以追溯至三〇年代。挪威的新納粹份子都會去那裡朝聖和學習。哈利，我要你整理行李準備出發。」

哈利有一種不祥的預感。

「我們要派你去臥底，哈利。你必須滲透當地的網路。你的任務、身分和其他細節，我們會再一點一點替你安排。請你做好長住的準備，我們的瑞典同仁已經替你準備好住處了。」

「臥底任務，」哈利重複一次，簡直無法相信自己的耳朵。「我不太懂得怎麼當間諜耶，梅里克，我是個警探，你不會忘了吧？」

梅里克的微笑變淡且變得危險。

「哈利，你會學得很快，不會有問題的。你可以把這次任務視為有趣又有用的經驗。」

「嗯，要多久？」

「幾個月吧，最多六個月。」

「六個月？」哈利大吼。

「想法正面一點，哈利，你又沒有家人的牽絆，沒有……」

「小組裡還有誰？」

梅里克搖搖頭。

「沒有小組，只有你一個人，這樣比較可行，你直接跟我回報。」

哈利揉了揉下巴。

「為什麼要選我，梅里克？你這個部門有那麼多滲透專家和極右派人士。」

「凡事總有第一次。」

「那馬克林步槍呢？我們已經追蹤到一個納粹老兵，現在又有署名『希特勒萬歲』的威脅，我在這裡繼續進行我的工作不是比較好嗎……？」

「我已經決定了，哈利。」梅里克已懶得微笑。

這裡頭有種不正當的氣味，哈利大老遠就聞得出來，但他不知道那是什麼，也不知道來自於哪裡。哈利站起身來，梅里克跟著站了起來。

「過了這個週末就出發。」梅里克說，伸出一隻手。

哈利只覺得握手這個動作頗為奇怪，梅里克也察覺到了，臉上表情突然變得很不自然。但為時已晚，梅里克手已伸出，五指張開，無助地懸在半空中。哈利迅速地握了握梅里克的手，化解這個尷尬的場面。

哈利經過接待處的琳達，琳達大喊說信架裡有他的傳真，哈利順手將傳真拿了出來，一看原來是哈福森傳來的名單。哈利瀏覽那張名單，在走廊上踏出沉重的腳步，心中估量著他去瑞典南部一個小地方跟新納粹份子交際六個月，對他哪部分會有好處：對他想保持清醒的部分沒好處；對他正在等待蘿凱回覆晚餐邀約的部分沒好處；對他想揪出殺害愛倫的凶手的部分更是絕對沒好處。他猛然停下腳步。

最後一個名字……

名單上出現一個老朋友的名字，應該不至於讓他感到驚訝，但這感覺很不一樣。這就像是他拆解他那把史密斯威森左輪手槍，加以清理，然後再次組合後會聽見的聲音，一種滑順的喀嚓聲，告訴他每個部位都已嵌合到正確位置。

他回到辦公室，立刻打電話哈福森。哈福森記下他的問題，答應一有發現就會儘快回電。

哈利靠上椅背，耳中聽得見自己的心跳聲。通常來說，把所有看似不相關的小線索拼湊起來並非他的專長。他一定是福至心靈。十五分鐘後，哈福森打電話來，哈利覺得像是等了好幾個小時。

「沒錯，」哈福森說：「鑑識人員在那條小路上採集到的靴子腳印中，有一組是四十五號的戰鬥靴。他們還分辨得出是什麼牌子，因為靴子還很新。」

「你知道誰會穿戰鬥靴嗎？」

「喔，當然知道，戰鬥靴是經過北約組織認證的，很多人指明要穿，尤其是在斯泰恩謝爾市。我還看過幾個英國足球小流氓也穿戰鬥靴。」

「對。光頭族。靴子少年。新納粹份子。你有找到照片嗎？」

「有四張，兩張是在阿克爾社區工坊拍的，兩張是一九九二年貝里茲青年中心外的示威照片。」

「他在照片裡有戴帽子嗎？」

「有，阿克爾的照片有。」

「是戰鬥帽嗎？」

「我看看。」

哈利聽見哈福森的呼吸衝擊著話筒，劈啪作響。哈利在心中做了個無聲的祈禱。

「看起來像貝雷帽。」哈福森說。

「你確定嗎？」哈利問，絲毫不掩飾心中的失望。

哈福森十分確定。哈利大罵粗話。

「說不定靴子會有用處？」哈福森謹慎地提出建議。

「除非凶手是白癡，不然他早就把靴子丟掉了。他懂得把雪地上的腳印踢散，就已經說明他不是個白癡。」

哈利拿不定主意。他心頭再次浮現一種感覺，突然之間，他心中確知凶手是誰，但也知道這樣很危險。危險的原因在於這讓他排除了所有惱人的懷疑，排除了那些低低訴說矛盾之處的微細聲音，那聲音告訴他無論如何照片並不完美。而懷疑就如同冷水一般，當你十分接近凶手，你一定不希望被潑一頭冷水。過去哈利也有過如此確定的經驗，卻也不幸誤判。

哈福森開口了。

「斯泰恩謝爾市的警察同仁都直接從美國訂購戰鬥靴，所以能買到戰鬥靴的地方並不多。如果這雙戰鬥靴幾乎是全新的……」

哈利立刻會意。

「很好，哈福森！你去查出誰會賣戰鬥靴，從出售軍隊剩餘物資的商店開始查起。然後拿照片去問，看有沒有人記得賣過他一雙戰鬥靴。」

「哈利……呃……」

「我知道，我會先取得莫勒的同意。」

哈利知道要找到一個記得所有買鞋客人的售貨員，機率極低，但如果這個客人的脖子上有「勝利萬歲」刺青，那麼機率可能稍微提高一點。反正就去查吧，正好讓哈福森學到命案調查工作有百分之九十是浪費在錯誤的地方。哈利收了線，打給莫勒。犯罪特警隊隊長莫勒聽完哈利的所有說明之後，清了清喉嚨。

「很高興聽見你跟湯姆終於有了交集。」他說。

「喔？」

「湯姆半個小時前打電話給我，說的話跟你幾乎一模一樣。我准許他把史費勒．歐森帶來署裡問話。」

「哇。」

「絕對同意。」

哈利不知道接下來該說什麼，莫勒問他還有什麼事嗎？哈利只是含糊地說了聲「掰」，就掛上電話。他轉頭朝窗外看去，只見舒懷葵街已開始湧入尖峰時間的人車潮。他選了一個身穿灰色外套、頭戴老式帽子的男子，把目光集中在男子身上，看著男子慢慢走過，最後離開他的視線。哈利感覺自己的心跳已差不多恢復正常。克里班鎮。他幾乎已把克里班鎮拋在腦後，但這時克里班如同宿醉般朝他襲來。他心想該不該撥打蘿凱的內線電話？卻又立刻否決這個想法。

便在此時，奇怪的事發生了。

他的眼角餘光看見窗外有個物體正在移動，起初他分辨不出那是什麼，只看見那個物體迅速接近。他張開嘴，但腦部企圖組織並喊叫的話語，未能抵達他的口。一股輕柔的「砰」聲傳來，窗玻璃微微震動。他坐在椅子上，凝視窗玻璃上一塊濕潤的地方，一支灰色羽毛黏在那裡，在春風中微微顫抖。他一動不動，接著抓起夾克，朝電梯疾奔而去。

63

二〇〇〇年五月二日。畢雅卡區，庫克利街。

史費勒調高收音機音量，慢慢翻閱他母親新買的女性雜誌，耳中聆聽新聞播報員講述貿易公會領袖最近收到威脅信函的新聞。客廳窗戶正上方的雨水槽仍在滴水。史費勒高聲大笑。那些威脅信聽起來像是羅伊．柯維斯那票人搞的鬼，只希望這次沒有太多拼字錯誤在裡頭。

他看了看錶。今天下午賀伯披薩屋一定爆滿。他口袋裡連半克朗也不剩，不過這星期他修好家裡那台老威法牌吸塵器，可能老媽會願意借一百克朗給他花用。幹他媽的王子！上次王子答應史費勒說「再過幾天」就會把錢給他，結果一轉眼都已經過了兩個禮拜，這幾天他的幾個債主又開始用威脅的口吻對他放話，不過最糟的是，他在賀伯披薩屋的桌子被別人霸佔了。看來丹尼斯漢堡店毆打事件完全褪色只是遲早的事。

上次他在賀伯披薩屋，心頭就湧出一股無可抑制的衝動，想站起來大喊在基努拉卡區殺了那婊子女警的人是他；最後他奮力一戳，鮮血如湧泉般噴出，那女人死在尖叫之中。他覺得沒必要提到當時他不知道那女人是警察，也沒必要提到他見到鮮血之後差點嘔吐。

幹他媽的王子！王子從頭到尾都知道那女人是警察。

史費勒賺到了錢。沒有人可以對他否認這個事實，但是他又能如何？事後為了小心起見，王子禁止史費勒打電話給他，說是得先避避風頭。

外頭大門的鉸鏈發出尖銳聲響。史費勒站了起來，關上收音機，快步走進走廊。上樓梯時，他聽見母親踩在碎石道上的腳步聲，然後便進了自己房間，這時母親將鑰匙插入門鎖的叮鈴聲響了起來。母親在樓下翻找東西時，他站在臥房中央，端詳鏡中的自己。他撫摸自己的頭皮，感覺長僅一公釐的頭髮如同刷子般摩擦手指。他下定決心，即使四萬克朗拿到手，也要去找份工作。他討厭待在家裡，而且老實說，他也討厭賀伯披薩屋那些「同志」。他厭倦了跟在那些自己也前途茫茫的人的屁股後頭。他在技術學院修過「強電流」這門課，而且他擅長修理電器製品。很多電工都需要學徒和助理。再過幾個星期，他的頭髮就會長長，蓋住後腦的「勝利萬歲」刺青。

是的，他的頭髮。他突然記起那天晚上接到的一通電話，一個帶有特隆赫姆口音的警察問他有關紅頭髮的事！史費勒早上起來之後，以為那是一場夢，直到吃早餐時母親問他怎麼有人凌晨四點還打電話到別人家裡？

史費勒的視線從鏡子移到牆上。牆上有希特勒元首的照片、Burzum黑金屬樂團的演唱會海報、印有納粹黨徽的旗子、鐵十字勳章和「血與榮耀」海報，那張海報是約瑟夫・戈培爾[26]的老宣傳海報複製品。突然之間，他覺得自己的房間十足是個青少年的房間，這還是他頭一次這麼覺得。只要把瑞典白亞利安反抗組織的旗幟換成曼徹斯特聯盟足球俱樂部的圍巾，把希姆萊的照片換成足球金童大衛・貝克漢的照片，就會讓人以為這是個一般青少年的房間。

「史費勒！」老媽大吼。

他閉上雙眼。

「史費勒！」

這聲音揮之不去，永遠揮之不去。

「什麼事！」他粗聲大吼，使得整個頭部都充滿自己的吼叫聲。

「有人來找你。」

26 Joseph Goebbels，1897-1945，德國政治家，曾擔任納粹德國時期宣傳部長，被稱為「宣傳的天才」，並據希特勒遺書被任命為第三帝國總理。

來這裡？找他？史費勒張開眼睛，猶豫地看著鏡中的自己。從來沒有人來過這裡。就他所知，沒有人知道他住在這裡。他的心跳開始加速。會不會又是那個說話帶有特隆赫姆口音的警察？

他走向房門，這時房門突然打開。

「哈囉，史費勒。」

春日太陽低低掛在天際，陽光穿過窗戶從房門口灑了進來。在背光下，他只能看見一個人的輪廓站在門口，但他一聽就認出那說話的聲音。

「見到我不開心嗎？」王子說，在身後關上房門。

王子好奇地掃視牆上裝飾。「你這個地方真不賴。」

「她為什麼讓你進來……？」

「因為我給她看了這個。」王子舉起一張證件在史費勒面前晃動，證件上繪有挪威盾徽，底色是金色和淺藍色相間，證件另一面寫著「警察」。

「喔，幹！」史費勒說，倒吸一口氣。「這是真的嗎？」

「誰知道？放輕鬆，史費勒。坐啊。」

王子指指床鋪，自己則反坐在寫字椅上。

「你來幹嘛？」史費勒問。

「你說呢？」王子對著坐在床緣的史費勒露出大大的微笑。「今天是算總帳的日子。」

「今天是算總帳的日子？」

史費勒依然驚魂未定。王子怎麼知道他住這裡？還有那張警察證件。他看著王子，突然覺得如果說王子是警察，倒真像個十足十——梳理整齊的頭髮、冷酷的眼神、吸收大量陽光的古銅色臉龐、鍛鍊結實的上半身、黑色軟皮短夾克、藍色牛仔褲。他之前竟然都沒注意到，真是奇怪。

「對，」王子說，依然微笑著。「算總帳的日子終於來了。」他從夾克內袋裡抽出一個信封，遞給史費勒。

「也該是時候了。」史費勒說，露出轉瞬即逝的緊張微笑，把手指伸進信封。「這是什麼？」他問道，抽出一張摺疊的A4紙張。

「那上面印有八個人的名字，犯罪特警隊很快就會來找這八個人，而且一定會採集血液樣本，送去進行DNA化驗，比對你在犯罪現場掉的帽子上採集到的皮膚微粒。」

「我的帽子？你不是說你在你車上找到我的帽子，還把它燒了嗎？」

史費勒驚恐地看著王子，王子搖搖頭表示遺憾。

「我好像回去過犯罪現場，那時候一對嚇得半死的情侶正在等警察趕到，我一定是不小心把帽子『掉』在距離屍體只有幾公尺遠的地方了。」

史費勒用雙手來來回回撫摸自己的光頭。

「史費勒，你看起來好像很困惑。」

史費勒點點頭，想要微笑，嘴角肌肉卻似乎不聽使喚。

「你想不想聽我說明？」

史費勒又點點頭。

「殺警案向來被警方列為首要偵辦案件，不管要花多久時間，一定要捉到凶手才肯罷休。當被害人是我們自己人的時候，我們不會去問線索是怎麼來的，這是警察手冊裡不會寫到的。這就是殺害警察的麻煩，負責殺警案的警察是不會放棄的，直到他們……」王子指向史費勒。「……逮到凶手為止。一切都只是遲早的問題而已，所以我自作主張，推了辦案的警察一把，好讓偵辦時間可以縮短。」

「可是……」

「你可能會覺得奇怪，為什麼我要幫警察找到你，因為你一定會把我供出來，好減輕自己的刑責對不對？」

史費勒吞了口唾液。他試著去思考，但事情太多太複雜，他的頭腦卡住了。

「我可以明白這一點很難讓人想得通，」王子說，用手指撫摸掛在牆壁釘子上的鐵十字勳章仿製品。「當然了，命案發生後，我可以開槍當場把你擊斃，但這麼一來，警察就會知道你有一夥想湮滅證據的同伴，於是就會繼續展開追查。」

王子從釘子上取下鐵十字勳章項鍊，掛在自己脖子上，勳章吊在他的皮夾克前方。

「另一個做法是，我自己來『偵破』這件命案，在逮捕你的時候把你擊斃，並且布置得像是你拒捕。問題在於這樣做，看起來太高明也太可疑了，人家會想我怎麼可能單獨一個人偵破命案，而且我又是愛倫生前見過的最後一個人。」

他說到這裡頓了頓，大笑幾聲。

「別看起來這麼害怕，史費勒！我只是告訴你這些是已經被我排除的做法而已。我認為可行的做法是坐在一旁觀察，掌握辦案進度，看著他們包圍你，等他們一靠近你，我就跳出來接棒，跑完最後一圈。對了，追查到你的是ＰＯＴ的一個酒鬼。」

「你是……警察嗎？」

「適合我嗎？」王子指了指鐵十字勳章。「我不是警察，當然不是。史費勒，我跟你一樣是戰士。一艘船必須要有無懈可擊的防水艙壁，否則只要有一丁點破洞，就會導致整艘船沉沒。你知道我向你透露我的身分，代表什麼意思嗎？」

史費勒只覺得口乾舌燥，已無唾液讓他吞嚥。他感到萬分恐懼，恐懼自己性命不保。

「這表示我不能讓你活著離開這個房間，你明白嗎？」

「對，」史費勒聲音嘶啞。「我……我的錢……」

王子把手伸進夾克，抽出一把手槍。

「坐著別動。」

王子走到床邊，在史費勒身旁坐下，雙手握住手槍，指向房門。

「這是葛拉克手槍，世界上最可靠的手槍，昨天才從德國送來的，製造序號被銼平了，市價大約八千克朗，就當做是頭期款好了。」

葛拉克手槍發出砰地一聲，史費勒跳了起來，睜大眼睛看著房門上出現的小孔。陽光穿過小孔射入房間，猶如一道雷射光束，光束中可見塵埃舞動。

「感覺看看，」王子說，把槍放在史費勒大腿上，起身走到房門旁。「緊緊握住。完美的平衡對不對？」

史費勒不情不願地用手指圈住槍柄。他感覺得到T恤下的肌膚泌出汗水。**天花板有個洞**。這時他腦中只有這個念頭。他們都還沒找水電師傅來，現在這顆子彈又打出了一個新的洞。接著他預料中的聲音傳來。他閉上雙眼。

「史費勒！」

她聽起來好像快淹死了。史費勒握住槍柄。**她的聲音聽起來老像快淹死了**。然後他張開眼睛，看見王子在房門前以慢動作回過身來。王子揚起雙臂，雙手緊握一把渾圓黑亮的史密斯威森左輪手槍。

「史費勒！」

槍口噴出黃色火燄。史費勒眼前浮現母親站在樓梯底端的景象。接著子彈擊中他，鑽入他的額頭，從後腦穿出，透過「勝利萬歲」刺青的「萬歲」兩個字，射入並穿出木質牆骨，穿過隔音層，停在石棉水泥外牆板之前。這時史費勒已一命嗚呼。

64

二〇〇〇年五月二日。庫克利街。

哈利四處索討咖啡，現場勘查組一位警員從保溫瓶裡倒了一杯給他。他站在畢雅卡區庫克利街一棟醜陋的小屋子前，看著一個年輕警員爬上樓梯，標示子彈從屋頂穿出的小孔。好奇民眾已開始聚集，為了安全起見，員警用黃色封帶在現場周圍拉起封鎖線。梯子上那個年輕警員沐浴在午後陽光中，但底下那棟房子卻黑暗空洞，哈利站在那裡已開始覺得寒冷。

「案發過後沒多久你就在這裡了？」哈利聽見身後有個聲音如此問道，轉過身來，見是莫勒。莫勒越來越少在犯罪現場露臉，但哈利聽許多人說莫勒是個好警探，有些人甚至說應該准許莫勒繼續到現場查案才對。哈利把他那杯咖啡舉到莫勒面前，莫勒搖搖頭。

「對，大概四、五分鐘之後到的。」哈利說：「是誰告訴你的？」

「中央總機。他們說湯姆回報發生槍擊事件後不久，你就打電話要求支援。」

哈利轉頭望向門口停放的紅色跑車。「我到的時候就看見湯姆的日本車停在這裡。我知道他要來，所以不驚訝。可是我一下車，就聽見可怕的號叫聲。起初我以為附近有狗，後來我走上碎石路，才知道聲音是從屋裡傳出來的。那不是狗的叫聲，是人的叫聲。我不想冒險，所以打電話請求厄肯警區提供支援。」

「是他媽媽？」

哈利點了點頭。「她完全陷入歇斯底里的狀態，他們花了半個小時才讓她冷靜到說話可以讓人聽懂的地步。韋伯還在客廳裡問她話。」

「那個神經質的韋伯？」

「韋伯沒問題的。他工作的時候有點陰沉，可是他很能應付處於這種狀態的人。」

「我知道。我是開玩笑的。湯姆的心情呢？」

哈利聳聳肩。

「我知道，」莫勒說：「他是個冷冰冰的人。好吧，我們要不要進去看看？」

「我進去過了。」

「這樣的話，你當嚮導囉。」

兩人往一樓走去，莫勒沿路對許久不見的同仁低聲打招呼。

臥室裡到處可見現場勘查組的專門人員，相機鎂光燈不停閃爍。黑色塑膠布蓋在床上，上頭畫出屍體躺臥的輪廓。

莫勒的目光在牆上游移。「我的老天爺。」他低聲說。

「史費勒．歐森的那一票沒投給社會主義者。」哈利說。

「莫勒，你什麼都別碰。」哈利認得的一位刑事鑑識組警監喊道。「你應該還記得上次發生的事吧。」

顯然莫勒記得，總之他敦厚地笑了笑。

「湯姆進來的時候，史費勒坐在床上。」哈利說：「根據湯姆的說法，他站在門邊，詢問史費勒關於愛倫遇害那天晚上的事。史費勒假裝記不起日期，所以湯姆又問了幾個問題，才慢慢搞清楚原來史費勒沒有不在場證明。根據湯姆的說法，他請史費勒跟他去警局做筆錄，這時史費勒突然抓起一把左輪手槍，槍應該是藏在枕頭底下。史費勒朝湯姆開槍，子彈從湯姆肩膀上方飛過，穿過房門——洞在這裡——再從走廊穿出天花板。根據湯姆的說法，他立刻拔出警用制式左輪朝史費勒射擊，阻止史費勒繼續開槍。」

「反應很快，槍法神準，我聽說了。」

「正中額頭。」哈利說。

「也沒那麼奇怪，去年秋天湯姆拿到射擊測驗最高分。」

「你忘了我的成績。」哈利語帶諷刺地說。

「魯納，進行得如何了？」莫勒大聲問道，轉頭朝一個身穿白衣的警監看去。

「很順利。」白衣警監站了起來，呻吟一聲，把背挺直。「我們在這裡的石棉水泥牆發現擊斃史費勒的子彈。射穿房門的那枚子彈穿過天花板飛出去了，我們得看看找不找得到那枚子彈，好讓彈道組那夥人明天有東西可以玩。反正彈道符合證詞。」

「嗯，謝謝。」

「不客氣。你老婆最近好嗎？」

莫勒述說妻子近況，卻沒問候白衣警監的妻子。哈利知道白衣警監目前沒有老婆。去年刑事鑑識組有四個男性同仁在同一個月跟老婆離異，大家在警署餐廳裡還開玩笑說一定是屍臭惹的禍。

他們看見韋伯獨自站在屋外，手裡拿一杯咖啡，望著梯子上的警員。

「還順利嗎，韋伯？」韋伯瞇縫著眼朝他們望來，彷彿得先查看自己是否要花費力氣回答這個問題。

「她不會有事的，」韋伯說，又朝梯子上的警員望去。「當然她說她無法了解怎麼會這樣，說她兒子討厭看到血什麼的，不過這裡發生的事實都沒什麼問題。」

「嗯。」莫勒伸手扶在哈利手肘後方。「我們去散散步。」

兩人沿著街道慢慢向前走。這個地區盡是小房子、小院子，街道盡頭的區塊建的是公寓。許多孩童脹紅了臉、氣喘吁吁，腳下啪噠啪噠地經過他們身旁，爭相去看轉著藍色燈光的警車。莫勒等他們走出其他人的聽力範圍，才開口說話。

「我們捉到殺害愛倫的凶手了，你看起來沒有很高興。」

「呃，那要看你說的高興是指什麼。首先，我們還不知道**是不是**史費勒幹的，要等ＤＮＡ比對……」

「ＤＮＡ比對結果一定跟史費勒相符。你是怎麼了，哈利？」

「沒什麼，老闆。」

莫勒停下腳步。「真的嗎？」

莫勒把頭側向史費勒的家。

「你是不是覺得一顆子彈就要了史費勒的命，太便宜他了？」

「我都跟你說沒什麼了！」哈利勃然大怒。

「說出來！」莫勒喝道。

「我只是覺得這件事實在太有趣了。」

莫勒蹙起眉頭。「什麼事有趣？」

「像湯姆這樣一個經驗老到的警察……」哈利壓低聲音，一字一字緩緩說道：「……竟然會單獨接下任務，去找一個嫌犯問話甚至加以逮捕，這打破了所有成文和不成文的規定。」

「你在說什麼？你認為湯姆挑釁史費勒？你認為湯姆逼史費勒拿出手槍，好讓他替愛倫報仇？是這樣嗎？所以你剛剛在那裡才滿口都是『根據湯姆的說法』，好像我們署裡一點都不相信同僚說的話？還讓一半的現場勘查組同仁全都聽在耳裡？」

兩人怒目相視。莫勒幾乎和哈利一般高。

「我只是說這件事實在太有趣了，」哈利說，撇過頭去。「就這樣而已。」

「哈利，你真是夠了！我不知道你為什麼追在湯姆後面趕來這裡，也不知道你到底懷疑會發生什麼事，我只知道我不想再聽到這件事，也不想再聽到你含沙射影任何事，聽清楚了沒？」

哈利的目光在史費勒家的那棟黃色屋子上逗留。在這個下午，在這條寧靜的住宅街上，那棟黃色屋子比周圍房屋都來得小，也不像周圍房屋都圍有高聳籬笆。其他房屋的籬笆讓這棟外牆為石棉水泥所包覆的醜陋屋子顯得毫無防備，周圍的房屋似乎都輕視這棟黃色屋子。空氣中聞得到篝火的酸味，遠處畢雅卡賽馬場播報員金屬般的聲音隨風飄來又散去。

哈利聳聳肩。「抱歉。我……你知道的。」

莫勒把一隻手搭在哈利肩膀上。「我知道，哈利。她最棒了。」

65

二〇〇〇年五月二日。施羅德酒館。

老人正在閱讀一份《晚郵報》，全神貫注研究跑馬賽事的形式，忽然看見一個女服務生站在他桌旁。

「哈囉。」女服務生說，在老人面前放下一大杯啤酒。一如往常，他並不回應，只是看著女服務生找錢給他。她的年齡不太容易看得出來，但老人猜測大約在三十五到四十歲之間。她的面容看得出歲月用力刻劃的痕跡，就如同她服務的這群客人一般。但她笑容很甜，可以一口氣喝完一兩杯啤酒。女服務生離去。老人舉起玻璃杯，牛飲一口啤酒，眼睛環視整間酒館。

他看了看錶，站起身來，走到酒館內側的公共電話前，投下三個一克朗硬幣，按了號碼，然後等待。鈴聲響了三聲之後，電話被接起來。

「喂，你好。」

「辛娜？」

「對。」

老人從辛娜的聲音中聽出她感到害怕，她已經知道電話是誰打來的。這是第六次了，也許她已經辨認出其中的模式，知道老人今天會打電話來。

「我是丹尼爾。」老人說。

「你是誰？你想幹什麼？」辛娜呼吸急促。

「我說過了，我是丹尼爾。我只是想再說一次多年前妳說過的話，妳還記得嗎？」

「請別這樣，丹尼爾已經死了。」

「至死不渝，辛娜，至死不渝。」

「我要報警了。」

老人掛上電話，戴上帽子，穿上外套，慢慢走進陽光之中。聖赫根公園出現了第一個花苞。時候快到了。

66

二〇〇〇年五月五日。晚餐。

蘿凱的笑聲穿透滿座餐館中嗡嗡不絕的說話聲、餐具碰撞聲和服務生忙進忙出的聲音。

「……我看見答錄機有留言，嚇得半死，」哈利說：「妳知道答錄機有個小燈會閃爍，好像一個小眼睛，然後就聽見妳那很有威嚴的聲音。」

他壓低嗓音。

「**我是蘿凱，星期五晚上八點吃飯，別忘了要穿體面的西裝，要帶體面的皮夾**。黑格聽了嚇都嚇死了，我還得餵牠吃兩顆小穀粒，給牠壓壓驚。」

「我才沒那樣說呢！」她爆出大笑，不忘出言抗議。

「反正也差不了多少。」

「才怪呢！還不都怪你答錄機上的預錄留言。」

她也壓低嗓音學著哈利的語調說：「**我是哈利，留話給我**。真的是太……太……」

「太有哈利風格？」

「一點也沒錯。」

這是一頓完美的晚餐、一個完美的夜晚，現在該是蹧蹋它的時候了，哈利心想。

「梅里克派給我新工作，我得去瑞典執行臥底任務，」他說，玩弄著手上的法里斯牌礦泉水玻璃瓶。

「得去六個月，過了週末就出發。」

「喔。」

哈利在蘿凱臉上並未看見任何反應，心中感到訝異。

「先前我打電話給小妹和老爸，告訴他們這件事，」他繼續說：「結果我老爸說話了，還祝我一切順利。」

「那很好。」蘿凱臉上掠過一絲微笑，忙著看甜點菜單。

「歐雷克會想念你的。」她低聲說。

哈利看著她，但搜尋不到她的目光。

「那妳呢？」他問道。

她臉上掠過一抹苦笑。

「他們有四川式香蕉聖代。」她說。

「來兩份吧。」

「我也會想念你。」她說，視線移到下一頁菜單。

「有多想念？」

她聳聳肩。

哈利又問一次，然後看著蘿凱吸了一口氣，彷彿想說些什麼，卻又把那口氣吐了出來。跟著她又吸了口氣，最後終於開口說話。

「抱歉，哈利，現在我生命裡的空間只夠給一個男人，一個六歲的小男人。」

哈利覺得彷彿有一桶冰水當頭澆下。

「不會吧，」他說：「我沒**那麼**糟吧。」

她從菜單上抬起雙眼，臉上帶著戲弄的神情。

「妳跟我，」哈利說，俯身越過餐桌。「今天晚上在這裡，我們是在調情，我們玩得很開心，可是我們要的不止是這樣，**妳**要的不止是這樣。」

「可能吧。」

「不是可能，是很確定，妳想要全部。」

「那又怎樣。」

「**那又怎樣？**那妳就得告訴我妳想**怎樣**，蘿凱。過幾天我就要去瑞典南部一個鳥不生蛋的地方了，我不是個需要被寵的男人，我只想知道等秋天我回來的時候，我們還會剩下什麼？」

「抱歉，我不是故意要這樣的。我知道這樣說很怪，可是……另一個選項是行不通的。」

「什麼選項？」

「做我想做的事，帶你回家，脫光你的衣服，整晚跟你做愛。」

最後這句話說得又輕又快，彷彿這是她希望壓到最後一刻才說的話，而當她說這句話時，必須完完全全照這樣說，說得直接了當不加任何修飾。

「那麼再一個晚上呢？」哈利說：「再幾個晚上呢？那麼明天晚上、後天晚上、下個星期呢……？」

「別說了！」蘿凱的鼻梁浮現憤怒的紋路。「哈利，你必須明白，這樣是行不通的。」

「對。」哈利拍出一根菸並點燃，容許蘿凱撫摸他的下巴、他的唇。她溫柔的撫觸猶如電擊般衝擊他的神經，最後留下麻木的痛。

「不是因為你的關係，哈利。有一陣子我以為自己可以再來一次。我經歷過這整個過程，兩個成人，沒有別人介入，簡單明瞭。自從……自從歐雷克的父親之後，我第一次對一個男人這麼有感覺。所以不會只有一個晚上，這樣……這樣不好。」

她陷入沉默。

「是因為歐雷克的父親酗酒的關係嗎？」

「你為什麼這樣問？」

「我不知道，也許這可以解釋為什麼妳不想跟我發展進一步的關係。倒不是說妳得跟別的酒鬼交往過，才知道我不是個好對象，可是……」

蘿凱把手放在哈利手上。

「你是個好對象，哈利。問題不在你。」

「那問題到底在哪裡？」

「這是最後一次了，就這樣，我不會再跟你見面了。」

她的眼睛望著哈利，哈利這才看見她眼角閃爍的淚光不是大笑過後留下的。

「那故事的後半段呢？」他問道，勉強擠出微笑。「是不是跟ＰＯＴ的所有事情一樣，只有需要知道的人員才能知道？」

她點點頭。

蘿凱張開口，似乎想說什麼。哈利看得出她快要哭了。她轉而咬住下唇，把餐巾放在桌上，向後推開椅子，未發一語地起身離去。哈利坐在椅子上，怔怔看著那條餐巾。她一定是把餐巾捏在手裡好一陣子了，他暗忖，因為那條餐巾已經被捏成了一顆球。他看著那條餐巾猶如一朵白色紙花緩緩舒展開來。

67

二〇〇〇年五月六日。哈福森的住處。

哈福森被電話鈴聲吵醒，數位鬧鐘的夜光數字顯示凌晨一點三十分。

「我是哈利，你睡了嗎？」

「還沒。」哈福森說，完全不明白自己為什麼說謊。

「我有幾個想法，跟史費勒有關。」

從呼吸聲和背景的車流聲聽得出哈利正走在街上。

「我知道你想知道什麼，」哈福森說：「史費勒的戰鬥靴是在亨利易普森街的最高機密服飾店買的，售貨員指認過他的照片，還可以給我們購買日期。是這樣的，克里波曾因為聖誕節前夕發生的侯格林命案，清查過史費勒的不在場證明，今天我已經把資料全都傳真去你辦公室了。」

「我知道，我剛從辦公室出來。」

「這個時間？你今天晚上不是跟人約吃飯嗎？」

「呃，提早結束了。」

「然後你還回去工作？」哈福森以不可置信的語氣問道。

「對，我又回去工作。我看了你的傳真之後有幾個想法，不知道你明天可不可以再幫我查幾件事。」

哈福森呻吟一聲。第一，莫勒非常明確地告訴過他：哈利跟愛倫命案一點關係也沒有。第二，明天是星期六。

「哈福森，你在聽嗎？」

「在。」

「我想莫勒一定跟你說過些什麼，別去理他就好，現在你有機會可以多學一點警探的辦案技術。」

「哈利，問題是……」

「哈福森，別說話，聽我說。」

哈福森在心裡暗暗咒罵，閉嘴聆聽。

68

二〇〇〇年五月八日。威博街。

剛煮好的咖啡香氣飄來玄關，哈利正在玄關把夾克掛在一支已掛滿衣服的衣帽架上。

「謝謝你在這麼短的時間內答應見我，樊科先生。」

「不會，」辛德在廚房咕噥著說：「我這樣的老人很高興幫忙的，只要能幫得上忙就好了。」

辛德把咖啡倒在兩個大馬克杯中，放在廚房餐桌上。哈利的指尖在沉重的深色橡木餐桌上來回撫摸。

「這桌子是普羅旺斯做的，」辛德沒等哈利問話便說：「我太太喜歡法國鄉下的家具。」

「這張桌子很棒，你太太的品味非常好。」

辛德微微一笑。

「你結婚了嗎？還沒？沒結過婚？別拖太久喔，一個人生活會越來越困難的。」他笑了幾聲。「我知道自己在說什麼。我結婚的時候已經超過三十歲，以我那個年代來說算是晚婚了。一九五五年五月。」

辛德伸手指向餐桌旁的牆上掛著的一張照片。

「那真的是你太太？」哈利問說：「我還以為是蘿凱。」

「喔，當然是我太太，」辛德這才望向哈利，面帶驚訝之色。「我忘了你跟蘿凱在ＰＯＴ是認識的。」

兩人走進客廳。客廳裡堆疊的紙張較上次哈利來時又增加不少，如今除了書桌前那張椅子，其他椅子全都已被紙堆佔據。

「上次我給你的那些名字，你有查出些什麼嗎？」辛德問道。

哈利概略說明他的發現。

「不過有新的事件發生，」他說：「有一個女警被人殺害。」

「我在報紙上看到了。」

「這件命案已經破案了。我們正在等待ＤＮＡ化驗結果。樊科先生，你相信巧合嗎？」

「不太相信。」

「我也不相信。所以當我發現同樣的人一直出現在看起來毫無關聯的案子當中，我心裡就會冒出疑問。愛倫遇害的那天晚上，她在我的答錄機裡留言說：『我知道我們要找的那個人是誰了。』她那時正在幫我調查從約翰尼斯堡訂購馬克林步槍的掮客是誰。當然了，這個掮客跟凶手不一定有關聯，但是時機太巧了，尤其愛倫又急著找我。步槍走私案我已經辦了好幾個星期，那天晚上她打了好幾通電話找我，口氣又很激動，這可能表示她覺得生命受到威脅。」

哈利伸出食指放在咖啡桌上。

「你給的名單裡的其中一個人，侯格林．戴拉，去年秋天被人殺害。警方在侯格林陳屍的巷子裡發現許多東西，其中最醒目的是一灘嘔吐物。嘔吐物的血型跟侯格林不符，而且一個超級冷血的專業級殺手是不可能在犯罪現場嘔吐的，因此警方並未立刻把嘔吐物跟命案的任何環節連結在一起。不過克里波刑事調查部為了排除嘔吐物屬於凶手的可能性，還是把嘔吐物的唾液樣本送去進行ＤＮＡ化驗。今天稍早的時候，我的一個同事把嘔吐物的ＤＮＡ，拿去跟我們在愛倫命案現場發現的一頂帽子上的ＤＮＡ做比對，結果兩者相符。」

哈利停頓下來，望著辛德。

「原來如此，」辛德說：「你認為凶手可能是同一個人。」

「不對，我不這麼認為。我只是認為這兩起命案可能有關聯，而且史費勒兩次都在命案現場附近並不是巧合。」

「為什麼兩起命案不可能都是史費勒幹的？」

「有可能兩起命案都是他幹的，可是史費勒使用的暴力手法跟侯格林被殺的冷血手法有非常顯著的不同。你有沒有看過球棒對人體造成的傷害？軟質木棒可以擊碎骨骼，導致像肝臟和腎臟等內臟爆裂，通常被害人的皮膚看起來會像是毫髮無傷，但是卻會死於內出血。侯格林則是頸動脈被劃開，這種殺人手法會讓鮮血噴出來，你明白我說的嗎？」

「我明白，可是我不懂你的意思。」

「史費勒的母親跟我們一個警官說，史費勒怕看到血。」

辛德端起馬克杯正要湊到嘴邊，卻在半空中停住，又放了下來。

「對，可是……」

「我知道你想說什麼——史費勒可能在殺了侯格林之後，因為看到血流滿地而嘔吐。不過重點在於殺害侯格林的凶手是個用刀的行家，醫事檢察官在驗屍報告上寫說，凶手下刀有如外科手術般精準，所以只有精通此道的人才有可能使得出這種手法。」

辛德緩緩點了點頭。

「我想我知道你為什麼來找我了。你想知道森漢姆的挪威軍人當中，有誰能使得出這種殺人手法。」

「對，有這樣一個人嗎？」

「有，」辛德用雙手握住馬克杯，眼神飄向遠方。「就是你沒找到的那個人，蓋布蘭．約翰森。我跟你說過我們都叫他知更鳥對不對？」

「你可以跟我多說說這個人的事嗎？」

「可以，可是我們得先多煮點咖啡。」

69

二〇〇〇年五月八日。伊斯凡路。

「誰？」門內傳來一聲輕喊，聲音細小而害怕。哈利透過霧面玻璃可以看見她的身形輪廓。

「我是哈利．霍勒，剛剛我們通過電話。」

門打開一道隙縫。

「抱歉，我……」

「沒關係。」

辛娜．霍爾敞開大門，讓哈利踏進玄關。

「霍爾出去了。」她說，露出抱歉的微笑。

「我知道，妳在電話上說過，」哈利說：「其實我是想跟妳請教幾個問題。」

「我？」

「可以嗎？霍爾太太？」

霍爾老太太領著哈利入內。她的鋼灰色頭髮十分濃密，挽成個髻，再用一枚老式髮夾固定。她渾圓的身體左右輕擺，令人聯想到柔軟的擁抱和美味的食物。

畢樂抬起頭，望著他們走進客廳。

「妳先生一個人出去散步？」哈利問。

「對，咖啡館不能讓狗進去。」辛娜說：「請坐。」

「咖啡館？」

「他最近的習慣，」她微微一笑。「去咖啡館讀論文。他說他不坐在家裡，腦筋轉得比較快。」

「也許有點道理。」

「絕對有道理，而且還能做做白日夢吧。」

「妳覺得會是什麼樣的白日夢？」

「這個嘛，我不知道。也許可以想像回復青春年華，在巴黎或維也納的路邊咖啡館喝咖啡。」她臉上又掠過抱歉的微笑。「不說這個。要不要喝點咖啡？」

「好，謝謝。」

辛娜走進廚房。哈利細看牆上的裝飾，見壁爐上掛著一幅年輕男子的肖像，身穿黑色披風。哈利之前來霍爾家，並未注意到那幅肖像。披風男子的站姿稍嫌誇大，眼睛遙望畫家後方的遠處地平線。哈利走到肖像前，見上頭嵌著一塊銅製銘牌，寫著：奧布雷嘉·康涅里·霍爾，一八八五—一九六九。醫學顧問。

「那是霍爾的祖父。」辛娜說，端著一托盤的咖啡用具回到客廳。

「原來如此。你們有好多肖像。」

「對啊，」她說，放下托盤。「那幅肖像旁邊是霍爾的外祖父方納．舒曼醫生，他是伍立弗醫院在一八八五年創立時的創辦人之一。」

「這位呢？」

「尤納斯．舒曼，國立醫院的顧問。」

「那妳的親戚呢？」

辛娜困惑地看著哈利。「什麼意思？」

「妳的親戚在哪裡？」

「他們……在別的地方。要加奶油嗎？」

「不用，謝謝。」

哈利坐了下來。「我想問妳一些二次大戰的事。」他說。

「不會吧。」辛娜衝口而出。

「我了解，不過這件事很重要，可以請教妳嗎？」

「我聽看看吧。」她說，替自己斟上咖啡。

「二戰時期妳是護士……」

「對，在東部戰線。我是叛國賊。」

哈利抬起雙眼，辛娜的眼睛冷靜地看著哈利。

「我們這些叛國賊大概有四百個人左右，戰後全被判刑。雖然國際紅十字會曾經向挪威當局懇求中止所有刑事訴訟，我們還是被判了刑。挪威紅十字會一直到一九九〇年才道歉。霍爾的父親，就是照片裡的那位，動用關係替我減刑……一部分原因是我在一九四五年春天幫助過兩個反抗軍男性成員，而且我從來沒加入過國家集會黨。還有什麼你想知道的？」

哈利凝視自己的咖啡杯，突然想到奧斯陸有些較高級的住宅區竟如此安靜。

「我想問的不是妳的過去，霍爾太太。你還記得前線有一個挪威士兵叫蓋布蘭．約翰森嗎？」

辛娜往後縮了縮。哈利知道他問到了些什麼。

「你到底想知道什麼？」辛娜問，面容緊繃。

「妳丈夫沒跟妳說過嗎？」

「霍爾什麼事都不會跟我說。」

「原來如此。我正在查幾個去過森漢姆並且上過前線的挪威軍人。」

「森漢姆，」她柔聲複述。「丹尼爾去過那裡。」

「對，我知道你跟丹尼爾．蓋德松訂過婚，辛德．樊科跟我說過。」

「那是誰？」

「一個前線老兵，妳丈夫認識的反抗軍成員。辛德建議我找妳問有關蓋布蘭的事。辛德中途叛逃，所以不知道蓋布蘭後來怎麼了。不過另一個叫艾德伐．莫斯肯的老兵跟我說，一枚手榴彈在壕溝裡爆炸，爆炸後的事他都不清楚，但如果蓋布蘭活了下來，應該會被送到戰地醫院。」

辛娜的嘴唇咂咂出聲，畢樂緩步走來，她把手指埋入畢樂的剛硬厚毛中。

「我記得蓋布蘭，」她說：「丹尼爾從森漢姆寫來的信和我在戰地醫院收到他寫來的紙條上，有時會提到蓋布蘭。他們兩個人很不一樣。我想蓋布蘭變得像他弟弟似的。」她微微一笑。「丹尼爾身邊的男人大部分都會表現得像他弟弟。」

「妳知道蓋布蘭後來怎麼樣了嗎？」

「就像你說的，他後來被送來戰地醫院。那時我們的戰區開始被紅軍攻陷，我軍展開全面大撤退，醫院在前線得不到醫藥補給，因為所有道路都被四面八方湧來的撤退車潮堵住了。蓋布蘭傷得很嚴重，尤其是他膝蓋上方的大腿部位卡了一枚彈殼碎片。他的腳長滿壞疽，瀕臨截肢的命運，所以我們不再苦等永遠送不到的醫藥補給，把他抬上車，讓他跟隨撤退車潮往西邊去。我最後一次見到他是在卡車後車廂，他滿臉鬍鬚，身上蓋著毯子。卡車輪胎陷入有半個車輪高的春泥裡，他們花了一小時才繞過第一個彎道開上路。」

畢樂把頭擱在辛娜大腿上，抬起哀愁的眼睛看著她。

「那是你最後一次看見他或收到他的消息？」

辛娜緩緩端起精細瓷杯，湊上唇邊，小啜一口，再放下杯子。她的手並沒怎麼晃動，但微微顫抖。

「幾個月後，我接到蓋布蘭寄來的一張卡片，」她說：「裡頭寫說他有一些丹尼爾的個人物品，其中有一頂紅軍軍帽，據我所知那好像是戰爭紀念品。他的筆跡不太容易辨識，但是傷兵寫的信多半都是那樣。」

「那張卡片，妳還……？」

她搖搖頭。

「妳記得那張卡片是從哪裡寄來的嗎？」

「不記得了，我只記得那個地址讓我想到綠樹和郊區，而且他康復了。」

哈利站了起來。

「這個叫辛德的人怎麼會認識我？」她問道。

「這個嘛……」哈利不太知道該怎麼說，辛娜隨即接口。

「所有的前線士兵都聽過我的名字，」她說，嘴角泛起一抹微笑。「那個把靈魂賣給惡魔，換取提前出獄的女人。他們都是這樣想的吧？」

「我不知道。」哈利說。他知道他得離開這裡。這裡距離環繞奧斯陸的環狀道路只有兩條街，但這裡實在太安靜，像是在山裡的湖邊似的。

「他們告訴我說丹尼爾死了以後，」她說：「我就再也沒見過他。」

她的目光落在遠方。

「我收到勤務兵替他轉送的新年問候信之後，才過三天，我就在死亡人員名單中看見丹尼爾的名字。我不相信那是真的。我告訴他們說我不相信，除非讓我親眼看見他的屍體。所以他們就帶我去北區總隊的萬人塚，焚燒屍體的地方。我走進壙坑，踏過死屍，在一具具焦黑的屍體中尋找，查看一對對漆黑空洞的眼窩，可是沒有一具屍體是丹尼爾。他們說要認出丹尼爾是不可能的，可是我說他們錯了，他們又說丹尼爾可能被放在已經掩埋的壙坑裡。我不知道，可是後來我再也沒見到他。」

哈利清清喉嚨，辛娜嚇了一跳。

「謝謝妳的咖啡，霍爾太太。」

辛娜送哈利來到玄關。哈利站在衣櫥旁，扣上外套釦子，不自禁地在牆上掛著的照片中尋找她的容顏，但沒找著。

「我們得告訴霍爾嗎？」她問道，替哈利開門。

哈利訝異地看著她。

「我是說，我們得告訴霍爾說我們談過這件事嗎？」她趕緊補充道：「說我們談過二次大戰和……丹尼爾？」

「呃，如果妳不想告訴他，當然就不用說。」

「他會發現你來過。我們可不可以說你只是等他回來，後來你就去赴另一個約？」

她露出懇求的眼神，但她眼神之中還蘊含著別的東西。

哈利一時之間說不出那東西是什麼，直到車子開上鈴環街，才恍然明白。他不得不打開車窗，讓自由的、震耳欲聾的引擎怒吼聲灌入車內。那是恐懼。辛娜害怕著什麼。

70

二〇〇〇年五月八日。諾堡區，布蘭豪格家。

布蘭豪格用刀子輕敲水晶玻璃杯緣，往後推開椅子，用餐巾稍微擦擦嘴唇，輕輕地清了清喉嚨。他唇邊掠過一抹微笑，彷彿對自己即將向賓客發表的演說感到興味盎然。他今晚的賓客有警察總長安．史戴森及其夫婿，以及梅里克夫婦。

「親愛的朋友和同事。」

他的眼角餘光看見妻子臉上的僵硬微笑，彷彿在說：**抱歉我們必須聽他開講，這我插不上手**。

這天晚上，布蘭豪格講述的是友誼和共治，內容關於忠誠的重要性，同時召喚正面能量做為保護，因為民主總是容許平庸、無責任感和領導層級的無能。想當然耳，你不能期望政治選舉選出的家庭主婦和農夫了解他們所背負的責任的複雜性。

「民主的酬報就是民主本身，」布蘭豪格說，這是他剽竊而來並佔為己有的一句話。「但這不代表民主不用付出代價。當我們任命鈑金工人做為財政部長……」

他說話時有停頓，利用空檔查看警察總長安的神情，見她側耳聆聽他發表演說。他不時插口一兩句有關非洲前殖民地民主化過程的俏皮話，他在那些地方出任過大使。這篇演說布蘭豪格在其他場合說過許多次，但今晚他自己並沒有受到鼓舞。他的思緒飄到了別處，過去這幾個星期，他的思緒一直在同一處打轉：在蘿凱．樊科身上打轉。

他對蘿凱著了迷，有時他會考慮忘了蘿凱。他為了得到蘿凱已花費太多心思。

他想到自己最近使出的操弄手段。若非梅里克是ＰＯＴ密勤局首長，這個手段不可能成功。他必須進行的第一件事是除去哈利．霍勒這個傢伙，把哈利弄出奧斯陸，弄到一個蘿凱或任何人都連絡不到的地方。

布蘭豪格打電話給梅里克，說他在《每日新聞報》的眼線回報說，業界傳言去年秋天美國總統來訪時發生了「某些事情」。他們必須立刻採取因應措施，以免太遲，必須把哈利藏到一個媒體找不到的地方。梅里克不也正有同樣想法嗎？

梅里克聽了只是發出「嗯」和「啊」的聲音。布蘭豪格堅持必須把哈利藏起來，至少藏到傳言被人淡忘為止。老實說，布蘭豪格曾有一度懷疑梅里克可能不相信他的話，而他的懷疑並非沒有道理。幾天後，梅里克打電話給他，說哈利已經被送到前線一個被上帝遺忘的地方，那個地方位於瑞典。布蘭豪格喜得抓耳撓腮。如今再沒有什麼可以破壞他替自己和蘿凱所做的安排。

「我們的民主政體就好像是個美麗的、臉上帶著微笑、但有點天真的女兒。事實上，社會上善的力量之所以會凝聚，跟菁英主義或權力遊戲一點關係也沒有；這只是我們唯一的保證，保證我們的女兒——民主政體——不會受到侵犯，政府不會被不良勢力所接管。因此，忠誠，這個幾乎被遺忘的美德，對我們這些人來說就顯得非常值得擁有而且不可或缺。是的，這個責任……」

眾人移師到客廳的寬闊扶手椅上，布蘭豪格傳下一盒古巴雪茄，這是派駐哈瓦那的挪威領事送他的禮物。

「這雪茄是古巴女人用大腿揉製而成的。」布蘭豪格眨了眨眼，悄聲對安的丈夫說，但安的丈夫似乎不明白他的意思，只是露出一個冷淡僵硬的表情。安的這個丈夫是叫什麼名字來著？他的名字是雙名——老天，難道他忘了？托爾艾瑞克！對了，她丈夫叫托爾艾瑞克。

「托爾艾瑞克，要不要再來點干邑？」

托爾艾瑞克露出淡淡的抿嘴微笑，搖了搖頭。也許他是個苦行主義者，一星期要慢跑五十公里，布蘭豪格心想。這個男人全身上下都很單薄，身材、臉龐、頭髮，無一不是。布蘭豪格在發表演說時，曾看見托爾艾瑞克跟妻子交換眼神，彷彿在提醒妻子某個笑柄，而這個笑柄跟他的演說不一定有關係。

「明智的決定，」布蘭豪格酸不溜丟地說：「安全總比後悔好？」

「布蘭豪格，有電話找你。」

「艾莎，我們有客人。」

「是《每日新聞報》的人打來的。」

「我去辦公室接。」

電話是新聞組一名女記者打來的，布蘭豪格沒聽過她的名字。女記者的聲音聽起來相當年輕，布蘭豪格在心裡想像她的長相。女記者打來詢問關於今晚發生的示威行動，這場示威行動發生在湯瑪海特街的奧地利大使館外，抗議約爾格．海德爾[27]和極右翼自由黨贏得選舉，入主奧地利政府。女記者只想請布蘭豪格簡短發表幾句意見，登在早報上。

「布蘭豪格先生，您認為這是檢視挪威和奧地利之間外交關係的適當時機嗎？」

他閉上雙眼。他們是來試探他的，這些記者不時會來試探他的口風，但彼此都知道他們討不到什麼好處；他太經驗老到了。他感覺到自己已經有點醉意；他的頭輕飄飄地，眼睛在眼皮裡跳舞，但要應付記者綽綽有餘。

「這是政治判斷，不是我這個外交公僕可以決定的。」他說。

電話那頭靜默片刻。他喜歡女記者的聲音。她有一頭金髮，他感覺得出來。

「不知道以您豐富的外交經驗，能不能預測挪威政府會採取什麼行動？」

非常簡單，他知道該如何回答。

27 Jörg Haider，1950~2008，奧地利人，知名政治家，政治立場極為右派，並為納粹德國支持者。他領導的極右翼自由黨曾於一九九九年經選舉進入奧地利執政政府，引發歐盟國家對奧地利的緊張情勢。不久該黨退出奧地利聯合政府，再度成為在野黨。

我不預測這種事。這回答恰如其分。一個人在他這個位子上不必多久，就會覺得自己已經把全天下所有問題都回答光了。年輕記者通常會以為他們問出的問題是史上頭一次被提出來，因為這個問題他們花了半個晚上才想出來。當他停下來稍做思考，他們會印象深刻，卻不知道這個問題他已經回答過數十遍。

我不預測這種事。

他很訝異自己還沒把這句話說出口。女記者的聲音有種磁性，讓他很樂意多幫點小忙。**以您豐富的外交經驗**，她如此說。他想問她，打電話給伯恩特·布蘭豪格的主意是她想出來的嗎？

「身為外交部最資深的公僕，我必須確保我們跟奧地利之間保持良好的外交關係。」他說：「很明顯的，我們都注意到了其他國家對奧地利發生的事所做出的回應，然而跟一個國家保持良好的外交關係並不代表我們喜歡這個國家發生的事。」

「不對，我們跟幾個軍事政權都保有外交關係，」電話那頭傳來回應：「您認為奧地利政府為什麼會特別引起暴力示威行動？」

「我認為應該跟奧地利近年的歷史有關。」他應該就此打住。這話說到這裡就應該打住。「奧地利跟納粹主義頗有淵源，畢竟大部分的歷史學家都同意在二次大戰期間，奧地利實際上是希特勒領導的納粹德國的盟友。」

「奧地利不是跟挪威一樣是被佔領的嗎？」

他忽然想到他完全不知道如今學校教的二次大戰歷史怎麼說，顯然學校教得很少。

「妳說妳叫什麼名字？」他問道，也許他**真的**喝多了。女記者說出她的名字。

「這個嘛，娜塔莎，在妳打電話給別人之前，我先幫妳一點小忙。妳聽過**德奧合併**嗎？這表示奧地利不是被佔領的，跟一般對這個名詞的解讀有所出入。德軍在一九三八年三月進駐奧地利，沒有受到任何抵抗，直到二戰結束都維持這種狀態。」

「就跟挪威一樣囉？」

布蘭豪格大感震驚。娜塔莎的口氣如此確定，對自己的無知沒有一絲羞恥。

「不對，」布蘭豪格緩緩說道，彷彿在跟一個頭腦遲鈍的小孩說話。「跟挪威不一樣。挪威人有抵抗，挪威國王和挪威政府遷到了倫敦，隨時準備回歸，同時製作廣播節目……鼓勵家鄉的同胞。」

他聽出自己的措辭有點不那麼恰當，隨即補充說：「挪威全體人民肩並肩抵禦外來武力，只有少數挪威叛國賊穿上黨衛隊SS制服，上戰場替德軍作戰，這些人是社會的敗類，無論哪個國家都必須接受這種敗類的存在。但是在挪威，善的力量凝聚而起，強而有力的人士起而領導反抗運動，率先替民主政體鋪路。這些人對彼此忠誠相待，根據戰後的分析，是他們救了挪威。民主的酬報就是民主本身。娜塔莎，請刪掉我剛剛說挪威國王的那一段。」

「所以你認為跟納粹黨一起作戰的人是敗類囉？」

她真正想問的是什麼？布蘭豪格決定結束這段對話。

「我只是說那些在二戰期間背叛祖國的人，應該對法官從輕量刑感到高興。我在許多國家出任過大使，那些國家的叛國賊是會被一一槍決的，而我不敢說挪威沒有槍決叛國賊是不是正確的。回到妳想要的評論，娜塔莎，外交部對示威行動或奧地利新國會成員都不予置評。我這裡還有客人，恕我無法再跟妳繼續說下去，娜塔莎……」

他說了幾句客套話，掛上電話。布蘭豪格回到客廳，只見眾人正準備離去。

「這麼快就要走了？」他說，露出大大的微笑，但並未再出言挽留。他覺得累了。他送客人到門口，跟警察總長安握手握得特別用力，口中說只要有地方能幫得上忙，請不要客氣隨時來找他。工作上一切順利，但是……

他睡前想到的最後一件事是蘿凱，以及蘿凱那個被他發配邊疆的警察心上人。他帶著微笑沉沉睡去，隔天醒來卻頭痛欲裂。

71

二〇〇〇年五月九日。腓特烈斯塔市到哈爾登市。

火車上的座位坐不到半滿，哈利在窗邊找了個位子坐下。

坐在他正後方的少女拔出隨身聽耳機，哈利聽見歌手的聲音，但樂器聲難以分辨。他們在雪梨合作的監視專家曾向哈利解釋說，人耳在聲音細微時，會放大人聲的頻率。

在所有聲音歸於寂靜之前，你最後聽見的聲音會是人的聲音，哈利認為這頗讓人感到欣慰。

雨滴在車窗上畫出一道道顫抖的水痕。哈利凝望窗外平坦潮濕的野地和鐵路旁的電線在電線桿間升起又落下。

腓特烈斯塔月台上有一個土耳其禁衛軍樂團正在演奏，車掌跟哈利解釋說他們正在練習五月十七日獨立紀念日的演出。

「每年這個時間的星期二他們都會在這裡表演，」車掌說：「樂團團長認為在四周都是人的地方彩排比較實際。」

哈利在行李袋中塞了幾件衣服。POT替他在克里班鎮準備的公寓會很簡單，但家具齊全，包括電視機、收音機、甚至幾本書。

「《我的奮鬥》[28]之類的。」梅里克咧嘴說道。

哈利沒打電話給蘿凱，儘管他可以打去聽聽她的聲音，最後的人類聲音。

「下一站是哈爾登市。」擴音器傳出帶有鼻音的播報聲，伴隨著劈啪聲。這段播報說到一半，就被尖

28 *Mein Kampf*，希特勒於一九二五年出版的自傳，被視為納粹的政治靈魂，許多國家禁止出版發行。

銳、音調不和諧的火車煞車聲給打斷。

一個音調稱不上不和諧，他心想，**一個音調稱不上不和諧，除非跟別的音調擺在一起**。即使連愛倫這樣一個有音感的人，也需要聽一陣子、才能從幾個音調聽出音樂。即使連愛倫也不能百分之百確定地指出說，在某個片刻，音調不和諧。這是錯的，這是謊言。

然而這個音調在他耳中唱著，十分尖銳，也令人氣惱地不和諧。他要去克里班鎮監視一個可能的傳真發送者，而這份傳真至今激起的不過是幾份報紙的頭條新聞而已。他看過今天每一份報紙，四天前威脅信函的新聞還被炒得沸沸揚揚，到了今天已被淡忘。《每日新聞報》今天的頭條是痛恨挪威的挪威滑雪選手拉瑟・許斯和外交次長伯恩特・布蘭豪格，如果報上引述布蘭豪格的話正確無誤，那麼布蘭豪格說叛國賊都應該判死刑。

另一個音調也不和諧。也許是因為他希望那個音調不和諧。蘿凱離開餐廳時的眼神，幾乎明白表示她親手斬斷了自己的愛意，任由他如同自由落體般往下墜落，除此之外她還留下八百克朗的帳單，虧她還誇下海口說她會買單。這說不通。又或者說得通？蘿凱去過哈利家，眼睜睜看過他灌酒，聆聽他含淚述說一個他認識不到兩年的身故同事，彷彿哈利是她唯一有過親密關係的人。可悲呀。人類不應該看見彼此赤裸的樣貌。可是為什麼當時她不當機立斷，斬斷情絲？為什麼當時她不對自己說這個男人只會帶給她難以應付的麻煩？

一如往常，只要私生活變成沉重的負擔，他就會逃到工作裡。這是某種類型男人的典型代表，他在某處讀過。這可能是為什麼他會把整個週末都花在熬煮陰謀論和陰謀情節上，一股腦把所有元素全丟進去——馬克林步槍走私案、愛倫命案、侯格林命案——全丟進一個大鍋之中，攪拌一番，熬出一鍋臭氣薰天的湯。可悲呀。

他的眼睛掃過面前那份攤開在可折式餐桌上的報紙，目光停留在外交次長的照片上，只覺得這張臉孔有點面熟。

他用手揉揉下巴。根據經驗，他知道當案情陷入膠著時，大腦會傾向於自行做出聯想。馬克林步槍走私案的調查已告結束。梅里克說得很明白，他已宣布本案不成立。梅里克要他去寫新納粹黨的報告，在瑞典一群沒有根的青少年之間進行臥底任務。這真是……幹他媽的！

「……月台在列車左側。」

如果他跳車呢？最糟的結果會是什麼？只要外交部和ＰＯＴ仍擔心去年的收費亭誤擊事件會洩漏出去，他就不可能會被開除。至於蘿凱那方面……至於蘿凱那方面，他不清楚。

火車發出最後的呻吟聲，停了下來，車廂變得安靜。走廊外傳來門被甩上的聲音。哈利坐在位子上不動，耳中比較清楚地聽見隨身聽播放的歌曲。這首歌他聽過很多次，只是他不記得在哪裡聽過。

72

二〇〇〇年五月九日。諾堡區和洲際飯店。

老人給殺個措手不及，突來的劇痛令他屏息。他蜷曲在地上，把拳頭塞進嘴裡，防止自己尖叫。他維持這個姿勢，試著保持清醒，讓一波波光亮與黑暗的波濤穿擊過他。他張開又闔上雙眼。天空在他上方旋轉，時間彷彿加快了腳步：雲朵加速飄過天際，星星在藍天閃耀，白晝轉為黑夜，再轉為白晝、黑夜、白晝，最後又轉為黑夜。然後陣痛結束，他聞到身體下方潮濕泥土的氣味，心裡明白自己仍然活著。

他維持相同的姿勢，直到呼吸恢復正常。汗水濕透了他的襯衫和身體。他翻過身，趴在地上，再度向下俯瞰那棟房子。

那是一棟深色原木大宅。他從早上就趴在這裡了，知道這時大宅裡只有妻子一個人在家。然而大宅一、二樓的燈全都亮著。他看見她一發現黃昏降臨，就走遍整間屋子，把燈全都打開。根據這個行為，他推測她應該怕黑。

他自己也怕，但不是怕黑，他從不怕黑，他怕的是時間的加速流逝，也怕那劇痛。那種劇痛對他來說是一種全新的經驗，而他尚未學會如何控制它。他也不知道自己能否控制它。而時間呢？他盡量不去想癌細胞正在分裂、分裂、分裂。

天際浮現一輪蒼白明月。他看了看錶：七點三十分。不久天色就會變得太黑，只能等到早上，如此一來他就得在這裡露宿一整個晚上。他看著自己做的防風小屋。防風小屋由兩根Y形樹枝構成，他把這兩根樹枝插入泥土，只留半公尺突出地面。兩根Y形樹枝之間架著一根剝去樹皮的松樹枝。他又切下三根長樹枝，放在松樹枝旁的地上。他在這個結構上方鋪上一層厚厚的雲杉小樹枝，這樣就有了屋頂可以避雨保暖，同時也能避免自己被意外走上小徑的路人發現。他花了不到半小時就搭好了這個防風小屋。

他估計自己被路上行人或附近房舍內的人看見的機率微乎其微。要從將近三百公尺外，在雲杉密林的樹幹之間發現這個防風小屋，必須要有過人的眼力才行。為了安全起見，他在整片空地上鋪滿雲杉小樹枝，還在步槍槍管上纏了布條，以免低垂的午後太陽照射到鋼質槍管，產生反射。

他又看了看錶。那男人跑哪裡去了？

布蘭豪格轉動手中酒杯，再次看錶。她跑哪裡去了？

他們約好七點三十分見面，現在都已經七點四十五了。他把杯中威士忌喝完，拿起威士忌酒瓶又斟了一些。這瓶詹森牌愛爾蘭威士忌是客房服務人員送來的。愛爾蘭也只出了這麼一樣好東西。他又斟了一些威士忌。今天是烏煙瘴氣的一天，《每日新聞報》的頭條讓他電話響個不停。雖然他收到不少支持電話，最後還是打電話給《每日新聞報》的新聞主編，他大學時期的老友，清楚說明他的話被錯誤引用。他答應提供對方外交部長在歐洲金融委員會會議上捅出大漏子的內部消息，做為條件交換。主編請布蘭豪格給他一點時間考慮。半小時後，主編回電，表示這個娜塔莎是新來的記者，她已經承認自己可能誤解了布蘭豪格的意思。報社方面不會發出免責聲明，但也不會繼續追蹤這則報導。損害控制進行得很成功。

布蘭豪格豪飲一口，讓威士忌酒液在口中翻滾，濃烈但溫醇的芬芳深入他的鼻腔。他環顧四周。他曾在這個房間度過多少個夜晚？有多少次他在這張稍微過軟的特大號床鋪上醒來，由於前晚多喝幾杯而微感頭痛？有多少次他請身邊的女伴——若女伴還躺在身邊——搭電梯到一樓的早餐餐廳，再走樓梯到大廳，這樣她看起來會像是參加完早餐會報離開，而不是從客房離開。這樣做只是為了安全起見。

他又斟了一些酒。

蘿凱就不一樣了。他不會叫蘿凱搭電梯到早餐餐廳。

門上傳來輕輕敲門聲。他站起來，再看一眼黃色和金色相間的特製床罩，心中微感恐懼，但立刻把恐懼推到一旁，邁出四步，來到門前。他在玄關鏡子中檢視自己的儀容，用舌頭掃過亮白的門牙，用手指沾點唾液順了順眉毛，然後打開房門。

她倚在牆邊，外套釦子沒扣，裡頭是一件紅色羊毛衫。是他要求她穿紅色衣服前來的。她眼皮沉重，給了他一個扭曲的假笑。布蘭豪格十分詫異，他從來沒見過她這個樣子。她一定是喝了酒或吃了什麼藥。她冷淡地打量他幾眼，用他幾乎認不出來的聲音，不清不楚地咕噥說她差點找不到地方。他挽住她的手臂，但被她扭動手臂甩了開來，他只好用手扶著她的背，引導她走進房間。她一進房間就在沙發上癱坐下來。

「喝酒嗎？」他問道。

「麻煩你。」她含糊不清地說：「還是你要我馬上脫光？」

布蘭豪格替她斟了杯酒，並不答話。他知道她玩的是什麼把戲。倘若她以為作賤自己就可以壞了他的興致，那麼她可就大錯特錯。他的確會比較喜歡她扮演成他在外交部的愛情俘虜，做個無法抗拒上司那充滿自信的男性魅力而愛上他的天真女孩，然而最重要的是她屈服在他的慾望之下。他已經太老，不再相信人類的浪漫動機。現在唯一將他們分隔開來的只有他們都在追求的東西：也許是權力、也許是事業、也許是孩子的監護權。

外交次長這個職銜會令女人眩惑，這並不困擾他，畢竟他自己也是一樣。他可是伯恩特·布蘭豪格，外交部的次長。天哪，他努力了一輩子才坐上外交次長這個位子。就算蘿凱想用藥物麻痺自己，把自己搞得像妓女，也無法改變這個事實。

「抱歉，我非得到妳不可。」他說，在她酒裡放了兩個冰塊。「一旦你認識我，就會比較了解我。不過讓我先替妳上第一課，讓妳知道我工作的動力是什麼。」

他把杯子遞給她。

「有些男人一輩子都在地下爬，因為找到碎屑而滿足。我們其他這些男人站起來用兩條腿走路，走到桌子旁邊，正當地佔有一席之地。我們是男人中的少數，因為我們的生活方式偶爾需要表現殘暴，而殘暴需要力量。我們必須從社會民主主義和平等主義的教育方式中掙脫出來。如果要在力量和在地上爬之間做選擇，我寧願打破短視的道德主義，道德主義無法在特定背景中定義個人行為。我內心深處相信，有一天妳會因為這些而尊敬我。」

她不發一語，只是將手中那杯酒一飲而盡。

「哈利對你不構成威脅，」她說：「他跟我只是好朋友而已。」

「我想妳在說謊，」他說，不情願地在她遞來的酒杯中又斟上酒。「而且我必須獨自擁有妳。請不要誤會，當我開出條件，要妳立刻跟哈利斷絕連絡，並不是出於嫉妒，而是基於純粹原則。反正不管梅里克把他派到瑞典或任何地方，他在那裡待上幾個星期不會有什麼傷害。」

布蘭豪格咯咯笑了幾聲。

「妳為什麼那樣看著我，蘿凱？我又不是大衛王，而且哈利……對了，大衛王命令將軍派到前線的那個人叫什麼名字？」

「烏利亞。」她低聲說。

「沒錯，烏利亞死了對不對？」

「不然就沒什麼故事好說了。」她對著酒杯說。

「不錯，可是這裡沒有人會死。而且如果我沒記錯的話，大衛王和拔示巴後來過著幸福快樂的生活，不是嗎？」

布蘭豪格在蘿凱身旁的沙發坐下，用手指抬起蘿凱的下巴。

「告訴我，蘿凱，妳怎麼知道這麼多《聖經》故事？」

「成長的教育環境好。」她說，撇開她的頭，拉起衣服，從頭上脫了下來。

布蘭豪格看著她，吞了口唾液。她很有吸引力，裡頭穿的是白色內衣。他特別要求她穿白色內衣。白色內衣襯托出她肌膚的金黃色光輝，完全看不出她生過孩子。但事實上她生過孩子、生育力強、還替孩子哺乳，這些在布蘭豪格眼中都讓她更具魅力。她完美無瑕。

「我們不趕時間，」他說，把手放在她膝蓋上。她的臉並未露出任何情緒，但他感覺她縮了縮。

「隨便你要怎樣都行。」蘿凱聳聳肩說。

「妳想不想先看一封信？」

他的頭朝一個褐色信封側了側。信封躺在桌子中央，上面有俄國大使的浮紋封印。那是俄國大使衛丁米爾·亞力山卓寫給蘿凱·樊科的一封短信，告知她先前俄國當局請她代表歐雷克·樊科－高索夫出席監護權聽證會的傳喚令已經取消，由於法庭案件積壓過多，這場聽證會已經無限期延期。要拿到這封信並不簡單。布蘭豪格不得不提醒俄國大使還欠他幾個人情尚未還清，除此之外，布蘭豪格答應俄國大使做幾件事，其中幾件幾乎到達外交部長才能批准的層級。

「我相信你，」她說：「我們趕快把事情辦完好嗎？」

他的手掌摑上她的臉頰。她並未眨眼，只是一顆頭晃了幾下，彷彿那顆頭是連結在布娃娃身上。

布蘭豪格揉揉手掌，若有所思地注視著蘿凱。

「蘿凱，妳不笨，」他說：「妳應該知道這只是暫時的安排，要再過六個月這件案子才會喪失時效，只要我打一通電話，新的傳喚令隨時都可以寄來。」

蘿凱怒目瞪視布蘭豪格，布蘭豪格終於在她死寂的眼神中看見一絲生命力。

「我想這個時候妳應該道歉。」他說。

她的胸口上下起伏，鼻孔微微顫抖，眼眶慢慢濕潤。

「怎麼樣？」他問說。

「對不起。」她的聲音細若蚊鳴。

「大聲點。」

「對不起。」

布蘭豪格眉開眼笑。

「這樣才對嘛，蘿凱。」他替她擦去臉頰滑落的一滴清淚。「好了，妳只要了解我就好了。我希望我們能交個朋友，妳明白嗎，蘿凱？」

她點點頭。

「真的？」

她吸吸鼻涕，又點點頭。

「太好了。」

他站起身來，解開皮帶扣。

這天晚上特別寒冷，老人鑽進了睡袋。雖然他躺在厚厚一層雲杉樹枝上，地面散發的寒氣依然穿透他的身體。他的雙腳凍到僵硬，不時還得左右翻身，以免上半身也失去知覺。

那棟大宅的窗戶依然亮著燈，但現在外頭過於漆黑，以致於他透過步槍瞄準器能看見的東西已經不多。但情況還不至於到絕望的地步。面對森林的車庫入口那盞小燈是亮著的，只要那男人今晚回家就好。老人透過瞄準器向外望去。那盞小燈雖然沒發出太大亮光，但車庫門顏色甚淺，足以讓他清楚分辨那男人的身形。

老人翻過身，背朝下躺著。這裡很安靜，他可以聽得見車子駛來的聲音，前提是他沒睡著的話。胃部發作的劇痛榨乾了他的體力，但他不能睡著。過去他執勤時從未睡著過。一次也沒有。他感覺得到心頭那股恨意，並用恨意溫暖自己。這股恨意很不一樣，它不像另一股恨意緩緩燃燒著穩定的火燄，一燒可以燒上許多年，燒去並清除雜念，創造出洞見，讓他看得更清楚。這股新的恨意燃燒得如此猛烈，使得他不知道究竟是他控制了它，還是它控制了他。

他透過雲杉林的間隙，望著上方的星空。四周闃靜無聲。那麼靜。那麼冷。他就快死了。他們都會死。這樣想很好；他試著把這個想法牢記在心裡，然後閉上眼睛。

布蘭豪格看著天花板的水晶吊燈，水晶映照著窗外的「藍點」藍色品牌廣告看板。那麼靜。那麼冷。

「妳可以走了。」他說。

他沒看她，只聽見羽絨被掀開的聲音，然後下陷的床鋪回升。跟著他聽見穿上衣服的聲音。她沒說一句話。他觸碰她時，她沒說一句話。他命令她觸碰他時，她也沒說一句話。她躺在床上，四肢大張，眼神黑洞洞地。黑暗中帶有恐懼，或憎恨。那黑洞洞的眼神令他非常不舒服，以致於他沒能……

起初他忽視她的眼神，等待感覺出現，心中想著他擁有過的其他女人，這一套向來都很管用。但感覺一直沒上來。過了一會，他命令她停止觸碰，沒有理由要讓她來羞辱自己。

她像個機器人般遵從命令，讓自己遵守諾言，不多也不少。歐雷克的監護權官司還有六個月才喪失時效，時間多的是。沒必要太心急；還會有其他日子、其他夜晚。

他回到了原點，顯然他不應該喝酒。酒令他麻木，令他對蘿凱或他自己的撫觸都沒有反應。

他命令她進入浴缸，替兩人倒了酒。熱水，肥皂。他長篇大論述說她有多美麗。她一語不發。那麼靜。那麼冷。最後連熱水也冷了。他替她擦乾身體，又帶她躺回床上。泡過澡後，她的肌膚變得有些粗糙乾澀。她開始顫抖，他感覺到她終於開始有了回應。他的手往下移，再往下移。跟著他再度看見她的眼睛。又大又黑，一片死寂。她的眼睛死盯著天花板。魔法再度失效。他想打她耳光，把生命摑進那對死寂的眼睛裡。他想用掌心摑她，看著她的肌膚發熱、發紅。

他聽見她從桌上拿起那封信，打開包包的扣環。

「下次我們少喝點酒。」他說：「妳也是。」

她沒回答。

「下個禮拜，蘿凱，同樣的地方，同樣的時間。妳不會忘記吧？」

「我怎麼會忘記？」她說。房門關上，她已離去。

他站起身，替自己又調了一杯酒。詹森威士忌加水，最佳良方……。他緩緩啜飲威士忌，又躺了下來。

再過不久就是午夜。他閉上眼睛，但睡意不來。他聽見隔壁房間有人打開付費頻道。聽起來應該是付費頻道，那些呻吟聲栩栩如生。又聽見警車警報器的嗚嗚聲劃破黑夜。可惡！他輾轉反側。這張軟床已經睡得他背部僵硬。他在這裡老是睡不好，不只是床的關係。這間黃色套房永遠是飯店客房，是個陌生的地方。

他跟妻子艾莎說他要去拉爾維克市開會。一如往常，艾莎問起時，他說記不起他們下榻旅館的名字，不知道是不是里嘉飯店？如果會議很晚才結束，他會打個電話，他如此說道。但妳也知道這些深夜晚餐是怎麼回事，親愛的。

艾莎沒什麼好抱怨。布蘭豪格給她的生活，以她的背景來說是難以奢求的。托布蘭豪格的福，艾莎得以環遊世界，前往世界上最美麗的城市，住在奢華的大使官邸，周圍總有一群僕人侍候。她可以學習外國語言，認識新奇刺激的人。她這輩子要做什麼事，從不需要抬起一根手指頭，也沒做過一天工作，若突然要她靠自己生活她會不知該如何是好。布蘭豪格是她存在的基礎、是她家庭的基礎，簡而言之，布蘭豪格是她的全部。因此，布蘭豪格並不在意艾莎可能會怎麼想或不怎麼想。

然而現下布蘭豪格想的卻是艾莎。他應該在家跟她躺在一起的，如此便有一具溫暖熟悉的身體倚著他的背，有一隻手臂環抱著他。是的，經過這些冷冰冰的對待，來點溫暖總是不錯。

他又看了看錶。他可以說晚餐提早結束，他決定開車回家。不僅如此，她還會很開心，她最討厭夜裡一個人待在那間大屋子裡。

他躺在床上聆聽隔壁房間傳來的聲音。

然後他下床，迅速穿起衣服。

老人不再年老。他正在跳舞，跳的是華爾滋，她把臉頰倚在他脖子上。他們跳舞跳了很久，兩人都汗流浹背。她的肌膚火燙燙地，燒灼著他。他感覺得到她在微笑。他希望繼續就這樣舞下去，就這樣抱著她，直到整棟房子燒成灰燼，直到時間凝止，直到他們睜開眼睛，看見他們已來到另一個國度。

她輕聲說了幾句話，卻被音樂聲淹沒。

「什麼？」他說，彎下了頭。她把嘴唇貼在他的耳際。

「你得醒來了。」她說。

他猛然睜開眼睛，對著黑夜眨了眨眼，跟著便看見他呼出的白色霧氣矗立在他眼前。他沒聽見車子駛來的聲音。他轉過身，低低呻吟一聲，努力把手臂從身體下方抽出來。吵醒他的是車庫門的聲音。他聽見引擎加速聲，正好看見那輛藍色富豪轎車被漆黑的車庫吞沒。他的右手臂麻了。再過幾秒，那男人就會走出來，站在小燈之下，關上車庫門，然後……到那時就太遲了。

老人焦急又笨拙地拉開睡袋拉鍊，抽出左臂。腎上腺素在他血管裡奔馳，但睡意遲遲不肯退去，像一層脫脂棉蒙住所有聲音，並讓他視線模糊。他聽見車庫門關閉的聲音。

他已從睡袋裡抽出兩隻手臂。幸而今晚星光滿天，提供足夠亮光讓他迅速找到步槍，放到定位。快！快！他的臉頰抵上冰冷的步槍槍托。他瞇起眼睛，透過瞄準器向外看去。他眨了眨眼，竟然什麼也看不見，趕緊伸出顫抖的手指，拿下纏在瞄準器上防止結霜的布條。有了！臉頰抵上槍托。現在呢？車庫失了焦，一定是動到測距儀了。他聽見車庫門發出砰地一聲，關了起來。他轉了轉測距儀，下方那男人進入焦距。只見那男人身材高大，肩寬膀闊，身穿羊毛外套，背對他站立。老人眼睛眨了兩下。那場夢仍如同薄霧般殘留在他眼前。

他想等男人轉過身，確定是那個人才開槍。他的手指勾在扳機上，小心翼翼地壓著。他用的如果是自己受訓操作多年的步槍會容易得多，他的身體已記住扳機的壓力，所有的操作都已化為反射動作。他把注意力集中在呼吸上。殺一個人並不困難，只要受過訓練就不難。一八六三年的蓋茨堡之役在空曠野地上展開，相距五十公尺之處，兩隊由新兵組成的連隊站著對彼此開槍射擊，射擊了好幾輪，卻沒有一個人中槍。原因不在於他們槍法差，而在於他們瞄準的都是敵人頭頂上方。他們只是尚未跨過殺人門檻而已，一旦你開過殺戒……

車庫前的男人轉過身，似乎直接往老人的方向望來。那就是他，毫無疑問。男子的上半身幾乎填滿瞄準器的瞄準鏡。老人腦子裡的迷霧開始散去。他屏住呼吸，緩緩地、冷靜地增加扳機上的壓力。第一發一定要命中，因為除了車庫小燈的那一圈光暈之外，其他地方都是漆黑一片。時間凝止。伯恩特・布蘭豪格已與死人無異。老人的腦子這時一片清明。

這也是為什麼他心中才升起有個環節出錯的感覺不到千分之一秒，他就知道錯在哪裡。扳機扣不下去。老人扣得更用力些，扳機依然動也不動。是保險栓。老人知道為時已晚。他的大拇指找到保險栓，將保險栓扳開，再從瞄準器望出去，卻見那圈光暈中已空盪無人。布蘭豪格已離開那圈光暈，走向大宅另一側面對馬路的前門。

老人眨了眨眼。心臟在肋骨內猛烈跳動，如同榔頭般敲擊胸腔。發疼的肺臟呼出一口氣。他竟然睡著了。他又眨了眨眼，只見四周似乎瀰漫著一層薄霧。他失敗了。緊握的拳頭朝地面猛捶一記。第一滴熱淚滴上手背時，他才知道自己哭了。

73

二〇〇〇年五月十日。瑞典，克里班鎮。

哈利從睡夢中醒來。

過了一會，他才知道自己身在何方。他一走進這個公寓房間，立刻就發現這根本不是個可以睡覺的地方。臥房和外頭的繁忙街道之間，只隔著一道薄牆和一片玻璃窗。但對街的超級市場晚上打烊後，整條街卻似乎陷入一片死寂，路上沒有一輛車經過，當地居民似乎全被黑夜吞噬。

哈利去超級市場買了一張大披薩回來，放進烤箱加熱。他心想，坐在瑞典吃挪威生產的義大利食物，真是怪異。吃完披薩，他打開積滿灰塵的電視。電視就放在角落一個啤酒箱上。電視顯然有點故障，每個人臉上都發出詭異的綠色微光。他坐著看電視播放紀錄片。一個小女孩替哥哥開了個人信箱，哥哥在一九七〇年代旅行世界各國，她整個童年都在收哥哥寄來的信。哥哥從無家可歸的巴黎街頭、以色列的集體農場、穿越印度的火車、幾乎要走投無路的哥本哈根寄信來給她。紀錄片製作得十分簡單，播了幾段短片，用的多半是靜態照片，再配上旁白，是個奇怪、憂鬱又哀傷的故事。哈利一定還夢見了這則故事，因為他醒來時，故事中的幾個人物和地點還浮現在視網膜前。

喚醒他的聲音來自掛在廚房椅子上的外套，四壁蕭條的屋子裡迴盪著高音頻嗶嗶聲。平板式電暖器已開到最強，但他裹在薄薄的羽絨被裡依然凍得半死。他的腳踏上冰冷的油地毯，從外套口袋裡拿出手機。

「哈囉？」

沒有回應。

「哈囉？」

耳中只聽見對方的呼吸聲。

「小妹，是妳嗎？」

誰有他的手機號碼而且會在三更半夜打電話給他？他唯一能想到的人只有小妹。

「發生什麼事了嗎？是不是黑格怎麼了？」

哈利決定把黑格留給小妹照顧，心中多少有點猶豫，但小妹看起來好開心，還答應說一定會好好照顧黑格。不過電話那頭不是小妹，小妹不是這樣呼吸的，而且小妹會回話。

「你是誰？」

依然沒有回應。

哈利正要按斷電話，卻聽見細微的嗚咽聲，連呼吸聲也開始顫抖；聽起來對方似乎快哭了。哈利在沙發床坐下，透過藍色薄窗簾的縫隙，可以看見ＩＣＡ超級市場的霓虹招牌。

沙發旁的咖啡桌上放著一包菸，哈利抽出一根香菸點燃，靠著椅背坐了下來。他深深吸了口菸，聽見顫抖的呼吸聲變成低低的啜泣聲。

「別哭。」他說。

一輛車從外頭馬路駛過。一定是富豪汽車，哈利心想。他拉過羽絨被蓋上雙腳，開始憑記憶述說一個小女孩和哥哥的故事。故事說完，她的啜泣聲也已止息。他說晚安，電話收了線。

早上剛過八點，手機又響了起來，外頭已天色大明。哈利在羽絨被裡的雙腳之間找到手機。電話是梅里克打來的，口氣聽起來頗為緊張。

「馬上回奧斯陸，」梅里克說：「看來有人用了你那把馬克林步槍。」

第七部　黑披風

74

二〇〇〇年五月十日。國立醫院。

哈利一眼就認出了布蘭豪格。布蘭豪格臉上掛著大大的微笑，雙眼圓睜，瞪著哈利。

「他為什麼在微笑？」哈利問。

「我怎麼知道？」克雷門森說：「臉部肌肉僵硬之後，就會製造出各種怪異的表情。有些父母來了這邊卻認不出自己的小孩，因為容貌變得太厲害。」

解剖台就設置在房間正中央。克雷門森拉開床單，好讓他們看見屍體其餘部分。哈福森立刻背轉身子。進來之前，哈利遞了薄荷霜給哈福森，但哈福森拒絕塗抹。國立醫院法醫部四號解剖室的室內溫度為十二度，因此這屍臭還算不上是最刺鼻的。哈福森忍不住作嘔。

「我也這麼覺得，」卡努．克雷門森說：「他的死狀有點慘。」

哈利點了點頭。克雷門森是個優秀的病理學家，也是個會替別人設想的人。他知道哈福森是新來的，不希望哈福森覺得難為情。比起大部分的屍體，布蘭豪格的死狀並沒有比較慘。換句話說，比起泡在水中一星期的雙胞胎、逃避警方追捕而以時速兩百公里撞得車毀人亡的十八歲少年、身上只穿一件襯棉夾克而坐著引火自焚的毒蟲，布蘭豪格的死狀並沒有比較慘。哈利見過無數屍體，若論及他的十大最噁屍體排行榜，布蘭豪格連邊都沾不上。不過有一點很清楚的是：對一個背部只被一發子彈貫穿的屍體來說，布蘭豪格看起來相當可怕，他胸部的子彈出口大到可以讓哈利塞進一個拳頭。

「所以子彈是從背部進入的？」哈利說。

「就在肩胛骨中間，角度向下。子彈穿入時擊碎脊柱，穿出時擊碎胸骨。你可以看見，這邊有一部分的胸骨不見了。他們在車椅上找到了胸骨碎片。」

「車椅上？」

「對，他剛打開車庫門，可能正要去上班。子彈先從這個角度貫穿他，再穿過前擋風玻璃和後擋風玻璃，最後還射進車庫後方的牆壁。」

「是哪一種子彈？」哈福森問，似乎已恢復過來。

「這就得去問彈道專家了，」克雷門森說：「不過這種子彈的效能似乎是達姆彈和鑿岩鑽頭的綜合體。我只在一九九一年去克羅埃西亞出聯合國任務的時候，見過類似這樣的子彈。」

「是新加坡子彈，」哈利說：「子彈已經在牆上找到了，嵌入牆壁半公分。附近森林發現的彈殼跟我去年冬天在希梁市發現的一樣，所以他們才會立刻跟我連絡。克雷門森，還有什麼你可以告訴我們的嗎？」

克雷門森能說的不多。他說解剖已經完成，根據法律規定，解剖時必須有克里波刑事調查部人員在場。死因十分明顯，另有兩點克雷門森覺得有必要提及——布蘭豪格的血液中含有酒精成分，中指指甲內有陰道分泌物。

「他老婆的？」哈福森問說。

「刑事鑑識人員會去比對，」克雷門森說，透過眼鏡看著年輕警員哈福森。「如果他們覺得有必要的話。現在也許沒必要去問他老婆這種事，除非你們覺得跟案情有關。」

哈利搖搖頭。

他們開車上松恩路，再轉上佩德安格路，來到布蘭豪格大宅。

「好醜的房子喔。」哈福森說。

兩人按了門鈴，等了好一會兒，一個四十多歲臉上畫著濃妝的婦人才出來開門。

「請問妳是艾莎·布蘭豪格嗎？」

「我是她妹妹，請問有什麼事？」

哈利亮出警察證。

「還要問問題？」艾莎的妹妹說，語氣中抑制著怒意。哈利點點頭，心裡多少知道接下來她會有什麼反應。

「真的是！她已經累壞了，這樣又不能讓她丈夫起死回生，你們……」

「很抱歉，可是我們考量的不是她丈夫，」哈利禮貌地插口說：「她丈夫已經死了。我們考量的是下一個被害人。我們希望沒有人會再經歷她現在經歷的事。」

艾莎的妹妹站在原地，張口結舌，不知該怎麼繼續往下說。哈利問說進屋之前是否需要脫鞋，化解她的窘境。

布蘭豪格夫人看起來不像她妹妹口中說的累壞了，她坐在沙發上，眼神空洞，但哈利發現靠墊下有個編織物凸了出來。倒也不是說丈夫剛遭人謀殺就不應該打毛線；不過再深入一層去想，哈利覺得這是滿自然的反應。當周遭的世界開始崩塌，一個人自然而然會想抓住一些熟悉的事物。

「我今天晚上會離開這裡，」艾莎說：「去我妹妹家。」

「我知道警方在接獲進一步通知之前，會派人來這裡站崗，」哈利說：「以防……」

「以防他們也要殺我。」艾莎點頭說。

「妳也這樣認為嗎？」哈福森問道：「如果是的話，『他們』是誰？」

她聳聳肩，望向窗外射入的蒼白日光。

「我知道克里波的人來過，也問過妳這個問題。」哈利說：「不過我想請問妳知不知道昨天《每日新聞報》登出那則新聞之後，妳先生有沒有接到任何威脅電話？」

「沒有威脅電話打來家裡，」她說：「不過電話簿上也只能找到我的名字，是布蘭豪格要這樣的。你們得去問外交部是不是有人打威脅電話給他。」

「我們問過了，」哈福森說，迅速跟哈利交換眼神。「我們正在追蹤昨天他辦公室接到的電話。」

哈福森問了幾個問題，關於她先生是否有什麼仇敵，但她所知不多，幫不上什麼忙。

哈利坐了下來，聆聽一會，突然蹦出一個想法，便問：「昨天家裡完全沒人打電話來嗎？」

「有，應該有，」艾莎說：「反正有幾通電話。」

「誰打電話來？」

「我妹妹、布蘭豪格、還有一個什麼民意調查的，如果我沒記錯的話。」

「民意調查的人問了什麼問題？」

「我不知道，他們說要找布蘭豪格。他們不是都會有名單的嗎？上面有年齡性別什麼的……」

「他們說要找伯恩特．布蘭豪格是不是？」

「對……」

「民意調查不會指名道姓。妳記得背景有噪音嗎？」

「什麼意思？」

「民意調查機構的電話拜訪人員通常是在一間開闊的辦公室工作，裡頭有很多人。」

「是有些聲音，」她說：「可是……」

「可是？」

「可是不像你說的那種噪音。那種聲音……不太一樣。」

「妳什麼時候接到電話的？」

「大概中午的時候吧，我說他下午會回來。我忘了布蘭豪格要去拉爾維克市跟出口協會的人吃飯。」

「既然伯恩特．布蘭豪格這個名字沒有登記在電話簿上，妳有沒有想過也許有人打電話去給每個姓布蘭豪格的家裡，查出伯恩特．布蘭豪格住在哪裡？同時查出他什麼時候會回家？」

「我不懂你的意思……」

「民意調查人員不會在平常中午打電話到壯年男人家裡。」

哈利轉頭望向哈福森。

「去問挪威電信，看能不能查出昨天打來的那個電話號碼。」

「不好意思，布蘭豪格夫人，」哈福森說：「我看見你們家玄關裝了亞斯康電信的ISDN新型電話，我家也有裝一支，這種電話會記錄前十通來電的電話號碼和來電時間。我可以去看看嗎……？」

哈利給了哈福森一個贊許的眼神。哈福森站起來，由艾莎的妹妹陪同前去玄關。

「布蘭豪格在有些方面很傳統，」艾莎對哈利說，露出扭曲的微笑。「可是一有現代產品推出，他就喜歡買回家，比如說電話什麼的。」

「妳先生對於忠貞這件事有多傳統，布蘭豪格夫人？」

艾莎猛然抬起頭來。

「我想等沒有別人在場的時候才提這件事。」哈利說：「早些時候妳跟克里波說的證詞，他們派人已經去查過了，妳先生昨天並沒有去拉爾維克市跟出口協會的人開會。妳知道外交部在洲際飯店有一個房間可以讓他自由使用嗎？」

「不知道。」

「這是我的密勤局主管今天早上跟我透露的，妳先生昨天下午住進那個房間。我們不知道他是不是單獨一個人，不過當一個丈夫對老婆撒謊，又去開了房間，想想大概也知道是怎麼回事。」

哈利仔細觀察艾莎的表情變化，從暴怒到絕望到放棄再到……發笑。她的笑聲聽起來像低聲啜泣。

「我應該用不著驚訝的，」她說：「如果你一定要知道，他在那方面也……非常**現代**。不過我看不出這跟命案有什麼關聯。」

「這樣就讓一個打翻醋罈子的丈夫有了殺害他的動機。」

「那我不就也有殺害他的動機？霍勒先生，你有沒有想到這點？我們住在奈及利亞的時候，只要花兩百挪威克朗就能僱到一個殺手。」她發出同樣受創的笑聲。「你不是說凶手的殺人動機來自《每日新聞報》

的那則報導嗎？」

「我們暫時先不排除所有可能性。」

「那些都是他工作上遇見的女人，」艾莎說：「當然了，我不是每次都那麼清楚，他只有一次被我逮個正著而已。後來我就看出他的行為模式以及他怎麼進行這些事。可是要說到謀殺？」她搖搖頭。「現在已經沒有人會為了這種事就開槍把人打死吧？」

艾莎看著哈利，哈利不知如何回答。只聽見哈福森低沉的聲音從玄關玻璃門另一邊傳來。哈利清清喉嚨說：「妳知道他最近跟哪個女人有過關係嗎？」

艾莎搖搖頭。「去外交部問問看吧，你知道那是個奇怪的環境，一定有人很願意提供你一些線索。」

她這幾句話說起來不帶恨意，只是純粹提供建議。

哈福森走了進來，哈利和艾莎同時朝哈福森望去。

「奇怪，」哈福森說：「布蘭豪格夫人，妳的確在十二點二十四分接過一通電話，可是不是昨天，而是前天。」

「喔，我的天哪，我一定是搞錯了。」她說：「那麼，呃，這通電話就跟命案沒關係囉。」

「可能吧，」哈福森說：「反正我還是問了查號台，那通電話是從施羅德酒館的公共電話打來的。」

「酒館？」艾莎說：「對了，這就可以解釋為什麼我聽到的是那樣的噪音。你們認為呢……？」

「這通電話不一定跟妳先生的命案有關，」哈利說，站了起來。「施羅德酒館裡怪人多的是。」

艾莎送他們到前門台階。這天下午灰濛濛地，雲層壓得很低，從他們身後的山丘上空掃過。艾莎的雙臂交抱在胸前，彷彿很冷的樣子。

「這裡好陰暗，」她說：「你們有沒有發現？」

哈利和哈福森穿過荒地走來，看見現場勘查組仍忙著在發現彈殼的營地附近進行地毯式搜索。

「嘿，你們兩個！」他們彎下身子穿過黃色封鎖線時，聽見一個聲音喊道。

「我們是警察。」哈利回說。

「一樣！」那聲音喊說：「等我們搜查完你們才能進來。」

對他們大喊的人是韋伯，他腳上是一雙高筒橡膠靴，身上穿著滑稽的黃色雨衣。哈利和哈福森只得又彎下身子，回到封鎖線外。

「嘿，韋柏。」哈利高喊。

「沒時間啦。」韋伯回說，揮揮手想把他們打發走。

「一分鐘就好。」

韋柏大踏步走來，一臉的不耐煩。

「有什麼事？」他在二十公尺外大喊。

「他等了多久？」

「你說上面那傢伙？不知道。」

「別這樣，韋伯，猜個時間。」

「這件案子是誰負責的？是克里波還是你？」

「都有，我們還沒協調好。」

「你是要騙我說你會負責這件案子嗎？」

哈利微微一笑，拿出香菸。「你以前有過猜得神準的紀錄，韋伯。」

「少來這套，哈利。這小子是誰？」

「他叫哈福森。」哈利說。哈福森來不及自我介紹，哈利已替他回答。

「聽我說，哈福森，」韋伯說，毫不掩飾地對哈利做了個厭惡的表情。「抽菸是一種噁心的習慣，也強烈證明人類出生到地球只為了一件事——享樂。上面那傢伙在一個半滿的汽水罐裡留下了八根菸屁股，他抽的是泰迪牌香菸，沒有濾嘴。抽泰迪的人一天不會只抽兩根就滿足，除非菸抽完了。據我估計，他最多只待了二十四小時。他從比較低的樹幹上砍了一些雲杉樹枝下來，下雨是打不到那些樹枝的，可是營地鋪著的雲杉樹枝上有雨滴。上次下雨是昨天下午三點的時候。」

「所以說他昨天在那裡起碼從下午三點躺到今天早上八點？」哈福森問。

「我想這位哈福森前途無量，」韋伯簡潔地說，眼睛依然看著哈利。「特別是考量到他在署裡會碰上的競爭對手。真是他媽的後浪推前浪。你有沒有看見警察學院現在都招收到什麼樣的學生？就連教官訓練學院都可以招收到天才了，我們那個年代只能招收到一些下三濫。」

突然之間，韋伯似乎不趕時間了，他開始大發牢騷，說他在挪威警界只有灰暗的未來。

「附近居民有沒有看見什麼？」哈利趁韋伯停嘴換氣，趕緊問道。

「我們派了四個人挨家挨戶去問，他們都要晚一點才會回來，不過他們問不到什麼的啦。」

「為什麼？」

「我想那傢伙沒在這附近露過臉。早些時候我們拉了一隻警犬來追蹤他的足跡，追蹤了大概一公里，沿著小路深入到森林裡，可是到了森林裡就追丟了。我猜他走同一條小路來回，松恩湖和莫里道湖之間有很多縱橫交錯的小路，那條小路是其中一條。這個地區替健行者蓋了很多停車場，他可以把車子停在其中一個停車場。這些小路每天有好幾千人走來走去，至少一半以上的人會揹軟式背包，這樣你們明白了吧？」

「明白了。」

「接下來你們應該要問我有沒有採集到指紋吧？」

「怎麼樣……？」

「這還用問。」

「那個汽水罐呢？」

韋伯搖搖頭。「沒有指紋。什麼都沒有。他在這裡待了這麼久的時間，留下的線索竟然少得可憐。我們會繼續搜查，不過我很確定我們最後能找到的線索只有鞋印和他衣服上的幾根纖維。」

「還有彈殼。」

「彈殼是他故意留下來的。其他線索都被湮滅了，而且湮滅得有點太徹底了。」

「嗯。可能是警告。你認為呢？」

「我認為？我認為只有你們這些年輕小伙子受上天眷顧，腦細胞比較多，現在挪威警署都是在推銷這種形象。」

「是啦。謝謝你幫忙，韋伯。」

「阻止那個傢伙，哈利。」

駕車回市中心的路上，哈福森說：「這人有點龜毛。」

「韋伯有時會讓人有點受不了，」哈利承認說：「可是他很老練。」

哈福森在儀表板上敲起無聲的曲子。「現在呢？」他問道。

「洲際飯店。」

洲際飯店的清潔人員打掃完布蘭豪格那間套房，換了床單枕套之後十五分鐘，克里波的探員就打電話來查問。沒有人注意到布蘭豪格有訪客，只知道他大約在午夜的時候退房。

哈利站在櫃檯前，抽出最後一根菸。只見昨晚值班的櫃檯男領班絞著雙手，愁眉苦臉。

「今天快中午的時候我們才知道布蘭豪格先生被人槍殺，」櫃檯領班說：「不然我們就不會去動他房間了。」

哈利點頭表示明白，深深吸了口菸。那間套房不是犯罪現場；只是若有興趣的話，也許可以找出枕頭上是否留有金髮，然後再連絡這個在布蘭豪格生前最後一個跟他說過話的人。

「呃，這樣沒事了吧？」櫃檯領班微笑說，露出一絲快哭的徵兆。

哈利並不答話。他注意到他和哈福森說的話越少，櫃檯領班就越緊張，因此他什麼也不說；他只是等待，看著手中香菸發出紅光。

「呃……」櫃檯領班說，手在西裝外套翻領上來回撫摸。

哈利等待著。哈福森眼望地面。櫃檯領班只多撐了十五秒就失守了。

「當然有時候會有訪客上去找他。」櫃檯領班說。

「誰？」哈利說，眼睛依然看著香菸的紅光。

「有女人也有男人……」

「誰？」

「其實我也不知道是誰，外交次長在房間裡跟誰共度又不關我的事。」

「誰？」

一陣靜默。

「當然了，如果有女人走進這裡，而且顯然不是房客，我們會看她搭電梯到幾樓，然後做記錄。」

「你可以認出她嗎？」

「可以，」櫃檯領班回答得迅捷無比，毫不遲疑。「她很漂亮，而且喝得很醉。」

「妓女？」

「如果是妓女那一定是高級妓女，不過高級妓女通常不會飲酒過量。呃，我對她們也不是很了解，這家飯店不是……」

「謝謝你。」哈利說。

南風送來和暖的天氣。哈利跟梅里克和警察總長開完會，步出警察總署。直覺告訴他，某件事情完結了。全新的季節即將來臨。

警察總長和梅里克都認識布蘭豪格，兩人異口同聲強調他們跟布蘭豪格只有公務上的往來，並無私交。很顯然地，這兩人私底下已做過討論。會議一開始，梅里克就宣布說克里班鎮的臥底任務已經取消，口氣十分確定。哈利注意到梅里克似乎鬆了口氣。接著警察總長提出她的計畫，哈利這才發現原來他在雪梨和曼谷立下的汗馬功勞，警界高層都注意到了。

「典型的自由後衛。」警察總長如此稱呼哈利，然後說明接下來他們要哈利扮演的角色。

一個全新的季節。溫暖的焚風吹得哈利有點暈眩，於是他准許自己叫了輛計程車，畢竟他還揹著一個沉重的大行李袋東奔西跑。他走進蘇菲街的家，第一件事是查看答錄機。答錄機的紅色小眼睛亮著。但沒在眨眼。沒有留言。

他請琳達把命案檔案影印一份給他，利用接下來的晚間時光把侯格林命案和愛倫命案從頭到尾看了一遍。他並不期待會有新發現，只是想刺激想像力。他不時朝電話望去，心想自己可以按捺多久才打電話給她。電視新聞強力播送布蘭豪格命案。午夜時分，他躺上床。凌晨一點，他下床，拔下電話線，把電話塞進冰箱。凌晨三點，他進入睡鄉。

75

二〇〇〇年五月十一日。莫勒的辦公室。

「怎麼樣？」莫勒說。哈利和哈福森才喝了一口咖啡，莫勒便如此問道。哈利做個鬼臉，把他的想法說出來。

「我認為那則新聞和命案是注定沒關聯了。」

「為什麼？」莫勒在椅子上伸個懶腰。

「根據韋伯的看法，凶手一大早就躲在森林裡，《每日新聞報》送上報攤頂多幾個小時後他就在那裡了。這不是臨時起意的行動，這是經過詳細策劃的謀殺。凶手知道他要槍殺的人是布蘭豪格已經有一段時間了。他去勘查過那個地區；他知道布蘭豪格怎麼回家、怎麼出門；他找到一個射擊的最佳場所，那個地方會被人發現的機率最低；他知道要如何到達和離開營地，這裡頭包含的小細節有上百個。」

「所以你認為他買馬克林步槍就是為了幹下這起命案？」

「可能是。也可能不是。」

「謝謝你，你的看法真有幫助。」莫勒語氣尖酸。

「我只是指出有這個可能性而已，因為從另一個角度來看有點不合情理。凶手為了要殺一個官位高卻名不見經傳的政府官僚，這個高官身邊沒有隨扈也沒有安全人員，而他卻走私了一把世界上最貴的暗殺步槍，這似乎有點過頭。隨便一個職業殺手都可以去布蘭豪格家按電鈴，舉起手槍近距離射殺他。所以才說這有點像……像那個什麼……」

哈利的手畫著圈圈。

「拿大砲打麻雀。」哈福森說。

「沒錯。」哈利說。

「嗯。」莫勒閉上眼睛。「在接下來的調查行動中，你認為自己該扮演什麼角色呢，哈利？」

「有點像自由後衛，」哈利微笑道：「我是個ＰＯＴ人員，做自己的工作，但必要的時候可以從所有其他部門要求支援。我向梅里克報告，但梅里克可以取得命案所有資料。我可以問問題，但別人不能問我問題。大概是這樣。」

「要不要再發給你殺人執照？」莫勒說：「然後再給你一輛跑車？」

「事實上這不是我自己出的主意，」哈利說：「梅里克跟警察總長討論過這件事。」

「警察總長？」

「對。我想你今天應該會收到一封電子郵件。布蘭豪格命案從現在開始已經成為最優先辦理案件，警察總長不希望漏掉任何一條線索。這就像ＦＢＩ的做法，各個調查小組有一定程度的重疊職務，以避免重大案件產生的標準化問題。你應該讀過這個吧？」

「沒讀過。」

「不同的調查方式和不同的調查角度可能會有不同的發現，所以就算重複進行幾個相同的工作、就算同一項調查工作被不同小組進行很多次，都沒有關係，有發現有進展最重要。」

「謝謝你的說明，」莫勒說：「可是這跟我有什麼關係？你現在為什麼坐在這裡？」

「因為呢，就像我剛剛說的，有必要的話，我可以從所有其他……」

「……部門要求支援。我聽見了。你就直說了吧，哈利。」

哈利把頭往哈福森的方向側了側，哈福森羞怯地對莫勒笑了笑。莫勒發出一聲呻吟。

「拜託你，哈利！你知道犯罪特警隊人力嚴重短缺，都已經捉襟見肘了。」

「我保證會把他完好無缺地奉還給你。」

「我不答應！」

哈利不發一語，只是等待著，十指交纏，看著書架上方牆壁掛的畫，那是一幅挪威畫家吉特爾森（Theodor Kittelsen）的〈索利亞摩瑞亞城堡〉（*Soria Moria Castle*）廉價複製品。

「他什麼時候會回來？」莫勒問說。

「等到破案就回來。」

「等到……這種話是隊長對警監說的，哈利，不是顛倒過來。」

哈利聳聳肩。

「抱歉，老闆。」

76

二〇〇〇年五月十一日。伊斯凡路。

她接起電話，心臟像暴衝的縫紉機那般劇烈跳動。

「嗨，辛娜，」那聲音說：「是我。」

她立刻感覺淚水滑下臉頰。

「別再打來了，」她低聲說：「求求你。」

「至死不渝。這是妳親口說的，辛娜。」

「我要叫我丈夫來聽電話了。」

那聲音咯咯地笑了起來。

「不過他不在家對不對？」

她捏著話筒，捏得那麼緊，手都發疼了。他怎麼知道霍爾不在家？他怎麼只在霍爾出門時才打電話來？她腦中冒出的下一個念頭令她喉嚨緊縮；她無法呼吸，開始發暈。他打電話的地方是不是可以看見她家？可以看見霍爾出門？不對，不對，不對。她運用意志力，強迫自己打起精神，把注意力放在呼吸上。別呼吸得這麼快，深呼吸。**冷靜下來**，她對自己如此說道。她總是對被擔架抬進來的傷兵說這句話；因為傷兵會哭鬧、會驚慌失措、會換氣過度。她控制住自己的驚懼之心，從背景噪音判斷對方是在一個人多的地方打電話，而她家位於住宅區。

「妳穿護士裝好漂亮，辛娜，」那聲音說：「那麼白、那麼耀眼、那麼純淨。白得像歐拉夫．林維的那件白外套。妳還記得他嗎？妳是那麼純淨，我以為妳永遠不會背叛我們，妳不是那種人。我以為妳就跟林維連長一樣。我看見妳撫摸他的頭髮，辛娜。那是一個月光皎潔的晚上。妳跟他在一起，你們看起來就像天使一樣，從天堂來的天使。可是我錯了。有些天使不是從天堂來的，辛娜，妳知道嗎？」

她不答話，腦中思緒如同大漩渦那般翻攪。他說的某句話觸發了些什麼，令她的思緒翻騰不已。那個聲音。現在她聽出來了。他在扭曲他的聲音。

「不對。」她逼自己回答。

「不對？妳應該知道的。我就跟天使一樣。」

「丹尼爾已經死了。」她說。

電話那頭陷入沉默，只能聽見他對著話筒喘氣。然後話聲再度響起。

「我是來宣告判決的，對活人和死人宣告判決。」

說到這裡電話就掛了。

辛娜閉上雙眼。她站起身，走進臥室，站在百葉窗前，看著自己的身影映在窗中。她全身顫抖，有如發了高燒。

77

二〇〇〇年五月十一日。哈利的老辦公室。

哈利只花了二十分鐘就搬回他的老辦公室，他需要搬回去的物品只用一個7-11的袋子就裝完了。回到老辦公室，他做的第一件事是從《每日新聞報》剪下布蘭豪格的照片，釘在布告欄上，旁邊是愛倫、史費勒和侯格林的照片。他派哈福森前往外交部查問，看能不能查出那一晚去洲際飯店的女人是誰。四個人。四條命。四則故事。他在他那張壞辦公椅上坐下，看著這四個人，這四個人的眼神只是空洞地穿過他。

他打電話給小妹。小妹極力想留住黑格，至少再留一陣子。他們變成很好的朋友，小妹說。哈利答應了她，只要她記得餵「他」就好。

「黑格是母的。」小妹說。

「是喔，妳怎麼知道。」

「亨利克跟我檢查過了。」

哈利想問他們到底是怎麼檢查的，但想想還是別問的好。

「妳有沒有跟爸通過電話？」

小妹說他們通過電話。她問哈利是不是會再跟那個女生見面。

「哪個女生？」

「就是你說跟你一起去散步的那個啊，還有一個小男孩。」

「喔，她呀。不會了吧。」

「真傻。」

「傻？小妹，妳又沒見過她。」

「我覺得你傻是因為你愛上她了。」

小妹偶爾能說出一些讓哈利不知該如何回答的話。兩人約好找一天一起去看電影。哈利問說這是不是代表亨利克也會一起去？小妹說當然囉，當你有個伴侶就是這樣啊。

哈利掛上電話，陷入沉思。他跟蘿凱從來沒在警署走廊上遇見過，但他知道蘿凱的辦公室在哪裡。他做出決定，站了起來——他必須立刻去找她說話，一秒鐘也不能再等。

哈利一踏進ＰＯＴ密勤局的門，琳達就獻上微笑。

「這麼快就回來啦，帥哥？」

「我只是來找一下蘿凱。」

「『只是』喔？真的是這樣嗎，哈利？我有看見你們兩個在派對上的樣子喔。」

哈利覺得琳達那調皮的微笑令他耳朵發熱，不禁微感氣惱，同時也聽見自己發出的幾聲乾笑並不怎麼成功。

「不過你可能要白跑一趟了，哈利。蘿凱今天沒上班，她請病假。等一下喔……」她接起電話說：「ＰＯＴ你好。」

哈利正要走出門，琳達叫住了他。

「是找你的。你要在這邊接嗎？」琳達把電話拿給他。

「請問是哈利．霍勒嗎？」電話傳來女子的聲音，聽起來似乎上氣不接上氣，或者十分恐懼。

「我是。」

「我是辛娜．霍爾。你得幫幫我，霍勒警監。他要殺我。」

哈利聽見背景傳來犬吠聲。

「誰要殺你，霍爾太太？」

「他正在來這裡的路上。我知道是他。他……他……」

「請保持冷靜，霍爾太太，妳在說什麼？」

「他改變他的聲音，可是這次被我認了出來。他知道我在戰地醫院撫摸過歐拉夫．林維的頭髮。我是在那個時候知道的。我的老天，我該怎麼辦？」

「妳只有一個人在家嗎？」

「對，」她說：「只有一個人，家裡就只有我一個人。你明白了嗎？」

背景的犬吠聲陷入瘋狂狀態。

「妳能不能跑到鄰居家，在那裡等我們，霍爾太太？是誰……」

「他會找到我的！我到哪裡他都找得到我。」

辛娜已陷入歇斯底里。哈利把手摀在話筒上，請琳達通知中央總機，派遣最近的巡邏車前往白克區伊斯凡路的霍爾家。哈利繼續跟辛娜說話，暗自希望辛娜聽不出他自己也很緊張。

「如果妳不出去，就把門都鎖上，霍爾太太。是誰……」

「你不懂，」辛娜說：「他……他……」嗶。接著便傳來嘟嘟聲。電話斷了。

「幹！抱歉，琳達。跟總機說是緊急事件，趕快派車，還有請他們小心，可能有一個攜帶槍枝的侵入者在那裡。」

哈利打電話給查號台，查出霍爾家的電話號碼，撥了回去。依然佔線。哈利把電話扔回給琳達。

「如果梅里克找我，就說我去伊凡．霍爾他家。」

78

二〇〇〇年五月十一日。伊斯凡路。

哈利駕車轉上伊斯凡路，立刻就看見霍爾家門口停著一輛警車。這條安靜的街道兩旁矗立著木造房屋，地上可見冰雪融化形成的水窪，警車的藍色燈光緩緩轉動，兩個小孩騎著單車好奇地觀望——簡直就是史費勒家屋外場景的翻版。哈利在心中祈禱同樣的事件不會再度上演。

他停下那輛雅士，下了車，緩緩走向屋子。才在身後關上前門，就聽見一個人走下樓梯。

「韋伯，」哈利驚訝地說：「又碰見你了。」

「真巧啊。」

「我不知道你有值巡邏勤務。」

「我沒有值巡邏勤務啦。布蘭豪格家就在附近，我們一上車就聽見無線電呼叫。」

「發生了什麼事？」

「我跟你一樣摸不著頭緒。家裡沒人，可是門是開著的。」

「屋子裡你都查過了嗎？」

「地下室到閣樓都查過了。」

「奇怪了。狗也不在，沒看見那隻狗。」

「沒看見人也沒看見狗。不過好像有人進過地下室，門上的窗戶被打破了。」

「了解。」哈利說，往伊斯凡路上看去，只見兩棟屋子之間設有一座網球場。

「她可能跑到鄰居家了，」哈利說：「是我叫她去鄰居家的。」

韋伯跟在哈利後頭來到玄關，卻見一名年輕警員站在玄關，看著電話桌上方的一面鏡子。

「嘿，莫恩，你有沒有看見任何有智慧的生物啊？」韋伯語帶嘲諷問道。

莫恩轉過身來，對哈利微微點了個頭。

「呃，」莫恩說：「我不知道這是有智慧還是詭異。」

莫恩朝鏡子指了指。哈利和韋伯走上前去。

「該死了。」韋伯說。

那幾個紅字似乎是用口紅寫上去的。

神是我的審判者。

哈利口裡一陣酸苦。

這時前門的玻璃發出嘎嘎聲，像是要被拆下來似的。

「你們在這裡幹嘛？」一個聲音傳來，他們一轉頭就看見一個背光身影站在前方。「畢樂呢？」

原來是霍爾回來了。

哈利和霍爾坐在廚房餐桌前，霍爾顯然憂心如焚。莫恩去附近巡查，找尋辛娜，同時查問是否有人看見她。韋伯趕著去處理布蘭豪格命案，已駕駛巡邏車離去。哈利則答應莫恩會載他一程。

「以往她要出門總是會跟我說，」霍爾說：「現在也是。」

「玄關鏡子上那幾個字是她的字跡嗎？」

「不是，」他說：「反正我覺得不是。」

「那是她的口紅嗎？」

霍爾看著哈利，並不答話。

「她打電話給我的時候非常害怕，」哈利說：「一直說有人要殺她。你知道有什麼人想殺她嗎？」

「殺她？」

「她是這麼說的。」

「可是沒有人想殺辛娜啊。」

「沒有嗎？」

「老兄，你是不是瘋了？」

「這樣的話，你應該可以諒解我必須問你這個問題。請問你太太的精神狀態是不是不穩定？會不會歇斯底里？」

霍爾搖搖頭，哈利不確定霍爾有沒有聽清楚他的問題。

「好吧。」哈利說，站起身來。「你得用力想一想有什麼線索可以幫得上我們，還有，你得打電話給你所有的親朋好友，問問看辛娜是不是躲到他們家去了。我已經叫莫恩去搜索了，我跟他會去搜查附近這一帶。現在我們暫時沒其他方法可想。」

哈利在身後把前門關上，便看見莫恩走來，對他搖搖頭。

「沒有人看見有車子開來？」哈利問。

「這種時間會在家的只有領養老金的老人和帶小孩的母親。」

「老人很會注意一些事情的。」

「顯然這次沒有，可能沒什麼好注意的。」

沒什麼好注意的。不知道為什麼，莫恩的這句話在哈利的腦子裡迴盪不已。騎單車的小孩已不見蹤影。

哈利嘆了口氣。

「我們走吧。」

79

二〇〇〇年五月十一日。警察總署。

哈利走進辦公室時，哈福森正在電話上。哈福森把食指放在嘴唇上，表示他正在跟人講電話。哈利猜想哈福森可能還在追查洲際飯店那個女人，這意味著他在外交部沒有斬獲。辦公室裡除了哈福森桌上那一疊命案筆記之外，不見任何紙張。除了馬克林步槍走私案，其他資料都被清走了。

「不用了，」哈福森說：「如果你有聽說什麼事再跟我說，好嗎？」他掛上電話。

「你有沒有連絡到奧納醫生？」哈利問，重重坐在椅子上。

哈福森點點頭，舉起兩根手指。兩點鐘。哈利看了看錶。再過二十分鐘奧納醫生就到了。

「找一張艾德伐．莫斯肯的照片給我。」哈利說，拿起電話，撥打辛德的號碼。兩人約好三點碰面。接著哈利對哈福森述說辛娜失蹤的事。

「你覺得這件事跟布蘭豪格命案有關聯嗎？」哈福森問。

「我不知道，不過這也讓我們更需要跟奧納醫生談一談。」

「為什麼？」

「因為這越來越像是個精神失常的人幹的，所以我們需要專家。」

奧納醫生從許多方面來說都是巨人。他體重過重，身高將近兩百公分，而且被公認是他那個專業領域最優秀的心理醫師。奧納的專業領域不是變態心理學，但他很聰明，曾協助哈利偵辦其他案件。

奧納有一張和善坦率的臉，哈利總覺得他太有人性、太脆弱、太健康，他在人類心理的戰場上執業，竟然沒有受到傷害。哈利拿這個問題問他時，他答說自己當然有受到影響，不過話又說回來，誰沒有受到影響呢？

奧納正仔細聆聽哈利述說侯格林割喉案、愛倫命案以及布蘭豪格暗殺案。哈利也告訴奧納說，霍爾認為他們的目標應該是一個上過俄國前線的老兵，而這個推測現在可能更為牢靠了，因為布蘭豪格是在《每日新聞報》刊登那篇報導之後被殺害的。哈利也把辛娜的失蹤告訴了奧納。

奧納聽完之後，坐在椅子上陷入沉思，時而點頭，時而搖頭，中間還不時發出嘀咕聲。

「很遺憾，我可能沒辦法幫上太多忙，」奧納醫生說：「不過我可以說說鏡子上的那句話。那句話有點像連續殺人犯常用的名片，通常連續殺人犯殺過幾個人、越來越有安全感之後，就會想提高賭注，留下名片給警方，做為挑釁。」

「凶手是不是個心理有病的人？」

「有病是個相對的概念。我們每個人都有病。問題只在於我們還剩下多少機能，可不可以做到符合社會規範和期待的舉止？沒有什麼行為本身是疾病的症狀，必須檢視做出這些行為的背景才能判定。比方說，我們的中腦具有一種控制衝動的機能，能防止我們殺害同類。這只是一種演化而來的品質，讓我們具備保護同類的機能。但如果你長期受訓戰勝這種抑制力，這種抑制力就會變弱，比如說軍人就是這樣。如果你或我突然開始殺人，我們很可能就會生病。可是對於職業殺手或……警察來說，又不一定是這樣。」

「所以說，如果我們現在說的是一個軍人，他曾經上過戰場，而且心智健全，那麼他殺人的門檻就比其他心智健全的人低的多，是不是這樣？」

「是也不是。軍人是被訓練成可以在戰爭狀態下殺人，而為了不讓抑制殺人的力量產生，他必須在同樣的背景下才能殺人。」

「所以他必須覺得自己是在打仗囉？」

「簡單來說是這樣。不過假如情況是這樣的話，他可以繼續殺人，而從醫學的角度來看不會認為他有病；至少不會比一般軍人來得有病。再來就要說到對現實的觀感的歧異性，一說到這裡，就跟在薄冰上溜冰沒兩樣。」

「怎麼說？」哈福森問。

「誰有立場可以說什麼是真的或真實的？什麼是道德的或不道德的？心理學家嗎？法院嗎？政客嗎？」

「對，」哈利說：「可是有人會認為自己有立場可以說。」

「一點也沒錯，」奧納醫生說：「如果你覺得那些握有權力的人以高壓手段或不公平的方式審判你，那麼在你眼中，這些人就失去了道德權威。舉例來說，如果你因為加入一個完全合法的政黨而被判刑，那麼你會去找另一個法官，你會向所謂更高的權威尋求上訴。」

「『神是我的審判者』。」哈利說。

奧納醫生點點頭。

「奧納，你認為這句話是什麼意思？」

「這句話可能代表他想解釋他的行為。無論如何，他都覺得需要被了解。你知道，絕大多數的人都希望自己能被了解。」

去見辛德的路上，哈利順道去了趟施羅德酒館。今天早上客人不多，瑪雅坐在電視機下方一張桌子前，嘴裡叼著菸，正在看報。哈利拿出一張艾德伐的照片給瑪雅看。這張照片是哈福森在極短的時間內設法弄出來的，可能是從艾德伐兩年前申請核發的國際駕照上抓下來的。

「嗯，我想我應該見過這張醜臉，」瑪雅說：「不過我怎麼可能記得時間和地點？他應該來過幾次，所以我才見過他，可是他不是常客。」

「會不會有別人跟他說過話？」

「你這個問題很難回答耶，哈利。」

「星期一中午十二點半，有人在這裡打過公共電話，我不奢望妳會記得，不過**可不可能**是這個人打的？」

瑪雅聳聳肩。「當然有可能。不過**也可能**是聖誕老公公打的。就是這樣，哈利。」

前往威博街的路上，哈利打電話給哈福森，請他去找艾德伐。

「我要逮捕他嗎？」

「不用不用，跟他要布蘭豪格命案和今天辛娜失蹤案這兩個時間的不在場證明就好。」

辛德開門迎接哈利，只見他臉如死灰。

「昨天有個朋友拿了一瓶威士忌來找我，」辛德做個鬼臉解釋說：「我的身體已經沒辦法負擔這種東西了，要是能回到六十歲就好了……」

辛德笑了幾聲，走進廚房從爐子上拿起發出汽笛聲的咖啡壺。

「我在報上看過外交部那個人的命案新聞了，」辛德在廚房裡高聲說：「報上說警方不排除這起命案跟他先前說上過前線的挪威軍人那番話有關。《世界之路報》說這起命案是新納粹黨在幕後操縱，你相信這種說法嗎？」

「《世界之路報》可能這樣相信吧。我們什麼都不相信，也不排除任何可能性。你的書進行得怎麼樣了？」

「現在進行得有點慢。不過我會把它完成，這本書會讓一些人盲目的人睜開眼睛。反正我是跟我自己這樣說啦，用來激勵我自己，尤其像今天這種狀態的時候。」

辛德把咖啡壺放在兩人中間的桌子上，在扶手椅上癱坐下來。他在咖啡壺上綁了冷布條，說是在前線學來的小技巧，並露出狡黠的微笑，顯然是希望哈利問他這個小技巧是怎麼作用的，但哈利沒有時間。

「霍爾的老婆不見了。」他說。

「我的天，離家出走嗎？」

「我想應該不是。你認識她嗎？」

「我從來沒見過她，可是我知道霍爾要娶她的時候引起了軒然大波，因為她是前線的護士之類的。發生了什麼事？」

哈利述說辛娜的那通電話和她失蹤的始末。

「我們現在也只知道這麼多。我本來是希望你認識她，可以給我們一點線索。」

「抱歉，不過……」辛德頓了頓，啜飲一口咖啡，似乎在思索些什麼。「你說鏡子上是寫什麼來著？」

「『神是我的審判者』。」哈利說。

「嗯。」

「你在想什麼？」

「老實說我自己也不確定。」辛德說，揉揉沒刮鬍子的下巴。

「就說說看吧。」

「你說這個人想解釋自己的行為，想被了解。」

「對啊？」

辛德走到書架前，拿下一本厚書，翻了起來。

「果然沒錯，」他說：「跟我想的一樣。」

他把那本書遞給哈利。哈利接過書，見是一本聖經辭典。

「你看丹尼爾那一項。」

哈利的目光在書頁上瀏覽，找到丹尼爾這個名字。只見上頭寫道：「丹尼爾。希伯來文。意為『神（El）是我的審判者』。」

哈利抬眼望向辛德，辛德拿起咖啡壺倒了些咖啡。

「看來你在追查的是鬼魂，霍勒警監。」

80

二〇〇〇年五月十一日。烏朗寧堡區，公園路。

約翰．柯榮在辦公室接見哈利。柯榮身後的書架擺滿褐色書皮裝訂的厚厚法律書籍，跟他的娃娃臉形成怪異對比。

「又見面了。」柯榮說，做個手勢請哈利坐下。

「你記性真好。」哈利說。

「我記性一向很好。史費勒．歐森那件案子你的贏面很高，可惜法院沒把規則手冊寫清楚。」

「我來不是為了這件事，」哈利說：「我是想請你幫個忙。」

「問問又不用錢。」柯榮說，五指指尖相觸。他讓哈利聯想到一個扮演大人的童星。

「目前我正在追查一把非法走私的步槍，我有理由相信史費勒可能涉及這起走私案。既然你的當事人已經死了，你就不用再受客戶保密條款的約束，可以提供資料幫助我們釐清布蘭豪格命案。我們十分肯定布蘭豪格就是被這把步槍射殺的。」

柯榮沒好氣地笑了笑。

「警察先生，我比較想自己來決定客戶保密條款的界限在那裡，你不能自作主張說當事人死了客戶保密條款就自動失效。而且你顯然沒考慮到我可能會把你來這裡跟我要資料視為是厚顏無恥的行為，別忘了射殺我的客戶的人就是你們警察。」

「我只是試著把情緒擺在一邊，拿出專業態度而已。」哈利說。

「那就請你試得再用力一點，警察先生！」柯榮拉高嗓音，但聲音只是變得尖細刺耳。「你這樣很不專業，就跟在一個人家裡射殺他一樣很不專業。」

「那是自衛行為。」哈利說。

「那是鑽技術漏洞。」柯榮說：「他是警察老鳥，應該知道史費勒精神不穩定，不應該那樣子衝進他家。那個警察應該被起訴才對。」

哈利無法放過這個回嘴的機會。

「我同意你的說法，罪犯因為有人鑽技術漏洞而無罪釋放，總是一件悲哀的事情。」

柯榮的眼睛眨了兩下，才明白哈利的話中之意。

「法律技術是另一碼事，警察先生。」他說：「在法院宣誓看起來是小事，可是如果沒有法律保障……」

「我的階級是警監。」

哈利集中精神，緩緩柔聲說道：

「你口中的法律保障害我的同事愛倫．蓋登丟了性命，既然你對自己的表現這麼引以為傲，那你要不要想想你引以為傲的表現害死了愛倫。她才二十八歲，是奧斯陸警方最具有調查能力的人才。她的頭骨被打碎，全身是血，死狀非常悽慘。」

哈利站起來，俯身朝向柯榮的辦公桌，一九〇公分的身長整個越過辦公桌。哈利可以看見柯榮的喉結在有如禿鷹般細長的脖子中上下抖動。他停頓了漫長的兩秒鐘，讓自己好好品嚐柯榮這個年輕律師的驚恐眼神，然後丟了一張名片在桌上。

「等你決定了客戶保密條款的界限在哪裡，打電話給我。」他說。

哈利剛要走出門，柯榮開口說話。哈利停下腳步。

「他死前打過電話給我。」

哈利轉過身來。柯榮嘆了口氣。

「他很怕一個人。史費勒老是在害怕，他很寂寞，而且害怕。」

「誰不是呢？」哈利咕噥一句，然後說：「他有沒有說他怕誰？」

「王子。史費勒是這樣叫那個人的，他叫那個人王子。」

「史費勒有沒有說他為什麼害怕？」

「沒有，史費勒只說這個王子是某種上級人員，命令他犯案，所以他想知道遵守命令會被判什麼樣的刑。可憐的白癡。」

「什麼樣的命令？」

「他沒說。」

「他還說了什麼？」

柯榮搖搖頭。

「如果你想到其他的事，隨時打電話給我。」

「還有一件事，警監先生，如果你認為我讓一個人無罪釋放，這個人又殺了你的同事，光是這樣就會讓我失眠的話，那你就錯了。」

然而哈利已經離去。

81

二○○○年五月十一日。賀伯披薩屋。

哈利打電話給哈福森，請哈福森前往賀伯披薩屋跟他會合。賀伯披薩屋幾乎沒什麼客人，他們選了一張靠窗的桌子坐下。店內角落坐著一名男子，身穿軍用長雨衣，唇上留著一撮小鬍鬚，小鬍鬚的樣式早已隨希特勒死去而不再引領潮流。他腳上穿一雙靴子，雙腳擱在椅子上。他的神態看起來像是打算刷新無聊到死的世界紀錄。

哈福森找到了艾德伐，但不是在德拉門市找到的。

「我去按他家門鈴，沒人應門，所以我就去翻電話簿，查他的手機號碼，結果他人在奧斯陸。他在羅德拉卡區特浪索街有一間房子。他去畢雅卡的時候都會住那裡。」

「畢雅卡？」

「畢雅卡賽馬場。他每週五和週六都會去那裡。他說他會去下幾個注，玩一玩。他還有擁有四分之一匹馬，我就是在跑道後面的馬廄跟他碰面的。」

「他還說了什麼？」

「他說他在奧斯陸的時候，早上有時候會去施羅德酒館。他不知道布蘭豪格是誰，也絕對沒有打電話去過布蘭豪格家。他知道誰是辛娜．霍爾，他在東部戰線就知道辛娜這個人了。」

「不在場證明呢？」

哈福森點了夏威夷熱帶披薩，餡料是義大利香腸和鳳梨。

「艾德伐說他除了去畢雅卡賽馬場，這整個禮拜都一個人待在特浪索街的房子裡，布蘭豪格被殺的那天早上和今天早上，他都在特浪索街。」

「了解。你覺得他回答問題時答得怎樣?」

「什麼意思?」

「你聽他說話的時候相信他嗎?」

「相信,不;這個嘛,相信,嗯……」

「信任你的直覺,哈福森,別擔心。說出你的感覺,我不會用你說過的話來為難你。」

哈福森垂眼望著桌面,手裡玩著菜單。

「如果艾德伐是在說謊,那他一定是個非常冷酷的人,我只能這樣說。」

哈利嘆了口氣。

「你能不能找人去監視艾德伐?我要兩個人日夜在他那間房子外面盯梢。」

哈福森點點頭,用手機撥打電話。哈利聽見手機裡傳來莫勒的聲音,同時偷眼朝角落那個新納粹份子望去。管他們是叫自己新納粹黨、國家社會主義者、還是國家民主主義者。哈利剛剛收到大學寄來的一篇社會學論文,文中說明挪威共有五十七名新納粹份子。

披薩送上桌。哈福森以詢問的眼光看著哈利。

「你吃,」哈利說:「我不是很愛吃披薩。」

一個穿綠色戰鬥夾克的矮小男子走進店裡,加入角落那個穿長雨衣的男子,兩人幾乎頭碰頭,伸長脖子看著哈利和哈福森。

「還有一件事,」哈利說:「POT的琳達跟我說科隆市有一個黨衛隊SS資料庫,裡頭雖然有一部分資料在七〇年代被火燒毀,但有些加入德軍的挪威軍人資料被保存了下來,比如說指揮命令、軍事勳章、軍階之類的。我要你打電話去問他們有沒有丹尼爾.蓋德松和蓋布蘭.約翰森的資料。」

「是,長官。」哈福森說,滿嘴都是披薩。「等我吃完就去辦。」

「你吃,我去跟那兩個小朋友聊聊天。」哈利說,站了起來。

哈利在工作上盡量不利用自己的高大體型去佔便宜，但那小鬍子雖伸長脖子盯著哈利瞧，哈利仍在他冰冷的眼神中看見裡頭藏著跟柯榮一樣的恐懼，只不過小鬍子比較訓練有素，懂得掩飾。哈利抓過小鬍子擱腳的椅子，小鬍子還來不及反應，雙腳已砰地一聲敲上地面。

「抱歉，」哈利說：「我以為這張椅子沒人坐。」

「幹他媽的條子。」小鬍子說。穿戰鬥夾克的小光頭轉頭朝周圍看了看。

「對，」哈利說：「或者叫狗、叫豬，或條子伯伯。這樣叫可能還是不夠力，要不要叫 Les Flics[29]？這樣夠不夠國際化？」

「我們有惹到你嗎？」小鬍子說。

「對，你們惹到我了，」哈利說：「你們惹到我很久了。去跟王子說哈囉，告訴他說哈利・霍勒要回敬他。哈利要向王子下戰帖。聽見沒有？」

小光頭眨眨眼，嘴巴微張，聽得一愣一愣。接著小鬍子張嘴露牙，捧腹大笑，笑到連口水都滴了出來。

「你是在說哈康・馬格努斯王子[30]嗎？」小鬍子問說。小光頭終於搞懂這個笑話，跟著小鬍子一起笑了起來。

「原來如此，」哈利說：「你們只是小角色，連王子是誰都不知道。把這些話傳給你們上面的人吧。好好享受披薩，小朋友。」

哈利走了回去，可以感覺到小鬍子和小光頭的目光從背後射來。

「快吃，」哈利對哈福森說，哈福森正忙著啃食一片巨大的披薩，披薩從他口裡滿溢出來。「在我還沒讓自己出更多糗之前，我們趕快離開這裡。」

29 Les Flics，「警察」的法文。

30 Haakon Magnus，1973-，挪威王儲，生於奧斯陸，是哈拉爾國王和宋雅皇后的第二個孩子和獨生子。

82

二〇〇〇年五月十一日。侯曼科倫區。

這是入春以來最溫暖的一個晚上。哈利駕車行駛，車窗敞開，溫柔的微風吹撫他的臉龐和頭髮。來到侯曼科倫區最高處，可以看見奧斯陸峽灣以及散布周圍有如棕綠色貝殼的小島。遊遍春光的帆船揚著白帆正往陸地移動，準備迎接夜晚。幾個中輟生站在路旁小便，旁邊是一輛紅色巴士，車頂架著喇叭，正發出隆隆的音樂聲：**來當——我的——情人……**

一個老婦人身穿健行褲和束著腰際的防寒外套，臉上帶著疲倦但幸福的神情，緩緩走在路上。

哈利把車停在屋子下頭，沒把車開上車道。他也不知道自己為什麼這樣做，也許把車停在屋子下頭比較不具侵略性。這樣自然於事無補，因為他沒事先連絡，也沒受到邀請。

他爬上車道，走到一半手機響了起來。是哈福森從叛國賊資料庫那裡打來的。

「什麼都沒發現，」哈福森說：「如果丹尼爾真的還活著，那他戰後一定沒被判刑。」

「那辛娜呢？」

「她被判刑一年。」

「可是她沒進監獄。還有什麼有用的資料？」

「什麼都沒有，他們已經準備把我攆走好關門了。」

「回家睡覺吧，也許我們明天會有收穫。」

哈利來到台階底端，正要一口氣跳上台階，前門打了開來。哈利站在原地不動。只見蘿凱身穿套頭羊毛衣和藍色牛仔褲，頭髮凌亂，臉色極為蒼白。他在蘿凱的眼神中搜尋很高興再見到他的跡象，但並未找到。不過也沒看見她表現得不冷不熱、恭謙有禮，這是哈利最害怕的。蘿凱的眼神中什麼都沒有，也不知那代表什麼意思。

「我聽見外面有人說話。」她說：「進來吧。」

歐雷克穿著睡衣正在客廳看電視。

「嗨，手下敗將，」哈利說：「你不是應該在練習打俄羅斯方塊嗎？」

歐雷克哼了一聲，眼睛仍盯著電視。

「我老是忘記小孩聽不懂諷刺。」哈利對蘿凱說。

「你跑到哪裡去了？」歐雷克問。

「跑到哪裡去？」哈利有點不明白歐雷克為何用質問的口氣對他說話。「什麼意思？」

歐雷克聳聳肩。

「喝咖啡嗎？」蘿凱問。哈利點點頭。歐雷克和哈利一起坐在椅子上，不發一語，觀看非洲喀拉哈里沙漠的牛羚大遷徙。蘿凱則在廚房裡泡咖啡。泡咖啡和大遷徙同樣需要時間。

「五十六萬分。」歐雷克終於開口說。

「你騙人。」哈利說。

「我打破你的最高紀錄了！」

「拿給我看。」

歐雷克跳下椅子，離開客廳，蘿凱正好端咖啡進來，在哈利對面坐下。哈利找到遙控器，把牛羚的隆隆蹄聲關小。最後是蘿凱先打破沉默。

「今年的獨立紀念日你有什麼計畫？」

「工作。不過如果妳是在暗示說妳想約我的話，那我就算偷天換日也要……」

蘿凱笑了幾聲，揮揮手表示不是這個意思。

「抱歉，我只是找話說而已。我們聊聊別的事吧。」

「妳生病了對不對？」哈利問說。

「說來話長。」

「妳有很多事都說來話長。」

「你怎麼從瑞典回來了？」她問道。

「因為布蘭豪格。真不可思議，因為他，所以我現在坐在這裡。」

「是啊，人生總會碰上許多奇怪的巧合。」蘿凱說。

「反正怪到連想到想不到。」

「你想不到的還多著呢，哈利。」

「什麼意思？」

她嘆了口氣，攪拌著她那杯茶。

「這是怎樣？」哈利問說：「你們家今天晚上都是說暗語的啊？」

她想笑，最後卻吸了吸鼻涕。**春天的風寒**，哈利心想。

「我……那個……」

她試著起頭，試了幾次，卻終究說不出一個完整的句子。她的湯匙在杯子裡旋轉著。哈利越過她的肩膀，看見一頭牛羚被鱷魚冷酷無情地慢慢拖入河中。

「這段時間我過得很不好，」她說：「我一直在想你。」

她轉頭望向哈利，哈利這才看見她在流淚。眼淚滾落她的面頰，在下巴聚合。她並未阻止眼淚落下。

「呃……」哈利開口說話，只說了這個字，兩人已在彼此懷中。他們緊抱對方，彷彿對方是救命的救生圈。哈利全身顫抖。**夠了**，哈利心想，**這樣就夠了，能這樣抱著她就夠了**。

「媽咪！」樓上傳來大喊：「我的Game Boy咧？」

「在梳妝臺的抽屜裡，」蘿凱喊了回去，聲音顫抖。「從最上面的抽屜開始找。」

「吻我。」她柔聲對哈利說。

「可是歐雷克會……」

「不在梳妝臺啦。」

歐雷克終於在玩具箱裡找到Game Boy遊戲機，拿著下樓，一時之間並未發現客廳氛圍已經改變，只是在看見哈利見了最新高分「嗯」個不停之後，得意地哈哈大笑。正當哈利為了要打破紀錄而開始奮戰，卻聽歐雷克問說：「你們的臉怎麼了？」

哈利望向蘿凱，蘿凱只能盡量繃著臉不露出任何表情。

「那是因為我們太喜歡彼此了。」哈利說，把右邊三排方塊取代為一排長方塊。「你的紀錄快要不保了，手下敗將。」

歐雷克大笑，用手掌拍打哈利肩膀。

「不可能，你才是我的手下敗將。」

83

二〇〇〇年五月十二日。哈利的家。

哈利心中一點也沒有手下敗將的感覺。午夜過後不久，他打開家門，看見答錄機上的小紅眼正在閃爍。他已經抱歐雷克上床，也喝了茶。蘿凱說有一天當她沒這麼疲憊時，會跟他說一個很長的故事。哈利回說她需要放個假，她也這麼覺得。

「我們可以一起去渡假，三個人一起去，」他說：「等案子結束以後。」

她輕撫他的頭髮。

「這不是可以隨便看待的事，哈利．霍勒。」

「誰隨便了？」

「我現在沒辦法談這些。回家吧，哈利．霍勒。」

兩人在玄關又吻了一會兒，現在哈利口中仍嚐得到她的唇。

他沒開燈，腳上只穿襪子躡手躡足走進客廳，按下答錄機「播放」鍵。驀然之間，辛德的聲音充滿整個黑暗的空間：

「我是辛德。我一直在想，如果丹尼爾不是鬼魂，那麼世界上只有一個人能解開謎團，那就是除夕當天丹尼爾被射殺時，跟丹尼爾一起站哨的蓋布蘭。你必須找到蓋布蘭，霍勒警監。」

跟著是掛上話筒的聲音，然後是「嗶」一聲。哈利心想接下來應該是留言播畢的卡嗒聲，卻聽見下一則留言響起。

「我是哈福森。現在是十一點三十分。我剛剛接到一通電話，是負責監視艾德伐住處的一個警員打來的，他說他們遲遲等不到艾德伐回家，所以打電話去德拉門市，看艾德伐會不會接電話，結果電話沒人接。其中一個警員開車去畢雅卡賽馬場查看，但大門深鎖，燈也都關了。我請他們繼續守在那裡，還透過警用無線電請巡邏員警注意艾德伐的車。只是跟你報備一下。明天見。」

接著又是「嗶」一聲。一則新留言。哈利的答錄機裡還有一則新的留言紀錄。

「又是我，哈福森。我老年癡呆了我。我忘了跟你說另一件事，看來我們終於有點收穫了。科隆市的黨衛隊SS資料庫雖然沒有丹尼爾和蓋布蘭的資料，不過他們叫我打電話去柏林的國防軍資料庫問問看。我打電話去問，結果碰上一個脾氣暴躁的老頭，那老頭說很少有挪威軍人會被收編為正規德國國防軍，所以我就跟他解釋原因，他說他會查查看。過了不久，他回我電話說果然找不到丹尼爾．蓋德松這個人的資料，不過找到了另一個挪威人蓋布蘭．約翰森的文件。文件上說蓋布蘭在一九四四年從黨衛隊SS被調到國防軍，還有一筆紀錄說原始文件已經在一九四四年夏天寄到奧斯陸。柏林那老頭說這表示蓋布蘭被派到了奧斯陸。那老頭還找到一些信件，是簽發蓋布蘭診斷證明書的醫生寫的，發信地點是維也納。」

哈利在房間裡唯一一張椅子上坐下。

「醫生的名字叫克里斯多夫．布洛何，在魯道夫二世醫院服務。我問過維也納警方，他們說這家醫院現在仍提供完整的醫療服務，還給了我二十幾個人的姓名電話，說這些人在二戰時期曾在這家醫院工作，現在依然健在。」

日耳曼人真是保存檔案的高手，哈利心想。

「所以我就開始打電話。我的德語還講得爛的要命呢！」

哈福森大笑，電話麥克風發出劈啪聲。

「我打了八個人的電話，就找到一個記得蓋布蘭的護士。這個護士現在已經是七十五歲的老太太了。她說蓋布蘭這個人她記得很清楚。明天早上我會把她的電話和地址給你。對了，她姓馬約，全名是赫蓮娜．馬約。」

接著便陷入夾雜著劈啪聲的寂靜，然後是「嗶」一聲，錄音帶發出卡嗒聲，停止轉動。

哈利夢見了蘿凱，夢見她的臉緊貼他的頸，夢見她強有力的雙手，夢見俄羅斯方塊掉落、掉落。但半夜喚醒哈利的卻是辛德的聲音。哈利睜開眼睛，看見黑暗中浮現一個人的身形。

「你必須找到蓋布蘭。」

84

二〇〇〇年五月十二日。阿克修斯堡壘。

凌晨兩點三十分，老人把車停在一間低矮倉庫旁，倉庫位在一條名為阿克修斯灘的街上。多年以前，這條街曾是奧斯陸的大街，但費里內隧道開通之後，街道的一端便被封閉，只有在碼頭工作的人會在白天使用，還有嫖客會帶妓女來這條不太會受到打擾的街上「走一走」。阿克修斯灘街和海洋之間隔著幾間倉庫，路的另一側是阿克修斯堡壘的西面。任何人只要在阿克爾港的這個地方隨便找一個位置，舉起一把品質優良的步槍，透過步槍瞄準器觀看，就能看見老人此時所見：一個身穿灰外套的男子背影，男子的臀部每向前衝撞一次，灰外套就抖動一次；另有一張濃妝豔抹、喝得爛醉的女子臉龐，女子倚著堡壘西牆，就在大砲正下方，正在承受男子的撞擊。

阿克修斯堡壘是二次大戰德國國防軍的監獄。堡壘內部區域夜晚對外關閉，即便他能摸得進去，在刑場上被發現的機率依然太高。沒有人知道究竟有多少人曾在這個刑場被槍決，但刑場上立有一塊紀念碑，紀念犧牲生命的挪威反抗軍。老人知道在這裡被槍決的人當中，至少有一個人是惡名昭彰的罪犯，無論從哪個角度來看都理當被槍決。這裡就是吉斯林和其他因戰爭罪行被判死刑之人的處決之地。當年囚禁吉斯林的地方是火藥塔，老人心想不知道火藥塔是否給了作家顏思．畢約內伯寫書的靈感。

畢約內伯曾在書中鉅細靡遺地描述數世紀以來無數的死刑方式，其中描寫行刑隊的槍決方式，是否正是吉斯林這個叛國賊在一九四五年十月那天被帶上刑場、身體遭子彈鑽入的描述？是否正如畢約內伯所寫，行刑隊把吉斯林的頭罩了起來，在他心臟部位綁了一塊正方形的布做為標記？行刑隊是不是接到四次射擊命令，最後把子彈全部射光？那些受過訓練的行刑隊員是不是槍法拙劣，使得手拿聽診器的醫生不得不宣布說吉斯林還活著，必須再次執行槍決？最後行刑隊是不是開了四、五輪槍，讓吉斯林因為身上多處中彈流血過多而死？

老人把這段敘述從書上剪了下來。

灰衣男子已辦完事，正走下斜坡，往停車處走去。女子仍站在牆邊，她把裙子拉回原位，點燃一根菸，吸了一口，菸在黑暗中亮起紅光。老人等待著。女子用鞋跟將菸踩熄，踏上堡壘周圍的泥濘道路，返回她在挪威銀行周邊街道上的「公司」。

老人轉頭往後座看去，只見一個嘴巴被塞住的女子正看著他。女子被乙醚迷昏，醒來之後就一直用那種驚呆的眼神看著老人。老人看見女子的嘴巴在塞口布後方抽動著。

「別害怕，辛娜。」老人說，把某樣東西綁在她外套上。她低頭想去看那是什麼，卻被老人扳起頭來。

「我們去散散步，」老人說：「就跟以前一樣。」

他下了車，打開後門，把辛娜拉出來，推到他身前。辛娜絆了一跤，跌在碎石路旁的草地上。老人拉住綁著她雙手的繩子，從後頭拉起她，讓她站起來。老人把她帶到強光燈前方站好，讓強光燈正對她的雙眼。

「站著別動。我忘了帶酒，」老人說：「利培羅紅酒。妳還記得吧？不要動，不然我就……」

辛娜被強光燈照得目盲，老人得把刀子舉到她面前，好讓她看見。儘管強光刺眼，辛娜的瞳孔仍放得極大，使得她的眼睛幾乎整個變成黑色。老人往下走到車子旁，朝四周查看。視線所及之內皆無人影。他豎耳聆聽，只聽見尋常的都市嗡嗡噪音。接著他打開後行李箱，把黑垃圾袋推到一旁，感覺得到袋裡那具狗屍已開始變硬。馬克林步槍的精鋼材質在行李箱內閃著深沉亮光。他拿出步槍，坐上駕駛座，把車窗按到半開，再把槍靠在車窗上。他抬起頭，看見辛娜的巨大黑影在黃褐色的十六世紀牆面上舞動。黑影這麼巨大，對岸的奈索登市沿岸地區肯定一覽無遺。太美了。

他用右手發動車子，踩了踩空檔油門，最後一次環視四周，然後從瞄準器望出去。距離只有五十公尺，辛娜的外套填滿瞄準鏡的整個圓形區域。他稍微朝右瞄準，黑色十字線對準了他要找的東西——一張白紙。他呼出肺臟裡的空氣，食指扣上扳機。

「歡迎歸隊。」他輕聲說。

第八部　啟示錄

85

二〇〇〇年五月十四日。維也納。

哈利坐上奧地利航空的班機座椅，享受頸背和前臂接觸冰涼皮面的觸感，只享受了三秒，便繼續苦苦思索。

飛機下方的田園風光黃黃綠綠拼貼交雜，多瑙河在太陽照耀下閃閃發光，猶如滲出體液的褐色傷口。女空服員播報說飛機即將在施維薩市降落，哈利開始做降落的準備。

他向來不怎麼熱衷於搭飛機，近幾年來更變得極度恐懼搭飛機。愛倫曾問他究竟是害怕什麼。「墜機啊，死亡啊，媽的不然還有什麼？」他答說。愛倫告訴他，偶爾搭飛機的死亡機率是三千萬分之一。他謝謝她提供這個資訊，並說他不再害怕。

哈利深深地吸氣和呼氣，耳中聽著引擎變換聲音。為什麼人會越老越怕死？不是應該反過來才對嗎？辛娜已活到七十九歲。據推測她嚇得魂都飛了。阿克修斯堡壘的一名警衛發現了她。他們接到阿克爾港一個失眠的百萬富翁打來電話，通知他們說南側牆面有一盞強光燈壞了，當班警衛便派了一名年經警衛前去查看。兩小時後，哈利訊問這位年輕警衛，年輕警衛跟哈利說他走近強光燈時，看見一個女人動也不動倒在強光燈上，擋住了光線。起初他以為那女人是個毒蟲，再走得更靠近些，便看見白髮和款式過時的服裝，才知道原來是個老婦人。年輕警衛心想她可能生病了，接著便發現她的雙手被反綁在身後。一直到他走到老婦人身旁，才看見老婦人的外套上有個大洞。

「我可以看見她的脊椎骨被打碎了，」年輕警衛對哈利說：「靠，我能**看見**她的脊椎骨耶。」

然後年輕警衛跟哈利說他靠在岩石牆面上吐了起來。後來等警方移走屍體，強光再度打上牆面，他才知道自己手上那黏乎乎的液體是什麼。他還把手攤開來給哈利看，彷彿很重要似的。

現場勘查組抵達現場。韋伯朝哈利走來，一邊用惺忪睡眼查看辛娜。韋伯說神不是什麼審判者，根本就是地上那傢伙自己幹起審判者。

唯一的目擊證人是一名倉庫夜間守衛。這名守衛在兩點四十五分看見一輛車從阿克修斯灘街駛來，往東駛去，亮著大燈，十分刺眼，因此沒能看清楚車輛廠牌或顏色。

機長似乎正在加速。哈利想像飛機突然拉高，只因機長赫然看見阿爾卑斯山出現在駕駛艙正前方。接著這架奧地利航空班機機翼下方的空氣似乎突然消失，哈利覺得自己的胃幾乎要從嘴裡蹦出來。他大聲呻吟，這時飛機又像顆橡皮球般彈了起來。機長透過機上廣播用德語說了一段話，再用英文說明飛機遇上亂流。

奧納醫生曾指出，一個人若無法感到恐懼，就無法活下去。哈利緊抓座椅扶手，試著在這句話裡尋求安慰。

事實上促使哈利儘速搭上下一班飛往維也納的飛機的人，就是奧納醫生。哈利一把所有發生的案件攤上檯面，奧納醫生立刻就說分秒必爭。

「如果我們面對的是一個連續殺人犯，那麼這個殺人犯就快失去控制了。」奧納醫生說：「典型的連續殺人犯會在殺戮中尋求性發洩，但每一次都遭遇挫折，因此會基於挫折而提高殺人頻率。可是這個凶手不同，他的殺人動機顯然不是性。他有一個變態的計畫之類的必須完成，到目前為止他都非常謹慎，做出的行為都很理性。這幾起命案的發生時間非常接近，凶手又費盡心思突顯他殺人行為的象徵意義，就像阿克修斯堡壘發生的這起命案，這些都顯示他如果不是覺得自己所向無敵，就是快要失去控制，而且可能正逐漸形成精神病。」

「不然就是一切仍完全在他掌控之中。」哈福森說：「他還沒失手過。我們仍然一點頭緒也沒有。」

說的真對。哈福森說得對極了。他們一點頭緒也沒有。

艾德伐交代了他的行蹤，他在德拉門市的家裡接起了電話。負責監視的警員完全找不到艾德伐，因此哈福森早上打電話去德拉門市查問。他們自然無法得知艾德伐說的是真是假：艾德伐說畢雅卡賽馬場十點半關閉之後，他就開車返回德拉門市，十一點半抵達。又或者他是在凌晨兩點半才抵達德拉門市，因此有時間射殺辛娜。

哈利請哈福森打電話去給艾德伐的左鄰右舍，問問看是否有人聽見或看見艾德伐開車回家，只不過哈利對於能問到些什麼，心中不抱多大希望。哈利也請莫勒去問檢察官，看能不能申請到搜索票，讓他們搜查艾德伐的兩間房子。哈利心中很明白他們的立場極為薄弱，果不其然，檢察官回答說他至少得看見類似間接證據的東西，才能發出搜索票。

毫無頭緒可言。該是開始感到驚慌的時候了。

哈利閉上雙眼。連霍爾的面容都烙印在他的視網膜上。灰暗，封閉。霍爾癱坐在伊斯凡路那間屋子的扶手椅上，手中握著蹓狗繩。

輪胎觸地。哈利確定自己是那三千萬個機率幸運兒之一。

維也納警察首長十分貼心，特別為哈利指派一名警員，充當哈利的司機、嚮導和口譯員。這名警員站在候機大廳，一身黑色西裝，臉上戴一副太陽眼鏡，頸子粗得像公牛，手中拿一張A4白紙，上頭用簽字筆寫著「霍勒先生」。

牛頸警員自我介紹說他叫費里茨（**老是有人叫費里茨**，哈利心想），領著哈利坐上一輛深藍色BMW。不久之後，那輛BMW已在高速公路上奔馳，朝西北方疾馳而去，經過冒著白煙的工廠煙囪，也超越無數守法駕駛人開的車輛。其他駕駛人一見那輛BMW加速，便紛紛避到右側車道。

「你住的飯店是間諜飯店。」費里茨說。

「間諜飯店？」

「也就是古典的老帝國飯店。很多俄國和西方特務在冷戰時期都選在這家飯店投靠敵方。你的老闆一定有大把經費可以花。」

車子來到坎納圓環，費里茨伸手一指。「越過右邊的屋頂就可以看見聖史蒂芬大教堂的螺塔，」他說：「很美對不對？飯店到了，我在車上等你辦完住房手續。」

哈利望著帝國飯店的大廳，眼神中盡是讚嘆。櫃檯接待員對他微笑。「我們花了四千萬先令重新整修，讓它恢復大戰前的舊觀。這間飯店在一九四四年幾乎全被炸毀，幾年前又都損壞得差不多了。」

哈利踏出二樓電梯，只覺得腳下地毯又厚又軟，彷彿走在富有彈性的泥炭土上。客房並不特別大，但有一張寬敞的四柱大床，看起來少說也有一百年歷史。他打開窗戶，便聞到對街蛋糕店飄來烘焙香味。

「赫蓮娜．馬約住在拉薩列巷。」哈利回到車上之後，費里茨如此告知。一輛車變換車道未打方向燈，費里茨按鳴喇叭。

「她是個寡婦，兩個小孩都已長大成人。戰後她的職業是老師，一直教到退休。」

「你跟她談過了沒？」

「還沒，可是我看過她的檔案。」

他們依照地址找到拉薩列巷一棟房子，這棟房子一定曾優雅一時，如今寬敞樓梯旁的牆壁油漆已斑駁剝落，他們的緩慢腳步聲回音跟滴水聲相互唱和。

她站在三樓自家門口，眨著一雙靈活的褐色眼睛，說抱歉讓你們爬這麼多樓梯。

她家有點裝飾過度，擺滿人生各階段蒐集而來的小擺飾。

「請坐，」她說：「我只會說德語，不過你可以說英語，我大概都聽得懂。」她轉頭朝哈利說。

她端出一個托盤，上頭擺了咖啡和點心。「蘋果酥捲。」她指著點心說。

「好吃。」費里茨說，隨即拿了一塊。

「所以妳認識蓋布蘭．約翰森。」哈利說。

「對，我認識。我們都叫他烏利亞，是他堅持要我們這樣叫的。起初我們還以為他因為受傷而神智不清。」

「他受什麼傷？」

「他頭部受傷，當然腳也受傷。布洛何醫生差點要替他截肢。」

「但是他復原了，一九四四年被送回奧斯陸，是不是？」

「對，差不多是這樣。」

「差不多是什麼意思？」

「呃，他失蹤了不是嗎？他不會又在奧斯陸出現了吧？」

「據我所知是沒有。告訴我，你跟蓋布蘭這個人有多熟？」

「挺熟的。他個性外向，是個說故事高手，所有的護士都一個接一個愛上了他。」

「妳也是嗎？」

她發出歡快有如鳥兒啼囀的笑聲。「我也是。可是他不喜歡我。」

「是嗎？」

「喔，那時候我很漂亮，我可以跟你這麼說，可是這不是重點，重點是烏利亞喜歡的另有其人。」

「真的？」

「對，她的名字也叫赫蓮娜。」

「哪一個赫蓮娜？」

這位也叫赫蓮娜的老婦人蹙起眉頭。

「赫蓮娜・藍恩，應該沒錯。就是他們之間的愛情導致了那場悲劇。」

「什麼悲劇？」

她驚訝地望著哈利，又望向費里茨，再轉過頭來看著哈利。

「你們不是因為那場悲劇才來的嗎？」她說：「就是那件命案啊？」

86

二〇〇〇年五月十四日。皇家庭園。

這天是週日，人們的走路速度比平常慢，老人穿過皇家庭園時，腳步跟得上其他人。他在警衛室旁停下腳步。每棵樹都長出了嫩綠色樹葉，這是他最喜愛的顏色。只有一棵樹除外。庭園中央的那棵高大橡樹將不會再像現在這麼綠，這時就已經可以看出不同之處。那棵橡樹已從冬季的蟄伏中醒來，輸送生命力的樹汁已開始循環，將毒素散布到每一根末梢纖維中。如今毒素已到達每一片樹葉，帶來豐沃的成長，但再過幾天，毒素就會開始令葉子枯萎發黃，然後掉落，最後這整棵橡樹將邁入死亡。

但他們還不知道。他們顯然一無所知。布蘭豪格不在他原本的計畫裡，老人知道布蘭豪格命案讓警方困惑不已。《每日新聞報》登出布蘭豪格那番話的報導純粹是個詭異的巧合，他看見那則新聞時哈哈大笑。我的天，他甚至同意布蘭豪格說的話。戰敗者都該被吊死，這是戰爭的法則。

那麼他留給警方的其他線索呢？警方還未能將大背叛跟阿克修斯堡壘的處刑聯結起來。也許等下次堡壘上的大砲發射，他們才能瞧出端倪。

他還顧四周，找尋長椅。陣痛發作的間隔時間越來越短了。他不用去布維醫生那裡就知道癌細胞已擴散到全身；他清楚自己的身體。他的死期不遠了。

他倚在一棵樹旁，那棵樹是皇家白樺，「佔領」的象徵。政府和國王避逃英國。**德國轟炸機大軍壓境**，努達爾．格里格的這句詩文令他作嘔。這一句詩把國王的背叛描述成光榮的撤退，彷彿在人民最需要的時候逃離是一種道德的行為。國王在倫敦的安全環境中成為另一個流亡海外的貴族，他在娛樂眾人的晚宴上對支持他的上流社會婦女發表動人的演說，這些婦女全都懷抱希望，希望有一天他們的小小王國會迎接他們回歸。戰爭結束後，王儲搭乘的船隻停在碼頭外，船上舉辦歡迎會，那些尖叫到破嗓的人群之所以那麼賣力尖叫，只不過是為了掩蓋他們自己內心的羞愧和國王內心的羞愧。老人朝太陽抬起頭，閉上眼睛。

命令呼喝，靴鞋踏步，ＡＧ3步槍槍托擊打碎石路面。交接。警衛換班。

87

二〇〇〇年五月十四日。維也納。

「你們不知道？」赫蓮娜．馬約老太太問。

她搖搖頭。費里茨已打電話請人去搜尋歸檔的舊命案檔案。

「檔案我們一定找得到。」費里茨輕聲說。哈利心中沒有一絲懷疑。

「警方非常確定是蓋布蘭殺了他的醫生？」哈利問，轉頭望向馬約老太太。

「對。克里斯多夫．布洛何一個人住在醫院房間裡。警方說蓋布蘭打破外門的玻璃，布洛何躺在床上，在睡夢中被殺死。」

「怎麼殺的……？」

馬約老太太在喉嚨前方誇張地畫了一條線。

「後來我曾親眼看見他的屍體，」她說：「你幾乎會以為是布洛何醫生自己下的手，那一刀劃得好整齊。」

「嗯。警方為什麼這麼確定是蓋布蘭下的手？」

她呵呵一笑。「這我可以告訴你，因為蓋布蘭問警衛說布洛何住在哪一個房間。警衛看見他把車停在外面，從正門走進去。他出來的時候是用跑的，衝上車發動引擎，全速開往維也納。隔天他就失蹤了，沒有人知道他去了哪裡，只知道根據紀錄他應該去奧斯陸報到。挪威警方在奧斯陸等著他回去，但他一直沒出現。」

「除了警衛的證詞之外，妳記得警方還有其他證據嗎？」

「我當然記得，這件命案我們討論了好幾年呢！玻璃門上的血跡符合他的血型。警方在布洛何醫生的臥室裡發現的指紋，跟烏利亞在醫院的病床和床頭櫃上的指紋一樣。再說，他有殺人動機……」

「真的？」

「對，蓋布蘭和赫蓮娜彼此相愛，但赫蓮娜必須嫁給布洛何醫生。」

「他們訂婚了？」

「不是不是。布洛何醫生愛死赫蓮娜了，沒有一個人不知道。赫蓮娜來自一個富裕的家庭，但後來她父親入獄，家道中落，跟布洛何醫生結婚是她和她母親振興家業的方法。你也知道這是怎麼回事，女孩子家對家裡總是有點責任，至少那個時候她覺得自己有責任。」

「妳知道赫蓮娜・藍恩住在哪裡嗎？」

「蘋果酥捲你碰都還沒碰呢，親愛的。」馬約老太太高聲說。

哈利咬了一口蘋果酥捲，嚼了幾下，對馬約老太太點頭表示好吃。

「這我就不知道了，」她說：「後來警方得知案發當晚赫蓮娜曾經跟蓋布蘭在一起，就去調查赫蓮娜，可是沒有任何發現。後來她離開了魯道夫二世醫院，搬去維也納，在那裡自己開始做起生意。她是個堅強又有生意頭腦的女人。我有時候會在這裡的街上看見她，可是五〇年代中期她把生意賣了，之後我就沒再聽說過她的消息。有人說她離開了奧地利。不過我知道你們可以去問一個人，如果她還活著的話，這我得先提醒你們。你們可以去找碧翠絲・霍夫曼，她是藍恩家的管家。命案發生之後，藍恩家沒辦法再僱用她，所以她在魯道夫二世醫院工作過一段時間。」

費里茨又立刻撥打手機。

一隻蒼蠅在窗邊躁動地嗡嗡飛舞。牠依據自己的微小視野向前飛行，卻頻頻撞到窗戶，不明所以。哈利站了起來。

「蘋果酥捲……？」

「下次吧，馬約太太，現在我們沒時間吃。」

「為什麼？」她問說：「這都已經是半個多世紀以前的事了，還能跑到哪裡去？」

「這個嘛……」哈利說，望著那隻黑頭蒼蠅在陽光照耀下的蕾絲窗簾內飛舞。

前往警局的路上，費里茨接了一通手機，突然來個違規大迴轉，使得後方車輛紛紛大鳴喇叭。

「碧翠絲還活著，」他說，加速闖過黃燈。「她住在麥雷巴路的養老院，就在維也納森林裡。」

那輛BMW的渦輪引擎歡欣地發出尖細運轉聲。車窗外的公寓逐漸變成半木造屋舍和葡萄園，最後化為蓊鬱蔥蘢的森林。午後陽光在樹葉上嬉戲，創造出夢幻般的氛圍。車子開上林蔭大道，兩旁是一排又一排的山毛櫸和栗樹。

一名護士領著他們走進一座大庭園。

碧翠絲坐在一張長椅上，全身籠罩在一棵節瘤累累的橡樹偌大的樹蔭下。她戴著一頂大草帽，帽子下是一張爬滿皺紋的瘦小臉龐。費里茨用德語跟她說明來意。碧翠絲歪著頭，臉上帶著微笑。

「我已經九十歲了，」她用顫抖的聲音說：「可是每次想到赫蓮娜小姐，還是忍不住會掉眼淚。」

「她還活著嗎？」哈利用小學程度的德語問說：「妳知道她在哪裡嗎？」

「他說什麼？」碧翠絲把手放在耳後問道。費里茨轉述了一遍。

「我知道，」她說：「我知道赫蓮娜在哪裡，她就坐在那裡。」

碧翠絲伸手指向樹梢。

這下可好，哈利心想，**癡呆了**。但碧翠絲話還沒說完。

「她跟聖彼德在一起。藍恩一家人是虔誠的天主教徒，但赫蓮娜是他們家的天使。就像我剛剛說的，每次想到她，我都會掉眼淚。」

「妳還記得蓋布蘭．約翰森嗎？」哈利問。

「烏利亞，」碧翠絲說：「我只見過他一次，是個英俊瀟灑的年輕人，可惜他病了。誰會相信這樣一個有禮貌的好青年會殺人？他們的感情因為這件事而劃下句點，赫蓮娜的愛情也跟著葬送了。她一直忘不了他，可憐哪。警察一直沒找到烏利亞。赫蓮娜雖然沒被起訴，可是安德烈·布洛何指示醫院把她掃地出門。後來她搬去維也納，替大主教做義工，一直做到藍恩家陷入嚴重的經濟困境，逼得她不得不去找一份有收入的工作。於是她開始做起針線活，不到兩年手底下已經有十四個全職女工替她幹活。後來她父親出獄，可是因為跟猶太銀行家鬧過醜聞，一直找不到工作。藍恩家沒了錢沒了地位，藍恩太太受到的打擊最大，一病不起，終於在一九五三年過世，藍恩先生也在那一年秋天出車禍去世。赫蓮娜在一九五五年賣掉生意，離開奧地利，沒有跟任何人說過原因。我還記得那一天，那天是五月十五日，奧地利的解放日。」

費里茨見到哈利臉上的不解神情，便加以解釋。

「奧地利有點不一樣，我們不慶祝希特勒投降的那一天，而是慶祝同盟軍離開奧地利的那一天。」

碧翠絲跟著述說她是如何接到赫蓮娜的死訊。

「我們有二十多年都沒她的消息，有一天我突然接到一封她從巴黎寄來的信，信中寫說她跟丈夫和女兒去巴黎渡假，還說那是她人生的最後一趟旅行。她沒說她在哪裡落腳，嫁給了誰，也沒說她得了什麼病。她只說她時日無多，希望我能在聖史蒂芬大教堂替她點一根蠟燭。赫蓮娜是個很不尋常的人，她七歲的時候就跑來廚房，用認真的眼神望著我說：『上帝創造人類，是希望人類去愛。』」

碧翠絲老太太那布滿皺紋的臉頰滑落一滴眼淚。

「我永遠忘不了這句話。才七歲而已。我想她在那個時候就決定要怎麼活出她的生命。雖然後來她過得很不順遂，試煉又多又艱難，但我認為她的內心深處一直都是這樣相信的——上帝創造人類，是希望人類去愛。她就是這樣的一個人。」

「那封信妳還留著嗎？」哈利問道。

碧翠絲拭去眼淚，點了點頭。

「我放在房間裡。不過先讓我在這裡坐一會兒，追憶一下往事，我們再去拿好嗎？對了，今天晚上是今年第一個炎熱的夜晚。」

三人靜默無語地坐著，聆聽樹枝窸窣、鳥兒啁啾。太陽緩緩落在蘇菲奈普山後方。三人皆在心中追思逝去的故人。昆蟲在樹下的光影中跳躍舞蹈。哈利心中想的是愛倫。驀然間他看見一隻鳥，那一定是鶲鳥，他可以對天發誓，他在那本鳥類圖鑑裡看過這種鳥。

「我們走吧。」碧翠絲說。

她的房間甚小，十分樸素，但是光亮舒適。只見一張床舖倚著後牆，牆上掛滿大小不一的照片。碧翠絲在一個大衣櫃的抽屜裡翻看一疊紙張。

「我收東西有一套規則的，一定會找到。」她說。**那是當然**，哈利心想。

就在這時，哈利的目光被一個銀色相框裡的照片吸引了過去。

「找到了。」碧翠絲說。

哈利並未答話。他只是凝視著那張照片，並未回應，直到碧翠絲的聲音又在身後響起。

「這張照片是赫蓮娜在醫院工作的時候拍的，很漂亮對不對？」

「對，很漂亮，」哈利說：「我只是覺得奇怪，她看起來有點似曾相識。」

「沒什麼好奇怪的，」碧翠絲說：「兩千多年來人們一直把天使畫在聖像上。」

這天晚上**確實**炎熱。又熱又悶。哈利在四柱大床上輾轉反側，把毛毯丟到地上，又把床單從床上扯了起來，只為了停止腦中的思緒，好好睡覺。他一度想到可以拿迷你酒吧裡的酒來喝，接著才記起他已把迷你酒吧的鑰匙拔起來，交給櫃檯接待員。他聽見外頭走廊傳來說話聲。有人握住他房門的門把，他從床上彈了起來，但沒有人進來。接著說話聲在房內響起，他們的氣息灼熱地貼上他的肌膚，衣服劈劈啪啪地被扯開。他睜開雙眼，看見的卻是閃爍的亮光。他知道打雷了。

隆隆雷聲聽起來彷彿遠方的爆炸聲，一會兒從這頭傳來，一會兒從那頭傳來。他倒頭繼續睡，並吻了吻她，脫去她的白色睡衣。她的肌膚白皙冰冷，因為冒汗和恐懼而摸起來不平滑；他把她抱在懷裡良久良久，直到她溫暖起來，直到她在他懷裡活過來，猶如高速播放的春日影片，一朵春花瞬間綻放。

他繼續吻她，吻她的頸，吻她的臂彎，吻她的腹。他吻得並不霸道，甚至不帶挑逗，半是要安慰她、半是因為昏睡，彷彿他隨時可能消失。她躊躇地跟上來，只因她認為他們要去的地方是安全的。他繼續帶領她，直到他們來到一個連他自己都不認得的地方。他轉過身，已然太遲，她投入他懷中，咒罵他，央求他，用她強有力的雙手撕扯他，直到他的肌膚滲出鮮血。

他在自己的喘息聲中醒來，翻了個身，確定床上只有自己一人。後來一切都融合成一個大漩渦，裡頭有雷電、有睡夢。午夜時分，他在淅淅瀝瀝的雨聲中醒來；他走到窗邊往下望，只見雨水在人行道旁形成湍急小溪，一頂無主帽子從小溪上漂過。

哈利被清晨的晨呼電話喚醒時，外頭天已大明，街道已乾。

他看了看擺在床頭櫃上的錶。飛往奧斯陸的班機兩小時後起飛。

88

二〇〇〇年五月十五日。特雷塞街。

史鐸勒・奧納醫生的辦公室走的是黃色調，牆邊擺滿書架，書架上塞滿專門書籍和挪威畫家凱爾・艾柯斯（Kjell Aukrust）的卡通人物圖。

「哈利，請坐。」奧納醫生說：「要坐椅子還是沙發？」

這是奧納醫生的標準開場白。哈利微微揚起左唇角，回以「真好笑可是以前聽過」的標準微笑。哈利在加德莫恩機場打電話給奧納醫生，奧納醫生表示哈利可以過來，只是他沒有太多時間，他得去哈馬爾鎮參加一場研討會，而且負責開幕致詞。

「研討會的主題是『酗酒診斷的相關問題』，」奧納醫生說：「你放心，我不會把你的名字說出來。」

「所以你才盛裝打扮？」哈利問。

「衣服是人類傳達的一種強烈訊息，」奧納醫生說，摸摸西裝翻領。「粗呢象徵的是剛毅和自信。」

「那領結呢？」哈利問，拿出筆記本和筆。

「知識份子的輕浮和自大，也可以說是莊重中帶有一點自我嘲諷，應該足以讓我那些平庸的醫生同事們留下好印象。」

奧納醫生得意洋洋地靠上椅背，雙手交疊在鼓起的肚子上。

「告訴我一些關於人格分裂的事，」哈利說：「或是精神分裂。」

「五分鐘之內要說完？」奧納醫生呻吟一聲。

「大概說一下就好了。」

「首先，你把人格分裂和精神分裂擺在一起，這就是一種誤解，不知道為什麼，這種誤解經常激起大家的想像。精神分裂這個名稱代表的是一大群迥然不同的精神障礙，跟人格分裂一點關係也沒有。精神分裂（Schizophrenia）中的Schizo這個字在希臘文中是分裂的意思，但創造這個名詞的尤金．布洛爾（Eugen Bleuler）醫生指的是精神分裂患者腦中的心理機能是分裂的。如果……」

哈利指指手錶。

「對喔。」奧納醫生說：「你說的人格分裂簡稱MPD，也就是多重人格障礙，它的定義是一個人同時存在兩個或多個人格，這些人格輪流出現，控制患者的行為，就像《化身博士》裡的傑克醫生和海德先生。」

「所以這種病真的存在囉。」

「當然存在，可是很罕見，不像好萊塢電影動不動就拿這個來當做題材。我當心理醫生二十五年了，都無緣得見一個MPD患者，但我還是對這種精神障礙有些了解。」

「比如說？」

「比如說，MPD總是跟喪失記憶有關聯。換句話說，MPD患者可能一覺醒來卻宿醉得莫名奇妙，因為患者不知道他的另一個人格是酒鬼。呃，事實上有可能一個人格是酒鬼，另一個卻滴酒不沾。」

「你不是說真的吧？」

「當然是真的。」

「可是酗酒也是一種生理疾病。」

「沒錯，這就是為什麼MPD這麼引人入勝的原因。我手上有一個MPD患者的報告，這名患者的一個人格是大菸槍，另一個卻從來不抽菸，他們去替那個大菸槍人格量血壓，結果發現比另一個人格的血壓高百分之二十。根據報告，女性的MPD患者可能一個月來多次月經，因為每個人格都有自己的月經週期。」

「所以這種人可以改變自己的身體囉？」

「在某種程度上是的。《化身博士》的故事其實就跟MPD相去不遠。歐瑟森醫生就發表過一個著名的案例，這個MPD患者的一個人格是異性戀者，另一個是同性戀者。」

「那不同的人格會不會有不同的聲音？」

「會，事實上聲音是人格變換時最容易察覺的地方。」

「那聲音有可能改變得極為不同，即使跟患者非常熟的人也認不出來嗎？比方說在電話上？」

「如果這個人對患者的另一個人格一無所知的話就有可能。一些跟MPD患者只是點頭之交的人，一旦患者改變了行為舉止和肢體語言，他們就算跟患者坐在同一個房間也認不出來。」

「羅患MDP的患者能不能隱藏這件事，不讓他們最親近的人知道？」

「是可以行得通。各個人格的出現頻率依患者而定，有些患者在某種程度上可以控制人格的變換。」

「那這些人格必須知道彼此的存在囉？」

「對，是這樣沒錯，不過這也很罕見。就像《化身博士》那本小說裡描述的那樣，不同的人格之間會產生激烈的衝突，因為他們有不同的目標、不同的道德認知、不同的同情心，對他們周圍人的接受度也不同，諸如此類的。」

「那筆跡呢？他們也可以把筆跡亂搞一通囉？」

「不是亂搞一通，哈利。你自己不也經常變來變去？你累了一天下班回家，身上就已經產生很多細微的變化：你的聲音、肢體語言等等都改變了。還真巧，你提到筆跡，我這裡剛好有一本書，裡頭有一個MPD患者的信件照片，這個患者有十七種完全不一樣而且完全前後一致的筆跡。哪天時間比較充裕，我再把這本書找出來。」

哈利在筆記本上寫下重點。「不同的月經週期，不同的筆跡；這簡直是瘋了。」他咕噥著說。

「哈利，注意你的用詞。好了，希望對你有幫助，我得走了。」

奧納醫生打電話叫了輛計程車。兩人一起走上街，站在人行道上，奧納醫生問哈利五月十七日獨立紀念日那天他有沒有事？「我老婆跟我想請幾個朋友來家裡吃飯，歡迎你來。」

「謝謝你的邀請，可是那天新納粹黨打算要把在獨立紀念日那天慶祝聖日的穆斯林『幹掉』，上頭命令我去格蘭區的清真寺指揮監視任務。」哈利說，心中對這意外的邀請感到十分高興，同時又覺得害羞。「你知道，上頭老是要我們這些單身漢在家庭聚會日去做這些工作。」

「可以來一下啊，那天會來的朋友大部分也都有別的事。」

「謝啦，看看怎樣我再打電話給你。對了，你的朋友都是些什麼樣的人？」

奧納醫生檢查自己的領結，看有沒有歪掉。

「他們都跟你差不多啊，」他說：「不過我老婆認識了幾個有頭有臉的人物。」

這時計程車靠人行道旁停下。哈利替奧納醫生開門，好讓他擠進去。正要關門時，哈利突然想到一件事。

「ＭＰＤ的肇因是什麼？」

奧納醫生在座椅上俯身，抬頭望著哈利。「你到底想知道什麼，哈利？」

「我也不太確定，不過可能很重要。」

「好吧。ＭＰＤ患者在童年時期通常受過虐待，但也可能是長大成人後經歷過巨大創傷，因此創造出另一個人格來逃離問題。」

「如果是成年男性的話，什麼樣的創傷會導致ＭＰＤ？」

「這你就得發揮想像力了。他可能經歷天災、痛失摯愛、成為暴力的受害者、或是長時間活在恐懼中。」

「比如說在戰場上作戰？」

「對，戰爭當然有可能觸發ＭＰＤ。」

「或是游擊戰。」

最後這句話是哈利自言自語，這時計程車已載著奧納醫生駛上特雷塞街。

「蘇格蘭人。」哈福森說。

「你要在『蘇格蘭人』酒吧過獨立紀念日？」哈利做個鬼臉，把包包放在帽架後方。

哈福森聳聳肩。「不然你有更好的建議嗎？」

「如果一定要去酒吧的話，找一家比蘇格蘭人酒吧更有格調的吧。還有一個更好的選擇，你可以跟那些當爸爸的警員換班，去替兒童遊行做戒護工作。薪資雙倍，又不會宿醉。」

「我再考慮看看。」

哈利在辦公椅上重重坐下。

「你不早點把它拿去修一修嗎？那聲音聽起來肯定是壞掉了。」

「修不好的。」哈利惱怒地說。

「抱歉。你在維也納有什麼發現？」

「我等一下會說，你先說。」

「我查過辛娜失蹤那段時間霍爾的不在場證明，他說他去市中心散步，還去了伍立弗路的布蘭里咖啡館，可是他在咖啡館裡沒遇到認識的人，無法證實他的說詞。布蘭里咖啡館的店員說他們太忙，無法證明或反駁什麼。」

「布蘭里咖啡館就在施羅德酒館對面。」哈利說。

「所以呢？」

「我只是說明這個事實而已。韋伯怎麼說？」

「他們什麼都沒發現。韋伯說如果辛娜是被倉庫守衛看見的那輛車載去堡壘，那他們應該可以在她衣服上發現後座的纖維，靴子上應該可以發現土壤或油漬之類的。」

「他在車子裡鋪了垃圾袋。」哈利說。

「韋伯也是這樣說。」

「你們查過她外套上發現的乾草了沒？」

「查過了，**有可能**來自艾德伐的馬廄，也可能來自其他一百萬個地方。」

「是乾草，又不是麥稈。」

「乾草又沒有什麼特殊之處，哈利，它只是……乾草。」

「可惡。」哈利暴躁地朝四周看了看。

「維也納有什麼發現？」

「比乾草多得多了。你懂咖啡嗎，哈福森？」

「嗯？」

「愛倫以前都會泡很好喝的咖啡，她是在格蘭區一家店裡買的，說不定你……」

「不要！」哈福森說：「我才不幫你泡咖啡咧。」

「答應我你會試試看，」哈利說，站了起來。「我出去一兩個小時。」

「維也納就只有這樣？乾草？連風裡的麥桿也沒有？」

哈利搖搖頭。「抱歉，那也是條死胡同。你慢慢就會習慣了。」

有什麼事發生了。哈利走在格蘭斯萊達街上，試著想確切認出究竟發生了什麼事。只見街上行人有些不一樣。他去維也納的這段時間發生了某件事。等到走上卡爾約翰街，他終於知道發生了什麼事。原來是夏天來了。這是多年來哈利頭一次注意到柏油路的氣味，注意到身邊經過的行人，注意到葛森路的花店。他穿過皇家庭園時，新割青草地的氣味如此鮮烈，使他露出微笑。一對身穿皇宮工作服的男女正瞧著一棵樹的頂端，彼此交談，搖了搖頭。女子解開連身工作服的上身鈕釦，繫在腰間。哈利注意到女子抬頭往樹上看、伸手往上指的時候，她的男同事偷眼朝她的緊身T恤瞄去。

哈利來到黑德哈路，只見時髦的和不怎麼時髦的流行服飾店都在進行強力促銷，要人們打扮得漂漂亮亮，好慶祝獨立紀念日，就連報攤也賣起了緞帶和國旗。哈利聽見遠處有樂隊正加緊練習傳統進行曲，樂音迴盪不已。氣象預報說會下雨，但天氣溫暖。

哈利按下辛德的門鈴，身上冒著汗。

辛德身上似乎看不到一點慶祝這個國定假日的氣氛。

「太麻煩了，國旗太多了，怪不得希特勒覺得跟挪威人比較親近。挪威人都是大國家主義者，我們只是不敢承認而已。」

他斟上咖啡。

「蓋布蘭後來被送到維也納的軍醫院，」哈利說：「他要回挪威的前一天晚上殺了一個醫生，之後就再也沒人見過他。」

「真沒想到，」辛德說，大聲啜飲滾燙的咖啡。「不過我一直覺得那傢伙哪裡怪怪的。」

「你能跟我說說有關霍爾的事嗎？」

「一定要說的話可多著了。」

「呃，你一定要說。」

辛德揚起濃密的眉毛。「你確定你沒有找錯對象吧，哈利？」

「現在我什麼都不確定。」

辛德小心翼翼把咖啡吹涼。「好吧。既然一定要說我就說了。霍爾跟我的關係在很多方面就跟蓋布蘭和丹尼爾一樣。我是霍爾的代理父親，可能是因為他沒有父母的關係吧。」

哈利的咖啡杯正要湊到嘴邊，卻停在半空中。

「沒有多少人知道這件事，因為霍爾這一路走來已經習慣編造很多故事。他編出的童年裡有很多人物、細節、地點和日期，比一般人記得的童年都來得多。正式版本是他從小生長在霍爾家族位於格里尼區的農莊裡，但事實上他在挪威各地換過好幾對養父母、住過很多中途之家，到了十二歲才落腳在膝下無子的霍爾家族裡。」

「你怎麼知道這不是謊言？」

「這件事說起來也有點奇怪，有天晚上霍爾跟我在賀列督華鎮北方一座森林的營地外面站哨，那天他很怪。當時霍爾跟我不是特別親近，可是他卻突然跟我說起他小時候如何遭受虐待，都沒有人要他，讓我感到非常驚訝。他跟我說了一些他自己的私密身世，有些光是聽都讓人覺得痛苦。那些照顧他的大人本來應該……」辛德聳聳肩。

「我們去散散步吧，」他說：「聽說外面天氣很好。」

兩人踏上威博街，走進史登斯公園，只見有人穿上了夏天第一件比基尼，另外有個強力膠吸食者晃出他的窩，爬上山坡頂，臉上表情彷彿剛發現地球。

「我不知道是什麼促使他講出這些話的，不過那天晚上他好像變了個人，」辛德說：「非常奇怪，不過最怪的莫過於隔天他卻表現得像是不記得跟我講過那些話。」

「你說你們不是很親近，可是你卻跟他說你在東部戰線的一些經歷？」

「對啊，因為森林裡也沒什麼事情好做，我們多半都只是移來移去，監視德軍而已。在那些等待的日子裡，我們可說了不少很長的故事。」

「你有說過丹尼爾的故事嗎？」

辛德望著哈利。「你發現霍爾對丹尼爾著迷了？」

「現階段我都只是猜想而已。」哈利說。

「對，我經常提到丹尼爾，」辛德說：「他就像是個傳奇，很少能遇見一個人擁有那麼自由、強壯、快樂的靈魂。霍爾非常喜歡聽丹尼爾的故事，同一個故事我得說好幾遍給他聽，尤其是丹尼爾單槍匹馬進入無人地帶埋葬紅軍狙擊兵的那個故事。」

「他知道丹尼爾在二戰期間去過森漢姆嗎？」

「當然知道，他記得關於丹尼爾的所有細節，有些我都忘了，還要他來提醒。不知道為什麼，他似乎完全認同丹尼爾，只不過他們兩個人根本就是天差地遠。有一次霍爾喝醉了，還要我開始叫他烏利亞，就跟丹尼爾一樣。如果你問我的話，我會說戰爭結束後他會看上年輕的辛娜·奧薩克絕對不是巧合。」

「喔？」

「他一發現丹尼爾的未婚妻要受審，就跑去法院坐了一整天，只為了看她，好像他早已經決定了要娶她一樣。」

「因為她曾經是丹尼爾的女人？」

「你確定這很重要嗎？」辛德問，快步走在通往山坡的小徑上，哈利得加快腳步才能跟上。

「非常重要。」

「這話我不知道該不該說，不過我個人是覺得霍爾愛丹尼爾神話多過於愛辛娜。我確定他對丹尼爾的欽佩是他戰後不繼續學醫而跑去研究歷史的主要原因。所以很自然的，他專精於德軍佔領期間的挪威以及東戰線挪威軍的歷史。」

兩人來到山坡頂。哈利擦去汗水，辛德卻臉不紅氣不喘。

「霍爾能快速成為歷史學家的其中一個原因，是因為他參加過反抗軍，政府當局認為他是替戰後挪威撰寫歷史的完美工具，希望他不去提及挪威和德軍的廣泛合作，而大肆強調少得可憐的反抗行動。比如說，霍爾在他的歷史書裡光是布呂歇爾號重巡洋艦[31]在四月九日被擊沉的這一段就寫了五頁，可是卻絕口不提戰後遭到起訴的挪威人將近十萬。這個策略奏效了，挪威國民並肩對抗納粹主義的神話到今天仍廣為流

31 Blücher，納粹德國海軍的希佩爾海軍上將級重巡洋艦，服役僅六個月就在入侵挪威第一天被挪威岸防要塞擊沉。

傳。」

「你的書是不是會提出這件事，樊科先生？」

「我只是陳述事實而已。霍爾知道他在寫什麼，可是他寫的就算不是謊言，也算得上是對事實的扭曲。我曾經跟他討論過這件事，他給的理由是這樣做讓人民團結了起來。他唯一無法做到的是把國王逃離挪威投奔自由這件事描述成英雄事蹟。他不是唯一一個在一九四〇年覺得被遺棄的反抗軍成員，可是我從來沒碰過一個人像霍爾那樣言論偏頗，連上過前線的老兵都沒有他那麼偏頗。還記得他一輩子都被他所愛和所信任的人拋棄嗎？我想他極度痛恨逃到倫敦的每一個人，真的。」

兩人在長椅上坐下，俯瞰法格博教堂，只見彼斯德拉街的屋頂往城裡延伸，奧斯陸峽灣在遠處閃閃發亮。

「真美，」辛德說：「美到有時會讓人覺得值得為它一死。」

哈利試著將這些資訊全部吸收，理出頭緒，但仍缺少一個小細節。

「二戰爆發前霍爾在德國學醫，你知道他在哪裡唸書嗎？」

「不知道。」辛德說。

「你知道他專攻哪一方面嗎？」

「我知道，他跟我說他夢想追隨養父和祖父的腳步，他們都非常有名。」

「他們是？」

「你沒聽過霍爾顧問醫生？他們是外科醫生。」

89

二〇〇〇年五月十六日。格蘭區。

莫勒、哈福森和哈利並肩走在莫茲菲街上，這裡是「小喀拉蚩」的深處，四周的氣味、服裝和路人，都讓人幾乎忘了自己身處挪威，他們口中吃的烤肉串也讓他們幾乎忘了挪威烤香腸的滋味。迎面一個小男孩蹦蹦跳跳走來，身穿巴基斯坦慶典服裝，金色夾克的翻領上別著獨立紀念日緞帶，他臉上有個奇怪的獅子鼻，手中握著挪威國旗。哈利在報上讀到今天穆斯林父母為孩子舉辦獨立紀念日派對，好讓他們明天能專心慶祝聖日。

「萬歲！」

小男孩給了他們一個燦爛的笑容，踏著輕盈的腳步走過。

「霍爾可不是泛泛之輩，」莫勒說：「他稱得上是挪威最具份量的歷史權威。如果你說的是真的，報紙一定會大肆報導。更別說如果我們錯了、如果哈利你錯了，會有什麼下場。」

「我只是請你准許我帶霍爾回署裡接受訊問，同時安排心理醫生在場。我還需要一張霍爾家的搜索票。」

「我只是請你至少給我一樣證據或一個證人，」莫勒說，手勢做個不停。「霍爾的知名度很高，而且命案現場附近沒有人看見過他，連一個人也沒有。布蘭豪格夫人接到的那通從本地酒館打去的電話有什麼發現沒有？」

「我拿霍爾的照片去給在施羅德酒館工作的那個女人看。」哈福森說。

「她叫瑪雅。」哈利插口說。

「她不記得見過霍爾。」哈福森說。

「我說的就是這個。」莫勒呻吟一聲，抹去嘴邊的醬汁。

「對，可是我把霍爾的照片拿給坐在酒館裡的幾個客人看，」哈福森說，瞥了哈利一眼。「有個穿外套的老人點點頭說我們可以逮捕這個人。」

「穿外套？」哈利說：「那是摩希根人康亞德．奧斯奈，他是一號人物，可是恐怕不是可靠的證人。反正霍爾跟我們說他去了施羅德酒館對面的布蘭里咖啡館，布蘭里咖啡館沒有公共電話，所以如果他要打電話，一定會去對面的施羅德酒館。」

莫勒做個鬼臉，一臉狐疑地看著手中的烤肉串。他只是跟著哈利和哈福森買了一根奧圖曼式布雷克烤肉串來吃，心中多少有點不願意。哈利對這種烤肉串的形容是「當土耳其遇見波士尼亞遇見巴基斯坦遇見格蘭斯萊達」。

「還有，你真的相信那個什麼人格分裂嗎，哈利？」

「我跟你一樣覺得不可思議，可是奧納醫生說有可能，他也願意提供協助。」

「所以你認為奧納醫生可以催眠霍爾，把他裡頭的丹尼爾誘導出來，讓他自白？」

「我們還不確定霍爾是不是知道丹尼爾做了什麼，所以能跟他談談是非常重要的。」哈利說：「奧納醫生說MPD患者非常容易被催眠，因為他們一天到晚催眠自己，也就是自我催眠。」

「太好了，」莫勒說，眼珠轉了轉。「那搜索票是要怎樣？」

「就像你自己說的，我們沒有證據也沒有證人，法官也不一定會採信那些心理分析，不過只要我們找到馬克林步槍，那就大功告成，不再需要其他東西。」

「嗯。」莫勒在人行道上停下腳步。「動機呢？」

哈利以詢問的神情看著莫勒。

「根據我的經驗，即使是心理狀態混亂的人，通常在他們的瘋狂行為中也可以找得到動機，可是我卻看不到霍爾的動機。」

「不是霍爾的動機，老闆，」哈利說：「是丹尼爾的。辛娜投靠敵軍可能讓丹尼爾產生報復的動機。他在鏡子上寫的『神是我的審判者』這句話可能表示他把這些謀殺行為視為一場個人聖戰，他握有正當理由，無視於其他人的譴責。」

「那其他命案呢？布蘭豪格命案？還有侯格林命案——如果真的跟你判斷的一樣，凶手都是同一個人。」

「我不知道殺人動機是什麼，但我們知道布蘭豪格是被馬克林步槍射殺的，而侯格林認識丹尼爾。根據驗屍報告，侯格林的喉嚨被劃的那刀有如外科手術般精準，而霍爾曾經學醫，他的目標是當上外科醫生。也許侯格林發現霍爾假裝自己是丹尼爾，所以才得死。」

哈福森清清喉嚨。

「幹嘛？」哈利乖戾地說。他跟哈福森已頗為熟識，知道哈福森準備提出異議，而且這個異議有充分根據。

「根據你告訴我們的MPD症狀，殺害侯格林的應該是霍爾，丹尼爾又不是外科醫生。」

哈利吞下最後一口烤肉，用餐巾紙擦擦嘴，然後環顧四周找尋垃圾桶。

「好吧，」他說：「我是可以說我們應該等所有問題都有了解答之後再行動，我也知道檢察官會考慮我們握有的證據十分薄弱，可是我們都不能忽視這個嫌犯可能再開殺戒。老闆，如果我們起訴霍爾的話，你害怕媒體不知道會說些什麼，但你想想看，如果他再幹下一起命案，那媒體不是會吵翻天，然後媒體又會揭露說我們一直在懷疑他，可是卻什麼也沒做，讓他……」

「好好好，這些我都知道，」莫勒說：「所以說你認為他還會再犯案？」

「這件案子我有很多地方都不確定，」哈利說：「不過有件事我百分之百確定，那就是凶手還沒完成他的計畫。」

「為什麼你這麼確定？」

哈利拍拍肚皮，露出嘲弄的笑容。

「因為這裡頭有人打摩斯密碼給我，老闆。兇手買了全世界最貴最精良的暗殺步槍是有原因的。丹尼爾之所以成為傳奇，其中一個原因是他槍法神準。我有種感覺，他決心要把這場聖戰推向一個合乎邏輯的結尾，而這個結尾將是至高無上的榮耀，可以讓丹尼爾傳奇永垂不朽。」

夏日暑氣突然消失片刻，最後一陣冬季冷風吹過莫慈菲街，將塵埃與紙屑吹得直打旋。莫勒閉上雙眼，打個冷顫，將外套拉得緊了些。**卑爾根**，他心想，**卑爾根**。

「我去想想辦法，」他說：「你們先做好準備。」

90

二〇〇〇年五月十六日。警察總署。

哈利和哈福森做好了準備，躍躍欲試，以致於哈利的電話一響，兩個人都跳了起來。哈利抓起電話說：「我是霍勒！」

「你說話何必用喊的，」蘿凱說：「電話不就是因為這樣才發明的嗎？那天你說獨立紀念日是怎樣來著？」

「什麼？」哈利花了數秒才會意過來。「我說我要工作？」

「還有呢？」蘿凱說：「你說你就算偷天換日……」

「真的嗎？」哈利覺得腹部湧出一種奇怪、溫暖的感覺。「如果我找人來代我的班，妳會願意跟我一起過節嗎？」

蘿凱格格一笑。

「你的口氣好多了。我可是先聲明喔，你不是我的頭號選擇，我爸決定今年要自己過獨立紀念日，所以啦，沒錯，我們希望你跟我們一起過節。」

「歐雷克怎麼說？」

「是他提議的。」

「是喔，歐雷克這小子真聰明。」

哈利喜悅無比，喜悅到難以用正常音調說話，就算哈福森就坐在辦公桌對面，兩耳之間劃開一道大大的弧線，他也覺得無所謂。

「那就這麼說定囉？」蘿凱的聲音爬搔他的耳朵。

「好，只要我能找到人代班的話。我等一下再打給妳。」

「ＯＫ，不然你晚上也可以過來吃點東西，如果你有時間而且想過來的話。」

蘿凱這幾句話說得過於不假思索，讓哈利得知她在打電話之前就已經準備好要說這幾句話。他心中的笑聲如同泡泡般不斷冒出，頭腦感覺輕飄飄地彷彿嗑了迷幻藥。他正要說「好」，突然想起蘿凱在餐廳裡說過的話：**我知道不會只有一次而已**。蘿凱說的「吃點東西」其實別有所指。

如果你有時間而且想過來的話。

他若要驚慌，現在正是時候。

插撥燈號閃了起來，打斷他的思緒。

「我有另外一通電話進來，一定得接。蘿凱，妳先等我一下好不好？」

「沒問題。」

哈利按下方形按鍵。是莫勒打來的。

「逮捕令已經下來了，搜索票也快了。湯姆那邊準備了兩輛車和四個武裝警員。哈利，我跟耶穌祈禱說希望你肚子裡那個發摩斯密碼的傢伙手很穩，沒有發錯密碼。」

「他只是發了幾個字而已，從來沒有發過一整句話。」哈利說，對哈福森打個手勢，示意他穿上夾克。

「先掰囉。」哈利猛力掛上電話。

等到他們整裝出發，站在電梯裡，哈利才猛然記起蘿凱還在另一條電話線上，等候他的回答。現下他沒有心力去思索那句話究竟是什麼意思。

91

二〇〇〇年五月十六日。伊斯凡路。

警車駛入這個屋舍相隔甚遠的安靜住宅區時，夏季的第一天已開始涼快下來。哈利渾身不自在，不只是因為他穿了防彈背心，身上直冒汗，也因為這裡實在太安靜了。他凝視精心修剪的籬笆後方的窗簾，但窗簾並未晃動。他感覺自己像個西部牛仔，騎在馬上準備突襲。

起初哈利拒絕穿上防彈背心，但負責這項行動的湯姆對他下了簡單的最後通牒：要不就穿上防彈背心，要不就待在家裡。哈利辯稱說馬克林步槍的子彈會像刀子切牛油那般穿過防彈背心，湯姆只是無所謂地聳了聳肩。

他們分別坐進兩輛警車。湯姆搭乘的第二輛警車駛上松恩路，開進伍立弗哈比住宅區，從另一個方向前往伊斯凡路。哈利聽見湯姆的聲音伴隨著劈啪聲從無線電對講機傳出，話聲冷靜而自信。湯姆詢問所在位置，再次敘述行動程序和緊急程序，要求每一位警員複述各自的任務。

「如果他是行家，可能會在柵欄門上連接警鈴，所以我們**翻過去**，不要**開門進去**。」

連哈利都不得不承認湯姆的工作效率極高，車內其他人顯然都很尊敬湯姆。

哈利指了指那棟紅色屋子。

「就是那棟。」

「阿爾法，」前座女警對著對講機說：「我們沒看見你們。」

湯姆說：「我們就在轉角，遠離房子的視線範圍，等你們看見我們。完畢。」

「太遲了，我們已經到了。完畢。」

「好，先不要下車，我們過來。完畢，結束通話。」

接著他們就看見第二輛警車的車鼻從轉角冒了出來。他們再朝紅色屋子前進最後五十公尺，然後停車，擋住車庫出入口。第二輛警車則停在院子柵欄門前。

眾人陸續下車。哈利聽見一顆網球被網線鬆掉的網球拍擊出的低沉回音。太陽正朝伍拉森車站的方向移動。他聞到一扇窗戶飄出煎豬排的香味。

好戲上場。兩名員警手持蓄勢待發的ＭＰ５衝鋒槍，翻過柵欄，一左一右繞著屋外疾奔。

哈利那車的女警留在車上；她的任務是用無線電對講機和中央總機保持連絡，以及不讓旁觀民眾靠近。湯姆和最後一名員警等剛才那兩名員警就定位並用胸部口袋內的無線電回報後，才高舉制式手槍，翻越柵欄門。哈利和哈福森站在警車後方，觀看整個行動。

「香菸？」哈利問那女警。

「我不抽，謝謝。」她微笑說。

「我只是問妳有沒有菸。」

她斂起笑容。**典型的不吸菸者**，哈利心想。

湯姆和那名員警站上台階，在大門兩側各就各位。這時哈利的手機響起。

哈利看見那女警的眼珠轉了轉。**典型的外行人**，她可能這樣想。

哈利只是查看一下來電顯示是否為蘿凱的號碼，正要關機，卻發現那號碼很眼熟，但不是蘿凱的號碼。湯姆舉起手，正要下達命令，這時哈利想起電話是誰打來的。他從女警手中搶過無線電對講機，女警驚詫地張大嘴。

「阿爾法！停止動作。嫌犯正打電話給我，聽見沒有？」

哈利往台階望去，只見湯姆對他點點頭。哈利按下接聽鍵，把手機靠上耳邊。

「我是哈利。」

「哈囉，」不是霍爾的聲音，哈利十分驚訝。「我是辛德，抱歉打擾你。我在霍爾家裡，我想你應該來一下。」

「為什麼？你在他家幹嘛？」

「我可能做了一件蠢事。一小時前他打電話給我，要我馬上過來，說他生命有危險。我開車過來，發現門是開著的，卻不見霍爾的蹤影。現在我怕他可能把自己鎖在臥房裡。」

「你為什麼會這樣想？」

「臥房的門是鎖著的，我想從鑰匙孔往裡頭看，可是鑰匙是從裡面插在門鎖上。」

「好，」哈利說，繞過警車，朝柵欄門走去。「你仔細聽好，站在原地不要動，如果你手裡有任何東西，立刻把東西放下，我們馬上就到。」

哈利步上台階，湯姆和另一名員警驚訝地跟在後頭。他按下門把，推門而入。

辛德站在玄關，手裡握著話筒，目瞪口呆看著他們。

「我的老天，」他看見湯姆手裡握著左輪手槍時說：「這也太快了吧……」

「臥室在哪裡？」哈利問。

辛德無言地指了指樓梯。

「帶我們上去。」哈利說。

辛德領著三名員警往屋裡走。

「這裡。」

哈利轉動門把，確實上了鎖。只見門鎖上插著一把鑰匙，他試著旋轉鑰匙，卻轉不動。

「我剛剛來不及告訴你，我拿了其他臥室的鑰匙想來開門，」辛德說：「有時候鑰匙是一樣的。」

哈利拔出鑰匙，把眼睛湊上鑰匙孔，只見房內有一張床和一個床頭櫃，床上映出一道光影。湯姆低聲用對講機交談。哈利感覺汗水又開始在防彈背心內滲出並往下流。他一見那光影的形狀便心生不祥之感。

「你不是說裡面插著一把鑰匙嗎？」

「對啊，」辛德說：「我插進這把鑰匙，裡面那把鑰匙就被推出去了。」

「那我們要怎麼進去？」哈利問。

「馬上就來了。」湯姆說，這時他們聽見靴子踏上樓梯的沉重腳步聲。剛才繞到屋後就定位的一名員警走了上來，手中拿著一把紅色橇棒。

「這邊。」湯姆指了指。

木板碎片四處紛飛。房門彈了開來。

哈利邁開大步，踏進房內，耳中聽見湯姆跟辛德說留在外面。

哈利注意到的第一樣東西是蹓狗繩。霍爾用蹓狗繩上吊，身上穿著領口敞開的白襯衫、黑褲子、方格花紋襪。他身後是一張椅子，倒在衣櫃前方，鞋子整整齊齊擺在椅子下方。哈利抬頭朝天花板看去，看見蹓狗繩綁在天花板吊鉤上。哈利極力克制自己，卻還是忍不住朝霍爾的臉部望去。霍爾的一隻眼睛看著房內，另一隻眼睛看著哈利，分別看向兩個方向。像是個雙頭巨怪，一顆頭各長一隻眼睛，哈利心想。他走到面東的窗戶前，看見孩童騎單車沿伊斯凡路而來。有警車來的傳言在這種地區不知為何總是散播得十分迅速，孩童就是被這個傳言吸引來的。

哈利閉上眼睛思考。**第一印象很重要。在現場閃現腦際的第一個想法總是最正確的**。這是愛倫教他的。他的教官則教他進入犯罪現場後，要把注意力放在第一樣最有感覺的事物上。這就是為什麼哈利不必轉身也知道鑰匙就落在身後的地板上。他知道他們在房間裡找不到什麼指紋，也沒有人闖進過這棟屋子。原因很簡單，殺人者和被害人都同樣吊在天花板上。雙頭巨怪分裂了。

「打電話給韋伯。」哈利對哈福森說。哈福森已來到屋內，站在房門口，凝望天花板上吊著的屍體。

「明天的節日他可能有別的打算，不過可以安慰他說這件案子已經告一段落。霍爾發現了凶手是誰，並且付出生命做為代價。」

「凶手是誰？」湯姆問。

「要用過去式了。凶手已經死了。凶手自稱為丹尼爾．蓋德松，住在霍爾的腦子裡。」

哈利一邊往屋外走，一邊跟哈福森說請韋伯找到馬克林步槍之後跟他連絡。

哈利站在門階上，觀察這個地區。沒想到這麼多鄰居突然都在院子裡幹活，而且個個都踮起腳越過籬笆往這邊看。湯姆也走了出來，站在哈利身旁。

「我不懂你剛剛在裡面說的話，」湯姆說：「你的意思是說這傢伙畏罪自殺嗎？」

哈利搖搖頭。

「不是，我說的就是那個意思。他們殺了彼此。霍爾殺了丹尼爾好阻止他。丹尼爾殺了霍爾，避免自己被揭發。他們的利益第一次有了交集。」

湯姆點點頭，卻似乎仍摸不著半點頭腦。

「那個老傢伙有點眼熟，」他說：「我是說活著的那個。」

「他是蘿凱的父親，你……」

「喔，樓上ＰＯＴ那個騷貨，原來是她的父親。」

「你有菸嗎？」哈利問。

「我不抽菸。」湯姆說：「接下來的事歸你管了，哈利，我要走了，如果你還需要幫忙，現在就說。」

哈利搖搖頭，湯姆往柵欄門走去。

「喔，對了，」哈利說：「如果你明天沒什麼特別的事，我需要一個資深警官代我的班。」

湯姆笑了幾聲，繼續往前走。

「你只要在格蘭區清真寺舉行禮拜的時候執行監視任務就可以了，」哈利高聲說：「這種任務你很在行，只要不讓光頭族海扁慶祝聖日的穆斯林就好。」

湯姆走到柵欄門前，突然停步。

「你負責這個任務？」他轉過頭來說。

「沒什麼大不了，」哈利說：「只是兩輛車、四個人而已。」

「多久？」

「八點到三點。」

「你知道嗎？」他說：「我突然想到我欠你個人情。正好，我幫你代班。」

湯姆向哈利敬個禮，坐上警車，發動引擎，離開現場。

欠我什麼人情啊？哈利沉思，耳中聽見網球場傳來懶洋洋的擊球聲。下一刻他已把這件事拋在腦後，因為他的手機響起，這次的來電顯示是蘿凱的號碼。

92

二〇〇〇年五月十六日。侯曼科倫路。

「這是給我的嗎？」

蘿凱拍手說道，接過一束雛菊。

「我沒辦法去花店，只好在妳家院子裡摘。」哈利說，踏進門內。

「嗯，這是椰奶的味道，泰國菜？」

「對。恭喜你買了新西裝。」

「這麼明顯？」

蘿凱呵呵一笑，摸摸西裝翻領。

「高品質羊毛。」

「超級一一〇。」

哈利根本不曉得超級一一〇是什麼意思。他只是興高采烈地走進黑德哈路一間正要打烊的時髦服飾店，請售貨員替他找來唯一一套適合他身高的西裝。當然了，七千克朗遠遠超過他的預算，但如果不花這筆錢，他只能又穿回那套滑稽萬分的老西裝，因此他閉上雙眼，把信用卡放上刷卡機，試著忘記這筆數字。

兩人走進餐廳，只見桌上擺著兩人份的餐具。

「歐雷克在睡覺。」哈利還沒問，蘿凱便如此說道。接著是一陣靜默。

「我不是那個意思……」她開口說。

「不是嗎？」哈利微笑說。他從未見過蘿凱臉紅。他把她拉進懷中，吸入剛洗過頭髮的芳香，感覺她微微顫抖。

「我的菜……」她輕聲說。

哈利放開她，見她消失在廚房裡。面向院子的窗戶開著，今日才出現的白色蝴蝶在落日餘暉中翻飛有如五彩碎紙，屋內可聞到軟肥皂和潮濕木地板的氣味。哈利閉上雙眼。他知道他需要很多個像這樣的日子，才能完全忘卻霍爾吊在蹓狗繩上的景像，但那景象已開始褪去。韋伯和他的弟兄沒找到馬克林步槍，但找到了霍爾的狗畢樂，畢樂的喉嚨被劃開，裝在垃圾袋冰在冷凍庫裡。他們在工具箱裡還發現了三把刀，刀上都有血跡。哈利猜想其中一把刀沾有侯格林的血。

廚房傳來蘿凱的呼喚聲，叫他幫忙拿幾樣東西。那景象已開始褪去。

93

二〇〇〇年五月十七日。侯曼科倫路。

土耳其禁衛軍音樂隨風飄來又散去。哈利睜開眼睛，眼前白晃晃一片。白色日光從飄動的白色窗簾縫隙透入，微光閃爍猶如摩斯密碼；白色牆壁、白色天花板、白色寢具柔柔涼涼地貼著他溫熱的肌膚。他翻過身，看見枕頭上仍留有她躺過的痕跡，但床上只有他一人。他看了看錶。八點五分。蘿凱已經帶歐雷克前往阿克修斯堡壘遊行場，那裡是兒童遊行的出發地點。他們約好十一點在皇宮警衛室前碰面。

他閉上眼睛，重溫昨夜時光，然後下床，拖著腳走進浴室。浴室也是白色的：白色磁磚、白色瓷器。他用冷水沖個澡，不知不覺唱起The The合唱團的一首老歌。

「……**完美的一天！**」

蘿凱替他掛上了一條浴巾，也是白色的。他用厚厚的棉織浴巾搓摩身體，讓血液循環暢通起來，同時在鏡中端詳自己的臉。現在他很開心，對不對？現在他很開心。他對鏡中那張臉微笑。那張臉也對他微笑。埃克曼和弗里森。**如果你對世界微笑，世界也會……**

他放聲大笑，將浴巾圍上腰際，踩著濕潤的雙足，慢慢穿過走廊，走進臥室。他花了幾秒鐘才發現自己走錯了臥室，因為這間臥室的擺設也全都是白色的：白色牆壁、白色天花板、一張擺著家庭照片的梳妝台、一張鋪得整整齊齊的雙人床，上頭蓋著老式針織床罩。

他轉過身，來到門邊正要離去，突然全身僵硬，呆立原地。他腦中彷彿有個部分命令他繼續往前走，忘記他看見的一切；另一個部分則要他回去查看剛剛他看見的是否真如他所想的那樣，或者，說得更精確一點，真如他所害怕的那樣。這正是他所害怕的，至於為什麼，他並不知道。他只知道當一切都是完美的，一切都好到不能再好，你不會希望出現改變，連一絲改變都不希望出現。但已經太遲。當然已經太遲。

他吸了口氣，轉過身，再走進房間。

那張黑白照片裝在簡單的金色相框裡。照片中的女子有一張鵝蛋臉，身材高䠷，顴骨高聳，充滿笑意的雙眼十分平靜，看著相機上方高一點的位置，應該是看著拍照的人。她看起來相當強健，穿一件樸素短衫，短衫前是一條銀色十字架項鍊。

兩千多年來人們一直把天使畫在聖像上。

這並不是他第一次看見她的照片時覺得似曾相識的原因。

毫無疑問，照片中的女子跟他在碧翠絲的房間裡見到的那張照片，是同一個人。

第九部　審判日

94

二〇〇〇年五月十七日。奧斯陸。

我寫這本回憶錄，是希望發現這本回憶錄的人知道一些我為何做此決定的原因。我生命中的抉擇通常是關於兩個或好幾個惡魔，而我必須在那個基礎上接受審判。但我從不逃避任何抉擇，這一點也必須攤在審判台上；我從不逃避自己的道德責任。我冒著可能做出錯誤抉擇的風險，也不願意和沉默的大眾一樣過著懦弱的生活、在群眾裡尋求安全感、讓別人來替自己做決定。我做出這最後的決定，好讓自己做好準備，前去會見上帝和我的赫蓮娜。

「幹！」

一群身穿西裝和民族服裝的人湧上麥佑斯登區十字路口的徒步區，哈利踩下煞車。整個城市似乎已蠢蠢欲動，號誌燈似乎永遠不會再切換成綠燈。過了不久，他終於可以鬆開離合器，加速前進。他在威博街並排停車，找到辛德的門鈴按了下去。一個蹣跚學步的小孩穿著真皮鞋子啪噠啪噠大聲走過，手中的玩具喇叭發出刺耳嘟嘟聲，嚇得哈利跳了起來。

辛德並未應門。哈利回到車上，拿出一根撬棒。他沒把撬棒放在後車箱，因為後車箱的鎖有時打得開有時打不開。他回到公寓門口，伸出兩條手臂壓上兩排門鈴。過了幾秒就聽見嘈雜聲和呼喊聲，應該是公寓居民手中拿著熨斗或鞋油急著去應門的聲音。他說他是警察。一定有人相信了，因為有人氣呼呼地按開門鎖，讓他長驅而入。他衝上樓梯，一次跨上四個階梯，來到三樓，這時他的心臟跳得比十五分鐘前他看見那張照片時還來得猛烈。

我一肩扛起的這項任務已經賠上幾條無辜性命，當然這是必須承擔的風險。戰爭向來如此。審判我吧，我只是個士兵，沒有太多選擇。這是我的願望。但若你嚴厲地審判我，請記得你也無法避免犯錯，對你我來說永遠都是如此。到了最後，審判者只有一個：那就是神。這是我的回憶錄。

哈利用拳頭敲打兩次辛德住處的門，大喊辛德的名字。他並未聽見回應，便揮起撬棒嵌入門鎖縫隙，用力扳動。扳到第三次，門板發出轟然巨響。他跨過門檻。屋內又黑又靜，瀰漫著一種怪異的氛圍，一如他剛才離開的那間臥房。那是一種空虛和徹底遺棄的氛圍。他一踏進客廳便明白為何會有這種氛圍。這間屋子已經被遺棄了。原本堆疊滿地的紙張、塞滿歪斜書架的書本、半滿的咖啡杯都已不見。家具都被推到角落，蓋上白布。一道陽光穿過窗戶，落在一疊用繩索紮起的稿紙上，稿紙就躺在清空的客廳地板中央。

在你閱讀此文之時，我希望我已死去。我希望我們都已死去。

哈利在那疊稿紙旁蹲下身來。

第一張稿紙上打著《大背叛：一個士兵的回憶錄》。

哈利解開繩索。

下一頁寫著：我寫這本回憶錄，是希望發現這本回憶錄的人知道一些我為何做此決定的原因。哈利翻了翻那疊原稿，只見數百頁稿紙上鋪滿密密麻麻的文字。他看了看錶：八點三十分。他在筆記本裡找到費里茨的電話，拿出手機。費里茨接起電話，他剛執完夜勤，正在回家路上。哈利和費里茨講了幾分鐘電話，又撥到查號台，查詢電話號碼並請查號台人員接通。

「我是韋伯。」

「我是哈利，獨立紀念日快樂。今天不是都應該這樣問候別人嗎？」

「媽啦，你要幹嘛？」

「呃，你今天應該有一些安排……」

「對，我打算鎖上門窗，在家看報紙。有話快說。」

「我需要採集一些指紋。」

「很好，什麼時候？」

「現在。你得把你的工具箱帶來，我們必須從這裡把指紋傳送出去。我還需要一把史密斯威森手槍。」

哈利給了韋伯這裡的地址，然後拿起那疊原稿，在一張蓋了白布的椅子上坐了下來，開始閱讀。

95

二〇〇〇年五月十七日。奧斯陸。

一九四二年十二月十二日。列寧格勒。

火焰照亮灰沉沉的夜空，彷彿骯髒的帆布頂棚，覆蓋在單調荒蕪的土地上。光禿禿的野地將我們包圍。紅軍可能發動了攻擊，也可能只是佯裝攻擊，我們無從得知，通常我們要等到戰役過後才能知道正確戰情。丹尼爾再度證明了他神槍手的實力。倘若他過去不是傳奇人物，那麼今天他掙得了永垂不朽的名聲。他在半公里的距離外射殺了一個紅軍狙擊兵，然後進入無人地帶替那個紅軍狙擊兵舉行基督教喪禮。我從沒聽說有人做過這種事。他還帶了一頂紅軍軍帽回來，當做紀念。然後他和往常一樣慷慨激昂，唱了一首歌娛樂大家（幾個出於嫉妒而不捧場的掃興傢伙除外）。能有這麼一個英勇果敢的朋友，我至感榮幸。雖然這場戰爭有時看起來似乎永遠沒有盡頭，而且我們的祖國犧牲甚大，但丹尼爾這樣的人給了我們大家希望，我們將會阻止布爾什維克派，返回安全、自由的挪威。

哈利看了看錶，繼續往下讀。

一九四二年除夕。列寧格勒。

……我看見辛德眼中的恐懼，不得不說幾句安慰的話，讓他在站哨時放鬆一點。機槍哨那裡只有我們兩個人；其他人都回碉堡去了，丹尼爾的屍體直挺挺地躺在彈藥箱上。我從彈帶上又刮了一些丹尼爾的血下來。月亮放出光芒，天上飄著雪，這是個美麗的夜晚，我想我該來收拾丹尼爾的遺骸，讓他再度完整如初，可以站起來領導我們。辛德不懂這些。他是個跟班、投機主義者、告密者，誰看起來會贏他就跟誰。這一天所有事物在我、在我們、在丹尼爾眼中看起來最為黑暗。辛德也會出賣我們。我迅速後退一步，來到他身後，抓住他的額頭，揮出刺刀。動作必須非常靈巧熟練，才能劃出夠深、夠乾淨的一刀。那刀一劃下去，我就知道已經得手，立刻放開了他。他慢慢轉過身，用他那豬玀般的小眼睛看著我；他似乎想大叫，但刺刀割斷了氣管，只聽見傷口裂縫發出嘶嘶聲。傷口也有鮮血湧出。他雙手抓住喉嚨，想阻止生命流失，但只是讓鮮血從手指之間細細地噴射出來。我摔在地上，在雪地裡匆忙地往後爬，以免鮮血噴上我的制服。假使他們要調查辛德的「逃軍案」，我的制服沾有鮮血可就難以說明了。

等他不動了之後，我把他翻過來，讓他背部朝下，拖到彈藥箱上。幸好他跟丹尼爾的身材很相近。我找出辛德的身分證明文件（我們不論日夜都把身分證明文件帶在身上，萬一被攔下來，身上卻沒有證件證明我們的身分和軍令——步兵團、北部戰線、日期、戳記等等，就可能被當做逃兵而被當場槍決）。我捲起辛德的身分證明文件，塞進我掛在彈帶上的水壺。然後我把包在丹尼爾頭上的麻布袋拿下來，包在辛德頭上。接著我把丹尼爾揹在身上，搬進無人地帶，把他埋在雪裡，就如同丹尼爾埋葬紅軍士兵烏利亞那樣。我留下丹尼爾的紅軍軍帽，唱了一首讚美歌〈上主是我們的堅固堡壘〉，還唱了〈加入火燄周圍的人群〉。

一九四三年一月三日。列寧格勒。

今年冬天是暖冬。一切都按照計畫進行。一月一號早晨，運屍兵接到命令，來把彈藥箱上的屍體運走。當然了，他們認為他們用雪橇拖去北區總隊的是丹尼爾的屍體。現在只要一想到這件事，我還是會大笑。不知道他們把屍體扔進萬人塚之前，會不會把他頭上的麻布袋拿下來；反正無所謂，運屍兵也不認得誰是丹尼爾、誰是辛德。

我唯一掛心的是艾德伐似乎懷疑辛德沒有逃軍，而是被我殺了。不過他也拿我沒辦法。辛德的屍體已經跟數百具屍體躺在一起，被火焚燒得認不出來了（願他的靈魂永遠被火焚燒）。

但昨天晚上站哨時，我必須執行最為大膽的任務。我逐漸發現不能把丹尼爾的屍體留在雪地裡。今年冬天這麼暖，丹尼爾的屍體隨時有可能暴露出來，那麼屍體被調包的事便會曝光。我晚上開始夢見春天冰雪融化後，狐狸和臭鼬可能啃食丹尼爾屍體的景象，於是我決定把他挖出來，讓他埋進萬人塚。畢竟萬人塚是塊神聖的土地。

當然了，比起紅軍，我還比較害怕我們自己的哨兵，所幸坐在機槍掩體裡的是辛德那個腦袋遲鈍的同伴侯格林。此外，今晚烏雲密布，更重要的是，我感覺到丹尼爾跟我在一起，是的，他跟我在一起。我好不容易把他搬上彈藥箱，正要在他頭上套上麻布袋，他竟然微笑了。我知道缺乏睡眠和飢餓會讓人產生幻覺，但他僵死的臉龐就在我眼前改變形狀。最奇妙的是那並不讓我害怕，我反而覺得很開心、很有安全感。然後我偷偷溜回碉堡，像個孩子般甜甜睡去。

一小時後，艾德伐把我叫醒，我覺得先前的一切彷彿是一場夢。我自認為看見丹尼爾的屍體再次出現時，臉上的驚訝表情相當自然。但這並不足以讓艾德伐信服。他很確定那是辛德的屍體，也很確定是我殺了辛德，並把辛德的屍體放上彈藥箱，希望運屍兵會以為他們上次忘了把屍體收走，便會再來收一次。侯格林把麻布袋拿下來，讓艾德伐看見那的確是丹尼爾的屍體。他們兩個人當場看得目瞪口呆。我得用盡力氣才沒爆出笑聲，不然可就洩了我們——我跟丹尼爾——的底。

一九四四年一月十七日。列寧格勒，北區總隊，戰地醫院。

紅軍戰鬥機扔下的那顆手榴彈打中侯格林的鋼盔，在雪地上旋轉。我們倉皇躲避。我距離手榴彈最近，心想這下子我們三個人——艾德伐、侯格林和我——全都難逃一死。奇怪的是，我的最後一個念頭竟然是覺得命運未免太捉弄人，我才剛剛救了艾德伐，沒讓他喪生在侯格林那可憐傢伙的槍下，結果我只不過是延長艾德伐的生命短短兩分鐘而已。幸好紅軍手榴彈粗製濫造，我們三個人幸運逃過一劫。我一隻腳受傷，一枚碎片穿透鋼盔插入額頭。

也是機緣巧合，我被送到丹尼爾的未婚妻辛娜．奧薩克護士負責的病房。起初她沒認出我，但那天下午她走過來跟我說挪威語。她非常美麗，我清楚知道為什麼我想娶她。

歐拉夫．林維連長也在同一間病房，他那件白色真皮外套就掛在床邊掛鉤上。不知道為什麼他那件外套要掛在床邊，可能是這樣的話他的傷只要一復原，就能立刻走出病房，重返他在戰場上的崗位。戰場上十分需要他那樣的人才，我聽得見紅軍大砲節節進逼。一天晚上，林維連長尖聲大叫，可能是做惡夢吧，辛娜護士進來替他打了一針，可能是嗎啡。林維連長再度睡去，我看見辛娜撫摸他的頭髮。她好美，我想呼喚她來到我床邊，告訴她我是誰，但我不想嚇到她。

今天他們跟我說我要被送去西部，因為藥品送不過來。沒有人跟我說我的病情如何，但我的腳十分疼痛。紅軍越來越接近了，我知道這是我活下去的唯一希望。

一九四四年五月二十九日。維也納森林。

她是我這輩子見過最美麗、最聰明的女人。你可以同時愛上兩個女人嗎？是的，你可以。

蓋布蘭已經變了，所以我用了丹尼爾的暱稱烏利亞。赫蓮娜比較喜歡烏利亞這個名字，她覺得蓋布蘭是個奇怪的名字。

其他人睡覺時，我寫詩，但我沒有太多寫詩的天份。她一出現在門口，我的心就猛烈跳動，但丹尼爾說如果你想贏得女人的心，就必須保持冷靜，呃，幾乎是冷漠。就好像捕捉蒼蠅一樣：你必須靜靜坐著，最好是看著另一個方向。等蒼蠅開始信任你，停在你面前的桌子上，爬得越來越近，最後幾乎是求你捉住牠，這時你就必須快如閃電地出手，堅定而沒有一絲疑惑。「沒有一絲疑惑」最為重要。最重要的不是速度，而是信念。你只有一次機會，必須做好萬全準備，丹尼爾如此說道。

一九四四年六月二十七日。維也納。

……我從心愛的赫蓮娜的臂彎中離開。空襲已結束很長一段時間，但午夜的街道仍空蕩無人。我回到「三個騎兵」餐廳，我們的車就停在餐廳旁邊。車子的後擋風玻璃碎了，一塊磚頭在車頂砸出個大洞，所幸除了這些之外，車子並無其他損傷。我坐上車，以最快的速度飆回醫院。

我知道要再替赫蓮娜和我做些什麼都已經太遲。我們兩個人只是被捲進一個由無數事件組成的大漩渦，而我們無能為力。她畏懼父母，注定要嫁給這個克里斯多夫．布洛何醫生，這個人渣自私無比（卻口口聲聲說那是愛！），不斷侮蔑愛的本質。難道他看不出驅動他的愛和驅動赫蓮娜的愛是完全相反的嗎？如今我得犧牲我跟赫蓮娜共度一生的夢想，以換取赫蓮娜的人生，就算不是快樂的人生，至少也是有尊嚴的人生，讓她不會被布洛何逼著去過的墮落人生。

這些思緒在我腦海中激盪不已。我高速行駛在跟人生一樣曲折迂迴的道路上，丹尼爾指揮著我的手和腳。

……發現我坐在他床邊，不可置信地看著我。

「你在這裡幹嘛？」他問說。

「克里斯多夫．布洛何，你是個叛徒，」我輕聲說：「我判處你死刑，你準備好了嗎？」

我不認為他準備好了。人們對死亡永遠不會準備好；他們認為自己會長生不死。我希望他能親眼看見自己的鮮血噴上天花板，我希望他聽見自己的鮮血灑落在床單上的聲音，不過我最希望的是他知道自己就要死了。

我在衣櫃裡發現一套西裝、一雙鞋子、一件襯衫，我把這些衣服鞋子捲起來夾在手臂下，跑回車上，發動引擎……

……仍在睡夢之中。突然下了場大雨，我全身濕透，又濕又冷。我鑽進被窩，躺在她身邊。她溫暖得像烤箱。我貼上她，她在睡夢中呻吟了一聲。我試著將她的每一吋肌膚貼上我的肌膚，試著騙自己說我們將永遠如此貼近，試著不去看時鐘。距離火車出發時刻只剩兩小時。再過兩小時，我就會成為全奧地利通緝的殺人犯。他們不知道我什麼時候會離開，不知道我會走哪一條路線，但他們知道我的目的地，只要我一回到奧斯陸，他們就會將我逮捕。我緊緊擁抱她，希望這個擁抱能讓我留存一生。

哈利聽見門鈴響起。門鈴是不是響了一陣子了？他找到對講機，按開大門讓韋伯進來。

「除了電視體育節目，我最痛恨的就是這個，」韋伯說，氣沖沖地踏進門，把一個行李箱大小的登機箱重重放在地上。「獨立紀念日，整個挪威都瘋了，道路封閉，開車還得繞過市中心才能抵達目的地，我的媽！我們要從哪裡開始？」

「廚房的咖啡壺應該可以採到清楚的指紋，」哈利說：「我跟維也納一個員警連絡過了，他已經忙著去找一九四四年的指紋。你把掃描器和電腦都帶來了吧？」

韋伯拍拍那個登機箱。

「太好了。指紋掃描完之後，就把電腦連上我的手機，用電子郵件把指紋寄給連絡人清單中的『費里茨，維也納』。費里茨會坐在電腦前面，等我們一把指紋寄過去，就立刻進行比對。」

「這是怎麼一回事……？」

「ＰＯＴ的事，」哈利說：「只有需要知道的人員才能知道。」

「是嗎？」韋伯咬著下唇，用搜尋的眼光看著哈利。哈利直視韋伯的雙眼，等待著。

「你知道嗎，哈利？」最後韋伯說：「很高興看見挪威還有人這麼專業。」

96

二〇〇〇年五月十七日。奧斯陸。

一九四四年六月三十日。漢堡。

給赫蓮娜寫完信之後，我打開水壺，攤開辛德的身分證明文件，把信裝了進去。我取出刺刀，在水壺上刻下赫蓮娜的姓名地址，然後走入黑夜。我一走出門就感受到熱浪襲來。熱風撕扯我的制服，頭上的天空猶如污穢的黃色拱頂，耳中除了遠處的火燄怒吼聲，就只能聽見玻璃碎裂聲和那些無處可逃之人的尖叫聲。傳說中的地獄或多或少就是這個樣子吧。炸彈已停止掉落。我沿著已稱不上是街道的街道行走，所謂街道只是一條穿過空曠地區的柏油路，兩旁盡是一堆堆的廢墟。「街道」上仍矗立著的只有一棵燒得焦黑的樹，伸出有如女巫手指般的樹枝指向天際，還有一間被火焰吞噬的房子。尖叫聲就是從那間房子的方向傳來的。我走近那間房子，只覺得每吸一口氣，肺臟都像是要被烤焦似的。我轉身朝港口的方向走去。而她，那個小女孩，就在那裡。我經過她身旁，她睜著極度恐懼的黑色眼眸，拉住我的夾克，尖叫得極為慘烈，幾乎要把心臟給叫出來。

「Meine Mutter! Meine Mutter!（**我媽媽！我媽媽！**）」

我愛莫能助，只能繼續往前走。我已看見一副人骨站在頂樓的光亮火燄中，一隻腳卡在窗台邊緣。但那小女孩繼續跟著我，尖叫著求我救她媽媽。我試著走快一些，但她細細的手臂抓著我，怎麼都不肯放手，我只能拖著她往下方那片火海走去。我們繼續向前走，形成一個怪異的隊伍，兩個人像是鑄在一起，一同踏上滅絕之路。

我哭了，是的，我哭了，淚水一滲出來就蒸發得無影無蹤。我不知道是誰停下了腳步，但我把她抱了起來，轉個方向，回到旅店，上樓走進房間，用毛毯把她包起來。然後我拿下另一張床的床墊，放在她床邊的地上，躺了下來。

我一直未能知道她的名字，也不知道後來她怎麼樣了，因為入夜後她就不見蹤影。但我知道她救了我一命。因為她，我選擇了希望。

我在垂死的城市中醒來。城裡有幾處仍冒著火光，港口建築物已被夷為平地，載送糧食和疏運受傷民眾的船隻停泊在奧貝斯德湖，無法停靠碼頭。

到了晚上，碼頭人員才清出一塊地方讓船隻載卸人貨。我趕了過去，找過一艘船又一艘船，終於找到一艘開往挪威的船。那艘船叫安納號，載運水泥前往特隆赫姆市。這個目的地正好適合我，我想通緝令應該不會發送到那裡去。德國人做事一向有條不紊，但碼頭亂成一片，指揮命令更是令人無所適從，這樣形容已經算是很客氣了。我領子上的ＳＳ徽章似乎替我塑造出一種形象，讓我輕易就上了船。我拿出派遣命令給船長看，並說服他說文件中的含意是指我必須挑選最直接的路徑返回奧斯陸。在現在這個情勢之下，我必須搭乘安納號前往特隆赫姆市，然後再搭火車返回奧斯陸。

搭船返回挪威的旅程花了三天。我走下船，拿出證明文件，就被放行。然後我搭上開往奧斯陸的火車。火車之旅花了四天。下火車之前，我走進廁所，換上從布洛何那裡拿來的衣服，準備迎向第一個挑戰。我走上卡爾約翰街，天氣十分溫暖，天空飄著毛毛細雨。兩個少女手臂勾手臂迎面走來，經過我身旁，咯咯大笑。漢堡的人間地獄似乎已遠在數光年外。我的心充滿喜悅。我回到了親愛的祖國。我第二次重生了。

洲際飯店櫃檯接待員戴著眼鏡，仔細查看我的身分證明文件。

「歡迎光臨洲際飯店，樊科先生。」

在鵝黃色的飯店客房裡，我躺在床上，凝望天花板，聆聽外頭的城市聲響，試著說出我們的新名字——辛德．樊科。這名字很陌生，但我明白這也許可能、也許可以行得通。

一九四四年七月十二日。諾瑪迦區。

……男人叫伊凡．霍爾。他似乎覺得我說的故事難以置信，就跟其他的大後方男人一樣。他們當然會覺得難以置信。我如果說出實情，說我曾經在東部戰線作戰而現在是命案通緝犯，只會比逃兵後經由瑞典回到挪威更令他們難以置信。他們透過情報網路核對我的資料，並收到確認說這個名叫辛德．樊科的士兵據報已經失蹤，可能已叛逃至紅軍陣營。德國人的系統真是井井有條！

我說的挪威語十分標準，這可能跟我在美國長大有關係，但是並沒有人注意到這個叫辛德的農村小子竟然這麼快就擺脫了古布蘭斯達方言腔調。我來自挪威一個小地方，就算是我年輕時代（年輕時代！我的天，不過才三年，卻恍如隔世）認識的人遇見我，肯定也已經認不出我。我感覺自己已經完全變了個人。

我比較害怕的是認識辛德的人會出現。幸好他的家鄉比我的更加偏遠，不過他當然有親人可以指認他。

我今天走來走去苦思這件事該如何處理，沒想到他們竟然下了一道命令給我，要我去殺了我自己（辛德）那個加入國家集會黨的哥哥，讓我驚喜萬分。這道命令是為了測試我是不是真的想投入反抗軍或我是不是間諜。丹尼爾跟我幾乎爆出笑聲，彷彿這是我們自己想出來的解決之道。他們竟然要我去殺了那些可能掀我底牌的人！我清楚知道這群偽士兵的領導人認為弒兄命令有點太過火，他們在這些安全的森林裡對戰爭的殘酷毫無所知。我決定在他們改變心意之前，完成下達的命令。入夜之後，我就去到城裡，拿出我的槍。我把槍和制服藏在火車站的行李寄存處。然後搭上我前來奧斯陸的同一班夜車。我知道辛德家的農莊附近的村莊，所以我只要問……

一九四五年五月十三日。奧斯陸。

又是奇怪的一天。整個挪威都因為獲得解放而依然歡欣無比。今天奧拉夫王儲和政府代表團抵達奧斯陸。我不想大費周章跑去港口觀看，但我聽說奧斯陸有一半的民眾都擠到了港口。今天我穿著平民服裝走上卡爾約翰街，儘管我的「士兵朋友」都不了解我為何不想穿上反抗軍制服，趾高氣揚地走在街上，接受英雄式的歡迎。在這種時刻，反抗軍制服對年輕女人應該非常有吸引力。女人和制服——如果我沒記錯，女人在一九四〇年也很喜歡追逐黨衛軍的綠制服。

我走到皇宮，去看看王儲是否會站上露台說幾句話。皇宮外也聚集了很多民眾。我到皇宮的時候，警衛正在換班。換班儀式是一場依循德國標準的可悲演出，但人們照樣歡呼喝采。

我希望王儲會在這些所謂善良的挪威人頭上潑一桶冷水，這些人就跟被動的觀眾一樣坐在旁邊觀看了五年，沒有替任何一方抬起過一根手指頭，現在卻高聲吶喊說要向叛國賊討回公道。事實上，我認為奧拉夫王儲能了解我們，假如傳言屬實，奧拉夫王儲並未和國王及政府官員一同避逃英國，而是留下來和挪威人在一起，分擔挪威人的命運，並且在投降期間展現骨氣。但當時政府官員反對王儲留下，他們知道這樣會讓自己和國王陷於尷尬處境——竟然把王儲獨自留在挪威，自己逃之夭夭。

是的，我希望年輕的王儲（他知道軍服怎麼穿，跟那些「後期聖者」截然不同）能對全國上下說明那些上東部戰線作戰的士兵對挪威有什麼貢獻，尤其他曾親眼看見東方的布爾什維克派對挪威有多麼危險（現在仍很危險）。一九四二年，我們正準備被分派到東部戰線時，據說王儲曾和羅斯福總統談過話，並對紅軍覬覦挪威的計畫表達關切。

有些人手搖國旗，有些人唱歌，我從來沒見過樹木如此翠綠。王儲今天並未站上露台，我只能耐心等待。

「他們剛剛從維也納打電話來，說指紋比對符合。」韋伯站在通往客廳的走廊上說。

「好。」哈利說，心不在焉地點點頭，沉浸在閱讀之中。

「有人在垃圾桶吐了，」韋伯說：「這個人病得很重，吐出來的血比嘔吐物還多。」

哈利舔了舔拇指，翻到下一頁。「喔。」

一陣靜默。

「還需要我幫什麼忙嗎……」

「感謝你，韋伯，沒別的事了。」

韋伯把頭側向一邊，並未移動。

「我要不要發出警報？」最後他說。

哈利抬起頭，心不在焉地看了韋伯一眼。

「為什麼？」

「該死，要是我知道就好了，」韋伯說：「只有需要知道的人員才能知道不是嗎？」

哈利微微一笑，也許是老警員韋伯說的話引他笑了。「是這樣沒錯。」

韋伯又等了一會兒，哈利未再接話。

「好吧，哈利，你說了算。史密斯威森我帶來了，裡面裝了子彈，我還多帶了一個彈匣。接著！」

哈利及時抬頭，接住了韋伯丟向他的黑色槍套。他拿出史密斯威森左輪手槍，只見手槍上了油，剛擦亮的霧面精鋼材質閃著亮光。這自然是韋伯自己的佩槍。

「謝謝你幫忙，韋伯。」哈利說。

「保重囉。」

「我盡量。祝你……有個愉快的一天。」

韋伯聽了這句祝福，哼了一聲，踏著沉重的步伐走了出去。哈利再度全神貫注，閱讀原稿。

一九四五年八月二十七日。奧斯陸。

背叛——背叛——背叛！我藏在最後一排，震驚地坐在那裡，看著我的女人被帶進來，坐在被告席上。她給了霍爾一個簡短模糊的微笑。這樣一個小小的微笑足以告訴我一切，但我只是坐在那裡，像是被釘在椅子上似的，什麼都沒辦法做，只能聆聽、觀看、並且痛苦著。虛偽的騙子！霍爾清楚知道辛娜．奧薩克是誰，是我親口告訴他的。也不能怪他，他認為丹尼爾已經死了。但她，她曾對死者誓言保持忠貞。是的，我要再說一次：背叛！王儲仍未發表隻字片語。他們已開始在阿克修斯堡壘槍決那些曾為挪威冒生命危險上戰場的人。槍聲在城市上空迴盪一會兒，然後就消失了，四周就和往常一樣安靜，彷彿什麼都不曾發生。

上星期有人告訴我說，我的案子被駁回了；我的英勇行為大於我犯下的罪行。我讀完那封信，笑到眼淚都飆了出來。他們認為處決四個毫無反抗能力的古布蘭斯達農夫是英勇行為，甚至大於我在列寧格勒捍衛祖國的罪行！我舉起一張椅子就往牆上砸。房東太太上樓來問，我只好道歉。這些鬼東西真的會把人逼瘋！

夜裡我夢見赫蓮娜。只夢見赫蓮娜一個人。我必須試著把她忘記。王儲仍未發表隻字片語。實在令人無法忍受。我想……

97

二〇〇〇年五月十七日。奧斯陸。

哈利又看了看錶，翻過幾頁稿紙，目光落在一個熟悉的名稱上。

一九四八年九月二十三日。施羅德酒館。

……一樁前景看好的生意。但我一直害怕的事，今天終於發生了。

我在看報紙的時候，注意到有人站在桌子旁邊看我。我一抬頭，血液在血管裡瞬間凍結成冰。看得出來他過得不是很好，身上衣服舊了破了，也不再像我記憶中那樣挺拔。但我仍一眼就認出了他，過去我們的小隊領袖獨眼龍艾德伐。

「蓋布蘭．約翰森。」艾德伐說：「你不是死了嗎？聽說你死在漢堡。」

我不知道該怎麼說或怎麼做。我只知道在我面前坐下的這個人可能讓我因為叛國罪或謀殺罪而被判刑。

我覺得口乾舌燥，過了一會兒才有辦法說話。我說，對，我還活著。為了節省時間，我告訴他說我被送進維也納的軍醫院，頭部受傷，一隻腳嚴重受創。那他後來怎麼了？他說他被遣返回國，被送到辛桑學校的戰地醫院。真巧，我原本也是被分發去那裡。他跟其他人一樣被判處三年徒刑，服刑兩年半出獄。

我們東拉西扯，閒聊了一會兒。我開始放鬆下來。我替他點了啤酒，談了些我正在經營的建材生意。

我告訴他我的見解：我們這種人最好自行創業，沒有一家公司會願意僱用一個上過東部戰線的士兵（尤其是在二戰時期跟德國人合作過的公司）。

「那你呢？」他問說。

我跟他解釋說，加入「正確的一方」並沒有幫我太大的忙，我仍然被視為是個曾經穿過德軍制服的人。

艾德伐一直坐在那裡微微笑著，最後他終於忍不住了。他說他找我找了很久，但所有的線索到了漢堡就斷了。就在他幾乎要放棄的時候，卻在報上看見一篇關於反抗軍成員的報導，其中竟然有辛德．樊科這個名字。他重新燃起希望，查出辛德工作的地方並打電話過去，接電話的人跟他說我可能會在施羅德酒館。

我緊張起來，心想，來了來了。但接下來他說的話卻完全出乎我意料之外。

「你那個時候阻擋侯格林對我開槍，我一直沒好好謝過你。蓋布蘭，你救了我一命。」

我聳聳肩表示沒什麼，張嘴凝視著他。這是我能做到最好的回應方式了。

艾德伐說我救他的這個行為顯示我是個品性端正的人，因為我有充分的理由希望他死。假使辛德的屍體被人發現，艾德伐就可以做證說我可能是凶手。我只是點點頭。然後他看著我，問我是否怕他。我覺得我沒什麼好損失的，便將我的故事一五一十說給他聽。

說完之後，我又點了兩杯啤酒。他跟我述說他的處境。他的妻子在他坐牢時，找到了另一個可以照顧她和孩子的男人。他可以了解這些事為什麼發生。或許這樣對小艾德伐來說同樣是最好的安排，不必被一個叛國賊老爸扶養長大。看來艾德伐已經認命了。他說他想從事運輸業，但去應徵駕駛工作卻全數落空。

「可以自己買一輛卡車啊，」我說：「你也應該自己創業才對。」

「我沒有那麼多錢，」他說，迅速瞥了我一眼。我已隱約察覺到這段談話的走向。「銀行對前東部戰線士兵也不是很好，他們認為我們都是騙子。」

「我有點存款，」我說：「可以借你。」

他拒絕接受，但我說借你就是借你。

「當然是要收利息的。」我說。只見他笑逐顏開，但臉色隨即又嚴肅起來，說要等到事業穩定可能得花很多時間。於是我跟他保證說利率不會太高，只是象徵性的而已。接著我又叫了一輪啤酒。最後我們兩個人喝得醉醺醺地走出施羅德酒館，握了握手。就這麼一言為定。

一九五〇年八月三日。奧斯陸。

……信箱裡有一封維也納寄來的信。我把信放在廚房餐桌上，凝視著它。信封背面寫著她的姓名地址。五月的時候我寫了一封信寄去魯道夫二世醫院，希望有人知道赫蓮娜的下落，把信轉寄給她。為了避免有人拆開信窺看內容，我沒寫下任何可能危及我跟她的事，當然我也沒用真名。我一點也不敢奢望那封信寄出去會有回應。我甚至不知道自己內心深處是不是真的希望得到回應，除非這個回應是我要的。已婚，當了媽媽有個小孩。不，這不是我要的。即便我曾如此祝福她，也希望她得到這樣的幸福。

我的天，我們曾是那樣年輕。那時的她才十九歲。如今我手中拿著她寫來的信，一切突然顯得那麼不真實，彷彿信封上娟秀工整的字跡不是六年來我夜晚夢見的那個赫蓮娜寫的。我用顫抖的手指打開信封，逼自己準備好接受最壞的打擊。信封裡是一封長信。現在距離我第一遍讀信不過才幾小時，但信裡的字字句句我都已記在心中。

親愛的烏利亞：

我愛你。我清楚知道我這一生都將愛著你，但奇怪的是我感覺自己似乎已經愛了你一輩子。收到你的信，我開心得流下眼淚。那……

哈利拿著原稿走進廚房，在流理台上方的櫥櫃找到咖啡，擺上咖啡壺加熱，繼續閱讀。儘管歷經艱辛與苦痛，他們仍在巴黎一家旅館歡喜重聚。

從這裡開始，蓋布蘭越來越少寫到丹尼爾，最後丹尼爾似乎完全消失。

接下來蓋布蘭寫的是一對深愛彼此的戀人因為布洛何命案而時常感受到被人追捕的逼迫感。他們隱密地在哥本哈根、阿姆斯特丹和漢堡約會。赫蓮娜知道蓋布蘭的新身分，但她是否知道蓋布蘭曾在東部戰線殺害辛德，又在辛德的家鄉農莊處決了他的四個親人？看起來她似乎並不知情。

他們是在聯軍退出奧地利之後訂婚的。一九五五年，赫蓮娜離開祖國。她認為奧地利一定會被「戰爭罪犯、反猶太份子和狂熱份子接管，因為他們尚未從錯誤中學到教訓」。他們在奧斯陸定居。蓋布蘭使用辛德·樊科這個名字繼續經營他的小生意。同年他們結婚，舉行了低調的私人婚禮，地點就在他們剛買的獨棟大宅的院子裡，由天主教神父證婚。大宅位在侯曼科倫路，是用赫蓮娜賣掉她在維也納的縫紉生意的錢買的。他們過得幸福快樂，蓋布蘭寫道。

哈利聽見嘶嘶聲，這才發現咖啡壺裡的水已經滾到溢了出來。

98

二〇〇〇年五月十七日。奧斯陸。

一九五六年。國立醫院。

赫蓮娜大量失血，性命一度垂危，所幸他們及時反應。我們自然失去了寶寶。赫蓮娜極為傷心，我只能不斷地說她還年輕，我們還有很多機會。醫生卻不那麼樂觀，說她的子宮……

一九六七年三月十二日。國立醫院。

是個女兒。赫蓮娜替她取名為蘿凱。我哭了又哭，赫蓮娜撫摸我的臉頰，說上帝的道路是……

哈利回到客廳，把手放在眼睛上。為什麼他在碧翠絲的房間裡見到赫蓮娜的照片時，並未立即聯想到呢？一個是母親，一個是女兒。他的心思一定是在別處。也許這正是問題所在——他的心思**跑到了**別處。他不管在哪裡都看得見蘿凱的臉龐：在街上路過女子的臉上、在轉來轉去的十個電視頻道裡、在酒館櫃檯的後方。那他為什麼會特別注意到牆上那個美麗女子的照片？

他是不是該打電話給艾德伐，確認化名為辛德·樊科的蓋布蘭·約翰森寫的這些內容是不是真的？他需要確認嗎？現在不是時候。

他把稿子往後翻，翻到一九九九年十月五日那一頁，只見後頭已沒剩多少頁。哈利覺得手心冒汗，心中浮現一絲如同蘿凱的父親收到赫蓮娜來信時，所描述的那種不願意面對無可避免之事的心情。

一九九九年十月五日。奧斯陸。

我快死了。在經歷過波濤洶湧的一生之後，卻發現自己跟大多數人一樣即將被一種常見的疾病奪走生命，這種感覺十分奇怪。我該如何告訴蘿凱和歐雷克？我走在卡爾約翰街上，感覺到生命多麼可親，自從赫蓮娜死後我一直覺得生命沒有意義，如今我突然對生命產生渴望。倒不是我不盼望跟妳聚首，赫蓮娜，而是因為我忽視自己來到這個世界的目的已經很久了，如今我的時間所剩無多。我踏上一九四五年五月十三日我曾踏上的那條碎石徑。王儲依然尚未站上露台說他能夠了解，他只了解其他有需要的人。我想他永遠都不會站出來說這些話了。我想他出賣了我們。

後來我倚在樹旁睡著了，做了一個又長又怪有如天啟般的夢。當我醒來，我的老同伴也醒了。丹尼爾回來了。我知道他想做什麼。

哈利猛力將排檔打入後退檔、一檔、然後是二檔，那輛福特雅士呻吟一聲，接著他把油門踩到底不放，雅士發出受傷野獸般的吼聲。一個身穿艾斯特丹慶典服裝的男子正要穿越威博街和玻克塔路的交叉口，就在千鈞一髮之際，他跳到一旁，讓穿著長襪的腳避免被那輛雅士幾乎已無胎紋的輪胎給輾過去。只見黑德哈路擠滿開往市中心的車輛，哈利於是開上左邊車道，一手猛按喇叭，希望對向來車能識相地閃到一旁。他好不容易繞過羅列咖啡館外側，眼前突然冒出一道淺藍色牆壁，填滿他的視線。是街道電車！

這時要停車已然太遲，哈利猛打方向盤，微踩煞車，讓車尾擺正，顛簸地衝過鋪路石，直到雅士左側撞上電車左側。只聽見尖銳的砰地一聲，雅士左側照後鏡已然不見，接著是門把刮擦電車車體的聲響，又長又刺耳。

「幹！他媽的！」

接著雅士脫離電車，方向盤自行旋轉，讓輪胎離開電車軌道，抓上柏油路面，驅使他迎向下一個紅綠燈。

綠燈，綠燈，黃燈。

他踩下油門全速衝刺，一手仍緊按喇叭不放，希望這微不足道的喇叭聲能在獨立紀念日上午十點十五分的奧斯陸市中心吸引一點注意。接著他發出尖叫，奮力踩下煞車。那輛雅士拚老命抓住地球表面。空卡帶盒、香菸盒和哈利全都往前飛。他的頭撞上擋風玻璃。雅士停了下來。一群歡欣鼓舞的小朋友揮舞國旗湧上斑馬線過馬路，就在哈利的正前方。哈利揉揉額頭。皇家庭園就在前方，通往皇宮的路黑壓壓地全都是人。他聽見旁邊的敞篷汽車傳來熟悉的廣播聲，那是每年大同小異的實況轉播。

「現在皇室成員站在露台上對一排小朋友和聚集在皇宮廣場的民眾揮手，民眾發出歡呼，剛從美國回來的王儲最受歡迎，他當然是……」

哈利鬆開離合器，踩下油門，把雅士開上碎石徑前的人行道。

99

一九九九年十月十六日。奧斯陸。

我再度開始大笑。當然了，那是丹尼爾在笑。我沒說丹尼爾甦醒之後做的第一件事，就是打電話給辛娜。我們用的是施羅德酒館的公共電話。那通電話真是滑稽得令人心碎，我連眼淚都掉了下來。

今天晚上得做更多的計畫。問題仍在於要如何拿到我需要的武器。

100

一九九九年十一月十五日。奧斯陸。

……問題似乎終於得到解決。侯格林．戴拉出現了。他十分潦倒，一點也不讓我意外。我很希望他認不出我。他顯然聽說過我在漢堡遭到轟炸時喪生的傳言，因為他以為我是鬼。他懷疑我設下一場騙局，並跟我要封口費，但我所認識的侯格林就算得到全世界的金錢也無法保守祕密。我只好讓他沒有機會再跟別人說話。我一點也不覺得高興，但我必須坦承看見自己寶刀未老，心中多少有點滿意。

101

二〇〇〇年五月十七日。奧斯陸。

二〇〇〇年二月八日。奧斯陸。

五十多年來，艾德伐跟我每年都在施羅德酒館碰面六次，時間是每隔兩個月的第一個星期二早上。我依然稱之為軍務會議，就像施羅德酒館還在青年廣場時那樣。我經常納悶究竟是什麼把我跟艾德伐牽繫在一起，因為我們兩個人是那麼地不同。也許只是因為我們有相似的命運吧，我們經歷過相似的事件。我們都上過東部戰線、我們都失去了妻子、我們的孩子都在成長當中。可能是因為這樣吧，我也不知道。最重要的是艾德伐對我完全忠誠。當然了，他永遠不會忘記戰後我幫過他。不過後來幾年我也幫了他不少忙。比如說，他在一九六〇年代末的時候酗酒，瘋狂賭馬，差點賠掉整個卡車貨運生意，最後是我替他還清了賭債。

我記憶中那個列寧格勒的優秀軍人已經走樣了。近幾年來，艾德伐至少跟現實妥協了，認清人生跟他想像中不同，只能盡力好好生活。他把全副心力放在馬匹上，不再酗酒和抽菸；他只會跟我說一些賽馬的小道消息，這樣他就滿足了。

說到小道消息，他還給了我另一個小道消息，那就是伊凡．霍爾在打聽丹尼爾是否還活著。那天晚上我打電話給霍爾，問他是不是老年癡呆了。但霍爾跟我說前幾天他拿起臥室的分機，竟然聽見一個男人自稱是丹尼爾，把她老婆嚇得半死。那男人跟辛娜說下星期二會再打電話來。霍爾認出背景酒館的聲音，決定每星期二都去奧斯陸那家酒館，打算逮到那個打電話的人渣。他知道警察不會去管這種芝麻蒜皮的小事，也沒對辛娜說他打算阻止那個人渣再打電話來。我必須咬著手背才不致於大聲笑出來，然後我祝他好運，這個老白癡。

搬來麥佐斯登區之後，我很少見到蘿凱，但我們會通電話。我們似乎都已厭倦開戰。我已經放棄跟她解釋說她嫁給那個俄國人時，我跟她媽媽受到多大的衝擊——她那個俄國老公來自於一個布爾什維克派的古老家族。

「我知道你認為那是背叛，」她說：「可是那已經是很久以前的事了，別再提了。」

那不是很久以前的事。再沒有什麼事是很久以前的了。

歐雷克問我身體好不好。他是個好孩子。我只希望他不會變得固執和倔強，跟他媽媽一樣。蘿凱的脾氣是從赫蓮娜那裡遺傳來的，她們是那麼地相像，以致於我寫到這裡時眼眶湧出淚水。

下星期我會跟艾德伐借農舍來用，去那裡測試步槍。丹尼爾會很開心。

雅士的輪胎撞上路邊石，衝擊力道擴散到整個車體，車子粗魯地彈到空中，突然之間又落在草地上。小徑上人太多了，所以哈利把車子開上草坪。雅士在湖水和四個年輕人之間蹣跚前進。那四個年輕人在公園裡鋪上毯子，正準備享用早餐。哈利在後視鏡中看見藍色閃光。群眾已聚集在警衛室周圍，因此哈利把車停住，跳下車，朝皇宮廣場周圍的路障奔去。

「警察！」哈利大吼，推開人群前進。那些一大清早就來佔位子選擇好視野的人相當不願意讓開。哈利翻越路障，一名警衛想阻止他，他從口袋裡掏出警察證，亮了出來，然後蹣跚地踏上開闊的廣場，腳下碎石不斷嘎扎作響。他轉過身，背對兒童隊伍、石蘭德幼稚園和弗勒卡青年樂團，這時樂團正在皇宮露台下方排成縱隊行進，一邊演奏〈我只是個舞男〉（*I' m Just a Gigolo*），走音走得十分厲害，難以入耳。皇室成員則在樂團上方揮手。哈利凝望一整片光亮微笑的面孔和紅白藍三色國旗，眼睛掃視一排排民眾：當中有老人、拍照的叔叔伯伯、肩上揹著幼兒的父親，唯獨不見辛德，也不見蓋布蘭或丹尼爾的蹤影。

「幹！該死！」

他破口大罵只因驚慌不已，沒有其他意思。

這時他在路障前方看見一張熟悉的面孔，那人身穿一般便服，手中拿著無線電對講機，臉上戴著反光太陽眼鏡。到底他還是聽從了哈利的建議，沒去蘇格蘭人酒吧，而來支援警察爸爸。

「哈福森！」

102

二〇〇〇年五月十六日。奧斯陸。

二〇〇〇年五月十六日，奧斯陸。

辛娜死了。三天前，她因為成為叛徒而被槍決，子彈穿過她那顆不忠誠的心。擊發那枚子彈之後，丹尼爾離開了我，我跟他在一起那麼久了，他的離開依然讓我動搖。他留給我的是孤單的困惑。我容許懷疑悄悄產生，過了很糟的一個夜晚。癌症只是讓情況更糟而已。我吞了三顆藥。布維醫生說服用劑量是一顆，但疼痛實在難以忍受。最後我終於睡著，隔天醒來，丹尼爾也精神奕奕地回來了。槍決辛娜是倒數第二個階段，現在我們要勇敢地繼續向前邁進。

加入火燄周圍的人群，凝視火炬金黃耀眼，
驅策士兵瞄準得再高一些，讓他們的生命站起來誓言戰鬥。

日子近了，向大背叛者復仇的日子接近了。我無所畏懼。最重要的是那場背叛必須讓大眾知道。如果這本回憶錄落在錯誤的人手中，很可能會被銷毀或因為擔心大眾反應而被祕密保存。為了安全起見，我留下一些必要線索給ＰＯＴ一個年輕警察。他究竟有多聰明仍有待觀察，但直覺告訴我，他起碼是個正直的人。

最近這幾天十分戲劇化。

從我決定跟辛娜清算舊帳那天開始，事情的演變就十分戲劇化。我打電話給辛娜說我要過去找她，才走出施羅德酒館，就在對街咖啡館的落地玻璃窗內看見霍爾的臉。我假裝沒看見他，繼續往前走，但我想他會自行推斷，把事情想通。

昨天那個警察來找我。我認為我給他的線索十分模糊，他應該要等到我完成任務之後，才能把整件事拼湊起來，沒想到他竟然去了維也納追查蓋布蘭這條線索。我知道我得爭取至少四十八小時的時間，所以我把我編的一個關於霍爾的故事告訴他，這個故事正是用來應付這種情況。我跟他說霍爾是個心靈受創的可憐人，而丹尼爾就住在他心裡。首先呢，這個故事會讓霍爾看起來像是在幕後主導一切的人，包括槍殺辛娜在內。其次，這個故事會讓我替霍爾計畫的自殺情節看起來更為可信。

那警察離開以後，我立刻開始工作。今天霍爾開門看見站在台階上的人是我，並沒有太過驚訝。我不知道他是已經把事情弄清楚了，還是已經失去了驚訝的能力。他看起來就跟死人沒有兩樣。我把刀子抵在他脖子上，跟他說只要他敢亂來，我就能輕易地割斷他的喉嚨，就跟我割斷他那隻狗的喉嚨一樣。為了讓他明白我說的是什麼意思，我打開我帶去的垃圾袋，讓他看看袋子裡裝的那具狗屍。

我們上樓走進他的臥室。我叫他站上椅子，他就站上椅子，他也乖乖地把蹓狗繩綁在天花板的吊鉤上。

「在整件事情結束之前，我不希望警察得到更多線索，所以我們必須布置得像自殺。」我說。他沒反應。他看起來都無所謂。誰知道，也許我反而幫了他一個忙。

事後我擦去我的指紋，把裝了那隻狗的垃圾袋放進冷凍庫，再把刀子放進地下室。一切都布置妥當，可是當我最後一次檢查臥室時，卻聽見碎石發出的嘎吱聲，並看見路上有一輛警車。那輛警車停在路邊，似乎正在等待些什麼。我知道我陷入了困境。蓋布蘭當然驚慌失措，幸好丹尼爾反應敏捷。

我去另外兩間臥室抓了兩把鑰匙，其中一把可以用來開啟霍爾上吊那個房間的房門，我把這把鑰匙放在門內地板上，拔出門鎖上原本插著的鑰匙，從外面把房門鎖上，然後將那把不合的鑰匙插上門鎖，最後再把原本那把鑰匙插在另一間臥室的房門上。這一切在短短數秒之內完成。然後我冷靜地走到一樓，撥打哈利・霍勒的手機號碼。

過了一會兒他就走進門來。

雖然我聽見心裡冒出笑聲，但我還是裝出驚訝的表情，也許是因為我真的有點驚訝吧。他們當中的一個警察我見過，那天晚上在皇家庭園曾經遇過，但我想他應該沒認出我。也許那天他看見的是丹尼爾。還有，是的，我沒忘了擦去鑰匙上的指紋。

「哈利！你在這裡幹嘛？是不是出了什麼事？」

「聽好，用對講機通知……」

「什麼？」

柏德拉卡小學鼓樂隊行進通過。

「我說通知……」哈利大喊。

「什麼？」哈福森喊了回來。

哈利從哈福森手中搶過對講機。「全體警員仔細聽好，請留意一個七十歲男子，身高一百七十五公分，藍色眼睛，白色頭髮。他身上可能攜帶武器，重複一次，他身上可能攜帶武器，非常危險。此人可能計畫進行暗殺行動，請查看每一扇開啟的窗戶和屋頂。我重複一次……」

哈利把這段話又說了一遍，哈福森只是目瞪口呆看著他。哈利說完之後，把對講機丟回給哈福森。

「哈福森，現在你必須負責取消獨立紀念日慶祝遊行。」

「你說什麼？」

「你在執勤，而我看起來像……飲酒過量，他們不會聽我的話。」

哈福森的目光移向哈利那未刮鬍子的下巴、縐巴巴隨便亂扣的襯衫、穿了鞋卻沒穿襪子的雙腳。

「你說的他們是誰？」

「你還沒聽懂我在說什麼嗎？」哈利大吼，伸出顫抖的食指朝上方指去。

103

二〇〇〇年五月十七日。奧斯陸。

今天早上。四百公尺距離。我射擊過這個距離。庭園將清新翠綠，充滿生命力，絲毫不見死亡的蹤跡。但我已經替子彈清出通道。一棵沒有樹葉、枯死的樹。子彈將從天而降，如同神的手指指向背叛者的後代，每個人都將看見神如何對付心地不純淨之人。背叛者說他愛他的國家，但他卻離棄了他的國家，他離棄我們以避免國家落入東來侵略者之手，之後又將我們烙上叛國賊的污名。

哈福森朝皇宮入口奔去，哈利待在廣場上，踱步繞圈，彷彿喝醉似的。清空皇家露台只需要幾分鐘時間，但高層官員必須先做出清空露台的決定，而且必須為這個決定負責。他們不太可能光是因為一個鄉下來的警察聽了一個靠不住的同事所說的片面之詞，就取消獨立紀念日慶祝遊行。哈利的目光上上下下掃視群眾，卻不知道自己在尋找什麼。

子彈將從天而降。

他抬頭往上看，只看見翠綠的樹木，絲毫不見死亡的蹤跡。這些樹這麼高，樹葉這麼茂密，即使馬克林步槍配備精良瞄準器也不可能從附近建築物瞄準射擊。

哈利閉上眼睛，嘴唇微微開合。**愛倫，請幫助我。**

我已經替子彈清出通道。

昨天他經過皇家庭園時，那兩個皇宮園丁為什麼那麼驚訝？是因為那棵樹。因為那棵樹沒有樹葉。他張開眼睛，眺望樹梢，立刻就看見那棵枯死的褐色橡樹。哈利感覺心臟猛烈跳動。他轉過身，差點撞倒一個樂隊指揮，朝皇宮奔去，直奔到露台和那棵枯樹這兩點所連成的一直線上，才停下腳步。他的眼睛沿著這條線朝枯樹望去，只見光禿禿的樹枝後方矗立著一棟藍色玻璃帷幕大樓。那是瑞迪森飯店。原來如此。就這麼簡單。只要擊發一枚子彈。獨立紀念日這天沒有人會注意到一聲槍響。然後蓋布蘭就可以從容地穿過繁忙的飯店大廳，走上擁擠的街道，消失在人群中。然後呢？接下來會怎樣？

現下無暇思索這個問題；必須行動。他必須行動。但他十分疲累。他並不覺得亢奮，反而湧起一股衝動，只想離開這裡，回家躺上床呼呼大睡，明天早上醒來又是嶄新的一天，而這一切只是一場夢。一輛救護車經過德拉門路，鳴笛聲響大作，喚醒了他。鳴笛聲穿過銅管樂聲，直射而來。

「幹！」

他拔腿狂奔。

104

二〇〇〇年五月十七日。瑞迪森飯店。

老人倚在窗邊，盤坐在地上，雙手舉槍，聆聽救護車鳴笛聲慢慢消失在遠方。**太遲了**，他心想，**每個人都會死**。

他又吐了。吐得幾乎都是血。劇痛差點讓他失去意識。吐完後他弓身躺在地上，等待藥丸發揮作用。他吞了四顆藥。劇痛平息，平息前又刺了他一下，提醒他劇痛很快又將來臨。眼前的浴室恢復正常比例。這是兩間浴室其中之一，裡頭有按摩浴缸，或者是蒸氣室？反正房裡有電視。他已把電視打開。電視播放著愛國歌曲和國歌，每個頻道都可以看見身穿節慶服裝的記者播報兒童遊行實況。

這時他坐在客廳，太陽掛在天際有如一顆大火球，照亮萬物。他知道他不能望向那顆火球，這樣會導致夜盲，看不見紅軍狙擊兵在無人地帶的雪地裡潛行。

我看見他了，丹尼爾輕聲說，**一點鐘方向，就在那棵枯樹後方的露台上**。

樹？這片彈坑裡沒有樹。

王儲走上露台，尚未發表談話。

「要給他跑了！」一個像是蓋布蘭的聲音吼道。

他跑不掉的，丹尼爾說，**該死的布爾什維克份子一個也跑不掉**。

「他知道我們看見他了，他會爬進那邊的窪地裡。」

他不會的。

老人把槍靠在窗沿上。他已經用螺絲起子把固定的窗戶縫隙開得大一些。當時那個女接待員是怎麼跟他說的？固定的窗戶縫隙是為了避免有房客「做傻事」。他從瞄準器望出去。底下的人看起來真小。他設定距離。四百公尺。由上往下射擊必須考量地心引力對子彈的不同影響；由上往下射擊的彈道和水平射擊有所不同。但丹尼爾知道這一點，丹尼爾什麼都知道。

老人看了看錶：十點四十五分。是時候了。他把臉頰貼上冰冷沉重的步槍槍托，把左手放在槍管稍微下方一點的位置，瞇起左眼。露台欄杆填滿瞄準鏡。黑色西裝外套、黑色禮帽。他找到他要找的臉孔。那張臉變得不多，依然是一九四五年那張年輕的臉龐。

丹尼爾又更安靜了些，開始瞄準。他的嘴不再吐出霜煙。

露台前方，焦距之外，枯死的橡樹伸出有如女巫黑手指般的樹枝指向天際。不料竟有一隻鳥站在樹枝上，正好就在子彈行進路線上。老人緊張地移開準星。那隻鳥剛剛不在那裡。牠很快就會飛走。老人放下步槍，將一口新鮮空氣吸進發疼的肺臟。

卡嗒——卡嗒。

哈利拍了方向盤一掌，再次轉動鑰匙，發動引擎。

卡嗒——卡嗒。

「發動呀你這爛車！不然明天就把你送進廢鐵場。」

雅士吼了一聲，發動起來，向前直衝而去，輪胎後方噴出綠草和泥土。到了湖畔，雅士猛然右轉。毛毯上那四個年輕人舉起啤酒杯向那輛雅士敬酒。雅士東倒西歪地朝瑞迪森飯店奔馳而去。哈利打到一檔，狂按喇叭，在擁擠的碎石徑上有效地清開道路，但來到碎石徑底端的幼稚園旁，一輛嬰兒車突然從樹木後方出現。哈利向左急打方向盤，往右回正時車輪朝右急速扭轉，跟著輪胎打滑，差點撞上溫室前的柵欄。雅士側向滑上韋格蘭路，正好擋在一輛計程車前。那輛計程車插著挪威國旗，水箱罩前方飾有白樺細枝花彩。計程車司機嚇得急踩煞車。哈利大腳踩下油門，穿過迎面而來的車流，朝霍勒伯街疾馳而去。

雅士在瑞迪森飯店旋轉門前煞車，停了下來。哈利跳下車，衝進人來人往的大廳。大廳立刻安靜下來，人人都朝哈利看去，心想會不會見到什麼稀奇古怪的事，卻看到那只不過是個在獨立紀念日喝得爛醉的男人，不是什麼新鮮事，因此大廳又開始喧鬧起來。哈利朝一個荒謬的工作「島」奔了過去。

「早安。」一個聲音說。只見一頭宛如假髮的金色捲髮下，一雙眉毛揚了起來，眉毛下的一雙眼睛從頭到腳把哈利打量了一番。哈利看見她胸前的名牌。

「貝蒂．安德森，現在我要告訴妳一個很沒品味的笑話，妳仔細聽好了。我是警察，你們飯店裡有個殺手。」

貝蒂打量眼前這個衣衫不整的高大男子，只見他一雙眼睛充滿血絲。根據她的判斷，這個男人不是喝醉了就是瘋了，或兩者皆是。她仔細查看男子舉起的警察證，又將男子打量一番，打量得相當之久。

「姓名。」她說。

「他叫辛德．樊科。」

「抱歉，沒有這個房客。」

她的手指在鍵盤上飛舞。

「幹！試試看蓋布蘭．約翰森。」

「抱歉，也沒有蓋布蘭．約翰森。霍勒警監，你會不會找錯飯店了？」

「沒找錯！他在這裡，就在這兒的房間裡。」

「你跟他說過話了？」

「沒有。沒有，我……說來話長。」

哈利伸手揉了揉臉。

「等等，我得好好思考一下，他一定住得很高，你們這裡一共有幾層樓？」

「二十一樓。」

「有多少房客還沒退房？」

「恐怕有不少人。」

哈利突然揚起雙手，凝視貝蒂。

「當然了，」他輕聲說：「這是丹尼爾的任務。」

「抱歉？」

「請妳查丹尼爾．蓋德松。」

殺了他之後會怎樣？老人並不知道。殺了他之後也不會怎樣。至少目前為止看不出會怎樣。他在窗台上放了四顆子彈，子彈的黃褐色霧面金屬外殼在陽光照射下閃著亮光。

他再度從瞄準器望出去。那隻鳥還在那裡。他認得出那是什麼鳥。他和牠同樣都叫知更鳥。他把瞄準器指向群眾，掃視路障旁的一排排人群。突然之間，他看見一張熟悉的面孔。會不會是……？他調整焦距。沒錯，那是蘿凱。她在皇宮廣場做什麼？歐雷克也在那裡。歐雷克似乎是從兒童遊行隊伍那裡跑過來，蘿凱伸出手臂，把他抱起來，越過路障。她很健壯，有一雙健壯的手，就跟她母親一樣。現在他們往警衛室的方向走去。蘿凱看了看錶，似乎是在等人。歐雷克穿著老人在聖誕節送他的外套。蘿凱說歐雷克給它取名為爺爺的夾克。那件夾克看起來已經有點小了。

老人咯咯輕笑，到了秋天他得替歐雷克再買一件夾克。

這一次劇痛來得毫無徵兆。他無助地喘息。

火球沉沒。火球的影子向下墜落，伴隨著戰壕的土牆一同朝他席捲而來。眼前陷入一片黑暗。就在他覺得自己墜入黑暗之際，劇痛再度放手。步槍滑落地面。他全身汗水淋漓，濕透的襯衫貼在肌膚上。

他直起身子，再度把槍靠上窗台。那隻鳥已然飛走。子彈行進路線淨空無礙。

那張年輕的臉龐再度出現在瞄準鏡之中。王儲出國深造。歐雷克也該出國深造。這是他跟蘿凱說的最後一件事。這是他射殺布蘭豪格之前對自己說的最後一件事。那天他回侯曼科倫路的大宅拿幾本書，蘿凱不在家，於是他開門入內，恰巧看見桌上躺著一個信封，信頭是俄國大使的名字。他讀完那封信之後，把信放下，凝望窗外的院子，凝望雨後的雪片，那些雪片是冬季最後的掙扎。然後他翻尋桌子抽屜，找到了其他信件，包括信頭是挪威大使的信件，以及那些沒有信頭的信件，用的只是餐巾或筆記本撕下的紙張，署名為伯恩特．布蘭豪格。他想起克里斯多夫．布洛何。

今天晚上是我們站哨，沒有一個紅軍混蛋開得了槍。

老人扳開保險栓。他感覺異常平靜。他記起他那麼容易就劃開了布洛何的喉嚨，射殺布蘭豪格也不費吹灰之力。爺爺的夾克，一件新的爺爺的夾克。他呼出肺臟裡的空氣，食指扣上扳機。

哈利手中拿著萬用門卡，奔向電梯並使出一招足球滑鏟，一隻腳被正要關起的電梯門夾在中間。電梯門向兩側打開。哈利站了起來，看見裡頭乘客個個大驚失色。

「警察！」他大喊：「每個人都出去！」

剎時間乘客向外奔出，彷彿學校響起午餐休息的鐘聲。只有一個五十多歲的男子依舊不動。男子留著黑色山羊鬍，身穿藍色條紋西裝，胸部打一條頗厚的獨立紀念日彩帶，肩膀上可見薄薄一層頭皮屑。

「這位先生，我們是挪威公民，挪威可不是警察國家！」

哈利繞過男子，走進電梯，按下二十一樓的按鍵。但那山羊鬍男子仍有話要說。

「告訴我一個好理由，為什麼納稅人要忍受……」

哈利從肩上槍套拿出韋伯的史密斯威森左輪手槍。

「這位納稅人，好理由我有六個。出去！」

時光匆匆，很快地又是另一天。我們在晨光中比較看得清楚他是敵是友。是敵，是敵。無論是否太快下判斷，反正我要定了他的命。

爺爺的夾克。

可惡，殺了他也不會怎樣。

瞄準鏡中的那張臉龐看起來很嚴肅。好傢伙，笑一個。

背叛，背叛，背叛。

他已經扣過不知道多少次扳機，內心已無任何抗拒，殺人門檻早就在無人地帶的某個地方被跨過。不用去考慮槍聲和後座力，扣下扳機就是了，該來的就讓它來吧。

那聲轟然巨響完全出乎他意料之外，令他驚詫萬分。那一瞬間，世界完全靜止。接著回聲迴盪不已，聲波在城市上空停滯了一會兒。在那個片刻，數千種聲音突然止息。

哈利聽見那聲巨響時，正奔走在二十一樓走廊上。

「幹！」他喘氣說。

兩側牆壁朝他逼近隨即又從他身旁滑過，讓他感覺自己似乎是在漏斗裡移動。房門、畫像、藍色方塊圖案，不停向後方退去。他的腳步踏在厚地毯上近乎無聲。太好了。高級飯店做了降低噪音的考量。一個好警察則必須考慮該如何行動。幹，他媽的，乳酸在腦內堆積。一台製冰機。二一五四號房、二一五六號房。又是砰地一聲巨響。皇宮套房。

哈利的心跳宛如擂鼓般在肋骨內重重敲擊。他站到房門旁，把門卡插入門鎖辨識器。耳聽得滋的一聲悶響，接著又聽見滑順的卡嗒聲，門鎖亮起綠燈。哈利極為謹慎地扳下門把。

警方對這類行動訂有一套固定程序，哈利上過課、學過這些程序，但現在他一點也不想遵照那些程序來行動。

他猛力推開房門，衝了進去，在客廳玄關迅速採取跪姿，雙手舉槍瞄準前方。房內溢滿陽光，令他目眩且刺痛雙眼。只見一扇窗戶開著，玻璃窗外的太陽掛在一個白髮男子頭上，彷彿他頭頂浮著光環。白髮男子慢慢轉過頭來。

「警察！把槍放下！」哈利大吼。

哈利瞳孔收縮，在刺眼亮光中看見一把步槍的輪廓朝他指來。

「把槍放下，」他重複一次：「辛德，你來這裡要做的事已經完成了。任務完成。一切都結束了。」

奇怪的是銅管樂隊仍在外頭演奏著，彷彿沒發生任何事。老人舉起步槍，把槍托貼上臉頰。哈利的眼睛已適應亮光，凝視著那把他只在照片上見過的馬克林步槍的槍管。

辛德咕噥著說了一句話，但話聲被一支新上場樂隊的演奏聲給淹沒，這支樂隊的演奏聲更尖銳、更清晰。

「呃，我……」哈利低聲說。

哈利在辛德背後的窗外看見一蓬白煙飄浮在半空中，白煙是從阿克修斯堡壘防禦牆上的大砲砲口冒出來的，宛如漫畫中的白色對話框。那是獨立紀念日禮炮。哈利聽見的巨響是獨立紀念日禮炮！歡呼聲從窗外湧了進來。他用鼻子吸了一口氣，房間內並未聞到硝煙味，他立刻明白辛德尚未開槍。哈利緊緊握住左輪槍托，看著那張布滿皺紋的臉毫無表情地透過瞄準器望著他。這不僅關乎哈利自己和老人的性命。命令很清楚。

「我剛剛去過威博街，我讀過你的日記了，」哈利說：「蓋布蘭．約翰森。或者你是丹尼爾？」

哈利緊咬牙關，扣在扳機上的食指更加彎曲。

老人又咕噥了一句話。

「什麼？」

「口令。」老人說，聲音嘶啞，跟哈利過去聽過的聲音截然不同，令他完全認不出來。

「別這樣，」哈利說：「不要逼我。」

哈利的額頭滾下一顆汗珠，汗珠滑過鼻梁，最後懸垂在鼻尖，似乎猶疑不定。哈利變換握槍手勢。

「**口令**。」老人重複一次。

哈利看見老人的手指緊緊扣在扳機上，同時感覺到內心滲出對死亡的恐懼。

「不，」哈利說：「現在還為時不晚。」

但他知道事實並非如此。現在為時已晚。現在已無法跟老人講道理。老人已超脫這個世界、這個生命。

「**口令**。」

事情很快就會結束。只剩下一些緩慢流逝的時光，聖誕節前夕之前的時光……

「歐雷克。」哈利說。

馬克林步槍瞄準哈利頭部。遠處傳來一聲汽車喇叭聲。老人臉上肌肉抽動了一下。

「口令是歐雷克。」哈利說。

扳機上的手指停頓下來。

老人張口欲言。

哈利屏息以待。

「歐雷克。」老人說，聽起來宛如唇邊吹出一縷清風。

哈利不太能解釋接下來發生了什麼事，在這個片刻，他只看見老人開始死去，布滿皺紋的臉龐換上一張孩子的臉，望著哈利。馬克林步槍不再指著哈利，哈利也放低手中左輪。然後哈利伸出一隻手，放在老人肩膀上。

「你能答應我嗎？」老人的聲音細若紋鳴：「他們不會……」

「我答應你，」哈利說：「我會親自處理，不讓姓名對外公布，歐雷克和蘿凱不會受到傷害……」

老人的雙眼望著哈利良久良久。砰地一聲，馬克林步槍跌落地面，老人癱倒在地。

哈利取出馬克林步槍的彈匣，把步槍放在沙發上，然後撥電話到櫃檯，請貝蒂叫救護車。接著他撥打哈福森的手機，說危險已經解除。他把老人拉到沙發上，在一張椅子上坐下等待。

「最後我逮到他了，」老人輕聲說：「他在泥濘裡正要逃走。」

「你逮到了誰？」哈利問，用力吸了口菸。

「當然是丹尼爾。最後我逮到他了。赫蓮娜說得對，我總是比他強。」

哈利按熄香菸，站在窗邊。

「我快死了。」老人低聲說。

「我知道。」

「牠在我的胸部，你有沒有看見？」

「看見什麼？」

「那隻臭鼬啊。」

哈利並未看見臭鼬。他看見一朵白雲飄過天空，宛如一朵疑惑之雲。陽光之下只見奧斯陸市區旗海飄揚，一隻灰色鳥兒振翅飛過窗前，但不見臭鼬。

第十部　復活

105

二〇〇〇年五月十九日。伍立弗醫院。

犯罪特警隊隊長莫勒在腫瘤部等候室找到哈利，在他身旁坐下，並對一個小女孩眨了眨眼。小女孩皺起眉頭，別開頭去。

「聽說他走了。」莫勒說。

哈利點點頭。「今天早上四點。蘿凱一直守在這裡，歐雷克正在裡頭。你怎麼來了？」

「只是想來跟你聊一下。」

「我正好想抽根菸，」哈利說：「我們去外面。」

兩人在樹下找了一張長椅坐下。一縷縷白雲在天上快速飄過。看來今天又是溫暖的一天。

「所以蘿凱什麼都還不知道囉？」莫勒問說。

「對。」

「現在知道的人有我、梅里克、警察總長、司法部長和首相，當然還有你。」

「誰知道些什麼，你比我清楚多了，老闆。」

「對，那當然，我只是把我腦子裡想的說出來而已。」

「你來這裡是想跟我說什麼？」

「你知道嗎，哈利？有時候我希望我是在別的地方工作，在一個比較少政治活動、比較多警察勤務的地方工作。比方說卑爾根。不過也有些時候，就好像今天，我起床以後站在臥室窗邊，看著峽灣和峽灣裡的小島，聽著鳥兒唱歌，然後……你明白嗎？……然後我就不想去別的地方了。」

莫勒看著瓢蟲爬上大腿。

「我想跟你說的是，我們想讓事情保持原來的樣子，哈利。」

「你說的**事情**是指什麼？」

「你知道過去二十年來，每個美國總統在任期之內被暗殺的次數都超過十次嗎？而且這些暗殺行動都被破獲，所有的刺客都被逮捕，媒體卻毫不知情。暗殺一國元首的計畫要是給社會大眾知道了，沒有一個人會受益，哈利，尤其是理論上可能成功的計畫。」

「**理論上**？老闆？」

「這話不是我說的。反正結論是，我們決定不公開這件事。我們不希望散播動亂的種子，或是揭露維安系統的漏洞。這些話也不是我說的。暗殺行動會傳染，就像……」

「我懂你的意思，」哈利說，從鼻孔噴出煙霧。「主要是為了那些當權者才不公開對不對？那些當權者早就可以、也非常應該敲響警鐘的。」

「就像我說的，」莫勒答道：「有些時候我會覺得卑爾根是個很不錯的選擇。」

兩人有好幾分鐘沒再說話。一隻小鳥在他們前方昂首闊步，擺動尾巴，輕啄草地，警覺地睜著眼睛。

「白鶺鴒，」哈利說：「學名Motacilla alba，個性小心謹慎。」

「什麼？」

「《我們的小鳥》這本鳥類圖鑑說的。蓋布蘭犯下的命案該怎麼辦？」

「之前發生的命案都已經釐清了，大家都很滿意不是嗎？」

「什麼意思？」

莫勒侷促不安。

「現在再來攪動這些事，只會替後代子孫揭開老瘡疤，而且有人可能會四處打探，挖出這整件案子來。那些命案都已經結案了。」

「對。霍爾和史費勒的案子已經結案了。那侯格林命案呢？」

「沒有人會費工夫去挖他的命案，畢竟他是……呃……」

「他只是個老酒鬼，別人才懶得理他？」

「哈利，拜託你，不要再把事情搞得更麻煩好不好？你知道我對這樣的處理方式也不是很滿意。」

哈利在長椅扶手上按熄香菸，把菸屁股放進口袋。

「我得進去了，老闆。」

「我們能信任你會保守祕密囉？」

哈利簡潔地笑了笑。「我聽說有人想接手我在ＰＯＴ的職位，是真的嗎？」

「當然是真的，」莫勒說：「湯姆說他會申請你那個職位。梅里克想把新納粹黨的部分歸到這個職位的管理權責內，所以這個職位會變成有點像是高階職位的跳板。順便跟你說，我會推薦湯姆。我想既然你要回犯罪特警隊，應該很高興他離開吧？這樣一來他的警監職位就空出來了。」

「這就是要我閉嘴的獎賞嗎？」

「你怎麼會想到那裡去了，哈利？因為你是最棒的。你又證明了一次，不是嗎？我只是不知道我們到底可不可以仰賴你而已。」

「你知道我想辦哪件案子嗎？」

莫勒聳聳肩。

「愛倫的命案已經釐清了，哈利。」

「並不盡然，」哈利說：「有幾個細節我們還沒搞清楚。除此之外，購買馬克林步槍的其中二十萬克朗也不知道流落何方，也許這中間有好幾個軍火掮客。」

莫勒點點頭。「好吧，給你跟哈福森兩個月時間。如果你們什麼都沒發現，這件案子就算結案。」

「很公平。」

莫勒站起來，準備離去。

「有一件事我想不通，哈利。你怎麼知道口令是『歐雷克』？」

「這個嘛，愛倫老是說她腦子裡冒出來的第一個念頭總是對的。」

「厲害，」莫勒點點頭表示讚賞。「所以你腦子裡冒出來的第一個念頭是他孫子的名字？」

「不是。」

「不是？」

「我不是愛倫，我得思考一下。」

莫勒用銳利的眼神看著哈利。

「你是在耍我嗎，哈利？」

哈利微微一笑，伸手朝那隻白鶺鴒指去。

「我在我剛剛說的那本鳥類圖鑑裡讀到，沒有人知道白鶺鴒站直時為什麼會擺動尾巴，這是個謎，我們只知道白鶺鴒不會停止擺動尾巴……」

106

二〇〇〇年五月十九日。警察總署。

哈利把腳擱上辦公桌，剛找到一個最完美的坐姿，電話就響了起來。為了不讓完美坐姿跑掉，他向前彎腰，用背肌保持新辦公椅的平衡。新辦公椅的輪子上了充分的潤滑油，十分容易滑動。他的手指正好能構到電話。

「我是哈利。」

「哈利嗎？我是約翰尼斯堡的艾塞亞．伯恩，你好嗎？」

「艾塞亞？真是意外。」

「是嗎？我是打電話來謝謝你的，哈利。」

「謝我什麼？」

「謝謝你沒有做出任何動作。」

「什麼動作？」

「你知道我的意思，哈利，你沒有透過外交管道要求緩刑什麼的。」

哈利並不答話。他已經預料到會有這通電話打來。完美坐姿已不再舒適。安利亞．侯克納那乞求的眼神突然浮現在他眼前，康絲坦．侯克納那哀求的聲音在他耳畔響起：你能保證你會盡力嗎，霍勒先生？

「哈利？」

「我還在。」

「法院昨天做出了判決。」

哈利望著牆上小妹的照片。那年夏天特別溫暖對不對？他們連下雨天都跑去游泳。他感覺到一種難以言喻的哀傷沖刷著他。

「死刑嗎？」他聽見自己這樣問。

「而且不能再上訴。」

107

二〇〇〇年六月二日。施羅德酒館。

「哈利，今年夏天你要幹嘛？」

瑪雅數著零錢。

「不知道。我們有討論要去挪威哪個地方租一間農舍，教小朋友游泳什麼的。」

「我不知道你有小孩。」

「我沒有，反正說來話長。」

「真的？哪天講來給我聽聽。」

「再看看吧，瑪雅。零錢不必找了。」

瑪雅深深行了個屈膝禮，歪嘴笑了笑，轉身離去。這是週五下午，酒館卻異常冷清。可能因為天氣炎熱，大多數人都去了聖赫根區的露台餐廳。

「怎麼樣？」哈利說。

老人望著啤酒，並不答話。

「他死了，你不高興嗎，奧斯奈？」

摩希根人康亞德・奧斯奈抬頭望著哈利。

「誰死了？」他說：「沒有人死了。只有我。我是最後一個死人。」

哈利嘆了口氣，把報紙塞到腋下，走進微光閃爍的炎熱夏日午後。

知更鳥的賭注 *Rødstrupe*

作　　者　尤・奈斯博
譯　　者　林立仁
美術設計　黃暐鵬
行銷企畫　林芳如、王淳眉
行銷統籌　駱漢琦
行銷業務　邱紹溢
業務統籌　郭其彬
責任編輯　吳佳珍
副總編輯　何維民
總 編 輯　李亞南

發 行 人　蘇拾平
出　　版　漫遊者文化事業股份有限公司
地　　址　台北市105松山區復興北路331號4樓
電　　話　（02）27152022
傳　　真　（02）27152021
讀者服務信箱　service@azothbooks.com
漫遊者臉書：https://www.facebook.com/azothbooks.read
劃撥帳號　50022001
戶　　名　漫遊者文化事業股份有限公司

發　　行　大雁出版基地
地　　址　台北市105松山區復興北路333號11樓之4
初版一刷　2011 年 5 月
初版十六刷(1)　2019 年 4 月
定　　價　380元

知更鳥的賭注／尤・奈斯博（Jo Nesbø）著；林立仁 譯
初版. —台北市：漫遊者文化出版：大雁出版基地發行, 2011.6
504 面； 14.8 x 21 公分
譯自：Rødstrupe
ISBN 978-986-6272-62-2（平裝）

881.457　　100008998

ISBN　978-986-6272-62-2

This translation has been published with the financial support of NORLA.